钟道新文集

第七卷

中篇小说

宇宙杀星　威比公司内幕故事

特别提款权　权力的成本

二○一七年

作家出版社
三晋出版社

一九七六年九月,钟道新、宋宇明在广州所拍结婚照

一九七六年九月,钟道新和宋宇明到广州结婚时全家福

前排:岳母邵松、岳父李仁

后排左起:内弟李杭明、钟道新、内兄李鲁明、妻宋宇明、妻妹邵燕明、李红明

一九八一年,钟道新和女钟丁丁、子钟小骏在清华大学礼堂前、日晷旁

目 录

宇宙杀星 …………………………………………… 1

威比公司内幕故事 ………………………………… 100

特别提款权 ………………………………………… 182

权力的成本 ………………………………………… 277

宇宙杀星

引子兼绪论

宇宙杀星是美国科学家不久前发现的。这是两颗进入晚年期的恒星,天文命名白矮星。这两个星球的体积虽然小,但质量却比太阳大得多。他们还发现,这两颗星靠得很近,彼此都绕着对方旋转运动。而在这个运动中,彼此蚕食的现象极为明显。其中大一些的恒星几乎连续不断吞吃对面的小星,把它表面的物质剥下来吸附到自己的身上。使自己的体积不断地增大,而那颗被吞吃的小星,如今已经仅剩下一个光秃秃的核心了。

为什么会有这种相互吞食的生死演化现象呢?科学家的解释是:恒星体在旋转的过程中,既产生向心力,又产生离心力。一般情况下,这两种力量处于平衡态。但当两颗星距离很近时,由于万有引力的作用,质量大的星的引力克服了对方的向心力,从而把物质吸引到自己身上。

一

公元一九九二年的一个平凡的夜晚。陆园正在科学院天文所住宅区一座七层楼房顶楼的厨房里紧张地工作着。

没有方向,也测不准流量、流速的街道风,盘旋着从窗户进入,冲击着蓝色的煤气火焰。水龙头在无塔供水器的支持下,涌出一股一股压力不均衡的水。

今天下午陆园还在班上时,陈今生电话指示:"晚上有客人。"她知道此乃他要在家里请客的代名词,于是问丈夫有几个人?"就是那么一二三个吧。"他说完就放下了电话。

如果把陈今生这种做法抽象成因子,放到家庭学里去讨论,那么其结论肯定是:发生战争的可能性大于百分之九十。但具体家庭具体分析,陆园并没有任何反应。向天文站观测组组长老金请了个假,就提前下班了。

她这样做是因为对丈夫实在太了解了,陈今生出身于一个军队干部的家庭。要说他爹的官也不大:陆军学院战术教研室主任,军衔大校。可自从有军队起,就有军营。就和神父有忏悔室、医生有门诊部一样,军营的门口,最少也有两个岗哨。如此就使得他们自成体系。而自成体系,是培养一个人自豪感、优越感的温床。"文革"开始更是如此:他尺八无字红袖章一戴,飞鸽锰钢自行车一骑,有事冲机关、斗干部——冲到后来,非国务院机关不过瘾;斗干部也是非部长以上斗着不来劲儿——没事飞别人的据说雪花在其三尺之上就会自动化掉、价值昂贵的水獭帽子,或拍戴拉毛围脖、穿半高腰皮靴的"婆子"。倘若出了事,就往大院里一跑，别人想追也进不去。再不就是男读《基督山伯爵》，女看《飘》，或混听《梁祝》。一九六八年去插队，这下子更变得无法无天。所有这一切，自然酿成他满不在乎、大大咧咧的脾性。而普通人家出身的她，当时目睹这批从街上呼啸而过的人，虽不说羡慕，总还表示理解。

这种理解，成家之后，自动进化成容忍。

"做什么菜？"她一到家就问正在玩游戏机的陈今生。

"好像你有若干种方案供我选择似的！"陈今生眼睛盯着屏幕，过了几十秒钟才回答。

陆园无可奈何地笑笑。她的烹调风格属于典型的川派。当这个漂泊动荡的家庭，正式稳定在北京之后，陈今生建立起这样一个理论："如君这般身材苗条、面容娇好的女子，最少也应该加入淮扬菜系才对。川菜吃得我已经快得痔疮了。"她闻风而动，但屡试屡败。直到陈今生长叹一声："我看你是'改也难'！"并补充道，"川菜也是好东西，它最大的特点是不用什么新鲜、罕见的原材料，能化平凡为神奇。"方才作罢。

"你的客人什么时候来？"准备工作都做好后，她进屋问陈今生。

"来时来。"陈今生头也不回。

陆园坐在无扶手的沙发上，看着丈夫一关一关地过。

陈今生玩游戏机，不仅仅停留在"玩"的阶段上，投入得很。平时陆园看完电视睡觉后，他才上机。等第二天她起床时，他仍然坐在地毯上操作，旁边放着一个本子和一支笔：《魂斗罗》中战士所走过的路线上所有的障碍，他都要一一记下。然后再让她拿到单位的计算机上去分析。

她先是给他干了两次，但后来因为工作忙，就不干了。陈今生说："毛主席最伟大，他知道任何人也靠不住，所以竭力主张自力更生。老婆这东西，就会'君生日日说恩情，君死又随人去了'。你不干，我自己干。"

于是他找来一套《程序基础》和一台别人淘汰的286个人微机，边学边干。没多长时间，就掌握了。他把游戏程序翻译成计算机语言输入，很快就分析出规律。他先是《魂斗罗》,然后是《星球大战》《赛车》……就像陆园研究课题一样,一关一关地通过了。

"你真是'攻机莫畏难','苦战能过关'啊!"开始她只是这样轻描淡写地说。那时她以为丈夫玩游戏机就像十岁的儿子看武侠小说一样,禁是禁不住的,但一过这个阶段,你就是让他看他也不看了,所以没往心上去。可当在旅行社工作的丈夫主动放弃了一次大的陪同活动后,她终于忍不住了,"你真'玩物丧志'!"

"次序不对:我是'丧志'后方'玩物'。"

"请问乐趣何在?"

"我从来就没有指挥过人:在外面被领导指挥、分配;在家里是被你。而在这上面,"陈今生灵活地操纵屏幕上的战士,从一个洞穴里夺取了一支火力强大的枪,"我想指挥谁,就指挥谁。另外,"他几下子就把突然出现的敌人给消灭了,"还可以杀人!"

陆园不禁哆嗦了一下。

以后的一个礼拜天,他们带儿子去公园。因为"夜战",陈今生一直显得懒洋洋的,儿子却兴致勃勃,玩了这个玩那个,最后停在游戏机前。

平常陆园考虑到他的视力和学习,从不让他玩。这次他抓住机会,一次又一次,想拉也拉不走。"快去把你儿子救回来。"她只好把在秋日阳光下的长椅子上迷糊的丈夫唤醒。

"这哪像是我的儿子!"当儿子一关没过去时,陈今生说,"我《魂斗罗》单兵过八关,《赛车》八百公里跑到底。"

游戏机的老板听见这话很是不忿,"先生您如果真行,我这屋子里的东西,你挑一件能拿动的拿走。"

陈今生看也没看老板,就上了场。

他只用了十分钟,《魂斗罗》就过完。然后用八百公里速度,开了起码有半个小时的《赛车》。游戏场里立刻发生了著名的"马太效应":在他周围聚起了很多的人,剩余的十几台游戏机都闲下来了,人们边看边赞叹。最后老板终于沉不住气了,"您别玩了!您别玩了!我这里的东西您随便挑。""你这些破东西谁要啊!我只是想告诉你一个真理:这世界上的能人多得很呢!"他说完就拉着儿子往出挤。

这时一个人赶上来,"我是北京市游戏机联合的执行理事。"他递过一张名片,"想介绍您参加这个组织。"

陆园听着"游戏机联合"这样的组织,虽然觉得挺荒唐,但还是为丈夫高兴:一个男人如果整天待在家里,不和社会打交道,形成一个封闭系统,不是什么好现象。

陈今生礼貌地接过了名片,但等那人一转身,就扔进了果皮箱,淡淡地说:"我讨厌任何组织。再说我从来也没见过黑底金字的名片,殡仪馆馆长用才对。"陆园被陈今生一句"该做饭了"给唤醒:"几个人?"她再次问。

"就马小彭一个。"陈今生把电视关了,从墙壁中拉出折叠桌子。

再进厨房,陆园就有些不情愿了。在丈夫不多的朋友中,她最讨厌马小彭。马父是陈父执教的陆军学院的院长,军衔中将。他有三个姐姐、四个哥哥——当然不是一个母亲——他最小。按照一般规律,最小的总是最坏。

马父早年在苏联伏龙芝军校上学,和刘伯承元帅是同学,资格相当的老。但因为在带领一批飞行员路经新疆回国时,正好赶上盛世才叛变,就和毛泽民、林基路、陈潭秋等一起扣在新疆的监狱里了。狱中成立党小组,他们四个就是负责人。盛世才把毛泽民、林基路、陈潭秋一个一个杀害了。等轮到马父时,中央命令在不损害党的利益的情况下可以自首出狱,他就出来了。可"文革"一开始,他又被抓进监狱里,一坐就是十年。出来之后,这个几乎快把"牢底坐穿"的人,已是疾病缠身。临终前,马小彭为了父亲补发的工资,和哥姐们大吵大闹,把陈今生的伞兵刀都调去了。马父惜幼子,闭眼前把大部分钱都给了他。

马小彭得了这笔钱,并没有派正经用,他先离婚,再赌博,很快就挥霍干净。当他一贫如洗后,他们家一个离休之后仍在某个著名公司担任董事长职务的世交,大慷其慨,给了他十万块钱,并说:"这钱你拿去开一个小买卖。如果赚了,就还。亏了，就算。"

有钱坐底，马小彭马上开张。公司共四人：他是经理，还有一个会计，外加两个公关小姐。如此之结构，费用消耗自不会小。十万块只支撑了一年半的光景。而一九八三年的十万块钱，昧着良心估计，也相当于现在的五十万。

但"吉人自有天相"，就在去年他快走投无路的时候，一个马父当年在苏联时亲笔写证明从而没在"大清洗"中被枪毙的人，在这个帝国解体时，因以前在苏外贸部负责东南亚贸易，故而发了一笔大财——每次运动、灾难，实际上都是一次财富的大转移——他赠给马小彭十万块。这次不是十万人民币，而是十万美金。这真是"君子之泽，五世而斩"，一个家族只要有一个人当大官、出大名，那么他的后代总会有人提携——不管从哪一个分支中漏出一点点来，就是一般人一辈子挣不到的。

很多人劝马小彭把钱存入银行，就连陈今生也说："你干这、干那，其实什么不干最便宜。最好花上个千八百，请个高级会计师，把净利复利算清楚，在余生之中，有计划地把它们全消灭得了。"

但他一副"天降大任于斯人"的样子，说还要办公司，并说："错误和挫折教育了我们，使我们比较的聪明起来。"然后他又说，"如果我什么也不干，那就没有身份。遇到外人，该怎么介绍我？难道能说：这是一个有十万美金的人吗？"

当然陆园讨厌马小彭，不仅仅是因为他纨绔，而是因为他在一九六七年，曾经死命地追求过她。当时那些春风得意的男孩子，非常喜欢给女孩子打分，使用的是百分制。而马给她打的却是：一百二十分。并形容她是"标准的东方女性，典型的小家碧玉。味儿正！"从理论上说，没有一个女孩子不喜欢被人追求的，但马的追求太露骨、手段太直接，从而使她厌恶。厌恶障目，其余的优点就皆不见了。

厌恶尽管厌恶，陆园还是很认真地操作着。丈夫的客人，必须以客人待之。否则受损的不是客人，而是丈夫。

就在她开始炒第一道菜时，马小彭准时赴约。他一进厨房，连招呼都不打就说："我最喜欢吃你做的菜，一离火就上桌，比大饭店那些徒有其表的玩意强多了。"

"我倒喜欢吃大饭店的菜,"她不冷不热地说,"要不然咱俩换换?"

"我和老陈换换还差不多。"马小彭大大咧咧地应答了一句,就去客厅了。

陆园却被他气得直哆嗦,于是乎自作主张,减去两个最好的菜。

当她把程序进行完,脱掉围裙进过厅时,丈夫和马小彭酒性正酣。

"你记不记得那会儿咱们在八一湖滑冰?"

"我忘了什么也忘不了那会儿!"陈今生高举起酒杯,就像是自由神举起了火炬,"那天的太阳特别的亮,人一滑过去,冰就'咔、咔'地响,裂缝一直能裂到几十米外去。"

"这会儿来了谁?"马小彭就和相声表演中负责"捧"的人一样,默契得很。

"来了卡玛。"陈今生马上回答。

陆园也做出认真听状态。其实不听她也知道这个故事的全部细节:这个卡玛是一位著名的国际友人的女儿,她的父亲是若干本歌颂中国革命的书的作者,每次来华,中方都以国宾待之。他仰慕东方文化,把女儿送到北京读书。她书读得一般,但体育方面很是出人头地。她来到之后,径直抵达湖内向外排水没有结冰的一侧,脱下军大衣,露出"三点式",一个弧线跳下去。丈夫和马小彭认为此举乃是蔑视他们这两个男子汉的意思,于是也脱了衣服,跳下去就游。

"我一猛子扎下去,觉得刺骨的冷。但游了二百米之后,就什么也感觉不出来了。"陈今生很是投入,"我用的是自由泳。你用的是什么来着?对,狗刨式。"

"你才狗刨式呢!我用的是侧泳。毛主席畅游长江,就是侧泳。"

"侧泳就是狗刨式。"陈今生武断地说。

"狗刨就狗刨。"马小彭没和他争论,"咱们来一个'四海翻腾云水怒'。"

两个人一饮而尽。

陆园很熟悉他们的"酒桌术语":开头三杯,叫"三军过后尽开颜",其次是"四海翻腾云水怒,五洲振荡风雷激"……反正主席诗词都让他们给"活学活用"了。初听之时,她以为语言太旧,该更新一下。可陈今生笑答:"我没在大学里镀过金,也不在科研机关里讨饭,上哪去找新词?"

从此之后,她再也不提这事。丈夫为她做出的牺牲确实不少:一九七四年,她作为工农兵学员,被推荐上了南京大学天文系。所谓的"推荐"并无绝对标准,乃是人际关系之总和。推荐的基础是指标,而这个指标是陈今生的父亲给找来的。军队的干部调动非常频繁,战友间的友谊又是"鲜血凝成"的,所以在全国都有熟人。而当时正是红领章、红帽徽闪闪发光的"军管"时期。遗憾的是此指标有一个先决条件:未婚。而当时他们已结婚半年——其实在法律承认前的很久,他们就已经进入了婚姻的实质阶段。至于是什么时候进入、如何进入,就和宇宙是如何形成的一样,有多少流派,就有多少说法——陈今生说完"这好办"后,就提着两条"前门"烟走了。到了公社,烟一递,"掌玺大臣"公社秘书就把结婚登记的底给销了。即使在人人狠斗"私字一闪念"的"文革"时期,"权钱交易"仍顽强地存在着。只要某种东西有缺口——比方有四个插队学生,但只有一个上大学的指标——那么掌握这个缺口的人,就会用它交换烟、药、食物、肉体……反正他缺什么就换什么。

临行前,陆园从箱子底下把那张印刷草率的《结婚证明》找了出来,说要好好保存这唯一的原始凭据。

"如今你是跳过龙门的进士,而我是窑子里的贫女。要保存也该我来保存。"陈今生把《结婚证明》夺回去,胡乱塞入箱子。

"别丢了。"陆园嘱咐道。

"丢就丢了呗!一张纸并不能使人幸福。"陈今生说。

"还是有的好。"陆园这样说,但想的却是:一张纸虽然不能使人幸福,但却使人感到安全。

"两个人结合在一起,既不是永恒的,也不是唯一的。就是将来你翻了脸我一时想不开,也不会拿着这破东西去找你。"

"那你拿什么?"

陈今生没说话,而是把他那把芬兰伞兵刀,轻轻切入枣木案板。这刀是他父亲从朝鲜战场上弄来的,被他封为"镇家之宝",从不离身:这刀特别锋利,用它来刮胡子,连热水、肥皂都不需要。

陆园走时,陈今生只送到门口,说了句:"明年我也去南大,不读天文,要读历史。"就扭头进屋,连汽车站都没去。而别的插队生,即使是女友回家探亲,也要"十八相送"。

谁知第二年,陈父就去世了,然后是陆园的寡母。失去了政治背景和经济靠山,陈今生上大学无望不说,在陆园四年的大学生涯中,因没钱,夫妻之间只是两搭鹊桥。

后来高考恢复,她认为出现了曙光,但陈今生连试也不肯去试。

"你应该去上。咱们可以卖东西,可以去借。"当时陆园在秋雨绵绵的南京城内的一个小邮局里等了七个小时,才侥幸通过一个动荡的网络,要通他们插队那个县里的铁厂,陈今生正在铁厂当炉前工。这是铁厂中最苦的活,用他们的行话说:是骡子是马,拉到炉前遛遛。也正因为这,各项补助加起来,比一般工人多二十元。"能卖的我早就卖了,能借的地方我也早就借过了。"他虽然历经大难,但依然乐观,"别废话了。好好念你的书。我这是妻贵夫荣。"说完电话就断了。

陆园毕业后,很顺的就被分到中国科学院天文所。而陈今生却凭着自己一点英文底子,外加良好的人际关系,去了县立中学。然后他又用了十年工夫,经省城调入北京光大旅行社。

有此历史原因,陆园时时觉得亏欠着丈夫。

"你再去弄两个菜。"陈今生吩咐道。

陆园把空了的盘子收起,说了句:"少喝点。"

她知道这话说也白说。十多年前,她去铁厂探亲时,除夕之夜,眼见他独饮六两劣质白薯酒,她夺瓶不让再喝了,陈今生吼叫道:"你不让我喝酒,让我干什么去?搞破鞋吗?"他所在的铁厂,整个被农村包围着。这些农村,全都是"三靠村":点灯靠油、耕地靠牛、娱乐靠"球"。每到工厂发工资之日,就会自动来许多"准卖淫者"。相当一部分家属不在或没有家属的工人,都和另外一些有家没的女人,组合成"第二家庭"。

这些情况陆园虽然了解,但她还是落泪了:有婚史以来,丈夫说过的粗话,以此为最。陈今生自己也感觉到了,"喝了酒,原来黑色的世界,就会变成金黄色的。"这话很传神,她也能听懂,从此再不提这事。

回到北京后,她曾经劝丈夫戒了。"从医学的角度说,喝酒除去影响肝、胃外,还会使大脑的容量缩小。"这理论是她在图书馆里查了一个小时的资料后奠定的。为了更好地宣传它,她还专门依谱炒了几个罕见菜,营造出一种温馨的气氛。"我有一个橡皮肝、玻璃胃,至于大脑嘛,"陈今生拍拍自己的脑袋,"我有相当大的容量,缩小一点点也没什么。"

她知道再往下说,又会引发丈夫的伤心事,于是三缄其口,亲手给丈夫满上酒。虚伪的艺术使家庭得以维持,太平是需要粉饰的。

当她把菜送进去时,两个人已开始"雄关漫道真如铁,而今迈步从头越"的阶段。

"一个男人,必须经常地对他的妻子说,你真笨!戈培尔说,谎言重复一千遍,就会变成真理。你说着、说着,她就会以为自己真的笨了。不管她是大学生,还是研究生,人民和领袖的关系就是如此。我不是凭空说这话的:在四次婚姻中,我征服了四个个性极强的女人。"因为喝了酒,马小彭根本不在乎陆园是不是进来。

马小彭特别喜欢引用"戈培尔说……"之类的语言,在六十年代能读到《第三帝国的兴亡》,绝对是身份和地位的象征。陆园认为和他辩论是毫无意义的,就回到自己的房中,打开了电视。

等她看完这出电视剧再进餐厅,马小彭正在讲:"前几天,我在舞会上遇到一个女人,那个线条真叫棒……女人就像茶叶一样,只有放在开水里才有味道……《房中术》云:如果一个人,总和同一个女人性交,则阴干。所以必须采取草田轮作制。"

听到这里,陆园终于忍不住了。她伸手轰轰烟草味和显然是发自马小彭身体的妄自尊大的香水味。

无论从哪一方面说,马小彭都应该是一个智力很高的人。他明白这"身体语言"的意思,找了个机会告辞了。

他走了之后,陆园赶紧开门、开窗,引进"过堂风"。以往来了客人,尤其是能和丈夫一起"忆往昔峥嵘岁月稠"的客人,他们就会关门抽烟聊天,一聊就是大半夜。起初她不在意,但没几个月,竟把原来刷得雪白的墙壁和窗帘给熏成黄的,花也明显的枯萎。

她只好把花搬到阳台上去。花可以搬,热带鱼却不行。一次在整夜的聊天之后,一缸被动吸烟的鱼都肚皮朝上,仰而不泳了。所以每逢曲终人散之际。她都要立刻更换空气。

"已经是四十岁的人了。应该注意身体。"在洗完澡上床后她和蔼地对丈夫说。

陈今生用他肌肉已经略微松弛的胳膊环绕着她的削肩,"你放心,游戏机、聊天、喝酒是测量现代男人的'铁人三项'。"

她和他开始做爱。

"第一次是什么时候?"陈今生问。

她说想不起来了,但她确实知道。"我的第一次,是不是你的第一次?"这已是一个讨论过千百遍的问题,她还是喜欢问。

丈夫的回答虽然很肯定,她仍然不太相信。男性倘若"失贞",不但不会被看成是"损失",相反会被看成是"收益"。因为从经济学的角度说,这样做的"成本"很小;他不会怀孕。而从证据学的角度说:无据可查。如果当事人揭发你,你也可以不承认:唯一的人证不是人证。

这次很成功。

"你最近是不是重读了《性生活手册》?"

"那种书只能教给你一些所谓正确的技术,实际上根本没有用。"陈今生说。

"你一向都是很老练的。"她穿上睡衣。她从来不习惯在任何人面前赤身裸体。

早在"文革"初期,陈今生从抄家抄来的图书中,就已经看到了《金瓶梅》。插队后,在书籍的流通中,又看到了《游仙窟》《交欢大乐赋》等一大批。在农村这个大课堂中,他还明白了同性恋、兽奸等等。一句话:婚前他积累起来的性知识,肯定不会比一个"文革"前医学院校的普通专业的毕业生差。但这些都没有必要对妻子说。他因之做出一副进入准睡眠的样子。

二

陆园工作的天文站离她的住地,有一个半小时的汽车路程。即使在北京这样一个似乎是专门为"有车阶级"建造的大城市里,也不能算是近距离了。

这一个半小时,她当然不会浪费。上车之后,她和熟悉的但不知姓名的售票员点点头,然后坐到自己的座位上。因为这是早班车,人总是那些人,座位也总是有空。

坐下之后,她就从碎皮做成的包中取出一本已经数据化了的天文图表,认真地看了起来。

天空在普通人看来,不过是若干星星的组合而已。它们美丽、安详、遥远、亲切、神秘、引人遐想……但在天文学家看来,它们却是一个生生不息的有机体:有生、有死、有青壮年、有老年、有吸引、也有排斥。总之,它们是动荡的、变化的。接收它们发出的信息,研究它们的规律,就是天文学家的使命、责任和职业。

还是在上中学时,陆园就养成了进入情况快的功夫。大概只有一分钟左右,她就把今天的思路和昨天的思路从中断处对接起来。

车走了两站后,她发现那个男人又坐到了她的身旁。这不是从视觉,而是从嗅觉得来的:这个男人身上有一股特殊的味道,像是太阳、牛奶、椰子的混合体,很好闻。

她一动不动,仍然看她的数据图。这个男人这样做已经有三个月之久了。而她是半年前搬了家后,才乘坐这条路线的。开始她不习惯,每次他坐过来,总是往旁边侧侧,保持一段距离。

这样做的原因是因为她非常害怕"性骚扰"。她属于那种性格并不刚强的女子。在上大学时,她的班主任是一个留校的工农兵学员,来自著名的大寨公社。这个人有着强烈的并且显然是后天培养起来的优越感。不知道为什么他从新生一入学起,就看上了她,并每每非常露骨地表示。

这使她非常苦恼,就写信给陈今生。但千里迢迢,她又不便说得太明白,只能把这件事当成一个笑话来讲:这个班上有不少比我年轻许多岁、美丽许多倍的女生,可班主任偏偏选中了我。我真的不明白,也不知道该如何去对付他。

陈今生的回答令她非常气愤:我相信有许多女孩比你年轻,也有许多女孩比你美丽,但我肯定她们当中任何一个也没你那么有女人味儿。我都看中了你。他一个三代都为娶妻愁的老贫农凭什么看不上你?!以后这类问题不要向我透露,否则我会以为是一种暗示。至于该如何去对付他,那完全是你个人的事。要记住:现在从法律角度说,你已经是个自由人了。

既然从丈夫处没有得到帮助,她只好自力更生。她显然不便得罪班主任——有这样一个著名的哲学问题:班主任和中华人民共和国的部长哪个大?答案是:如果这个班主任是你的班主任,而那个部长是和你完全不相关的部的部长,那么就是班主任大。因为他负责你的补助款的多少、学习成绩的好坏,更重要的是,他有权决定你分配的去向——只好采用应付战略。

德国的军事专家毛奇说过:一个在战斗展开阶段发生的错误,是永远无法矫正的。她越委婉,班主任就越猖狂。他经常代表组织约她这个希望入党的普通群众谈话——当年这种相对的关系,是现在人无法体会的。打个比方:就像一个初出茅庐、渴望上银幕的女孩子遇到一个名导演一样——谈话的时间，一般都在晚自习之后，地点越来越向外移。但当移到校园外的时候，她断然拒绝了。凡事都有一个限度，超出就叫"置之度外"，也即人常说"豁出去了"。

但班主任并不灰心，照样利用居高临下的地理优势，向她进攻。一次她病了，班主任在别人都去上课时，来宿舍看了她三次。头一次用手在她的头上试试体温，第二次给她往里掖掖被子。第三次要给她刮痧。她就像一头遇到狼的鹿一样，沉默但有力地反抗。

班主任没有成功。"你等着！"他在气喘吁吁地离开前，恶狠狠地说。

到了这个时候，她反倒平静下来了。

大概一个月后，班主任拿来一张证明，"你是一个结过婚的人，怎么报未婚？""我确实结过婚，但后来离了。所以也可以说是未婚。"这话是陈今生教她说的，"而你是至今仍然处在婚姻状态中的人，却对组织说你根本没有结过婚。"这一个月她也没闲着，委托陈今生一个在昔阳插队的同学去调查了一下。这样做的理论根据是陈今生提供的，"依我看你们那狗班主任的骚劲，是绝对熬不过二十岁去的。"一查果然如此。

这一击根据陈今生后来的补充形容，就像踢在那狗东西的睾丸上一样。在当时没有什么事情比欺骗组织更可怕了：轻则受个处分，调离工作岗位；重则"双开"——开除党籍、公职——班主任从此"阳痿"不说，在毕业时顺水推舟把她分配到北京。

至于其他轻微的骚扰，她也遇到过许多次。在陈今生没有调回来之前，单位里管房子的行政处长，就有企图和行动——一个已婚的女人，如果丈夫不在身边的话，就成了一种类似公共财产的东西，不属于任何人，也属于任何人——当然，处长这次行动没有成功。

她希望这个人不是骚扰者，因为他无论从造型还是气味上，都很讨人喜欢。但这时如果有一个微精神分析专家对她潺潺的潜意识流进行一番分析的话，就会发现她还是希望接受一定强度范围内的轻微骚扰的：她今年已经四十岁，过多的动荡、过大的负荷,使她起码认为自己在外表上显得未老先衰。这时如果有一个够资格的人来骚扰一下,很能恢复她的自信。

可这个人什么也没说。

但人和人之间的信息传递,语言只占很小一部分,大部分是身体语言。渐渐的,连她自己也不知道从什么时候起,这人坐过来时,她就不往里挪了。有一个星期,这个人没有在预定的时间、预定的地点上车,她甚至觉得有些不习惯。当然这些微妙的变化无人记录,也无人分析。

陈今生供职的光大旅行社,在北京只能算是一个中型的旅行社。社虽不大,效益却很不错。他在里面的职务是:陪同。他很不喜欢这个名词,"陪同有着随从的意思。"他对马小彭说。"我认为它更像陪酒女郎、应召女郎。"马小彭却有一个更恶毒的说法。

名字虽然不好听,收入还是相当丰裕的。这收入通常分成两种:一种是正当收入,比如工资、奖金等;一种是灰色收入,也就是指那些不纳税、不显示在账面上的收入,比方小费,在陪团的过程中从各个旅馆、旅游商店拿的"回扣"。陈今生的灰色收入大概和正常收入差不多。

他刚一到位,电话就响了。他们的办公室只有二十平方,却坐了十个人。每个人一部电话,桌子和桌子之间,都像国外的办公室一样,用有机玻璃隔开了。

他根本就没伸手。他非常讨厌电话。早在六十年代初,他家就装备了电话,当时电话是权力和地位的象征。记得刚装上时,一有电话来,他就跑着过去接。如果轮到小组在他家学习,他就会计每个同学过过瘾:打一次电话问问时间或天气预报。有一次马小彭用这个电话乱打,被学院人工交换台的女兵给教训了一顿,在父亲回来时,她们还告了他一状。父亲抽了他十几皮带,让他交代骂人的是谁。他不肯说。父亲继续抽。他熬不过,就说了出来。父亲听说是马院长的儿子,把皮带叠成三折,用手推拉得"啪、啪"作响,但最后什么也没说。

就这一下,大大地降低了父亲在他心目中的地位。这以前父亲在他的眼睛里是相当威风的:呢子制服笔挺,靴子雪亮,肩上的两条杠中的四颗银星闪闪发光。虽然他每次见了个子很矮小但制服扣子是国徽、肩膀上有两颗金星的马父时,总是立正敬礼,但那是军队的规矩;可当院长的儿子犯了错之后,他不该连一个电话也不敢打。

这种来自早年的厌恶,一直保留了下来。虽然他明白信息就是金钱这个道理,但他在能不接时,还是不接——这里面虽然流动着金钱,但只有很少一部分是我的——因为屋子里的电话多,所以每部电话的声音不大,他不接也没人发现。

电话顽固地响着,他只好把它拿起来。

授话人是日本厨村旅行社的王陪同。"你们公司的效率怎么这么低?一个电话要五分钟才有人接?"他一连串地质问。

"这不是中国嘛。"陈今生冷冷地回答。这个王陪同是五年前从中国去日本的,去年刚到厨村旅行社工作。今年初,厨村旅行社和光大旅行社签订了一个关于日本电子厂商旅游团来华旅游的协议。这个协议就是王陪同代表谈的。

"协议的各个环节都落实得如何?"王陪同说话很有气势。现在旅行社就和广告公司一样多,一有生意就有许多家包围上去,每当狼多肉少时,买方就真的成了上帝。

"正在落实中。"陈今生用一句日本式的话回答。他没有见过这个王陪同,都是通过电话和电传联系的。王的门槛非常精,这笔买卖谈下来,光大方面的利润很薄。为此他还被部门的头头苏大姐给训了一顿。

"要抓紧。"王陪同说,"这些都是日本电子行业的大亨,弄不好会引起国际纠纷的。"

这小子在出去之前,一定是某个单位的小头头,要不然说话不会有这股味儿,陈今生想。

"记住,七天后,我们就到北京。到时候一切就拜托哥儿们了。"王陪同又换了副腔调。

陈今生简单地"哦"了一声。在应付一些他不想应付的人时,他总是用这个词。连陆园都认为"哦"得挺有派,并说:"你也不是官,怎么会有这个派?"他告诉她:"官有派不是真派,官一没,派也就跟着没了。但咱是人在派在。"

"拜托了。"王陪同重复了一遍。

"没什么拜托不拜托,都是各自为各自的饭碗。"陈今生心想:这小子的"橡"还挺亮的,知道一到北京,就是咱们的管区。

他刚刚放下了话机,它又响了。

这次是马小彭。"你刚才是不是在'泡妞'?"

"那是你的专业。"他立刻反击。

马小彭邀请他去吃午饭。

"我去请个假试试。"

"你那个破工作,辞了算了。"

"辞了上哪里去?"

"上我这来啊!我这庙虽然不大,但安置你还是有富裕的。"

陈今生笑了一声,就挂上机。他和马小彭虽然算是"哥儿们",但在这个世界上再也没有什么东西比"义气"更不可靠的:如果你有资本、有用,那么你一定哥儿们如云。一旦没了用,"义气"虽然不会像权力那样马上消失,但也维持不了多久。

他走到标有"部门经理"字样的隔门前,礼貌地敲敲。得到同意后,就推门进去说:"苏经理,厨村旅行社来了个人,让我去谈谈具体的细节。"在光大旅行社里,包括总经理在内的所有人,都称呼苏为苏大姐,只有他叫她经理。

"去吧。"苏大姐头也没有往起抬。

他正准备往出走,她又把他叫住:"如果需要应酬,你就请他一客。"

"规模呢?"陈今生知道她手里掌握着很大一笔钱。

"你自己掌握。"苏大姐这次抬起了头。

他这才发现她有一双相当美丽的眼睛。

"当心不要喝多了。"她又嘱咐道。

他点头表示领情后,就转身走了。他之所以不愿意管她叫大姐,是因为她和他同岁,而且还有一个管理学方面的学位。两项相加,他就绝不肯甘居她之下。

陆园总是第一个到单位。她先把办公室地扫了,把三同事的桌子擦了,然后再灌上两暖壶的水。一开始同事们还表扬两句,慢慢的,大家都把这事划归她名下,到后来她自己也这么认为了。

当然是人就有不满的时候,一次她向丈夫倾诉,"你不干就是了。"陈今生认为这非常简单。"我不干,他们也不干。""那就让它脏着去。""可我看着地上脏,心里就不舒服。""这用相书上的话说,叫命贱。但你千万别和命争,你争不过它去。"陈今生笑着说。

打开计算机后,她熟练地调出资料,启动程序,开始计算。

她这台286个人微机是整个天文站中最老的,经常出毛病。有一次故障把她辛辛苦苦算了一个礼拜的资料全给丢了。她哭得丈夫都心疼起来,"你是我在当代看到的唯一一个为工作而哭的人。"陈今生第二天就把计算机拿到他的一个在中关村电子一条街开店的朋友那里去修。朋友打开机盖一看就说:"这机器还修什么修!机型被淘汰不说,里面的印刷电路板焊得一条一条和拉稀似的。问都甭问,一准是沿海地区村里的老娘们干的。"但陈今生还是坚持让修,"您就当'救死扶伤'成不成?"朋友碍不过面子,就把机器里能换的都换了。她拿回去一用,就觉出不一样来,"你那个朋友真是妙手回春,速度快了不说,容量好像也大了。这其中的道理是不是和自行车擦了回油泥一样?"她是使用者,对机器的内部结构并不了解。"可能吧。"陈今生含糊地回答。他并没有告诉她朋友把机内的硬盘给换成IBM的了,因为她一旦知道一块IBM硬盘比她的破机器还要值钱,起码两个晚上睡不着觉。

她工作了大约一个小时后,同事们才陆续来上班。天文一点实用价值也没有,无法创收,甚至还不如数学。难怪所里最老的研究员、中国科学院学部委员许先生,在他的辛辛苦苦从国内各个大学里选出、再精心加以栽培的"尖子"生出国的出国、改行的改行后,感慨地写了一幅字:百无一用是天文。

她把"课题计划"的磁盘拿到老林的电脑上去打。老林的电脑配置一台激光喷墨打印机,这种机器的打印速度几乎是普通打印机的两倍,而且字体漂亮,工作时没有声音。这机器组里只有一台。当时来的时候,配给谁,很费了一些脑筋:她是助理研究员,职称最低,根本就不在考虑之列。组长老金、副组长老黄的职称都是研究员,虽然心里都想要,但表面上还互相谦让,当时副研究员老林没有就这个问题发表任何意见,只是抑扬顿挫地朗诵毛主席语录:"天下者,我们的天下,国家者,我们的国家。我们不说谁说?我们不干谁干?"他们就立刻同意给他了。

这样做当然有它的原因:老林是清华大学一九六七届的毕业生。在"文革"中,他是"井冈山"派的作战部长。更早一些,他是北京高校运动会铁饼纪录的保持者。据说武斗中,他一下子把一枚手榴弹扔到五层楼上。"文革"结束后,他被"监管"了一段时间,后来又被下放到河南的一个水库。再后来他不知通过谁的关系调到天文站。开始时,大家谁也没有把他当回事。用老黄的话讲:"'滚滚长江东逝水,浪花淘尽英雄。'"但有一次长工资时,只给了他们组一个指标。本来老金想自己上,老黄因为自己作为一个一九五八年毕业的专科生,评上了正高,所以就让了一马。老林、陆园根本就没在考虑范围里。老林在站领导研究时,破门而入。进门之后,他什么话也没有说,只是用冷冷的眼光把委员们扫射一番,然后很坚定地说:"我希望你们全面考虑一下。"

全面考虑时,站党委书记说了一句话:"据说他被监管的原因是怀疑他手里有两条人命。"这一下大家就决定让他上。

从这以后,老林朦胧的背景、沉默寡言的性格,使他在组里占了首席。每有什么好处,总要首先考虑他。

老林对陆园很不错,每次她想干什么时,他总是尽力帮助。陆园曾经问他:"他们为什么那么怕你?""我根本不是学你们天文的,在大学里我学的是冶金。

虽然我只上了两年的课,但知道有一种金属有记忆功能:你第一次把它弯成什么样,以后它一旦受压就会立刻变成那个样子。"老林笑着说。"你也应该学学我。"

陆园也笑笑,她当然明白有些事情是学不来的,如果非要学,就会闹成东施效颦。

两分钟后,"课题计划"就打完了。她把计划拿到老金面前,"您给看看。"

老金很快就把计划看完了,"技术上我看没有问题。"

陆园非常佩服老金的阅读速度:他不是没看,就是有特异功能。

"关键是经费站长能不能批。"

"我一共才要两千块钱啊!"陆园知道天文站是个穷单位,作计划时省了又省,没有像一般单位的计划编制人员,总是把项目作得很大,留有余地让领导去砍。

"两千块钱对咱们单位也不是小数目。"老金侧过身,"不过你放心,我一定尽力争取。这项目你一个人搞得过来?"

陆园虽不敢说世事洞明,但这点道理还是明白的,"我主要是请您看看,如果没什么意见,就咱们合作。"

这时老林发出很有内涵的一声"哼"。

"点子是你出的,我只是配合你而已。"老金也感觉到老林"鼻子语言"的含义。

三

马小彭的马力公司在中关村大酒店五楼。原来朋友给他定的是四楼,价格相当优惠。但他就是不去,"四就是死,太不吉利了。"朋友说:"你是一个正儿八经的北京人,对你来说,八不是发,四也不是死。我的一个处长哥儿们,老说要提拔,总也上不了台阶,后来五台山一个和尚告诉他:把你常用的一个数字改成一八九〇,就会在九零年起山。但住宿的门牌号不能改,电话改起来,麻烦不说,还可能耽误许多信息。能改的只是车牌号。他费了很大事,把车牌号尾数先是改成一八九〇,然后是一八九一、一八九二。但直到现在他仍然是一个处长。"马小彭还是不干:"我虽然不是广东人,但我就是不要四。"

陈今生也不同意他的做法,"你现在怎么变得迷信了?"

"早年我相信党、相信贫下中农,后来又相信爱情、相信生活。但后来发现党虽然是一个党,但一会儿一个政策,到底某个政策是不是对你有利,完全靠你自己去分析;贫下中农你可能比我更了解;爱情这东西完全是一些什么学家发明出来蒙人的,根本就不存在;而生活更是无时无刻不在欺骗你的扯淡东西。所以只好迷信了。其实科学在没被证明之前,就被人称作迷信。"

就这样,马小彭每月多花一千块钱,硬是住到了五楼。

陈今生认为在这一点上,马小彭和他父亲真是一脉相承。马父喜欢下围棋,据他自己说,有专业三段的水平。一个很著名的领导人还给他写了一张条幅:儒将棋才。马父非常得意,把这字挂在了正墙的正中央,而他获得的级别很高的奖状、勋章,反而变成了陪衬。陈今生的父亲也喜欢围棋,父亲的熏陶和自己的努力再加天赋,短短几年,陈今生就只比父亲稍微差一点点了。马父听说,携棋登门挑战:"听说你这里有一个小神童。来,我让你三个子。"三年前,陈今生见过马父和父亲对局,他的棋力要比父亲强大,所以虽然觉得让三个子有些多,也没说什么。可不过十几步,他就觉出马父的棋,不过尔尔。再走几步,更觉得稀松平常,于是大砍大杀起来。马父当然要输,只好改让两个子,然后是让先。在这最后一盘棋中,他走出一招"大恶手"。马父沉思良久,走出了一着更"恶"的棋,子刚落地,一贯以稳重著称的父亲着了急,连声说:"不能走这,不能走这。"然后又讲解了一番。但马父根本不听,还是按自己的意志执行。最后马父以两子之差输给了他。

事后,陈今生对父亲说:"马伯伯如果听您的,就会赢了我。他是不是没看出来?"父亲摇头。"那他为什么不改?"他非常奇怪。"他是领导。"父亲简短地回答。"领导就不听别人的意见?"他还是不明白。"别人的意见领导还是听的,但仅仅是听而已。如果参谋人员说什么,领导就听什么,那么参谋人员不就变成领导了?"父亲尽量想把问题说清楚,"领导就是要当断则断。"

陈今生经过多年磨炼之后才明白:领导即使错了,也要一直错到底,否则就没有威信。

陈今生是头一次来马力公司。他一看门口的金字招牌,就不禁笑出声来。

在给公司起名字时,马小彭几乎动员起全部的关系网,其中有官员、艺术家、企业家,但谁起的名字他都不满意。最后还是陈今生给他起了目前这个名字。他一听就说好,并说:"如果有哪个国际公司出钱来买,没十万美元我绝对不出手。"

他敲敲门。里面应答了一声清脆的"请进"。

打开门,呈现在他面前的是一个美丽惊人的女子。她的基色是乳白,绝对纯净的乳白,就像用玉石磨成粉末,再经过高温熔炼制成的云子——这种围棋子,据懂行的父亲说,值一两银子一个——剩下的附属设备,一望也知出自世界级大师之手。

"马小彭总经理在吗?"陈今生想:只要基色好,配什么都好配。就像西湖,主要是本身美丽,所以才能"淡妆浓抹总相宜"。

"您是?"女子一边用语言,一边用眼神在问。

"我是马总的朋友。"陈今生发现这个美人大脑的反应速度却不够快,不能从表相分析出来的是什么人。

"快进来,铁哥儿们。"马小彭在里屋大声喊。

"请进。"女子赶快给他打开门,"凡是我们马总称'铁哥儿们'的,都是上客。"

只此一句话,这只玉胎彩绘的花瓶就露出了胡同串子的本来面目。陈今生推开了里屋的门。

马小彭正夹着无线移动电话用日本话夹杂汉文在和什么人侃。他示意陈今生坐。

这是一间奇特的办公室:绕屋是一圈真皮沙发,居中是一块"文革"期间产的、织有"毛主席去安源"图样的挂毯。冲着门的是一张面积大于三个平方米的豪华大班台。台子上放着一盏黄铜台灯,灯两边各是一面中国国旗和美国国旗。台子后面是一排大书柜。

陈今生观察了大约五分钟后,马小彭才终于说了一句:"撒悠娜拉。"

"我在铁厂工作时,每次去找厂长办公室主任批点东西,这个球大的官都先不理你,批上几分钟红头文件后,才开腔。后来我发现这小子的红头文件就像京剧里的道具似的,不破就不换。"陈今生说。

"绝没有怠慢的意思。"马小彭给倒酒:"我前些日子去了一趟日本,想进口一些十万吨级的轮船,这么大的买卖,自然要和那里的政界、财经界的人发生接触。后来不知中国驻日本使团的哪个王八蛋写了一个报告,说我和右翼组织全爱会、青思会等有联系。我倒不怕,就怕影响日本方面的朋友,所以给他们挂个电话通报一声。"

陈今生一听,不禁大笑起来,"你倒想和日本的右翼组织联系呢!也得联系得上才行。是不是从007录像带子里看来的？"他知道马是个有胆量的人，敢拿着一个六种文字的"快译通"独自去日本，至于和什么右翼组织联络，那肯定是他自己杜撰的。他所说的全爱会、青思会是"全日本爱国者会议"、"青年思想研究会"的简称，是日本势力相当庞大的右翼组织，根本不会和一个中国平民搭腔的。

马小彭双手一摊，摆出一个很夸张的姿势。

"你从什么地方弄来的这东西？"陈今生指指"毛主席去安源"图样的挂毯。

"一个河北的朋友送我的。这是一百二十道的高级地毯，特别经踩。"

"你就好好踩吧。在'文化大革命'中，你这么一踩，没十年从监狱里出不来。"

"现在有人敢把语录歌唱成摇滚乐，我这又算什么？"

"那你这又是什么意思？"陈今生指指桌子上的中国国旗和美国国旗。

"我现在的主攻方向是美国，想向美国出口一些纺织品，再进口一些高级技术方面的设备。"

陈今生知道十万吨级的轮船这种买卖大陆上只有中国船舶工业公司这样的国家级公司才能做，因为别的不说，让你先预付一千万美元的定金，你就交不起；向美国方面出口纺织品，那需要配额，这配额掌握在经贸部配额许可证司，控制得非常严格。至于进口高级技术设备，美国方面依据"巴统"规定，限制得相当严，别说直接进，就是通过某个第三国转口都不行，上次日本东芝公司就因此受到严厉制裁。但没有必要当面拆穿，因为马小彭也不过是说着玩玩，对任何人都没有损害。"你还买了不少书。"他转向书架。

"你最好就是从外面看看。"

因为马小彭这么说，陈今生偏偏打开了书柜。一伸手他就笑了。再翻几下，他笑得更厉害了：柜中的书除去《百科全书》《辞海》等不多几套外，剩下的全都是空壳。"你从什么地方找来的这些东西？"

"前些天我回陆军学院,发现我爸原来司机小孙的儿子小小孙在图书馆上班,我想从他那里找些稀罕书。但去时小小孙正在撕书的皮。我问他为什么这么干?他说:卖废品时,纸是纸的价,皮是皮的价。混在一起卖就亏了。我说要一些。他说:您给条烟就随便拿。我说:老子看着你从精子、卵子变成了人,现在倒学会跟你老子讲价钱了!"说到这马小彭喝了一口茶。

陈今生知道他说的是实情:小孙在建国初期就给马父开车,一开就是十多年,工作性质没有变,军衔却一直升,"文革"前就是正营。虽说"宰相门人七品官",是古今通理,但他升得也太快了一些,学院里的人都有意见。但马父根本不在乎,还是我行我素,继续把他弄成副团。最后小孙以师级干部离了休,而许多和他一起入伍的人,顶多是个团职。在军队,团和师有天地之别:团级干部转业后,交给地方,成了标准的老百姓;师级干部离休后仍然在军队,还可以住两层小楼。

"这个小小孙还挺会说话:您老是大老板,放屁油裤衩不说,拔根汗毛也够我上吊的,给条烟吧?我被他说得高兴了,再说这东西也许有用,就给了他两条红塔山,换了一车这东西。每个里面夹上个盒子上架,又轻又派。"

陈今生仍然在笑。

"你别笑。这里面还有你爹的书呢!"

"在哪?"父亲去世时,根据他的遗愿,把他不多的藏书,全部捐献给学院的图书馆。当时他刚有了孩子,忙得不可开交,鉴于时代风气,根本不顾这些东西的珍贵。等后来回过味来去图书馆问,谁也说不清楚在什么地方。

马小彭从底下的柜子里拿出书皮来。

陈今生看是德文版的《关于战争与战法》——这本由世界著名的军事学家克劳塞维茨写的书,是父亲从五十年代末就开始研究的。他一直想翻译出版这书,但当书基本定稿时,"文革"开始了。他记得父亲当年委托中国驻苏联武官处的一个朋友,从东德买回来两套:一套批注,一套留存。这显然是批注过的那套,上面的布封已经磨损得不成样子了,护封上还有父亲的翻译进度表。"内容还在不在？"他不抱多大希望地问。

"如果你付出足够的代价,我就能把这个世界上的任何东西给你找来。"

"你这足够的代价是多少？"

"一条烟。"

"你一条烟买了这么多的皮,我只要一个,也要一条？"

"对于一个商人,根本不存在某种东西原来值多少钱的问题,只有现在值多少钱的问题。如果你嫌贵,可以不买。但追求最大的利润,却永远是商业的动力和原则。"

"给你十条烟。"陈今生说。父亲以中学文化程度入伍,在军队中一直做参谋工作。从来没有当过"主官",指挥过任何一个哪怕稍微大一些的战役。但他读书甚勤,对军事理论尤其感兴趣,一解放就申请到学院里去。到学院后,除去和教研组的同事一起翻译了克劳塞维茨的《战争论》外,全部心血都投入到这本《关于战争与战法》中去了,真可以说是"披阅十载,增删五次"。

马小彭从柜子里把书的内容取了出来。陈今生去接,但他不给,"现付钱,后拿货。"

"我现在没有烟。"

"那就打张欠条。"

"我从来就没有见过你这么王八蛋的人。"陈今生急于拿到书,只好给他写了个条子,"一点交情都不讲。"

"因为有交情,我才把书给你弄来;但因为是买卖,所以你得付出代价。"马小彭把书递给他。

书一到手陈今生就如饥似渴地翻了起来。看到父亲的手迹,他似乎嗅到父亲身体上的味道。

"别老看了,我请你吃饭。"

"该我请你。"陈今生拿到这部书的高兴劲,就和集邮迷找到一套邮票中所缺的那张一样。

"饭是饭,书是书,烟是烟,不是一回事,就不要往一起混。"马小彭盼咐秘书,"你在这看着,我们吃饭去了。"

陆园把带来的饭吃完,就趴在桌子上稍微睡了一会儿。以前她从来没有这个习惯。上学三年,一个午觉也没有睡过。甚至在奶孩子时,她也不睡。可这一年来,她明显地感觉到精力像潮水一般地退去。"人一过四十岁,就开始走下坡路了。"一次她对丈夫说。"我还比你大一岁,怎么一点点感觉也没有?"她知道丈夫绝对不是假装:男人的四十岁和女人的四十岁不是一个概念,关于这点,已经从生理学、解剖学、精神分析学等各个方面得到了证明。

醒来之后,她用冷水洗了把脸,然后又埋头于计算之中。

天文学并不像人们想象的那么富有诗意:无边无际的星空,无数星座眨眼……对于天文学家来说,星空是有边界的。这个边界取决于你的观测仪器、观测手段。在你能观测到的范围里,你再根据你的理论,对这能观测到的地方进行想象。至于一般人看到的星座眨眼,那其实是能量的释放。换句话说:这些富有诗意的东西,在天文学家那里,都转变成图形,然后再转变成数学符号。他们的工作是对这些符号进行运算。

这种运算的过程,就像运动员、演员练功一样,无疑是非常枯燥的。但一旦通过运算发现了一点什么,比方某颗星发出的一种新的波,甚至发现一颗新的星,那各种各样的荣誉都会随之而来。但这不是一件容易事。假设你的手段非常先进,有雄厚的资金,强有力的助手,也不一定会发现,只不过你能有所发现的几率比别人大一些罢了。因为这中间有一个运气问题,你要观察到的东西,或者是你观察到并在你脑力活动范围中的东西,必须在你观察时出现。举一个例子:德国的考古学家施里曼在八岁时,就发誓要找到失落了的特洛依城旧址,而且终生不渝。他很有运气,因为特洛依城的旧址的确存在。也正因为这个旧址的存在,他的奋斗才是有意义的。如果不存在,他就白干了,在科学史上一点点痕迹也不会留下。

当然像施里曼沿着直线寻找特洛依城旧址的例子,是科学史上的特例。大多数的科学家都是在试,这个方向不行,就换一个方向。实在找不到方向了,就开始等待。至于等待什么,经常连他们自己也不知道。

但陆园现在是有方向的:研究太阳发出的无线电波是如何影响星星闪烁的。

这不是一个大的计划。以她的地位,在实验室的权力结构图和等级制度中,属于最基层,根本没有资格制定大的计划。这一点自知之明,她还是有的。

"你的计划已经批回来了。"老金把计划还给她。

上面有几个铅笔字:在站内部实行。经费壹仟元。厉。一九九二.十.十一。

这个"厉"就是天文站的站长。他原来是天文所行政处的副处长,为了上正处级,才来到这个地方。"怎么才给一千块钱?"陆园知道这个"厉"虽然"在天文战线干了三十年",但因没有变内行的欲望,仍是个大外行。不过老金这个能和他说上话的内行,如果多说两句,钱还是能到账的。

"就是这一千块钱,也是我拼命给你争来的。"老金说。

"谢谢您了。"陆园当然知道老金除去给他自己外,不会给任何人拼命去争任何东西,但还是得表示领情。

"这是正式的申请表格,你填一下。"老金从他永远紧锁的抽屉里取出一张表格来。

陆园很快就将这张中国科学院科学研究项目申请表填好了。她只是在填"申请人姓名"时犹豫了一下,犹豫归犹豫,最后她还是把老金填在第一位了。虽然他的名字在第一,但如果他不参加具体的工作——她几乎现在就可以肯定他不会干——如果有什么成果——她现在也几乎可以肯定会有成果。这是一种直觉,一种女人特有的直觉——老金应该不会抢头功。

老金看完她写的表格,连声说:"好。好。"接着又问,"咱们站的望远镜倍率不够,还挺忙。国家天文台有一台高倍的射电望远镜在这里安装,我帮你借一下如何?"

"那太谢谢您了。"陆园这回是由衷的感谢。这等于几倍地扩大了她的能力。老金在一张便条上写了几个字交给她,"你去找刘副台长。"

陆园接过条子,犹豫了一下。

"你去吧。这比任何公函都管用。"

四

陈今生接连和马小彭喝了几次酒,回回都是马小彭抢着做东。"如果今天你不让我表现一下,我就不去了。"当马再次打电话来约时,他说。"好的。好的。"马小彭连忙答应。

他知道马最近又在闹离婚,已经有一个月不回家了。而他这个人最耐不住的就是寂寞。马某次向他透露:"除去中午的商务应酬外,就晚上一顿饭,一个月也得三千。"陈今生不信。"我要是一个人吃,就会无聊得要死,非得请上一个不可。俗话说:一人不喝酒,两人不打牌。两人凑在一起,怎么也得闹二两喝。有酒就得有菜。这样以一个月十次计,每月就是这个数。"陈今生说:"我这下子算是懂了,为什么很多人想离婚、盼离婚,但离不了婚。因为这东西看上去是一个家庭问题、伦理问题,但说到底是一个经济问题。"马告诉他:"这是我和你认识三十年来,你说过的最有哲理的话。"

"吃什么?"马问。

"由你点。"

"我一顿饭能让你破产。"马小彭说。

"咱们今天是讲吃不讲派。"陈今生知道马说的是实情:一次在昆仑饭店随便吃了点,就是一千多,将近两千。他还以为是算错了,想去找领班。但马告诉他:"没错。这里的啤酒一扎就是九十块钱。""这不是饭店,而是一把铡刀:别处的啤酒顶多十块钱一扎。""别处是别处,这里不是昆仑嘛!如果你在航天飞机上喝酒,还得贵。要不然它的投资靠什么往回收?"还有一次是马在著名的"肥牛火锅"请客,他作陪。一顿饭四千元。他问为什么这么贵?马答曰:"如果便宜就上不了等级,也就没人来吃了。"另外他还告诉他,"这里的鱼虾青蛙之类的东西都是进口的。"弄得他直感叹:"如果'牛'不够'肥',还真不敢进这只'火锅'。"

"在北京城里,讲吃不讲派的东西只有两样:烤鸭和涮羊肉。烤鸭我昨天晚上刚吃了,咱们还是去吃涮羊肉吧。"

"这天气吃那东西?"陈今生看着空调机放出的丝丝冷气说。羊肉属热,而吃青草的羊肉更是有一股特殊膻气。

"如今这个时代,还有什么节令不节令的。你跟着我走就对了。"

陈今生有些不太情愿地上了马小彭的车。他不是不喜欢吃涮羊肉。在他小的时候,讲究饮食的父亲最喜欢吃。一入冬,父亲就开始筹备:今天买一种调料,过几天又偶然买到一种,等到买齐了,就盼望下雪。可天不作美,偏偏不下。终于等到有一天阴云密布,大有雪意。父亲时时望天。当第一片雪花安全降落后,他就开始忙起来。一个小时后,就电召他不多的几个朋友来——那时人的朋友不多,根本没有时下这种"四海之内皆兄弟"的博大气派——举杯闲话。黄铜火锅,紫色木炭,再配一支小孩子胳臂粗的蜡烛,几丝风从门窗里进来,烛影摇摇,是何等闲暇情趣?

等他调回北京后,一次偶然也遇到下雪——如今大自然是吝啬白雪,慷慨风沙——他试图重温旧梦,就带着陆园和孩子去吃涮羊肉。他们到了一家很有名的涮羊肉馆:一进去感觉就不对:过去的蒙古装饰已经荡然无存,密密麻麻地摆满了桌子。好不容易找到了座位,刚一落座,就来了一支队伍:第一个擦桌子,第二个铺上污痕累累但是洗过的台布,第三个摆上一个固体酒精火炉,第四个是调料,第五个是羊肉……门口等满吃的人:这顿涮羊肉用陆园的话说:"和吃火柴一个味道。"

不过他对马小彭的宴会组织力、饮食鉴赏力还是相信的。"文革"初期,北京的中学生经常斗殴。一开始是单兵操练,后来就发展成集团作战:海军大院对第二炮兵大院,总参三部对国家计委大院的。但只有一小部分能打起来,大部分都以握手言和结束,因为人一多就打不起来,不是这个认识那个,就是我姐姐和你哥哥是同学,或者就是一拨慑于另外一拨的威风,从而"服"了的。

一次马小彭带头把北京军区的一帮子弟给"震"了。对方表示请一顿饭。马小彭竟然在一个下午的时间里,组织起三百人,把个海淀镇三个饭店坐得满满的,门口尽是车把降得很低、车座拔得很高的银光闪闪的"飞鸽"、"永久"自行车——当年骑上这些车,就和如今开着"奔驰"、"尼桑"车一样的神气——里面的人更是不凡:不是穿黄色将校呢的,就是穿海军蓝或空军飞行夹克的。就像是海陆空三军的联席会议。

很多人在很长时间内都以参加这顿饭为荣:"你去吃了吗?在第几桌?"就像老干部互相问:"你是不是参加了'七大'?""'七大'我没去,但'八大'时我是代表"一样。

马小彭的饮食鉴赏力更是杰出,经常能够别出心裁。就在前些天,他请几个老同学,大家表示年事已高,高脂肪、高胆固醇都不能吃——当人说自己不能干什么,比方不能熬夜、不能喝酒……时,那就确实说明他们有了一定的岁数——他就把大家领到一个熟悉的店铺里,吃了一桌由各种动物的生殖器做成的席,说让"身心两亏的你们好好补一补",并辅之以中医理论:"吃什么补什么"。吃完之后,大家都说"好是好,但是这饭没名堂"。"这还不容易,"他想了想就说,"叫全球席好了。"大家起码笑了十分钟。

车过前门大街时,马小彭用移动电话通知一个叫粟老板的人:"我五分钟后到。"

大约七、八分钟的样子,他慢慢把车停在主马路上。

"这里是绝对不让停的。"陈今生看看不远的警察岗楼。

"在这个世界上没有什么事情是绝对的。"

说话间,从前面铁栅栏的缺口处钻出一个獐头鼠目的小伙子。"这是你们的车?"

"对。"

"那就停这吧。"他朝岗楼里那个探出半个身子的警察摆摆手。

他们先进了一个胡同,走到尽头一拐,再进到一个门脸很不起眼的院子里。

这个院子的门脸虽然不起眼,但里面却很大。有若干破旧的鱼缸,里面栽种着石榴树,院子上面还有天棚的架子。

"这是哪个大官的房子?"陈今生对市区内大小胡同不是很了解。

"外行了不是?这不是什么官的院子,而是六部胥吏的住所。"

"六部胥吏是什么?"陈今生想听听野史杂闻来佐餐。

马小彭得到这个炫耀的机会,马上开讲:"六部是户、兵、工、礼、吏、刑。北京的六部口,就是他们办公的所在地。胥吏就是一般干部。"

"一般干部就住这么好的房子?"

"你听我说。"马小彭一副高头讲章的样子,"他们大都是绍兴人,世代相传。所以清朝有一句俗话:无湘不带兵,无绍不成衙。这帮子家伙一张利嘴、一支刀笔,衣食住行都从这出来。户部是财政部,当然最富,他们主要是主管各省的款项核销,如数十万、数百万。如果你不按十分之一的'佣金'打点,那你一个报销案,没有个三年两年报不了。吏部、兵部也厉害,相当于现在的组织部、国防部,他们主管干部,外面的干部想得到晋升,没有他们的同意,就上不了。工部就是现在的建委,一有大的工程,自然银钱滚滚:你没有看见《红楼梦》里一个修园子的小工程,还有那么多的人来争?刑部是法院,国家腐败,司法就必然黑暗,黑暗就来钱。最穷的数礼部,他们是管礼仪的,遇不到皇帝大婚、死亡,理论上就没什么事情好干。但他们也会没事找事:权力就和土地一样,如果没人来租,它就产生不了效益。他们是这样找事的:一个官员的母亲死了,按规矩他必须'守制',在家里待上两三年。如果真的守上三年,那么老靠山倒台,旧部属易帜,以前种下的老本就会颗粒无收。"他点燃一支烟继续说,"这个时间的长短,理论上由吏部主定,礼部副签。假设你走通了吏部的路子,让你守一年,可礼部的胥吏就是不给办,这一不给办,权力就变成了钱,也就等于地主把地租了出去。"

"就是有钱也得先尽着尚书、侍郎。"陈今生不同意他的看法。

"你对官僚体制没什么了解,它是宝塔型的,每一级都得在下一级的建议的基础上做出决定。"马小彭正说着,粟老板迎了出来把他们让进屋。

房间里面是另外一番气象,崭新豪华。粟老板发给两人一件薄毛衣。陈今生虽然不知道夏天要毛衣干什么用,但"不知道就别问"这个道理是很懂的。

一进面积不小、但就一桌的餐厅,他立刻就明白毛衣是干什么用的了:空调把里面的温度调到零上五度,很有冬天的味道。临街的窗户完全是封闭的,氧气的供应靠风扇和空气清洁器维持。

"我做买卖,最了解官僚体制。比方有一笔买卖,我和你都在争。你买通了处长,我买通了科长和科员。那么即使你的出品比我的便宜,你也争不过我去。因为我的科长和科员在给处长的报告上会写:陈老板的货物虽然便宜,但质量上不过关,并和用户的要求不一样。处长就是想给你出力,也不会在报告批:即使如此,我们也要买陈老板的。"

陈今生因为没有介入官僚行当和买卖行中,只能默默地听。

"我的意思是:决定是最高领导做的,但他只能在胥吏提供的范围里做。"

一个年轻但很不漂亮的服务员进来问他们喝什么酒。

"在绍兴人的地方,当然是喝绍兴酒了。"

一瓶古香古色的"鉴湖"花雕酒很快就拿了进来。

陈今生对这种酒的了解,只停留在听说阶段,所以他很仔细地观察。

"别看了,肯定是假的。"马小彭把酒拿去开封。"如果是真的,就和路易十三的价钱差不多。"

他把酒一分为二,然后再点燃丁烷气的火锅。

羊肉当然是精选的,全部为口外肥羊。另外还有羊肾等不常见的东西。

"好是一方面,更重要的是你可以感受一下这里的气氛。"一只很大的卷毛狗进来在桌子底下转。它显然认识马小彭,在他的腿上来回地蹭。他于是扔给它一些吃的。"人们讥笑绍兴师爷喜欢摆派:天棚鱼缸石榴树,先生肥狗胖丫头。"

"这地方这么大,为什么只有一桌?"陈今生不解地问。

"这个饭店的名字就叫'就一桌'。"

"那它还不得赔了?"

"你是集邮的,一定听说过'黑便士'的故事。"

陈今生自然知道,黑便士是一张英国邮票,当时世界上仅有两张。一个阔佬手中已有一张,但还是想尽办法把另外一张买来,然后当众烧毁。他这么一干,使得手中那张的价值立刻升了好几倍。

"现在的人,在大饭店里吃饭已经没有意思了,不是你认识我,就是我认识你。一顿饭除去打招呼、敬酒以外,什么内容都没有。所以很想返璞归真。粟老板就钻了这个空子。为了这份清净,他一桌子菜能卖三桌子钱。"

陈今生也认为他说得有道理。他的一个插队时的同学,学什么也学不成,后来就专攻文学。当时他就告诉他:别看文学这东西,一支笔一张纸就能开业,但它还是需要广泛的准备。朋友不信,径自干了起来。没几年就成了北京最好的武侠小说作家,写一个字值一块钱。笔名:带刀护卫。后来他还嫌写畅销小说来钱慢,就干开了出版。先是不知从什么地方找来一本已经绝版的《三戏白牡丹》,把它排成铅字。因为原书没标点,他就在书上赫然写上"某某某校点"。校点这种事是很见学问的,当年校点《二十四史》时,就集中了全中国最优秀的人才。即使如此,还是有许多东西搞不清楚。但他就是敢干,管它人名、地名想在什么地方点就在什么地方点。再以后,他又找来一本香港翻译的美国艳情小说,把港人语言顺成北京话,再署上"某某某译"又出版了。当他把样书送到陈今生手里时,他不禁感叹道:"您真是学贯中西啊!"

不过此公也怪:当他把钱赚够时,又邀几个朋友相聚在中关村的"香港美食城",说他准备侃一侃先锋派艺术。

但这次因为环境问题没能侃成。诸位想想：迎面压来的是电子大厦的阴影，灌进耳朵的是各种高级和不那么高级的汽车噪音，邻近桌子上有人在用广东话和英语谈生意，最后迅速蜕变成比什么都难听的卡拉OK。在这种地方，能勉强终席不逃跑就得有相当的定力。最后大家总结出来一条："谈艺术和谈情说爱一样，必须有特定的环境、气氛。或天垂海立，或大漠孤烟，或小桥流水，这样才有心情。""带刀护卫"也认可了，"在这地方，得谈挂历的印数和回扣的多少，不能谈别的。"

陈今生此刻的心情就不太好。"咱们是不是快一些吃？"他看看手表。上班的时间已经到了。在光大旅行社里，别人不说，光苏大姐就对付不了。一次他因事没请假，第二天就被狠狠地训了一顿。而这个苏大姐据说当年还是北京有名的"地下文学沙龙"中的一分子，可现在却像个遵守一切规定的机器人。

"现在有一种人，他们把一切都浓缩：爱情浓缩成性行为，总是'一步到位'，连一点点'小红低唱我吹箫'的情趣都没有。当然我不是说你，你是不干这事的。"马小彭自己把一大杯酒喝完，"他们把工作浓缩成赚钱，为了不多的工资而做工、教书、写作，一点儿乐趣也没有。其实他们不明白这样一个道理：你一般地工作，那么每天干八个小时；如果你努力工作，那么你就会成为老板，每天干十二个小时。"他摆手示意不让陈今生打断他的话，"最可怕的是他们把吃饭浓缩成吸收营养和维持健康的必要手段，多长时间吃完、用什么办法、进多少大卡……一切都经过定量的分析，并美其名曰科学化。殊不知，有很多事情一科学就没劲了。"

陈今生把一包方便面扔进锅里。"在这个世界还有另一种人。他们是稀释：把工作稀释成游戏，每天就是'泡'。把吃饭稀释成艺术。我曾经听说过一个姓马的老板，为了一个根本不可能成功的商务活动，接连三天就在饭店里不出来：早茶、午宴、晚宴、晚茶到一点、两点。平均每顿饭吃两个小时。我相信这个家伙一定有一个橡皮的胃、一条玻璃的食道、一个钢铁的屁股。"他把面捞出来，三下五除二就给吃了，"不管你想往什么时候吃，我反正得走。"

"走就走。"马小彭在一张账单上签了个字,"反正这个词一出现,就没有什么理讲了。"

陈今生不让他签。但马小彭说:"我今天和一个香港商人签了一大笔买卖的合同,要不了几天,他的钱就会进了我的账。如果我不请客,就不吉利。"

陈今生不再坚持。

当车停在光大旅行社门口时,马小彭说:"我有一点必须提醒你,用茶叶漱漱口再去。否则你们那个母老板一定会给你脸看。"他又想起了"陪同"就是"应召女郎"的旧话。

陈今生不想搭理他。

"从前南方人形容北方的卖笑女:生葱生蒜生韭菜,腌臜。哪来夜深私语口脂香?"

陈今生知道他说的这句词是从"文革"初期他们在北大一个教授家里抄出的一本叫《长安客话》的书里学来的。这书他读了几遍,也还记得几句,就捡一句还他:"行云行雨在何方?沙发。哪有鸳鸯夜宿销金帐?"

马小彭做了一个投降的姿势,钻进他那辆保时捷车里,一加油就不见了。

保时捷车和奔驰车都是德国车,但它不追求舒适、豪华,从静态加速到每小时一百公里,只要五秒钟。这种车在全北京也没几辆。不过这小子要速度干什么?陈今生觉得非常奇怪。

国家天文台的刘副台长,看了老金的条子以后,很给面子。"我们台里在你们那里装的那台射电望远镜,按计划该完了。你可以用。"他在老金的条子上又用铅笔批了几个字,"你去找他们的负责人吧。"

陆园真有些喜出望外的感觉:射电望远镜是一种高级设备,差一点的天文台站根本没有。一个科学家能不能有所发现,在很大程度上被设备所限制:你用一台看戏用的望远镜来观测星空,那么你即使有再高的理论,也什么都发现不了。

回到天文站,她马上直赴射电望远镜的所在地。对这个地方,她是非常熟悉的。这一年多来,她不止一次上去帮助工人装。虽然他们不欢迎她,她还是坚持去。因为这样一来可以了解一下望远镜的原理和结构,二来也可以为自己的计划做准备——起码在两年前,观测太阳发出的无线电波对地球上看到的星星闪烁的影响的计划就已经在她的头脑里出现了。

当然那时她没有使用这台望远镜的奢望:这只有争取到国家级的项目的研究人员才能用。

当她把批件给安装队的沈队长时,他们正在打牌。他瞟了一眼条子,连接也没接,"我不认识字。"他无动于衷地说。他根本不把刘副台长当回事,因为这个官实在是太大,离他太远。

"你们大概什么时候能干完？"

"完的时候就完了。"沈队长年纪和她差不多,眼皮总是耷拉着,一副永远也睡不醒的样子。

"按计划在上个月就应该完工啦！"她说。

"如果计划管用,就不用您来问了。"说这话的是一个小个子,他是沈队长的忠实走卒,每天买啤酒、烟卷、打饭都是他。在安装队里,他是管材料的,这虽然不是什么职务,但挺有权:谁家用个插销、电线或者润滑油之类的东西,沈队长批了之后,还得他同意。他曾因偷盗罪行在监狱里待了八年,人们都管他叫赵八年。

尽管现在社会情况她是知道的,但她还是表示不以为然。

"他们"赵八年胡乱一指,"假装发给我们工资,我们工作的剩余价值全都让他们给浪费了,所以我们只好假装给他们干活。"

就你这么干,能不能创造剩余价值还是一个问题。陆园心想。

"废话少说。"沈队长制止赵八年,"你什么时候要用？"

"越快越好。"

"越快是什么时候？"沈队长抬起布满血丝的眼睛。

"这个礼拜。"

沈队长摆摆手,表示根本不可能。

"那下个礼拜?"

沈队长点头后,又看了赵八年一眼。

赵八年根本没有看队长。"那您给多少钱?"

"钱?!"她惊讶了。

"这点规矩都不懂?你可以从你的课题经费中,出一部分设备维护费、加工费什么的。当然我们会给您出具正式发票,也会给您回扣。"赵八年解释道。

"我一共才一千元课题经费。"陆园老实地说。

"一千块钱?研究公鸡和母鸡一天干几次还差不多。"赵八年站起给沈队长倒了一杯水。

她看见他的屁股底下有一堆零钱,大约有一百多元的样子。

"少他妈的瞎说,出你的牌。"沈队长又低下了头。

陆园不知道再说什么好,只好走了。

五

陈今生一进屋就被苏大姐给叫到"玻璃笼子"里去,让他汇报厨村旅行社旅游团队访华期间在北京部分的安排。

陈今生因为喝了酒,思维和语言都不是那么连贯,所以讲得很笼统。

苏大姐明显显出不耐烦的样子,但她还是坚持在听。当陈今生往前凑了凑时,她就把身子往后仰了仰,还点燃了一支烟。

"我非常喜欢闻这种莫尔烟的清凉味。"等都汇报完之后,陈今生说。

"你的准备很不充分。"苏大姐把半截烟掐灭在一个炮弹壳子做成的烟灰缸里,"不能据说如何,每一个环节都要去跑一跑。要不然一百多人来,少上一个房间你就没办法。"她的脸色和语句都很冷峻。

陈今生只好点头。

苏大姐吩咐了些别的事宜,就停止了说话。

"我可以走了吗?"他现在明白苏肯定是闻到了他口中呼吸出的味道。

苏大姐点头。

就在他要出门时,苏又说:"中午不能喝酒,上班不能迟到,这些道理作为一个成年人是应该明白的。"

陈今生连停也没有停,就出了门。刚一出门,他就想转回去好好把门摔一下,最好把它摔碎,那才叫贵族派。但再想一想还是克制住了。

一个人成熟与不成熟的标志,就在于他能不能控制自己的情绪,而不是被情绪所控制。在下楼时,他为自己找到了理论根据。

他回到家里时,陆园还没有回来。在一般情况下,他就会下厨房。但今天因为心情不好,再加酒力作用,一动也不想动,脱了外衣就躺在了地毯上。

大约八点钟,陆园回来了。"没人?"她在屋子里行动了一气,发现没有动静就问。

陈今生虽然已经醒了,但就是不想回答。

"你在哪?"陆园先进了卧室。她知道丈夫肯定在家,因为已经闻到了烟草的味道。

卧室里没有,她就进了客厅。"你原来在这。"她蹲下身,抚摸着丈夫的头,"是不是病了?"

"你能让我安静一会吗?"他也不知道自己为什么这么说。

"谁给你气受了?"

"你!"他大声说。她的温柔反而给他增加了烦恼。

陆园吓了一跳。缓过劲来后,她默默地去了厨房。

其实她此刻如果再说一句温柔的话,要是发明不出新的,就把刚才的重复一遍,那么一切都会化解,但她没说。

夫妻之间,对外而言,是结合成一体了。但任何两个人,都永远不会真正的变成一个人。两个人就和两个世界一样,相互之间的"对话"非常重要。

这种对话的前提是"真"。没它一切都完了。但真归真,方式也要讲究。比方说"你和你的父亲一样笨"和"你看咱们两个谁更笨一些"这两句话,从信息论的角度说是等量的,但后者却能让人接受。

陆园做完饭端出来后说:"起来吃吧。"

如果这时陈今生起来,并像领导参加奠基典礼一样,象征性地挖上两锹土,那么今天将是一个宁静的夜晚。

但他仍然没有反应,因为陆园说这话时,语气比较坚硬。

每个家庭都有一套独创的信号系统。这套系统在一般情况下运行是相当稳定的,尤其是运行了十年以上的系统,是有一定抗毁能力的。比方说妻子收到了一封匿名信:恭喜你的丈夫找到了一个金色头发的姑娘。她不相信,或者假装不相信,并把信拿给丈夫看。就这么一沟通,一场战争就会变成一段佳话。如果丈夫真的有这么一回事的话,他也会因为良知的发现,变惭愧为力量。

这套系统最怕的就是一个人发出了信息,对方根本不反馈。举一个电子学的例子:一个人对麦克风喊了一声,然后把麦克风放在喇叭前,经过放大的声音从喇叭里出来,然后再经过麦克风。这样来回传递上几次,就会把控制部分烧毁。

陆园独自吃完饭,洗了一下就进卧室休息去了。

陈今生没被子、没枕头,独自在地毯上躺了一夜。睡得既不安稳也不舒服。所以他越想越气——用热力学的理论来解释:凡是封闭的系统,都是熵增系统——第二天早晨起来,他什么也没有吃,狠狠地把门一摔,这回他是真摔,但家里的门不是玻璃的,摔也摔不碎。

因为下雨,早班汽车上的人格外的少。但陆园还是按时上了车。这倒不是她比别人思想觉悟高,而是出于习惯。习惯就其本质而言,就是一种制度。而制度实际上是一种传统。在这个世界上没有什么东西比传统的力量更大了,它无所不在,无微不至。

那个身体上带有"太阳、牛奶、椰子"味道的男人又准时坐在她旁边。

不知为什么,她今天很想和他说话。但想归想,在中国绝对没有一个女人先和一个陌生男人说话的道理。

也许是因为身体的距离比较近,也许是因为脑电波的频率相同,那个男人主动开腔了,"你在天文站工作。"他没有使用"问号"。

陆园点头,"你在什么地方工作?"

"林业局果树研究所。"

"贵姓?"

"免贵姓沈,沈仲华。"他拿出一张名片给她。

她稍微一瞟,就把上面的信息全部输入:沈仲华农艺师电话:2577798。"我没有名片。"

"但我知道你叫陆圆。"

"你怎么会知道?"

"从你每天看的书上得到的。"沈仲华说。

从这以后,双方一直沉默。

等到她临下车前,沈仲华说."如果有事,可以打电话联系。"说完,他爽朗地一笑,"其实我一个种树的,能办什么事呢? 不过还是希望能接到你的电话。"

她一笑后说."回见。"在这个星球上,能不为办什么事而结交一两人,那也是一件很不错的事。

到了天文站,她没有去办公室,直接去了观测室。

那里只有赵八年一个人。他正在往一个啤酒瓶子里灌润滑油。这种润滑油是射电望远镜用的,相当高级。

41

"这年头,当官的大吃大喝、出国旅游,我们这些当兵的没有办法,只好偷国家一些东西。这润滑油挺贵的吧,但拿回去也只能缝纫机用。偷来的金子当铜使。当铜使也比没有强,你说对不对?"赵八年根本没有不好意思。他灌完油,从数据记录器上顺手撕下了一大截纸,擦了擦手。"给我们送钱来了?"

"我真的只有一千块钱。"她从碎皮包里拿出了一条烟。这烟不是一整条,而是零盒拼成的。它们是陈今生在接待旅游团体时,一盒一盒地搜集起来的。但它们都是好烟:555、日本七星、登喜路……"给各位师傅几盒烟抽。"这是她想了一个晚上才想出来的主意。

赵八年拆开一盒,很老练地从中弹出一支来,放在鼻子前嗅了嗅。"这事我做不了主,得跟我们老大说。不过烟你可以放在这里。"

正说着,沈队长一行进来了。

赵八年赶紧上去把沈队长雨衣接了过来。

"先干四圈。"沈队长坐在唯一一张用射电望远镜的包装海绵土制的沙发上。

在这工夫赵八年已经把茶水和扑克准备好了。

陆园知道今天上午吹了,但她也不好再说什么,只得转身往外走。"老大赢了钱就高兴,等那会我再和他说。"因为烟的作用,赵八年跟了出来,"您别着急。着急就什么事也办不成。再说我看中国水缺、电缺、房子缺,就是人不缺、时间不缺。"

对你来说,时间不但不是短缺的,而是如何把它浪费掉的问题,陆园想。

旅行社接待旅游团体的程序是这样的:在每个季度初,各个旅行社就要把自己接的团队的人数、来京时间、旅游项目、交通方式等统统输入旅游局的计算机,然后计算机统筹计划后给你一张表。旅行社就得严格按照这张表行事。

日本方面很准时。九点整,由王陪同率领的一行三十人就从日本航空公司的飞机上下来。

陈今生一眼就认出了王陪同,事先他把他的相片用电传传过来过。但他并没有往上迎:让这小子着一回急也好。他靠在玻璃门上看着东张西望的王陪同,一直等他们到了大门外,才上去作了自我介绍。

"日本人喜欢一个环节扣着一个环节,衔接得紧密才好。"王陪同脸上虽然接着笑,但笑容却很不自然。

"那他们就应该待在日本,不要到外面,尤其不要到中国来。"家庭中的不愉快,反映到工作上来了。平时陈今生不会这样。

王陪同晃晃手中的团队旗帜,用喇叭向一行人喊了几句日本话后,又转过头来对陈今生说:"我绝对没有责备你的意思。我只希望不要出漏洞。"

"我也这么希望。"陈今生当然不希望出漏洞。虽然他很不喜欢这个面目英俊、身材笔直的陪同。

不希望出漏洞是一回事,出不出漏洞又是另外一回事。他们刚一到环球宾馆,客房部主任就出来了。"陈翻译,"他不知道陈今生的具体职务,所以称他为翻译,"出了点问题。"

"什么问题?"陈今生立刻紧张起来。

"你们预定的房间少了一个。"

陈今生松了一口气,晃动着手中的一大串钥匙说:"我已经计算好了的。绝不会少。"他在去机场之前,就亲自来这里,把所有房间的钥匙都拿到手。

"钥匙确实是在您手里,但出了些意外情况。"客房部主任有些不好意思地说,"我们部的齐部长来了几个朋友。好房间安排不下,就挤了你们一套。"

"我花钱住房,才不管什么部长不部长呢!"陈今生返身要走。按照全世界饭店的规矩,钥匙就是房间。

"问题是他们已经住了进去。"客房部主任赶紧转到他面前。

陈今生一下子就愣在那里,"你们怎么能这样做?!"日本人不是中国人,他们在出发之前,把谁住什么级别的房、吃什么饭都统计好报过来,而且绝对不肯凑合。

客房部主任双手一摊,"我也是实在没有办法。不光是你们团,今天我们一共接四个团,一个团扣了一间。部长就是部长,是我们这里最大的官。"

陈今生知道环球宾馆是商业部开的宾馆。虽然它号称四星级,但那仅仅是指设备而言。如果说起管理来。它仍然脱不了招待所的模式:主人说什么就是什么,而不遵循"顾客是上帝"的商业原则。"如果是部长住了我的房间,我也没得说的。可部长的客人不是部长!"

"部长的客人虽说不是部长,但也享受部长级待遇。"客房部主任尽力想用玩笑话冲淡不愉快,"我们可以在房钱上打一个折扣。"

"这年头,谁在乎你那两个钱?!好啦,我自己想法儿吧。"陈今生挥挥手,对既成事实的事,最好的办法就是接受它。"国家旅游局的人评价你们饭店的八个字真是准确极了。"

"哪八个字?"

"'硬件真硬,软件真软'。"

"他们说得对。他们说得对。"客房部主任连声说。

"他们不给你们评星级,于是你们商业部自己制定了一套标准,硬是给自己来了个相当于四星级,并堂而皇之地在门口挂上四颗星。"

陈今生所谓的办法就是和王陪同商量,让他把房间的级别降低一些。但他刚一说,就被王陪同一句给顶回来,"不行。按原计划办。"

"请您继续往下听,如果我说完了,你还是不同意,那咱们再拟定一个新的计划。"陈今生给王陪同一支烟,"你住另外一个三人间,我把一人间的房钱的差额补给你,再另外加五十元。"他知道客房部主任会在折扣里处理这些"黑钱"的。说完他马上给王陪同点燃烟。契诃夫关于戏剧有一个著名的理论:如果在第一幕,墙上挂着一支枪,那么到了第二幕,这枪就得放。

"如果每天给我一百元,我就同意你的方案。"王陪同用烟幕遮挡住脸。

"行。"陈今生一口答应。反正一刀也是挨,两刀也是挨。

日本人就像小学生一样,非常听话,排着队等陈今生把钥匙递到他们的手里,然后在房间里洗漱,再下来吃午饭。

午饭后,赵八年跑来悄悄地告诉陆园:"我们老大说了,不给钱就无法按照原计划完成。不过他也说,看你一个女人家不容易,多少给你提前上两天。"

"那是什么时候?"

"这个月底?下个月初?我说不清。"赵八年使用的是模糊语言。

陆园想想也没别的办法,只好长长地出了一口气,"你说得对,这个世界上什么都短缺,就是时间多得是。"

"您把这个想开了,就什么全有了。天上的星星,又不是地上的歌星,你不看也不会跑到别的城市去。"赵八年神秘地笑笑,"不过您真着急的话,我还有个主意。"

陆园出于本能知道不会是什么好主意,但还是心怀希望往下听。

"我们老大是个舞迷,喜欢不说,跳得还特别的宫廷。如果您能陪他跳上那么几场,事也就顺了。"

陆园的脸慢慢在变。

"他有一次说过,别看您岁数不小了,但风度仍然蛮好。他喜欢文化人。"赵八年没有注意到陆园脸色的变化,"您倒是说话啊!"

"如果你非要我说,我就说,"陆园尽量克制住自己,"你的主意是一个坏主意、一个馊主意!"

赵八年一下子傻眼了,他看着陆园变圆的眼睛,好半天才说:"那您的烟?"他把剩下的九盒烟拿了出来。

"权当我敬神了,施舍了。"陆园说完就头也不回地走了。难道在这个世界上除去金钱和女色,就没有别的东西能使它运转吗?她边走边自问。

因为和陈今生生气,因为和赵八年生气,因为天气不好,陆园提前下班了。

她一上公共汽车,就碰到沈仲华。

"下班时,我从来没有遇到过你。"沈仲华爽朗地笑笑。

她特别喜欢他这宽敞的笑容。"我也没有遇到过你啊！"她好像在低洼湿热的城市中心里，突然遇到一阵又一阵凉爽的山风，心情一下子好了起来。

到了终点站，他们一起下了车。下车之后，沈仲华没等她打开伞，很自然的就把他的罩在她头上。

这是那种老式的油布雨伞，现在不多见了。

"它确实不太好看，但很管用。"他发现她在观察这伞，就说。

"这伞就是大，罩两个人有富余。"话刚一出口，她就觉得不大合适，"这伞现在不好买了吧？"她赶紧打岔道。

"这不要紧。我家有库存。"沈仲华转动着雨伞，"你不奇怪我为什么会存这么多伞？我告诉你，我们家老爷子原来就是做伞、修伞的。"

这最后一句话奠定了她信任他的基础：现代人有一个很显著的特点，喜欢炫耀自己的门第，更有甚者，能把八竿子打不着的亲戚都网罗进来，我姐夫的妹夫的父亲是某某部的前任部长——没有一张谱系图，你一下子还搞不清楚人物关系。有的人即使不吹，也不会开诚布公地说：我父亲是修雨伞的。

当他们两人走到"美妙咖啡屋"前时，都放慢了脚步。"进去喝一杯？"沈仲华说。

陆园礼仪性地看了一下表，就跟着他进去了。有生以来，从来没人请她喝过咖啡。一个女人在二十岁左右，如果没人请她喝咖啡的话，那么这辈子如没有特殊的因缘，大概是不会有人请了。而她在二十岁时，正为有没有细粮、有没有油发愁。记得一次她从北京走时，寡母把节约了一年的米面票都给她买成了实物。当她中转时，好不容易才把那个装满挂面、大米的包裹，背到背上。但背上去了，又站不起来了。她用哀求的语气对列车员说："您能不能帮一下忙？"列车员不但不帮，反而袖着手说："下次你再多背一点试试？"

沈仲华给每人要了一杯热咖啡。

"你不喝酒？"陆园问。

"天生对酒精过敏。"沈仲华一笑。

"也不抽烟？"她看着他红润的面孔，抽烟的人是没有这样的面色的。

沈仲华好像有些不好意思，"好的抽不起，坏的又不想抽。"

喝酒、抽烟他不会，也不太善于说话。陈今生的铁人三项，他一项也不行。陆园想，但这并不说明他不是一个男子汉。

因为下雨，咖啡屋里的人很多。有的时候，人多反而更能给人以安静、温馨之感。陆园看着顺着窗户往下流的丝丝水线，品着香浓的咖啡，突然之间她觉得该说点什么，不知为什么，她给他讲起自己的研究课题来。

这些话，她从来没有和天文站外的人讨论过，其中包括陈今生。这倒不是因为保密，而是他不爱听。

她越讲越激动。从批计划开始，讲到老金的插入，讲到安装队的刁难、勒索。

沈仲华只是在听，一下也没有打断过她。

突然她感觉到时间已经不早了，就抱歉地说："我该回家了。"

"我也是。"沈仲华付了款，又打开伞，把她送到汽车站，"今天不是好天气，明天就会变好。"

"明天见。"她没有和他握手。

六

陈今生陪着这些日本人先在市内的各个景点游览了一天，然后又去长城、十三陵等远一些的地方游览。

没有什么事情比陪人游览更累的了。长城、十三陵虽然是名胜古迹，但经不住经常去。勃列日涅夫曾经说过：我最累的事不是召开政治局会议，而是一年当中要陪同各个国家元首看二十遍《天鹅湖》。回到环球宾馆后,他第一件事,就是洗了个澡,然后一个人去酒吧,要了一大杯"人头马"。要在平常,他是绝对不会要这么高级的酒的。这种法国酒,一般中国人是喝不起的。如果真的都喝,那么整个欧洲都种酿酒的葡萄也不够。而今天是因为公务,可以用光大旅行社的"牡丹卡"结算。

幸亏我是"地陪"不是"全陪",他边喝酒边想。所谓"地陪"就是地方陪同的意思也就是说只负责北京地区。而"全陪"就是全程陪同。现在很少有"全陪"了。以这个旅游团为例:他们在北京地区的旅游,由光大旅行社负责。明天早晨,他们飞到西安,在那里的旅游项目,就由西安青年旅行社安排。这样各自利用各自的地理长处、人缘长处,能节约不少费用。费用小了,利润自然就大。

透过酒吧的迷彩灯,他看见王陪同在操作前台的电传机。不一会儿他从电传机上,撕下长长的一张纸,边看边走进酒吧,径自在他旁边的一张桌子坐下。

"坐这喝,我请客。"陈今生招呼王陪同。通过这两天的接触,他发现王这个人并没有他想象的那么坏,只不过比较"尖"一些罢了。

王陪同很爽快地坐过来。

"看什么呢?"他看王用六彩自动铅笔往电传纸上画记号,就凑了过去。

这是一张名字叫《1马》的日本赛马报。

"日本人就是有钱。可有钱也犯不着传这东西啊!"陈今生撕下一张仔细看着。

这上面尽是他不懂的名词:大波乱、大穴、单胜、复胜、马连、杂连……

"又是十万日元进了我的腰包。"王陪同把笔收了起来,喜形于色地说,"不是我钱多得没地方花。你要知道,《1马》是全日本最权威的赛马报纸。不看它就没有办法玩马。"

"这些都是什么意思?"陈今生给王陪同要了一听啤酒,一杯法国酒,"能给我解释一下吗?"

王陪同想了一下后说:"大波乱就是说比赛的结果会大起大落;大穴就是说

结果会爆出大冷门。单胜是指你买的马只有跑第一你才能赢;复胜是指你买的马只要进入前三名,你就能赢;马连就是说你可以若干匹马联在一起买。杂连就复杂了去了。等你以后去日本,再教给你。"

"我怎么也理解不了玩马人的热情。"陈今生认为自己的兴趣还是很广泛的:从飞碟到考古,从舰船到名牌手表、西服、钱包。

"'若得酒中趣,勿对醒者言。'"王陪同笑了笑。

这小子还有点文化,陈今生想。

"你想我旅行社那么一点点工资如何够用?不玩马还行?"

"你们的工资不是挺高吗?"

"日本的工资和你们共产党国家的工资不是一个概念:我得用它来买房子、供应子女上学、医疗……分分都是钱。即使是这一点点工资还没有保证,如果哪个客人向旅行社投诉了你,他们就扣你的钱。"

"资本家就是黑!"陈今生附和道。酒是最好的融合剂,喝了它,阶级消失了,矛盾弥合了……一切的一切都会变得模糊一片。

"上次我陪一个团到泰国去,一个客人晚上出去逛窑子,被人打了一顿。回日本后,竟然向旅行社告了我一状。他这么一告,我一个季度的红包都吹了。"王陪同一口把酒喝进去,"你说总不能他和婊子睡觉,我在外面给他望风吧!要是哥儿们你干那事还差不多。"王陪同正说着,看见旅游团的团长佐佐木寿进来,他立刻站了起来,大步向他走去。

他先是给佐佐木寿找到了桌子,把椅子给他拉开,又拿着菜谱给他讲解。等一切都完了之后,才回来。

"这也是你的服务项目之一?"陈今生问,"要是让我这么干,我宁愿在中国受穷。"

"有奶就是娘。"王陪同并不觉得尴尬,"你别小看这个干瘪老头,他是日本最大的电子企业之一的大老板。"

"如果我没记错的话,日本最大的电子企业好像是松下、夏普什么的。"陈今生眯起眼睛。

"那些都是集团企业。"

"你的意思是这个佐佐木寿是个体户?"

王陪同没有正面回答:"日本的事和你们中国不一样。反正伺候好他,回到日本后,就会在厨村旅行社的《反馈表》上给你美言几句。这样你的奖金多了不说,获得晋升的机会也大。"

"这是一个很奇怪的老头。"陈今生突然想起这两天来的一些事,"他到什么地方都偷偷地扔纸,是不是他当过日本宪兵,残酷杀害了不少中国的善良老百姓?这回来,是给他们烧一些纸钱,表示忏悔,省得到了阴间他们和他算账?"

王陪同的脸立刻严肃起来,"我从来不议论客人的事。"

陈今生本来还想给他买上一杯酒,因为这一句话,就给节约掉了。

他正在左顾右盼,想办法结束这场会见时,看见马小彭的那个"花瓶秘书"和一个典型的香港人模样的人一起进来。两个人找到一张角落里的桌子坐下。

"那个'花瓶'我认识。"陈今生说。

"哪个?"王陪同立刻来了精神。

陈今生给他指点。

王陪同因为看不清楚,就拿出眼镜仔细地看。

"你看马报也没有这么认真。"陈今生讥笑道。

"赛马是赌博,需要的是勇气和决断力;勾引女人是垂钓,要的是手段和耐心。"王陪同还在往"花瓶"方向张望,"这两者是一个男人人生之必需。"

"别看了,越看越气。"

"偷着不如偷不着。"王陪同回过头来,"不过我如果不是公务在身的话,一定能把她弄到手。"

陈今生表示不相信,"她漂亮是漂亮,但这并不等于说她不是良家妇女。你有钱是有钱,但并不表示你攻无不克。"

"我看马和看人同样的准确。上次有一匹叫马斯达三岁马举行处女赛,它的父亲是马库达金,曾经得到过天皇赏大赛的第一名。它的骑手也是全日本的第一骑手冈部。这马一身金黄,肌肉跳跃,从鼻子喷出的气就有一米多长。它的呼声最高,人人都押它单胜。就是我没押。这个世界上这理论、那理论,我最不相信的理论就是'老子英雄儿好汉'。结果我赢了有生以来最大的一笔钱:八十万日元。"

"马是马,人是人。"

"人就是马,马就是人。你别看这个女人美貌绝伦,但美丽的女人往往不知道自己的美丽。而越是美貌绝伦的女人,越是愚蠢透顶。"王陪同从眼睛的余光里发现佐佐木寿要走,就站了起来,"要不然她也不会和那个骗子在一起。"

陈今生一下子想起马小彭的公司、生意,"谁是骗子?"

"就是那个大热天还穿假名牌西服的人,他叫什么来着?"王陪同拍拍脑袋,"柳、柳,你看喝了点酒,就什么也想不起来了。反正上次他在日本,就是因为一桩诈骗案,很闹了一阵。好,谢谢你的盛情招待。"

王陪同走了之后,陈今生一个人待在酒吧里,脑袋里一片茫然。他一直看着"花瓶"和骗子吃喝完毕,上了楼梯,才挪动沉重的双腿回到自己的房间。

虽然他困得已经没法说,但还是通过总台,查出了"花瓶"的房号,然后他打了一个电话,说是找柳先生。

"花瓶"盘问了两句,就把电话给了柳。

柳一接,陈今生就放了电话。

因为孩子病了,陈今生又在陪团,所以陆园请了一天假。

这天她一上班,就发现射电望远镜已经全部安装完毕。

"您试试。看什么地方不合适,我们给您修。"观测室内只有赵八年一个人,"老大让我们加了两个夜班,给您赶了出来。"

陆园熟练地打开机器,一项一项地检测。两年前,在国家天文台她配合别人在射电望远镜上工作了三个月,熟知这种机器性能。

"没得说,没得说。"一个小时后,她检测完毕。

"当然没得说。我告诉您:全国就我们这一个专业队伍,所有的射电望远镜都是我们安装的。"赵八年一副讨好的样子。

"你们辛苦了。"一时她不知该说什么好。

"其实也不辛苦。我实话跟您实说:这根本没有什么活,要干早就干完了。主要是老大指示,干那么快干吗?这东西安一个又一个,没个完。所以我们就赖……"

他"赖"字刚一出口,就又缩了回去。

沈队长出现在门口。他依然阴沉着脸在屋子里转了一圈,然后头也不抬地说:"我把八年给你留在这里,有什么零活让他干。他干不了,就让他来找我。"

"我请你们吃顿饭吧?"陆园非常感动。她知道即使自己真的给上一两千块钱,他们也不会这么快干完。在这个天文站,乃至整个天文系统,她从来没有见过这么高的效率。

沈队长没说话,只有赵八年口是心非地说:"不用了吧,不用了吧。"

沈队长往外走,她因礼貌关系往出送。

"你扫扫地。"沈队长制止跟在后面的赵八年。

赵八年听话地留在屋子里。

"哪天我和我爱人专门请您一客。"在走廊尽头她说。

"既然是自己人,用不着来这套。"沈队长看着窗户外面,"顺便问一句,你是什么时候认识我哥的?"

"你哥?"陆园怔怔地看着沈队长。他属于那种很难分辨年龄的人,估计在四十左右,顶多多五岁或者少五岁。她把这个年龄段的人都扫描了一遍,没有一个姓沈的。

"就是沈仲华。"沈队长不耐烦了。他显然认为陆园在装蒜,知识分子最擅长这个。

"沈仲华是你哥?"陆园惊讶地问。

"您说得很对。如果沈仲华不是我哥的话,您一个月之后也用不上。"沈队长这回抬起了头。

"我认识他很久了。"陆园话刚一出口,就自觉不对,"其实也不太久。"她更正道。

"我不管你们认识多久,我只是想告诉你:他是一个好人,我嫂子也是一个好人。"沈队长说完就走了。

陆园知道他是误会了。

回到观测室后,她立刻投入工作。在头脑的"预热"阶段,她脑子里涌现出这样一个念头:这个复杂、紊乱的世界上,你在一个偶然的机会,结识了某个人,他就会在很大程度上改变你的轨迹。就像流水一样,某个拐弯处,因为一场大风,吹落了一根树枝,挡在那里,它的流程、流向从此改变。

"你听说过这样一句话吗?"她问赵八年,"在纽约一只蝴蝶扇动翅膀,就能改变北京的天气。"

赵八年接连摇头。

"这是气象学上的一句名言:纽约的一只蝴蝶扇动翅膀,改变了一股小气流的方向,而小气流的方向的改变,又影响到大气流的方向改变。所有这些改变,就形成了你在中央电视台气象预报上看到的卫星云图。"

"您这话深了去了,我听不懂。"在赵八年的头脑里,知识分子是一些莫名其妙的东西。他们想的、说的、干的都和自己不一样。不一样就不一样呗,如果都一样,地球上不用盖监狱,光盖大学就行了。"不过不管您怎么说,反正我不相信纽约蝴蝶翅膀一动,北京就刮台风。要是那样,多弄些蝴蝶不就结了,还造原子弹干什么?"

陆园无可奈何地笑笑,真正开始了工作。

七

要想完成一个课题,必须有足够的资料。用射电望远镜对整个天空扫描一遍需一昼夜时间,它每天要送出八十米划有三条轨迹的图纸。也就是说,陆园必须把这八十米图纸读完,才能对整个天空的记录作一次分析。

她是靠眼睛审查图纸的。按说如果能把天空的资料数据化,再输入计算机,这个工作大概只要一个小时就能完成。她曾经和陈今生讨论过这个问题,陈有一个同学在国家计算机中心工作,那里有全中国最好的机器和最好的计算机设计人员。"他们那里的机器用一次是要算钱的,你的研究经费又只有那么一点点。"陈今生显然不想管这事。"所以我才托你。再说咱们用国家的机器给国家工作,又不是盗窃。"虽然她和他的关系已经得到了修复,但她还是觉得有些别扭。"如果真要是盗窃,那倒好办了。你不想想,我要和他说:给我的老婆算一算天空的资料。他一定会说:公家的事,你最好通过公家的渠道来办。再说,我这个朋友现在不是操作人员,而是主任了。"她说:"是主任不就更好办了?"陈今生又给她举了一个例子,"上次华大哥的装潢公司给咱们家装阳台。当咱们想修改方案时,直接和工人说,他们根本不理睬,口口声声说,我们得按图纸施工。咱们只好去找华大哥。等华大哥再把命令传达下来,阳台也已经装完了。如果你直接认识操作人员,给他或她一条烟和一盒化妆品就结了。可你又怎么能想象一个主任对自己底下的人说:你们免费给我算算这个、免费给我算算那个。如此说上两次,这个单位还怎么管?""你不给办就算了,何必来这套。"以前她和丈夫从未用过这种方式说话,要想毁坏夫妻关系,最好的办法就是互相指责。但此刻她潜意识深处的对照组是:沈仲华帮助她安装射电望远镜。

把人组成一个网络,远比把各种机器组成一个网络费事得多。机器是平面的、固化了的,而人的网络是立体的、多层面的;更重要的是,它是时时刻刻变化,需要诸如人情关系、血缘关系、友谊、金钱等各种各样的东西来润滑。没有人帮助就自己干,陆园打定了主意。

天空资料在外行人看来,不过是三条弯弯曲曲轨迹线,没有任何意义。但对陆园却是有意义的。她要做的事是把真正从闪烁的无线电源发出的信号在图纸上标出来,并删除诸如电视台、飞行器、无线电俱乐部等这些人为的干扰电源发出的信号。

她读的速度显然跟不上机器输出的速度。她曾经想让老金帮忙,但老金说:"这次天文学会要让我来筹备,千头万绪,忙得不可开交。"她知道当选中国天文学会的理事可能是老金这辈子最后的理想,确实也不该妨碍他。老林帮她看了几十米,就不耐烦了,"你先找一个谁也说不清楚的信号,然后用功分析它一番,写它一篇大文章。"

陆园承认这种诱惑是存在的。科学家也是人,赢得荣誉和尊敬是他们工作的极大动力。因此为了自己能出名,发明——注意:不是发现——一种现象的"念头"总是出现在他们的头脑中,但一个真正的科学家是能够成功地克服它的。

"国外关于闪烁有许多文章,我可以翻译一些,你参考一下它们,就可以装配一篇、两篇甚至更多篇文章。论文的目录长,能给职称评委们以很好的印象。"老林能读三种以上的文字,用他自己的话来说:被软禁时,没事情干,只好读外文。

陆园明白他说的装配实际上就是抄袭。这在天文学上也不是没有先例的,天文学界之王托勒密的观测结果是抄袭伊巴谷的。伊巴谷进行观测的地方是罗得岛,纬度比托勒密进行观测的亚历山大要高五度。亚历山大能看到的星空有一个五度区在罗得岛是看不见的。所以在《大综合论》——这书名的希腊文的意思是"最伟大的"——中,托勒密所提到的一千零二十五个星没有一个属于这个五度区,而且每一个球体天文学的实例都只适合于罗得岛。所以说这个天文学的巨人,实际上是一个泥足巨人。她不想这么干,这倒不是觉悟高,而是她自己也说服不了自己。

"伽利略和牛顿都有修改数据的嗜好。有许多实验伽利略甚至根本就没有做过。"老林继续宣传自己的理论,"你搞上几篇文章,我再托人给你活动活动,弄它一个副高、正高的。"

"这我想也没想过。"陆园说的是实话。她虽然也是名牌大学毕业,后来又在北京大学天体物理系进修过。但"工农兵学员"这个词就修饰和限制了她的晋升。用陈今生的话讲:"工农兵学员就和妓女一样,即使你后来从了良,也不顶事。"更何况在科学院这种单位是严格按照资历来排队的。你要么毕业得早,像老金、老黄那样,早得别人没话说;么么晚:科学院对三十五岁的有学术成就的青年知识分子,有专门的职称指标。但当这个年龄限下达时,她正好三十六岁强。据说明年这个年龄限将改成四十岁,而那时她就会到达四十一岁了。运气这东西就和跳舞一样,你如果一步赶不上,那就步步赶不上。

当然还会有一个例外:你发现或发明了一个足够"大"的东西。不过这种事用以前时髦的话说,叫"不以人的意志为转移"。

弄不上就弄不上呗。欲望和现实之间的差别如果不大,人就不会太难受。现实是客观,不可改变。而欲望是主观,能够调整。

"如果你要借鉴别人的文章,就要找那些不著名的、从来没有被别人引用过的。然后你在文章中加上几个你自己的观点,化整为零发表。即使是坏文章,只要你有信心,总能发表出去。我再给你找一找郭秘书长,一定能成。"

陆园知道这个郭秘书长是老林的同学,同时还是他妻子的哥哥,他是国务院振兴科学技术办公室的秘书长。这个位置听上去虽然不那么显赫,但实权很大:所有的科学研究经费、参加国际会议的指标、职称的指标都在他的手里掌握着。当然,"振兴办"有主任、副主任,但他们都是国务院各个部门的领导,是挂名的,具体事务的操作权都掌握在秘书长手里。

"研究要靠自己,不能靠官员。"陆园摇摇头。

"你的岁数没我大,可思想却比我僵化得多。我告诉你,一个画家如果想成名,一靠奸商,二靠官僚:画家、奸商、官僚这三者中,官僚的劲儿要比另外两项之和还要大。"

"艺术是艺术,科学是科学。艺术是一种想象,而科学是一种实践。"

陆园用身体语言表示自己想工作了,如果不这样做,老林就会一直和你聊下去。她觉得在这一点上,他很像自己的丈夫:所有智力很高、精力充沛的人,如果没有投放处,都会变得非常喜欢聊天。

"你这个人,真正的不可救药。"老林边往出走边说。

陆园和他开了一个玩笑,"那你就把你的药给别人用。"

在厨村旅行社的旅行团去西安、甘肃等地期间,陈今生有一个星期的空闲。闲得无聊,他就顺腿去了马力公司。

"花瓶"一看见他,立刻认了出来,"老板的铁哥儿们来了,快请进。"

进门之后,他破天荒地看到马小彭正在埋头工作。

"你先请坐。"马小彭又让了一下。大约过了十分钟的样子,他才重新抬起头来,"我和香港的金裕公司签订了一批手表的合同,要在这个星期起运,所以赶紧得把报关单填一填。"

"你还干这种粗活?"

"上次买卖我让秘书小姐给填,谁知道她填的报关单一给海关送去,就让人家打回来。接连两次都这样。最后海关的人让她把我叫去,好好地训了我一顿:你还做买卖呢?连一张单据都不会填!这笔买卖比较紧,所以我自己来填。"

"我记得以前你那个公司,有一个外贸学院毕业的男孩子,再把他找来,一定是报关的好手。"

"那小子吃我的回扣,让我给开了。"马小彭边说边写,"如今干买卖也不好干,你雇能干的人吧,他吃你的回扣;你雇不能干的人吧,什么事情也得你亲自动手。"

"马克思说得好：雇佣劳动就一定会产生雇佣思想。我叔叔雇了一个保姆，可保姆买回来的菜，他不相信她报的价，总是要亲自到贸易市场去查对一番。后来我对叔叔说，保姆贪污一些菜钱。只要它在一定的限度之内，那就是正常的，因为这像小费一样，构成她隐性工资的一部分。如果您事必躬亲，那就不要雇保姆，自己干不就结了。叔叔听完恍然大悟，于是心平气静，安享晚年。"陈今生说到这，看马小彭把单填完了，就伸出手，"让我给你审定一下。"

"我有一个朋友是北京大学日文专业的工农兵学员。一九七六年他快毕业时，我到他那玩，发现他的桌子上有一套三岛由纪夫全集。全世界的作家中，我最佩服的就是三岛由纪夫，于是想借。这书不学日文能看懂吗？我边翻书前众多的图片和夹杂很多中文符号的内容边问。谁知道这话伤害了他的职业自豪感，他一把把书夺了回去，大声吼道：那哪能看懂！我后来想想也是，如果不学日文就能看懂，他三年大学不就白上了？"马小彭拿着报关单似递非递，"这可不是什么旅游计划、房费收据，看懂它是需要精湛的专业知识的。"

"你拿过来吧！"陈今生一把就把表抢过来，"高卖低买，除去税收和费用，就是利润。有他妈的什么看不懂的！"

这是一笔手表买卖，一共三万只，大约是二百万人民币的样子。陈今生粗略一算，马小彭大约有几十万的毛收入。"要不然人都去做买卖呢？说穿了这东西和抢劫差不多。"他把报关单扔到桌子上。

"我的收入是毛的，如果除去我这个房子的费用、雇人的费用、请客吃饭的费用、差旅的费用，也所剩无几了。"

"再把你执行'阅尽人间春色'的泡妞计划的费用加上，你的账上还要红出来呢！"一次喝酒时，马小彭曾经夸口说："当我的资产到达一个亿时，就什么也不干，而去'阅尽人间春色'。"

"说是说，做是做。毛主席说：看一个人，不能看他怎么说，关键要看他怎么做。"

陈今生正在想毛主席在什么地方说过这话，脑子里突然冒出了一个念头："你再把你的报关单拿来看看。"

"好像你能看出什么问题来似的？你又不是会计事务所、审计局的。"马小彭把表递给他。

这次陈今生看得非常认真。这个香港的金裕贸易有限公司的经理叫柳郡恒。付款方式是支票预付。金额是一百七十万港币。

"别看了。再看也成不了你的。"马小彭往回拿表，"贪心往往是由于看而引起的。眼不见为净。"

陈今生用胳膊肘子把他的手别开。与此同时，他拼命开动大脑。

过了一分钟左右，他突然大叫一声："我想起来了！"

马小彭不知道他想起了什么，一时间呆住了。

"你去把门关上。"陈今生命令道。

马小彭听话地把门给关上了，"有这个必要吗？她是自己人。再说这又不是政治局会议。"

"自己人和不是自己人是在互相转变的。你还算是中国共产党高级干部的子弟，连这点道理都不懂。"陈今生说完就压低声音说，"这个柳郡恒是个大骗子。"

"别他妈的一副'秀才不出门，便知天下事'的样子。你去过香港吗？"马小彭不以为然。

陈今生把王陪同那天晚上在环球宾馆的酒吧里给他讲的事复述了一遍。

"是我让'花瓶'去的。陪陪客人，也是她的工作的一部分。"马小彭开始眨眼。

"我看他们非常熟悉，熟悉到能上床的地步。"

"上床不上床是她个人的事。我又不是某个单位纪律检查委员会的书记。"马小彭把资料拿回去，放进塑料夹子里。

"关键是柳郡恒是骗子。"

"在你们这些一般人的眼睛里,所有的商人都是骗子。你们的逻辑是:凭什么你们一万元进货,卖给我们时却变成了一万二?"

"我真是表错了情。如果有人骗了你,也是活该。"

"不会的。"马小彭打开隐蔽在一张油画后的保险柜,从中取出一些原始票据。他边开边说:"这画是我花三千块钱买来的。"

陈今生接过票据后,用手摸着画说:"你上当了。"

"上当就不是我干的事。"马小彭开始给他讲解,"这湖水代表阴,旁边的树木、高耸的石头代表阳。一幅阴阳结合图。三千块钱根本不贵。再说我慧眼识英雄,知道眼下这个落魄的小子,将来一定会发起来。艺术品这东西,就和股票一样,说个涨,你不让它涨都不行。我告诉你,本世纪到下世纪初,最值钱的东西就是房地产和艺术品。"

陈今生不想继续听,研究起马给他的票据:这都是金裕公司开给马力公司的多张支票乙纸。会计科目分别是预付定金、货款。在支票的正面右下角盖有金裕公司和柳郡恒的印鉴。

"这些东西还不如钱:钱如果是假的,摸上去手感就不一样。前天我去买酒,我看服务员给的酒是真还是假,服务员看我给的钱是真还是假,两下子都认定之后,才放下了心。"陈今生对支票没有什么知识,"你最好交给中国银行,让他们和香港的支票账户行确认一下。"

"老柳急着让我空运发货。如果交给中国银行确认一下,咱们国家的速度你不是不知道,没一两个星期见不到结果。时间就是金钱啊!"

"办什么事,都想'只争朝夕'是不行的。快就是慢,慢就是快。"

"要不然你爸爸一直是参谋长,而不是司令。这原因就是因为他谋而无断。"马小彭把支票要回去,"在你的身体中,太多你父亲的参谋因子。"

"你说出这种话来,我完全可以和你绝交。"陈今生本来想说,你的身体中,大概有太多你父亲的好色因子。因为以马父的资格和战功,在授衔时,应该是上将一级的干部,但那时他的最后一个妻子,也就是马小彭的母亲,告到中央监察委员会去，说其夫在疗养期间，和那里的一个医生有不正当关系。如果在平时，也不算什么大不了的事，但因为那会儿领导们正在为这些高级军衔的分配发愁，顺手就把他给平衡下来了。可这会儿如果说出来，会很伤马小彭的自尊心。他忍了忍后说："但出于交情，我还是想教给你一个真理：断一定要建立在谋的基础上。瞎断谁不会？"

马小彭连连给他作揖，"心知心领。我一定想个办法让银行快一些确认。"

八

看着从记录器中像长流水一样不断往出涌的纸，陆园不禁有些发愁：这么多的东西，什么时候才能看完？在戏剧里、小说里，经常有人形容某些官员把如山的卷宗，在一个夜晚读完，但那些都是别人的事，是"软"的事，稍微马虎一些没有大的妨碍。而这分分秒秒是硬碰硬的事，马虎一点，就全完。但要坚持仔细把它读完，也不是常人的脑力能够负担的事。是不是该像老林说的那样，找一个捷径？想到这，她拼命地摇头。

看着看着，她觉得眼睛有些花了。她使劲揉了揉，还是不行。是不是老花？她想。别人都说，花不花，四十八。自己刚刚四十，就提前花了。不过别人说的都是统计规律，也就是一般规律。像我这样用眼的人，全世界都找不出几个来。眼睛就和汽车的发动机一样，即使你非常爱护、使用得非常仔细，它到该坏的时候也得坏。

她斜靠在已经阅读过的图纸堆上，闭上眼睛。此时在她的脑海里，出现的总是儿子的形象、早已经去世的父母形象，甚至还有沈仲华的形象。可陈今生却很模糊,只是在背景中时隐时现。

现在的科学家和十八世纪的科学家不一样,那时的科学家是出于一种爱好而研究科学的。这个情形和作家差不多:盛唐时代的李白、杜甫,明清的冯梦龙、曹雪芹等大艺术家,没有一个是为了稿费而写作的。他们或出于爱好,或出于理想。所以在写的时候,大都心闲气定。而现在的作家,不是为名,就是为利——其实这两者是一回事,名即利、利即名——所以他们写起来,都心浮气躁、急功近利,因此难得见到好作品。

她认为自己当然也不例外,一个时代有一个时代的风气。风气这东西君临一切。不过仔细分析的话,她在一定程度上还偏向"爱好类",虽然这中间夹杂着习惯、利益等不纯粹的因素。

她觉得自己已经歇过来了,就又重新开始阅读。

天在下着雨,但射电望远镜并不在乎下不下雨,继续往出吐着它的观察心得。

在公共汽车天文站这一站上,沈仲华下了车。他举着雨伞,默默地等待,任车来车去。

三个小时很快就过去了。陆园给自己制定的任务还有十米没有完成。

她突然发现了一个奇特的信号。这个信号的宽度大约只有二厘米。一般人看它和别的信号没有什么差别,但她却自觉"以前见过它"。

她用红笔把它标出来。它肯定不是闪烁,也不是人为的干扰。她固执地想——女人一般都很固执,这种品质如果表现在爱情、信仰上,就会被称为坚贞——过去我肯定见过它,在同一方位。

这是一种"顷刻之间的识别"。这是一种经过多年磨炼而养成、罕见的科学鉴赏力。

她又开始翻阅以前的图纸。

下午六点,陈今生从机场把厨村旅行社的旅行团接回环球宾馆。这次房间的安排没有出任何纰漏:除去团长佐佐木寿是套间外,其余的人都是单间,其中包括王陪同。

"你们休息一下,六点半钟准时开饭。"他宣布。

没有哪个民族比日本人、德国人更准时了:六点半前后不到三分钟,旅行团的人都陆续到达餐厅。陈今生向走在最后的佐佐木寿打了一个招呼,但佐佐木寿好像没有看见他似的,直接往前走去。这个日本宪兵,陈今生嘟囔了一句就跟了上去。要不然全世界爱好和平的人们时刻警惕着军国主义的复活呢!

日本人吃饭非常简单——所有食品富裕的民族吃饭都非常简单——不到一个小时就吃完了。在餐厅门口,陈今生把客人都送走之后,截住王陪同,"环球宾馆是你熟悉的地方,我今天有一点感冒,想回一趟家休息一夜,你能帮我顶着点吗?"

"按说咱们是甲乙方的关系,是不可以这样做的。但谁叫咱们都是北京哥儿们呢!"王陪同一笑,"可作为回报,是不是能帮忙把这个处理一下?"他拿出一张发票。

这是一张电传的发票,金额是二百元,开具单位是西安钟楼宾馆。"如果你将来玩马发了大财,一定要请我喝一杯。"陈今生犹豫了一下,把发票装进了自己的钱包,"有什么事情你可以传呼我。"

"你家里没电话?"王陪同一副高等民族的惊讶样。

"没有。"陈今生撒了个谎。他很少把家里的电话号码告诉别人,用他自己的话说,电话是被动的,你如果接了,就必须承受到底;而BP机是主动的,如果呼你的人是你不喜欢的,就可以不接。将来如果对证,你可以在"没有带机器"和"机器的电池没有电"的两个理由中,挑选一个回答他。

"美国摩托罗拉无线移动通讯公司在中国可真是发了大财。也给中国办了好事。"

"你们日本人就不用这个?"陈今生拍拍腰部。

"日本人上班就是上班,从来不乱跑。他们就是回家去,家里也有电话。"王陪同越发居高临下了。

沈仲华把雨伞收起来,上了车。

陈今生还在公共汽车上,BP机就响了起来。他打开一看,是王陪同让他赶紧回环球宾馆。妈的!这东西从来不让人安静。他恨恨地骂了一句。

没有人知道他是在骂BP机,还是在骂王陪同。

他再度返回环球宾馆时,王陪同已在大门口迎候。

"出事了。出事了。"他惊慌地说。

"慌什么?"陈今生用家传的军人语气说,"慢慢说。"

王陪同讲起了事情始末:佐佐木寿在吃饭之前,把眼镜给忘在房间里了。饭后他回去想看报,发现眼镜不见了。怎么找也找不到。

"不就丢了一副眼镜嘛!我还以为把谁的护照、信用卡、老婆给丢了呢。"陈今生很不以为然。

这句玩笑话使王陪同的神经松弛下来。"如果真的把老婆丢了倒好了,这个世界上有十年婚龄的人,有哪个不愿意把老婆给丢了的?"

"赔他一副眼镜就是了。"陈今生眼睛往外看,他已经有些不愿意再上楼去了。

"他的眼镜很值钱。"

"别摆出一副经济强国的架势来吓唬我们中国人。"陈今生讽刺道,"日本的艺妓没见过,眼镜还是见过的。"在他的大脑存储里,最好的眼镜也不过一两千块钱一副。把这么一点点钱隐藏在费用里,根本就看不出来。

"他的眼镜是玳瑁的。"王陪同说。

一听这话陈今生愣了一下。对于玳瑁他有很深的了解:从书本知识上说,玳瑁属于爬行科,海龟纲。大的有一米多。它色彩斑斓、花纹多样、隐约透光,是一种很好的装饰材料。从感性认识上说,他母亲就有一个玳瑁首饰盒子。这个盒子据说是她在清朝当过道台的姥爷手里传下来的。相当的好看。母亲还告诉他这东西是一种很好的中药,能够清热解毒。每次他感冒,母亲总是让他闻闻。不知道是这玳瑁盒子确实管用,还是他的身体底子好,反正一闻即愈。"文革"中,学院里的两派斗起来,和父亲对立的一派,把他们家给抄了。在外面支左的母亲一回家就找这个盒子。盒子没有找到,母亲最少有两天没有吃饭。他看着伤心,就伙同马小彭等一大帮孩子调查寻找。经过一场血战,才把盒子找回来。母亲看到盒子和头上包纱布的他,一下子都不知道该先搂哪个好。他告诉母亲:盒子里的首饰已经被他们给分了。母亲连忙说:首饰不值钱,盒子在就行。

"你别诈唬我。"陈今生把脸尽量板平。

"绝对不诈唬,佐佐木寿老头的玳瑁眼镜值两千多呢!"

"人民币?"陈今生心怀一线希望问。

"是人民币我也不急了。是美元。"

这就是大事情了!两千多美元按眼下的价格,值两万人民币。陈今生紧走两步,进了电梯。

当电梯里的另外一个人下去后,陈今生问:"你声张了没有?"

王陪同摇头。

没有声张就好办。陈今生用楼道里的电话找客房部主任。

听说顾客丢了东西,客房部主任像听到有敌来犯的边防司令一样,只一分钟就出现了。

在佐佐木寿的房间里,陈今生把玳瑁眼镜是如何的珍贵,和丢失的全过程给客房部主任讲了一下。

一听丢了这么大的东西,客房部主任也急了。他赶紧电召保卫部主任来。

保卫部主任一派军人风姿,"你们不要乱。乱就出错。眼镜是在几点到几点之间丢失的?"

王陪同翻译了佐佐木寿的话:六点半到七点半之间。同时他回答保卫部主任的问题:我一次都没有出去过。

"那好。你们先看电视。"保卫部主任把客房部主任和陈今生、楼层服务员都叫到他的办公室。

然后他命令他手下的一个保安记录。

服务员是一个操着京东口音的小姑娘,顶多也就是二十岁。

"你在六点半到七点半之间,进过几次佐佐木寿的房间?也就是八号。"保卫部主任脸色非常严峻。

服务员答曰:一次。

"从中午十二点到六点半之间呢?"

"两次。"服务员不知道发生了什么事,有些紧张。

"你看见房间里有一副眼镜没有?"

她说没有看见。

"把这些都记好。"保卫部主任对记录说。

他在屋子里转了几分钟,然后又问:中午十二点半到六点半之间,进过几次佐佐木寿的房间?六点半到七点半之间又进过几次?这两个问题反复问。

服务员显然是有些慌张了,她先回答两次,然后是一次。再问就是一次、两次。最后竟然变成了三次。

"都记下来。"保卫部主任再次命令后对服务员说,"你可以先走了。但在这个阶段,你不能外出。"

"我真的没有拿客人的东西。"服务员眼泪几欲夺眶。

保卫部主任不耐烦地挥手。等她出去之后,他对客房部主任说。"你去做做她的工作,咱们来个一手软一手硬。"

客房部主任和陈今生在服务员的房间里开展工作,"是人就会犯错误。你只要把东西拿出来,还给客人,我就什么也不说。"

服务员低头保持沉默。

"甚至还可以给你一些奖励。"陈今生以为客房部主任的攻心战奏效了。

"按合同规定,如果在你值班期间,丢失了东西,我们可以从你的工资中扣除。"客房部主任开始施加压力,"如果你的工资不够,我们就从你的保人的保金中扣。"

这样几次三番后,小姑娘突然跳了起来,"我真的没拿!你们想扣什么就扣去好了!"她大声哭着跑出了房间。

就在这一刻,陈今生相信她要不真的没拿眼镜,要不就是一个大演员。

等他们回到佐佐木寿的房间里时,保卫部主任正领着几个保安在搜查房间。

他们的搜查方法很奇特:先是把外屋的东西全都搬到里屋去,然后一件一件地往回搬。等把外屋的东西全都搬回后,再照例如此办理里屋事务。

"北京城墙外面的人好东西少。"保安甲说,"他们偷完东西,回去盖房开店,害得咱们受累加夜班。"

"少废话,快干你们的。"保卫部主任说完转向客房部主任说,"这是一个很好的办法:原来我给我们军分区司令当警卫员。我们司令的太太特别的年轻美丽,司令在床上对付不了她,总是低声下气的。后来她就没了这方面的要求,于是司令就怀疑她有了相好。他左分析、右分析,最后疑点落在一个参谋身上。但苦于没有证据,也不好发落那个参谋,只是把他从身边调走。可调得走人,调不动心,太太对他越发冷淡了。一次在宴会上,司令把这事向他在市公安局当局长的老乡说了:'我只要一找到证据,就把那小子给复员了,除恶务尽。'老乡说:'这好办,把我的搜查专家给你派去就是了。只要有,就一定会找出来。不过我奉劝你,有些事情还是不知道的好。'司令酒喝多了,坚持要知道。后来专家果然去了。他们就是用这个办法搜的。"

"搜出来了没有?"客房部主任着急地问。

"那还能搜不出来!你们猜,司令太太把参谋给她写的情书藏在哪里了?"

包括陈今生,都在静听下文。

"藏在司令早年的一双马靴里了。一共二十多封。封封浓艳,床上床下都写遍了。"保卫部主任递给客房部主任一支烟。

"这个参谋可真是的,和司令太太好就好,写的什么信?"一个保安说,"我和我的对象好了三年,一个字也没写过。"

"你小子没在军队待过,也没和有夫之妇好过,以为司令老婆是你那个想嫁你想得不行的对象?"保卫部主任说,"你以为司令的家是你想去就去的酒吧?想见一面、亲个嘴不知道要等多少天。"

"日本鬼子的一个破眼镜,就折腾得咱们这么一大帮中国人夜里睡不了觉。"保安乙因为佐佐木寿已经被安排到别的房间里去了,所以大发怨气。

"破眼镜?一个玳瑁眼镜够你小子干一辈子的。"客房部主任和这个保安的岁数差不多。

"你以为老子这辈子就穿着这套警察不是警察、军队不是军队的破衣服爬别人床底?用不了几年,我就能开一家大公司,天天吃席,夜夜住大宾馆的套间。"因为不是客房部的人,所以"主任"这个名词对他没有约束力。

"凭你这点理想,就当不了什么公司经理。在门口摆个地摊还差不多。"

说笑中,房间都检查完了。没有发现眼镜。

然后他们又用同样的方法搜查了服务员室。

"这样做是不是违法的?"客房部主任问保卫部主任。

"不违法,服务员室不是私人住宅,是环球宾馆的财产,完全有权搜查。"保卫部主任说。

同样没有任何发现。

保卫部主任、客房部主任、陈今生和王陪同再次聚集到会议室开会。

"如果找不到眼镜怎么办?"陈今生问。

"根据我们日本的法律,应该由光大旅行社负责赔偿。"王陪同说,"再由光大旅行社让环球宾馆赔偿。"

"你们直接向环球宾馆要不就行了?"陈今生此刻急于推卸责任。

"我们并不和环球宾馆发生联系。我们只是和你们光大旅行社签订合同,至于安排在哪个宾馆是你们的事。所以我们如果丢失贵重东西,先向你们索赔。你们旅行社是第一责任人。"

陈今生一下子答不上话来。

"旅客的东西如果没有事先声明,那么根据我们中国的规定,丢失的话,就不负责赔偿。"保卫部主任好像还知道一些这方面的法律。

"我知道你们中国没有《旅馆法》,赔不赔是你们的自由。"王陪同的眼睛在眼镜后面闪烁,"但我们也有对付你们的办法:我们可以向消费者协会投诉,可以在报纸上发表文章。"

陈今生和客房部主任的脸色开始变得不好看。

"如果还不能触动你们,我还有另外一招。"王陪同也看出刚才的说法击中了中方的要害,"中央电视台有一个节目叫'质量万里行',我在那里有一些熟人,我想他们是喜欢这样的节目的。"

这是很"毒"的一招。电视里曝一下光,生意损失多少不说,肯定得让大小经理给撸一顿。他们是最在乎形象的,形象关系到他们的升迁,所以形象就是他们的生命。

"你们在这里研究一下,我得回去休息了。"王陪同边往出走边说,"我们明天还有旅游项目。后天上飞机前,如果你们找不到眼镜的话,咱们一切按规矩办理。"

陈今生和客房部主任都呆呆地不说话。他们是直接责任者。

"我这还有最后的一招。"保卫部主任拿出一支烟。

陈今生赶紧给他点上。

"咱们宾馆既然号称四星级,就有四星级的设备。"保卫部主任深深地吸了口烟。"咱们的门锁都是电脑的,它能保存十二小时的开门记录。"

"我怎么没听说过?"客房部主任说。

"别看你小子是什么饭店专业的毕业生,但饭店里的事你没听说过的多着呢!"保卫部主任说,"这锁上的记录不光能分辨开过几次,而且能分辨出是谁开的。"

保卫部主任就锁的原理给他们解释：这种锁是用磁卡而不是用钥匙开的。磁卡一共有两种，一种是顾客自己拿着的，一种是服务员拿着的。哪张磁卡开过几次，都能从磁卡和门锁的记录上分别查出。

"服务员说她进过三次：一次是例行收拾房间，一次是给客人送开水，一次是六点四十分到房间里做夜床。"保卫部主任所谓的"做夜床"，是指服务员把客人的床罩拿开、毯子翻起一个角，再在客房里放上鲜花和"祝您晚安"的牌子。"佐佐木寿说他进过两次：一次是进去放行李，一次是吃完饭回去。"他加重语气说，"如果佐佐木寿的磁卡用过三次，那我们就可以完全不负责；如果服务员的磁卡用过四次，那我们就可以断定她是有问题的。"

"咱们连夜干。"客房部主任说。

"我倒没问题，就是我们这几个弟兄们，"保卫部主任欲言又止。

陈今生知道该他说话了："我绝对亏待不了哥几个，一人一条烟。"

九

清晨一点钟，陆园正用射电望远镜观察图表上记录发现非常信号的那一块天空。突然停电了。

她赶紧打开沈队长借给她的那台大功率不间断电源。

这台不间断电源工作了五分钟后就停止供电了。

非常及时的五分钟！射电源发出了一连串脉冲信号。

这是一颗新的脉冲星。陆园开始激动起来。

她赶紧打电话给国家天文台，希望能借到这两个月关于脉冲星的变化记录。

没有人接。

过了好一会儿,她才明白此刻是深夜两点。

她靠在图纸上,尽力把自己的身体摆成一个舒服一些的姿势。但她还是不能入睡。

脉冲星是一九六七年英国剑桥大学教授休伊什和贝尔在作射电望远镜巡天观测时发现的。这一发现是天体物理学史上的一个重要的里程碑。在这以后,已经有数百颗脉冲星被发现。

尽管已经有数百颗脉冲星被发现,但发现一颗新的星星,毕竟不能与发现一个新的歌星同日而语。

到凌晨四点,门锁的检查记录出来了:服务员的磁卡用过三次,佐佐木寿的用过两次。和他们的交代分毫不差。

当把锁装回去之后,几个人都和瘫了一样。

"该怎么办?"客房部主任愁眉苦脸地问。

"如果不是老头故意转移财产,就是服务员拿了。二者必居其一。"保卫部主任说。

"就算有了这个判断,那又当如何?"客房部主任愁眉苦脸地问。

"我就像美国的法官一样,只管提供证明、说明法律程序,至于如何判决,那是你们陪审团的事。"保卫部主任显然见过一些大世面,看不起客房部主任这样遇事慌张的人。

"其实也没什么大不了的,顶多是赔钱而已。"陈今生到底经过一些风浪,起码在表面上比较的豁达。

"你说得轻巧:赔钱。谁赔?环球宾馆还是光大旅行社?"客房部主任尖锐地反问。

"这是后话,咱们可以慢慢商量。"保卫部主任也有些看不下去。

"商量！商量！和谁商量去？"客房部主任用双手抱住脑袋。

"咱们吃点宵夜去。"陈今生把外衣穿上后，招呼客房部主任，"起来，小伙子。我告诉你，没有过不去的事。有些事现在看起来大，明天再看就不大了。"

"在没有办法时，最好的办法就是等。"保卫部主任也来做工作。"你等啊等。等着等着，奇迹就出现了。"

在众人语言的扶持下，客房部主任终于从沙发上站起来。

当老金来上班时，陆园赶紧把整理出来的结果拿给老金看。

老金看了这一系列的脉冲数字信号后，沉思了一会儿才说："是不是颗耀斑恒星？"

陆园认为绝对不可能。她陈述了自己的理由。

"有没有可能是人为的？"

"我观察到它一共三次。它是随恒星公转而不是随地球自转出现的，所以不可能是人为的。它也不会是从月球上反射回来的雷达信号或者是卫星信号。因为它是按'恒星时'出现的。地球上按照'恒星时'工作的只有天文学家，可国家天文台的计算机显示：没有一个天文学家有这个课题。"陆园觉得自己今天说话特别的流畅。

"会不会是外星人在和我们进行联系？"副组长老黄拿过记录看了看后说。

包括老金在内，没有人回答他的问题。

"你真得到什么大学再补习一下了。"老林讥笑道，"如果是外星人在和我们进行联系，那么就得有多普勒效应。"

他所谓的"多普勒效应"，是指相对位移的物体发出信号时，一种特殊的物理效应。这在物理学上是很普通的一个原理。

"我看咱们小组应该认真对待这个发现。"老金嫉妒是嫉妒，但感觉还是很好的，"我和国家天文台、紫金山天文台、联合国天文中心联系一下。你把原始的资料给我。"

陆园犹豫了一下，还是把今天凌晨观察记录给了老金。

"还有前几次的。"老金大概翻了一下后说。

陆园打开抽屉，把已经整理好了的资料也给了他。"您千万不要丢了。"她嘱咐道。

"绝对不会的。"老金很快收拾好，走了出去。

老黄也跟着出去了。

"我得去休息一下了。"陆园觉得自己的骨头都散了。

在她出门时，听见老林在吟诗："'金风未动蝉先觉'啊！"

陈今生正站在环球宾馆的广场上透气，马小彭的保时捷猛地停在他身边，把他给吓了一跳。"你抽的什么疯？"他愤怒地说。

马小彭笑眯眯地从车上下来，然后给他鞠了一个日本式躬："本司令向参谋长报告一个喜讯。"

"你他妈的有球的喜讯！每见你一次，在一个礼拜之内准得倒一次霉。"陈今生没有心情开玩笑。

"我听了你的劝告，把柳郡恒开给我的金裕公司支票，交到中国银行确认了一下。他们经查证后告诉我说：支票开户行并无金裕公司账户。支票是用柳郡恒的私人支票涂改而成。"马小彭从皮包里取出支票给陈今生讲解，"私人支票一般都在支票正面的左上方或左下方印开户人的名字。而伪造的支票，是在支票正面的右下角加盖公司的印鉴，并在柳郡恒的名字下面冠上'经理'字样，以造成是公司支票的假象。"

陈今生似听非听。

"如果不是你警告我，起码几十万块钱打了水漂。"马小彭把支票撕成碎片，扔进路边的果皮箱里，"要不然人家说，一个好主意值几千万。有道理，有道理。"

陈今生的眼睛向着远方。

"今天无论如何我得请你一客。"马小彭突然发现陈今生的神情不对,"你怎么了?"

陈今生把玳瑁眼镜的事情给他讲了一回。

"不他妈的就是一个破玳瑁眼镜嘛!如果他让你赔,钱我出了。"马小彭大方地说,"支书一心为大家,大家也得为支书着想。"他说了一句电影《艳阳天》里的台词。

说话间,王陪同和佐佐木寿一行从楼上下来,鱼贯上车。

"我得去了。"陈今生说。

"不用去,跟我去祝贺一下。"马小彭阻止他。

"我现在是磨房的磨,听驴的。驴走我就得走。"陈今生没好气地说。

他正要往过走,王陪同向这个方向走来。陈今生不想给人一个迎过去的样子,就站着没动。

"佐佐木寿团长说你今天不用去了,他们另外雇了一个导游。"王陪同一副纯粹日本人的样子,"你就给他找眼镜吧。明天我们上机之前,这事得有一个了结。"他说完就想走。

"慢着。"马小彭一把拽住他的衬衫领子,"你让我们找什么玳瑁眼镜,就得把资料给我们。"

"你是什么人?"王陪同挣脱马小彭的束缚后,整整衣领愤怒地问。

陈今生以为马小彭一定会说:"我是你爸爸。"

但一脸正气的马小彭说的却是:"我是公安部的高级侦探。"

王陪同看看马小彭的杰尼亚衬衫、华伦天奴的皮带和手中的保时捷车钥匙,一时拿不准他到底是什么人。

"快去了解。"马小彭不容置辩地命令,"我只有十分钟的时间。"

王陪同听话地回到大轿车上。

陈今生非常奇怪他的派头和命令声音是从什么地方学来的。

"不是学来的,而是天生的。你没看政策一变,农村先富起来的人,不是地主的儿子就是富农的女婿。为什么呢？就是因为他们血管里流淌着的血就和别人不一样。"马小彭得意地说,"我身体里面充满了将军因子,他们呼之欲出,但一直没机会实践。'十年磨一剑,霜刃未曾试。今日把试君,谁有不平事？'"

陈今生笑了。这是他十二小时来第一次笑。一个人能把这么多乱七八糟的东西放在一起表达,也不是一件容易事。

王陪同和佐佐木寿一起回来。

马小彭向佐佐木寿点了一下头,表示礼貌后,就对王陪同说:"你要好好地翻译。"

佐佐木寿说得很详细,把玳瑁眼镜的式样、度数、价值统统都讲清楚了。

马小彭在一个真皮小本子上认真地记录。

"还有什么要问的吗？王陪同看看表后问。

"你这玳瑁眼镜是在什么时间、什么商店买的？"马小彭问。

王陪同和佐佐木寿用速度很快的日文嘀咕了大约一分钟。最后王陪同转向马小彭说:"日本东京第三大道喜门商店。"

"你把商店的名称给我用日文写下来。"马小彭把纸笔递给王陪同。

王陪同看了一眼佐佐木寿,就写了下来。

"好了,你们去吧。"马小彭摆摆手。

"最后他们用日文嘀咕了些什么？"陈今生问。

"他们用的是北海道的方言,这东西就和广东话一样,我听不懂。"马小彭把王陪同给他写的那张纸从本子上撕下来。

"我一说你胖,你就喘。"陈今生笑着说,"好像你真的会日文似的。"

"说会也会,咱们到底去过日本。但他们一往快了说就听不懂了。"马小彭承认,"但关键的东西还是拿到了。走,给我公司的日本办事处发一个电传,让他们查查这孙子的眼镜是不是真的是玳瑁的。"

陈今生根本不相信马小彭在日本有什么办事处。但看他煞有介事地给一个叫服部川子的人发电传,也只好将信将疑。

"一个小说家告诉我,他在写作中最困难的事,就是编名字。"等马小彭发完之后,陈今生说。

"如果他掌握了规律,也就不难了。"马小彭把小本收起来,"日本的姓名大概分那么几种,一种是地名型:田中、中村;一种是屋号型:近江屋、碇屋;一种是职业型:锻冶自然是铁匠,服部就是纺织工;最后一种是某个人的父母或自己心血来潮随便起的。"

"你真的在日本有办事处?"

"办事处是一个很大的概念:它不一定是你雇佣的若干个人和设在一幢房子里的一个机构,只要有人在那里给你办事就行。"马小彭用信用卡结了电传的账,"你知道我爹最佩服谁?"

"毛主席。"陈今生这样说,并不是开玩笑:在我党绝大部分高级干部的心目中,毛主席处于一个半人半神的地位。

"不是。"马小彭使劲摆摆手。

陈今生又连猜几个,但马小彭都说不对。

"是曾国藩。"马小彭最后不耐烦了。

陈今生不解地望着他。

"我家老爷子是江西和湖南交界处的人,按道理是江西人,但他一直把自己当湖南人。我以前还以为他这样做,是因为毛是湖南人,后来才知道是因为曾国藩。"

陈今生对曾国藩没什么了解,只好听他继续往下侃。

"我爸常在家里说曾国藩的一句名言:是英雄就得培养羽翼。"马小彭念得抑扬顿挫,"我也信这话,所以在我去过的地方,竭力网罗人,丰满羽翼,建立办事处。"

陈今生也承认他说得有道理。"我也得给我的办事处打一个电话。"坐进马小彭的车里后,他用无线电话拨了陆园的号码。

他先打到单位里。接电话的是老林,"小陆在工作上可能有一个很大的发现,连着干了两天,现在大概在家里休息。"

他又打到家里,仍然没有人接。

他拿着电话在沉思。

"你老婆在搞什么研究?"马小彭问。

"对你说了你能听懂?"陈今生说,"射电天文望远镜,你听说过?"

"不光听说过,我还有一个呢。"

"你什么都有。"

"你还用过,怎么忘记了?"马小彭侧过脸来,"上次咱俩去看足球,用的那个就是。"

马小彭一说,陈今生就想起来了,上次他俩去看足球,马小彭说他刚用三千美元买了一个望远镜。他不相信有望远镜这么贵,马就让他用。他一用,发现它果然不凡,指向哪里,图像特别清楚不说,声音都能接收到。

"以前我不知道那个望远镜是什么原理做成的,后来他们说,是根据光电转换原理,也就是说它是射电望远镜。当然它不能用来观察星空,但看附近楼里的种种情形,还是有富裕的:谁家的男人有一个相好,谁家的老婆又给男人戴绿帽……连看带听,清清楚楚。哪天有空,和我一起去收看。"

"四十多岁的人,说这些话不害羞。"陈今生突然嗅到一股酒味儿,"你早晨还喝酒?"

"准确地说,是昨天晚上喝起,直到今天早晨。"马小彭轻轻一踏油门,就超过了前面一辆"尼桑"车。"日本车在欧洲就不算车,可中国人就认什么'皇冠'、'尼桑'。这道理如同当年大军一进城,刚好从瑞士进了一批'英纳格'、'大小罗马'表,从此就遗留下一个传统:这些是全世界最好的表。"

马小彭又在超车。陈今生懒得说,因为马小彭酒后开车是常事。

一个警察点了他一下。马小彭不慌不忙地向他招招手。

警察一犹豫,车已经开出去老远了。

"你认识他?"

"不。但对付警察这招特灵,因为他们认识的人太多,你一招手,他们需要回忆一下。说时迟,那时快,咱早连影子也看不见了。"

上了"西厢工程"后,马小彭的车开得更快了。

陆园在"美妙咖啡屋"已经喝了两杯咖啡了。她需要这些东西来刺激她的思想。

对于那些不喝酒也不吸烟的人,咖啡也是很强烈的兴奋剂。她渐渐地产生了一种近乎幻觉的感受。

她开始不停地往门口看。她希望沈仲华出现。她觉得应该把这个好消息告诉他。虽然她明明知道这等待是徒劳的:在错误的时间、错误的地点,是什么人也等不来的。

十

家里冰锅冷灶,一看就知道陆园昨天根本没回来。陈今生那副表情,就像家里丢了什么重大设备似的。

"这绝对不是什么好迹象。"马小彭说。

陈今生的心里也"咯噔"一下。搬家时,陆园曾经说过:搬家、搬家,看上去好像是搬彩电、冰箱、柜子,但最关键的东西其实是床和锅灶,它们在什么地方,家就在什么地方了。而如今床、灶俱冷……

"家庭就和一个单位一样,如果一把手放任自流或退居二线,那么别人一定会乘虚而入。"

"你少他妈的废话！"

陈今生从来不大声吼叫，但马小彭已经听出他这是大愤怒了。"太太这东西平常看着没什么用，但一旦她不在了，就觉出她存在来。用一个元帅悼念周总理的诗：死后更知君伟大。咱们找个地方玩玩去。"

陈今生拿不出不同意见，就和马小彭一起来到京门饭店。

京门饭店按照旅游局的评比，连三星级也不到。但正因为如此，它开办了不少新的项目：麻将、转盘比赛……

马小彭先领他到转盘比赛处。这种转盘比赛说好听了叫"比赛"，实际上是轮盘赌。

"今天的生意如何？"他问娱乐场的南经理。

"比一般稍微好一些。"

"人发起财来，钱就硬往你的口袋里跑，你不要都不行。"陈今生说。马小彭已经给他介绍过：这个姓南的，原来是海军司令部的一个干部子弟，他们家和马家有些瓜葛。他从军队转业后，到了当时人人羡慕的国际贸易促进委员会，官至处级后，辞职经商，至今已七、八年历史，算是商场上的"老炮"了。眼下他虽然号称是经理，而实际上是这个娱乐场的承包人。

"赌场是这个星球上除去毒品之外，利润最丰厚的买卖。"

"你他妈的说话总是这么难听。"南经理对马说，"记住，中国是一个社会主义国家，赌博、卖淫之类的事，是资本主义社会的特征。"

正说着，一个衣冠楚楚的中年人，对准了"888888"，一下子转盘机——也就是香港人说的老虎机——就开始往出掉筹码。

这筹码往下掉了大约五分钟时，娱乐场的值班经理、转盘机的操作人员、保安等都围了过去。

但南经理却和他们两人在二楼上无动于衷地看着。

"你不下去？"陈今生问。他知道筹码就是钱，虽然这里的筹码用钱买来后，如果你赢了的话,不能换钱,只能去京门宾馆的商场买东西,但这只是遮人耳目的一种做法。如果打一个九折的话,娱乐场、商场的工作人员,很乐意把它们换成现金。

"这可能上了两三万了吧?"马小彭经常来这里玩,所以对筹码和钱有理性认识。

"恐怕还要多一些。"南经理仍然不动声色,"六个八一齐出现,是千载难逢的机会,我只是在澳门见过一次。"

又过了三分钟的样子,筹码终于掉完了。工作人员给这个中年男子拿了一个编织袋,他喜盈盈地提着它走了。

"你知道他们干吗都跟着?"马小彭指指跟着的一队保安问。

陈今生摇头。

"前些年我去广州、深圳,这些年我去日本、新、马、泰,每次回来到机场接我的人越来越多。开始我还以为他们盼望我回来,后来明白了,他们是想从我这里分一点洋捞儿。人有了钱,尤其是第一次有那么多的钱,就是很小气的人,也总会慷慨上那么一次,把钱分给众人一些,买一些享受。"

"这种类似小费的钱,用不用交到柜上?"据陈今生了解,现在有很多服务场所都规定小费要统一处理。

"蛇有蛇路,鼠有鼠路。不多几个钱,也没多大分头。"南经理说。

"我真的没有想到你真能沉住气。不愧是将门之后!"马小彭竖竖拇指。

"这和将门不将门没有关系,主要是我对人性的了解。"南经理顿了一顿,"赌性是构成人性的主要部分:战争是国家和国家之间的赌博;经济是商人和商人之间的赌博;就连婚姻也是赌博。"

陈今生表示起码不同意他最后的说法。

"结婚的危险远远超过攀登喜马拉雅山等众所周知的探险,你把你的感情资本、经济资本、性资本一股脑儿地押在一个你不知道的人身上。中国基本上是一个不允许离婚的国度,"南经理转向急于反驳的马小彭,"当然像马先生这样的具有现代意识的人除外。不过马先生你也得承认：你离一次婚，起码在性资本上有一些损失。当然，这对于男人要比对于女人好一些。"

"可我找的老婆却一个比一个年轻、漂亮、学历高。"马小彭不服气。

"那是因为你的综合资本，这里主要指的是你的经济资本，也就是钱增加的速度太快，超过了你性资本的损失。"

马小彭被噎得说不出话来。他正在倒气时，又有一个人对准了"666666"，筹码又开始不停地往下掉。"好好掉，掉得你这个王八蛋什么理论也说不出为止！"他解气地说。

"人性真是属恶的，一个人看见别人倒霉，第一个感觉就是高兴，因为这相对提高了自己的位置。不管这个人如何口口声声地说他是你的哥儿们。"南经理对陈今生说。

陈今生很佩服他身处赌场，却能进行哲学思考的能力。

"不过我告诉你一个真理。"

"不听，不听。"马小彭用手捂住耳朵，"所有的真理在一定程度上都是废话。"

"废话在一定程度上也是信息。"南经理笑了笑，"一个人不能只看眼前的一点点，而要掌握原则。赌场的原则是什么呢？"说到这他停了下来。

马小彭也松了手。

"在这里根本没有赢了钱就再不来的人，只有输得再不来的人。那些赢了钱的人，认为自己的手气好，并创造出许多理论：什么'情场上失意，赌场上就得意'之类，他们赢了还想赢，根本不相信赌博这东西是被铁的统计规律控制着的。直到他们把赢来的钱，连同自己的钱都输光，再也玩不起了为止。"

陈今生承认他说的是至理名言，但还是问："如果有一个人，他有很强的控制力、脑力，他赢了像刚才那样一大笔钱，再也不来了，你不就真的亏了？"

南经理笑了，"这样的人，比方先生您，还有马先生，他们都在各自的工作岗位上努力工作，根本就不会上这种地方来。"

"我也是很久之后,才明白这小子为什么天天在这个地方,可就是不赌的原因。"马小彭终于寻找到报复的机会,"那根本不是什么控制力、脑力的问题,而是这家伙知道赌博的危害,就和毒品贩子知道毒品的危害从不吸毒是一个道理。"他不再给对方以还击的机会,"我玩麻将去了。"

"你玩什么都行,只要不去玩跑马机。"南经理说。

"别提这事,别提这事。"马小彭赶紧制止。

"三号房宁太太、葛太太和朱太太她们正好三缺一。和她们打麻将不像和那些小秘们打麻将,打着打着,就打出感情来了。"南经理也换了话题。他这么说是有所指的:现任的马太太就是马在麻将桌上结识的。"和她们打很安全,因为在她们和你之间,还有一道防线:他们的丈夫。不至于面对面地进行白刃战。"

在去三号房的路上,陈今生问跑马机是怎么一回事。

马小彭不好意思地告诉他:"一年前,我在这里玩他的跑马机,怎么弄怎么输。最后我输得生起气来,就花了一些钱,找到一个和他们这里保安熟悉的人,让他在一个晚上:看门的保安灌上一顿酒,然后我带一个雇来的计算机专家,打开他的跑马机,悄悄地把里面的程序给调整成我的程序。第二天我再来玩,一赢就是两万。第三天我又来,又赢了一万多。到第四天头上,被老南给发现了。"

"他把钱都要回去了?"

"没要,还请我吃了顿饭。他说:谢谢你给我找出了一个漏洞。"

说话间,他们到了三号房。

陈今生虽然早就听说过在北京城里有一个由太太们组成的"麻将族",她们的先生都是生意人,因忙于生意和别的事务,没工夫陪太太,于是她们就成天聚在一起打麻将,但真正见她们还是第一次。

她们都是三十岁左右的样子,宁太太可能更年轻一些。不过这也不能确定,因为现在的整容水平实在是太高了:只要你有钱,请得起高级的整容师,那么就和你请到一个高级的画家一样,想把你画成什么样,他就能把你画成什么样。遗传和时间起码在外表上根本不起作用。陈今生开始在她们的脸上寻找刀口和缝合线,但没成功。

好的整容师和好的盗贼一样,根本不会留下痕迹,不知为什么陈今生想起陆园脸上细致的纹路。但她们也大不到哪里去。因为面对现在这样一个由计划经济向商品经济过渡的不规范社会,在自己这个岁数以上的人,是很难发财的。这道理就和庄则栋的乒乓球打不过马文革一样:因为有许多办法在你学球时,根本就没有。你没赶上就是没赶上,怎么练也没有用。当然像马小彭这样的人是例外。他什么都能赶上,也敢于赶。

马小彭和几个太太很熟悉,上来就说:"今天我不上,让我的哥儿们打。"

"赢别人的钱没意思。"宁太太说。

"和尚是他来当,钟嘛是我来撞。"马小彭说。"

"你先亮亮底。"葛太太是一个化妆化得全然不见本色的人。她所谓的"亮底",就是看看你有多少钱的意思。

马小彭把钱包里的"牡丹卡""长城卡"和一万美元方能开户的美国"捷运卡"都放在陈今生的手底下。"这是我们公司的大老板,只要他愿意,把个马力公司输了也是小意思。"

马小彭这几句话,立刻引起几位太太的尊敬。女人就是简单,她们永远也分不清中国国际信托公司的老板和一个民营公司的老板之间的差别,陈今生想。

这牌的注很大:一"和"一百元。陈今生从来没有打过如此之大的麻将。所以感觉非常之不好,就和在没准备的情况下,被人请上场和巩俐之类的著名漂亮女士跳舞一样,有再高的舞技,也发挥不出来。

先是朱太太接连"和"了好几下。轮他上庄时,又被宁太太"拎"起一条龙来。

他刚想说让马小彭上,马就低声在他的耳朵边上说:"放开。赢了全是你的,每输一千,给你两千。"

麻将是一种和感觉息息相关的东西,自从这一句话以后,他的手气立刻变好了。他把"注"加大两倍。

"五倍。"马小彭宣布,"今天得摸她们三个一个不亦乐乎。"

他说这个"摸"字时,很有些"色"味儿,但三位女士根本就没在意。

两个小时麻将打下来,陈今生赢了大约一万块钱。

宁太太先说:"今天我们那个一定是规规矩矩地在办公室里办公,要不然我的手不会这么臭。"

另外两个也附和。

"不和我们一起去吃蟹?刚才海鲜馆的小开打电话来,说他们那里来了阳澄湖的大闸蟹。"朱太太说。

"不去。有钱我们哪里不能吃?"马小彭仔细地点钱。

"你小子也和老娘来这套!"朱太太不再拿腔拿调地说话,露出本色,"陪老娘一起吃,再给你那么多。"

"我还是陪老板吃得好。"马小彭转了一个弯。

朱太太立刻变得礼貌起来,和陈今生告别后,扭动腰肢,模特般走了。

陈今生不肯把钱收起来。

"好像你真的不喜欢钱似的!"马小彭不高兴了,"要知道这是你自己挣的,不是施舍!"

"在中国的十亿人当中,有九亿人对现状不满,其中起码有一千万人雄心勃勃地想干点什么。但为什么成功的人顶多有十万呢?就是因为很多有头脑、有理想的人,因为找不到资金,无法实施自己的计划。资金是谁的,利润就是谁的。"陈今生把钱还回去,"君子爱财,但取之有道。"

"放在我这里当成公共基金,你随时都可以启用。"马小彭是个很灵活的人。

喝完咖啡,陆园又在软和的椅子上假寐了一会儿。等她醒来,精神已经恢复。

我最好去天文站把我的文章写出来。她一想到,就立刻起身。

到了天文站,办公室里只有老黄一个人。

"我的计算机呢?"她问。

"地面接收室的人来借,老金和我商量了一下,怕把好的借给他们弄坏了,就把你的出借了。"老黄坦然地回答。

这是很欺负人的做法,但陆园还是尽力和蔼地说:"那我用什么计算、写作?"

"老金说你可以用他的。"老黄从抽屉里把老金的AST486计算机的钥匙拿给她。

"我的软件呢?"她发现桌子上没有了盘。这盘上有国家天文台计算中心编撰的名叫《天文计算》的程序软件。算起天文来,很是方便。

老黄耸耸肩。"是不是和计算机一起被人拿走了?老金说他的软件就在机器里。"

陆园竭力把火压下去,用钥匙打开老金的计算机。

一上机,她就把刚才的不愉快都忘记了。

陈今生和马小彭在环球宾馆用的午餐。

陈今生说不喝酒,但马小彭坚持要喝,他只好陪着喝了一两,再说什么也不喝了。

"在牌桌上,你是张张谨慎;在酒桌上你是斤斤计较。"马小彭擦完嘴后说。

"准确地说是:滴滴计较。喝酒别说是斤斤计较,就是两两计较也受不了。"他拿出房间的钥匙,"咱们去休息一会儿。"

马小彭不肯住他的房间,硬要再开一个套间。

"你小子才阔了几天,就这么大的派?"

"你把次序给搞错了;是先有派,然后再阔。"马小彭把他的"长城卡"给了总台的服务员。

几乎所有的天文学家在一定程度上都是数学家,陆园很熟练地开机、调出程序、进行计算。

在程序进行自检时,她给自己倒了一杯袋装速溶咖啡。这一年来,她在需要进行高强度的工作时,都要喝这东西。用陈今生的话说:"你已经依赖上咖啡了。依赖就是上瘾,上瘾就是病。"

她当然不会承认自己有病。但她知道咖啡这东西,本身并没有什么营养,不过是能调动身体内部的能量。生命能是一个常数,早用了晚不用,也就是说,过量地喝咖啡和金融上的透支行为是一个道理。

透支就透支呗!能把生命用在一些对人类有益的地方,也不算白费。这是她进入工作状态之前最后一个念头。

陈今生是个用心甚过的人。他的一个搞中医的朋友曾经对他说:"劳心比劳力还要费人。节省用心,方能长寿。"但一个人的本性即使不是说不能改,也改不了多少,顶多是百分之十。尤其是精神方面的事,改起来更困难。有时反而是你越努力,收效越微。

当马小彭早已发出高质量的鼾声时,他刚进入准睡眠状态。就在这时,电话响了。"有您的电传。"总台的服务员,依照他留下的房间号码,找到了他。

"什么地方来的?"他一时想不起谁会给他来电传。

"日本。"

"你给送来吧。"他一下子就坐了起来。

但马小彭却怎么也叫不起来,他最后硬是把他的被子给撤了,才有了反应。

"日本的电传来了。"他兴奋地说。

"当然会来。"马小彭毫不奇怪。

"也不知道是什么内容?"他急得直在屋子里转圈。

"别豹子似的走来走去,也别猴子似的抓耳挠腮,我看着眼晕。"马小彭把衣服穿上。他是个睡觉细睡的人,即使是中午觉也得把衣服脱个干净。"要'每逢大事有静气'!"

"我每逢别人的大事,也总有静气。"

"你这话就有伤忠厚了。"马小彭正说着,服务员把电传送来了,他一把撕开封套。

陈今生想抢。"给你,给你。"马小彭把它往过递,"你也得看得懂才行。"

陈今生一看是日文,就把它还给马小彭。

马小彭粗略地一看就说:"你有救了,那个佐佐木寿的破眼镜根本不值什么两千美金,而是一万日元。"

"一万日元是什么概念?"

"也就是你把刚才赢的钱,拿到黑市上去全换成日元后,能买十副他那'玳瑁眼镜'。"

陈今生一听这话,心里的气就大了,佐佐木寿和王陪同这不明摆着讹人吗?"你有没有搞错?"他把单位给他配的"快译通"拿了出来。

"三岛由纪夫的小说我看不懂,但钱的数目是永远不会搞错的!"

陈今生还是用"快译通"把信息核对了一遍。果然没有错:佐佐木寿一九八九年在东京第三大道喜门商店购买角质眼镜一副,单价一万二千日元。"妈的!"他大叫一声,几乎跳起来。

"你别高兴得太早。他还有很多办法对付你。"马小彭说。

"你别一副居安思危的样子。"陈今生胡噜了一下马那一头鬈发。"他区区一个王陪同、一个佐佐木寿,哪能有你这么聪明?"

"俗话说,三个臭皮匠,顶个诸葛亮。现在他们肯定在车上想主意呢。"

"三个臭皮匠加在一起,也还是臭皮匠,绝对顶不了个诸葛亮!"

十一

　　整整一个下午,陆园都在往计算机里输原始材料。她的速度不算太快。这是因为机器的键盘虽然是国际通用标准化了的,但键盘的高度、手感、屏幕的色彩度都和她原来用的不一样,这些微小的差别限制了她。

　　大约到了下午五点半,她的材料大部分已经输进去了。她趁休息时,给陈今生打了一个传呼,问他今晚回不回家?

　　十分钟后,她看没有回音,就重新回到计算机前。她知道丈夫对她打去的传呼一般总是回的,如果不回,就一定有特殊的理由。比方正在和朋友们一起打牌或吃饭,就是桌子上有人有移动电话,也不好意思回答她这样的问题。丈夫曾经对她说过他的一个朋友,每次有人请他吃饭,他总是说:我还有另外一个饭局,我去推一下,如果能推开了就来,如推不开就算。其实他是向太太请假。这个情况不知被谁给揭发了,于是受到了大家无情的讥笑。

　　男人总是男人,即使知道自己算不上是一个男子汉,也得虚构出一个男子汉的形象来。他们和女人不太一样,是靠别人的肯定来生活的。

　　她继续输入。

　　就在这时,她发现机器有些不对劲:光标的移动速度明显比原来快了;有些程序也显得忙忙碌碌,一会儿在这,一会儿又跑到那。

　　是不是感染了计算机病毒? 她揉揉眼睛再看。这时一切又正常了。

　　大概是我太累了。她又输入了几行,就把机器关了。

　　当她出了天文站的门,就看到一个熟悉的身影在公共汽车站上。

在王陪同和佐佐木寿他们回来之前，马小彭已经主持拟定了作战计划：咱们先客客气气地和那个姓王的家伙说，如果他承认了是讹咱们，就让他赔偿一些名誉和经济损失完事。如果他不承认，比方说，此眼镜非彼眼镜，那我就把他给叫到外面，打他一顿出出气，然后用宁太太的钱赔他一副算了。

陈今生就他的计划提出了几个疑点：打他一顿，会不会引起国际事件？是不是能打得过他？因为不止一次看到王陪同发达的肌肉，也许他在日本练过柔道。

马小彭回答："如果咱们打了佐佐木寿一顿，也许会引起些什么事件。而打一个假洋鬼子，绝对没事。就是有事，也顶多把我抓进去。但我在局子里有很多熟人，不用两天，就能把我捞出来。就算他的肌肉发达，就算练过柔道，但打架这事，不是由这些次要因素决定的，关键是勇气。"

陈今生从来没有怀疑过马小彭的勇气。去年他们从一个歌厅里出来，马遇到个熟人，就聊了起来，他独自去取自行车。这时来了一个长发小伙子，因为车在中间，不好往出拿，就左边一脚，右边一脚，把两边的车都踹倒，他的车也在其中。他看着不忿，一把把长发小伙子拉住。没想到这个小伙子二话没说，当胸就给了他一拳。在打第二拳时，他一下抓住小伙子的手，用擒拿术中最简单的反关节，就把他给制服了。

长发小伙子连声叫："大哥啦，大哥啦，算兄弟我没眼。您把我当成个屁，把我放了吧。"他心一软，就松了手。可就在他放手后，小伙子长发一甩，从夹克口袋里拔出一把自制的火枪来，"你给老子跪下！"他一下子愣在那里。他跪是不会跪的，男儿膝下有黄金；他也不敢冲上去夺枪，火枪虽然是自制的，但在近距离内杀伤力是不容怀疑的。他知道自己已经被淘汰了：如今是火器时代，而自己是冷兵器时代的人。

也就在这时，马小彭一个箭步冲了上来，劈头就是一拳，把长发小伙子打倒在地，夺下他手中的火枪。

他们把小伙子送到派出所时，小伙子吐出了三颗牙。

马小彭从皮包里正往出拿什么东西，服务员送水来了。等她走了后，他才把手枪拿出来。

陈今生立刻吓了一跳：别说拿枪威胁境外人士，就是拿着它也是犯法的。

"别那么紧张好不好？"马小彭把枪拆卸开，"我马总虽然不学无术，但基本法还是懂一些的。"

陈今生仔细一看，发现是一枝塑料假枪，"假的也最好不出现。有些东西一出现，问题的性质就变了。"

"日本人不是中国人：中国人你拿枪威胁他，还不如拿一把刀。而日本人经常见，知道这东西的威力。货卖与识家。宝剑赠英雄。"马小彭还是把枪放进衣服里。

陆园和沈仲华谁也没和谁商量，就直接到了"美妙咖啡馆"。

"还是'老三篇'？"沈仲华问。

陆园点点头。

上次他们吃喝的东西就又出现在桌子上。

"这次该我请客了。"陆园一笑。

他们两人的话挺多，而且很随意。

陆园给他讲了近来的发现，也讲了发现后的一些苦恼和问题。这些事情她没和陈今生讲过。当然这几天见面的机会不多是事实，但即使天天在一起，有些事她也不会说。这倒不是别的原因，主要是丈夫不爱听。

沈仲华拿不出好的意见来，只是说："现在做点事情很难，难也得去做。世界就是这个世界，它是不会变的，所以只好你改变。如果你非不变，那就得到处碰壁。"

又说了些别的之后，沈仲华给她讲了一个自己的故事：上个月我们那里供电所的一个调度员来要一些花肥，头没给。于是他立刻给了我们一点颜色看看，停电四十八小时。这四十八小时电一停，住在单位宿舍的职工生活不便就不用说了，把我精心培养三年的一株植物细胞系活活给冻死了。

"你为什么不去告他们？"陆园气愤地问。

"告如果顶用的话，这些事情就不会出现。再说即使上面追查下来，他们也有一百种办法对付。如今电力求大于供，停谁的都有理由。"沈仲华给她斟上咖啡，"好了，咱们说些愉快的事吧。"

话题就像咖啡杯上的热气一样，渐渐地扩散。但有一个问题，她和他始终是回避的，那就是双方的家庭。

陈今生从窗户上看见王陪同一行回来了，就迫不及待地给他的房间打电话。

马小彭制止了他，"你先让他把精神放松，然后再给他致命的一击。"

大约过了二十分钟后，陈今生致电王陪同让他来他们的房间。

"应该你们来我这里。"王陪同说。

"这小子的嗅觉还挺好的，闻出点什么来了。"马小彭穿上衣服，"殊不知在房间里格斗，我更是一把好手。"

当他们来到王陪同的房间里时，佐佐木寿也在。

这是他们没估计到的。两个人使了一个眼色，就由马小彭把电传的副本递给王陪同。

王陪同很认真地看完，又给了佐佐木寿。

佐佐木寿看完之后，用日文说了一大堆话。

"佐佐木寿董事长说，"王陪同慢条斯理地翻译开了，"他确实在喜门商店买过这样一副眼镜。但后来为了适应重要国际场合，就又买了一副玳瑁眼镜。"他把电传还给马小彭，"这东西说明不了什么。"

马小彭下意识地摸摸衣服里放枪的地方。"我们想和你单独谈谈。"

"我看没有这个必要吧。"王陪同傲慢地说，"我看你们已经解决不了这个问题，所以刚才我已经请环球宾馆的人通知你们光大旅行社的负责人了。"

陈今生和马小彭都不知道该再说些什么。

"如果你们没有别的事,就请便吧。"王陪同用手指指门。

"你真是一个大王八蛋!"在出门时,马小彭终于忍耐不住了。

王陪同对这句话没有任何反应,"我只是希望在我们明天上午上飞机前,能把问题解决了。"

他们回屋时,苏大姐已经等在门口。

一看这阵势,马小彭赶紧说:"我到车里等你。"他不愿意看到陈今生难堪。

陈今生原以为苏大姐会声色俱厉地批评他一顿,但没想到她没发任何脾气,只是让他把经过仔细讲了一遍。她说:"像这样的情况,你应该先向我汇报。这种情况以前也是有过的。"

"怎么处理的?"陈今生赶紧问。有律依律,无律比附。

"先是确定丢失东西的价值,然后根据情况赔偿。"苏大姐没像在办公室内一样,总是板着个脸,反而带着笑,"当然不是让你来赔,而是旅行社赔。不过你这个月的奖金是没了。"

"连没三个月也没关系。"因为奖金和玳瑁眼镜的价值比,有天壤之别。"不过我觉得特别的窝囊。"陈今生把凡是和玳瑁眼镜有关的疑点都讲了出来。

"虽然你说的这些上了法庭都不足为凭,但我还是相信的。"苏大姐把精致的皮包背好,"你回家去休息一下。看你的眼睛,已经红得不像样子了。"

陈今生的眼泪差一点就要下来。他原来还以为自己已经没了这功能。

在下楼时,陈今生想起同事给他讲的苏大姐的故事:一次苏坐电梯从办公室下来,发现开夜班电梯的是一个四十多岁的男人,他文质彬彬,戴副眼镜,边开还边看一本外语书。她就问他原来是干什么的?这人告诉她是插队回城的,因为找不到合适的工作,就干了这个。苏第二天,就让光大旅行社的人事干部去了解一下此人的履历,之后她认为合格就雇用了他。后来她发现他的英文挺好,又把他介绍到交际部去了。

陈今生一开始根本不相信这个故事。任何单位关于领导都有一些经过加工、夸大的故事,它们有的是部属们编的,有的干脆是这个领导自己编的。

但现在他相信了。

在大门口,他对苏大姐说:"我始终认为这副眼镜肯定不是玳瑁的,而且就在这个宾馆里。因为它如果不是玳瑁的,又有谁会偷一副普通的老花镜呢?"

"如果它就在宾馆里,总有一天它会出来的。你放心回去休息吧。明天也不要来了,我让小刘结算。"苏大姐说的小刘是陪团的翻译。

"您先走。"他承情地说。

在出门之前,沈仲华突然问:"你看那张桌子上的两个人是不是夫妻?"

陆园观察了一下后说:"不是。"

"为什么?"

陆园回答:"夫妻之间是不会有这么多的话说的,相互之间也不会如此殷勤。"

话刚一出口,她就后悔了。这不是昭示她和丈夫之间的关系起码是不很融洽吗?

沈仲华好像没在意。出门后他说:"咱们以后是不是定一个时间见面?"

她犹豫了一下,说:"还是随缘吧。"

陈今生在进门前,就已经把要说的话设计好了:"我回来啦!"然后再说,"屋子里可真温暖。"这后一句听上去虽然有些酸,但特别适合他此时的心情。

他已经断定陆园在家。BP机上的显示已经说明了。

但他开门后刚把第一句的前半句说出来,就立刻咽了回去:屋子里连个鬼影也没有。

他使劲把门关上,直接进了厨房,给自己做简单的饭菜。

等他刚一做好,陆园就回来了。

"做什么好吃的呢?"陆园衣服也没脱,就进来帮忙。

"我能做什么好吃的?还不是'老三篇'。"他没好气地说。

93

陆园是极少发脾气的人，但这次却把盘子重重地一放出去了。

如果有一个精神分析专家把这一切都记录下来，仔细分析一下的话，就会发现问题的中心就是"老三篇"这三个字。

一直到睡觉时，两个人谁也没和谁说话。

冷战是最适合中国家庭的。

十二

凌晨四点，电话就响了。陈今生虽然听见了，但不想起来接；而陆园睡得很香，根本没知觉。

电话在顽固地响着。陈今生在起身去接时，突然产生了一个恶毒的想法：把她给吵醒后再去接。

在他走向电话机的途中，BP机又响了起来。他一看，上写着：马先生告诉您，戴帽眼镜已经找到。他知道这是传呼台小姐把"玳瑁"误成"戴帽"了。但误就误吧，信息已经传达到了。

他再接电话，还是马小彭。他只说了一句话："眼镜找到，你快来。"

陈今生走之后，陆园就突然醒来——据信息专家考证：夫妻生活的时间如果超过十年，他们连容貌都会变得相像，而且他和她即使在睡眠中，脑电波也是相通的。这也就是说：如果有一个走了，电波就会少了半个——不管他们的理论对与不对，反正她是醒来了，而且再也睡不着。

她给自己做了一顿像样的早饭，在这个世界上，如果你自己都不能好好照顾自己，那你还指望谁？吃完后又淡淡地化了妆，就上班去了。

她希望在汽车上遇到沈仲华,但因为化妆耽误了些时间,没赶上头班车,所以自然就遇不到。

这就叫没缘,她想。

眼镜果然被马小彭找到了。他说送了陈今生之后,他又回到环球宾馆。晚上没事,一个人在房间里喝啤酒,不小心把床罩给弄湿了。就让服务员给换了一个。夜里有些冷,他就把床罩当毯子给盖上了。一抖落,就把个眼镜给抖出来了。

陈今生顾不上马的诉说中的许多疑点:他一个人回到环球宾馆来干什么?在送他时,马就给朱太太打了好几个电话,但都没打通。他的口头禅是:一人不喝酒,两人不打牌。那他在和谁一起喝酒?

但这些都是枝节问题。他赶紧打电话把客房部主任给叫来。

听完他们叙述之后,客房部主任解释说:"我们这里的床罩都是用紫外线消毒的。消毒柜的容量有限,所以每次不是一个楼层一个楼层的,而是十个房间十个房间的。紫外线消毒不是洗衣机,所以不太可能发现眼镜。"

"这就是玳瑁眼镜?"客房部主任拿着眼镜仔细地看,"这次我可开了眼了。"

"这是球的玳瑁眼镜。"陈今生说,"这就是一副普通的角质眼镜。"在客房部主任进来之前,他已经仔细鉴定过了。

"你会不会搞错?"客房部主任问。

"你非常幸运地遇到北京市最大的玳瑁制品研究家之一。"陈今生得意地给客房部主任讲解玳瑁与非玳瑁之间的差别。

"这王陪同和佐佐木寿全是混蛋。"客房部主任骂人是不凶狠的。

"依我的分析:佐佐木寿吃饭回来找不到眼镜,本来也就是想问一问算了。因为这种东西合人民币也就一二百块钱一个,顶多是有些不方便而已。可王陪同这家伙怕回日本后,环球宾馆和他们厨村旅行社的老板说些不利于他的话,就硬煽动佐佐木寿把眼镜的价值放大一百倍。"陈今生拿着眼镜在屋子转圈,"我们得到日本的反馈之后,佐佐木寿想承认,但王陪同不同意,硬是把戏往下演,直到水落石出。这就是我的'侦察终结报告'。"

客房部主任听得直点头。

"你的分析是狗屁。"马小彭插了进来,"你的狗屁报告的基本思想是洋奴哲学:什么都是王陪同不好,佐佐木寿没有责任。根本不对!这是他们两个人联合起来,欺骗咱们这一大帮!"

"说得有道理。"客房部主任又说。

陈今生心里也承认马小彭分析在理,但嘴上却不肯认。

"我告诉你一个办法:咱们先和他们签订一个赔偿的合同,等他们上飞机前再出示眼镜,看他们怎么下台。"马小彭说。

"合同我来拟。"客房部主任说。

"好的。"马小彭同意。

大约在上午十一点左右,陆园已经把她的全部材料输入进计算机。

佐佐木寿一条一条仔细听王陪同翻译客房部主任拟定的合同,然后拔出一枝很简陋的笔,颤巍巍地签上他的名字。

这份合同主体意思是:如果光大旅行社在一个星期内找不到佐佐木寿先生的玳瑁眼镜,那么将赔偿佐佐木寿先生两万人民币,并负责划到厨村旅行社的账上。届时如果人民币和日元的兑换比变化超过百分之五,仍按合同签订之日的比率结算。

"如果我们找到了您的眼镜,可它又不是玳瑁的呢?"陈今生做出一副气急败坏的样子。事后马小彭曾经这样形容:这是真正天才的表演,别说一个陆园,就是十个陆园也别想识破你的任何阴谋。

"那我们将赔偿您的名誉和经济损失。"王陪同简慢地说。他心里是有底的:眼镜找不回来,那就不用说了。如果找回来,它肯定不是玳瑁。但那时他在日本,而陈今生在中国,想来也奈何不了他。

"合同书和议向书有本质的不同,所以最好写一个具体数目。"客房部主任摆出一副局外人的样子,用法律专家的口吻说。

王陪同和佐佐木寿商量了一番后回答:以眼镜的一半价值赔偿。

客房部主任把这个条款写在合同上。

佐佐木寿又签上名字。

当陆园对她命名为《中华脉冲星》的文件进行最后的计算时,屏幕上突然发生了莫名其妙的变化:一些符号消失,还有一些符号从字里行间脱落下来,然后聚集在一起,就像有一把大扫帚把落叶扫在一起一样,然后开始部首互换。

"这是怎么一回事!这是怎么一回事!"她不由自主地叫了起来。

老林急忙跑过来。他看着屏幕,也解释不出为什么。

"非常可能是电脑病毒。"刚过来的老黄说。

"几天的辛苦付之东流。"陆园瘫倒在椅子上。

"你还有副本吧?"老林问。

"当时我比较着急,所以就没做副本。"副本这两个字提醒了陆园,她觉得出现了一线希望,"我调调本机的副本看看。"

"我看不用了。这种恶意制作的病毒程序,要侵占你的文件内容时,一定连副本一起吃掉了。"老黄说。

"如此说来,它和你一样了?"老林说。

"你的言外之意是?"

"不要在我的话里寻找言外之意。"老林打断老黄。

因为老金有事没来,老黄孤木不成林,所以就没再说什么。

陆园没听见两人在说什么。她只想着自己的文章,有些材料是直接从射电望远镜的记录磁盘上进入老金这台计算机的。而那些原始磁盘还在老金手里,即使马上要回来,也得再过两天才能把文章写好。

厨村旅行社的旅行团的大轿车刚到机场,陈今生和马小彭就开着保时捷赶到了。

王陪同似乎觉出点什么,但看他们两个没说什么,自己也不便先说,就一起进了国际候机室。

计划是很周密的,他们一到,就开始通关。

"你们两个先慢一点。"陈今生叫住王陪同和佐佐木寿。

两个人定在那里。

"这是不是佐佐木寿先生的玳瑁眼镜?"陈今生用他在车上才从"快译通"中学来的日本话问旅行团的其他人。

"哈意,哈意"……几个看过的人都同声说。"

"那么你看是不是呢?"陈今生又问佐佐木寿。

佐佐木寿开始寻找王陪同。

王陪同已拿着护照准备出关,但马小彭已经先到了负责验证的海关官员那里。

王陪同只得回来。

即使是脸皮再厚、再狡猾的人,在人证、物证俱在的情况下,也赖不到哪里去。

王陪同和佐佐木寿只好承认。

"他们两个都说这个眼镜是玳瑁的?"马小彭把眼镜高高举起,"我听说玳瑁这种东西的硬度很高,不知道是不是?"

别说别人,就是陈今生也不知道他要干什么。这是即兴表演,根本不在计划里。

马小彭"卡吧"一声,把眼镜折成两半。"看来它不是玳瑁的。"他装出一副无比遗憾的样子,把眼镜递给佐佐木寿,"我原来还以为它和钢铁差不多呢!"

佐佐木寿低下头接过眼镜,然后进了关。

等王陪同也进去之后,陈今生大声说:"我今天一定把合同的副本传给你。"

王陪同没有回答。

"真的把合同的副本传过去?"在回去的路上,客房部主任问。

陈今生点头。

"应该给他留条活路。"客房部主任说。

"如果这小子真的是人的话,他就应该知道只有给别人留路的人,才能自己也有路走。"陈今生说。

"他赔偿的钱,是不是进咱们的活动基金?"马小彭说。

"不。我有我自己的用途。"陈今生说。

因为客房部主任在,陈今生没有说这笔钱干什么用:给那个因为丢失"玳瑁眼镜"而被开除的小姑娘服务员。这笔钱听上去够她在京东开上一个小买卖了。

尾 声

一个星期后,一张佐佐木电子公司的公司支票进了马力公司的账上。经手人王陪同。

同样在这一天,天文站发现一颗新星的文章,以电子文件的形式传遍全球。这篇文章因为由老金执笔,所以它的作者排列次序是:研究员老金助理研究员陆园。

《收获》 一九九四年第二期
《烟是烟,书是书》《环球企业家》 一九九四年第五期
《中篇小说选刊》 一九九五年第一期
《宇宙杀星》文化艺术出版社 二〇〇〇年一月
后为长篇小说《特别提款权》部分

威比公司内幕故事

一

韩一士一九六八年从北京去陕西插队时,年仅十七岁。随行的只有一个柳条箱。而到了一九九〇年,他试图'逆流'而上时,已经是一家三口,年过四十。

菲律宾的马科斯、伊朗的巴列维在顷刻之间失去他们的王朝,可他们花费了毕生的精力都没有恢复到原来的地位。他此刻觉得自己好像就是在进行这种徒劳的"复辟工程"。

要疏通的关节实在太多了:学校、街道办事处、公安局、人事局……每个地方都需要润滑——润滑是什么意思?不说人们也明白。

他艰难地挣扎了很久之后,终于得到一个"你只要找到单位,其余的就可以办"的允诺。

找单位是比找媳妇还困难十倍的事:你找媳妇,媳妇也在找丈夫——虽然这个丈夫不一定是你。但你起码可以这样认为:所有在你这个年龄段的女性都是你潜在的对象。而目前的单位是谁也不想要人。我国的人口资源实在是太丰富了。当你没有文凭,也没有靠山时,更是如此。

他几乎绝望了。"千里跋涉都过来了,就剩这一跳了。"妻子用"鲤鱼跳龙门"的故事压迫他。"北京比俺们县好多了。"孩子作如是说。虽说童言无忌,但这"俺们"一词深深地刺痛了他,普通话说不好,实际上是一种残疾。再说上了贼船就下不来,如果下的话,他面前立刻浮现出县立中学同事们稍微带些讥笑又带些同情的面孔……所有这些因素组合成强大的政治压力。

他从薄薄的《通讯录》上读出一个模糊的电话号码,然后去了公用电话间。

"我找厉科长。"他报出了厉法的官讳。这是通过岗哨的有效方法,是他不多的社会经验中的重要一条。

"这里根本没有什么李科长。"受话人好像就要放下电话。

"是厉法科长啊。"他赶紧补充。这个电话号码是厉法在八年前给他的。八年了,我依然如故,而他一定升迁了。人们会遗忘那些被贬的人,而永远不会忘记那些升起来的人。

"你说的是厉局长啊。"受话人的口气立刻变了。

"你住在什么地方?我去看你。"电话中的厉法相当客气。他是韩一士中学时代的密友。

"还是我去找你吧。"韩一士借住在哥哥家。老友相见,必然要"喝一杯酒"。然而在有嫂子的哥哥家里招待客人是原则错误。

"下午五点你来我办公室。"厉法把自己在茫茫人海中的精确坐标告诉了韩一士。

城区区政府是一座五十年代的楼房,连韩一士所在的县政府都比不上。他边想边推开挂有"经济计划局局长"牌子的办公室。

厉法穿着一身质量一般,但做工精良的衣服,头颅依然宏大,握力过人。

"你们这里相当,"韩一士坐在稍许有些硌屁股的沙发上,本来想说"寒酸",但出口时改成"俭朴"。

"政府因为庞大,经费就不够用了。你抽烟吗?"厉法把"禁止吸烟"的牌子翻转。这是破格的礼遇。

"怎么，你不抽了？"韩一士接过烟来。在他的记忆中，厉法是一个过量的吸烟者，以前连嘴唇都是烟草的金黄色。

"好烟抽不起，坏烟不想抽，所以就戒了。"

"中国是计划经济，所以管计划的局长要大于别的任何局长。焉能连烟都抽不起？！"韩一士表示不相信。"我们县里，别说县长书记，任何一个科局长都能抽外烟。"

"此局长非彼局长也。"厉法把桌上的东西收拾好。"咱们找一个地方喝它一杯如何？"

"我请客。"求人就要有一个求人的样子。

"还是本局长请吧！"

眼下吃公款盛行，他请就他请。不然他点出一个"长城饭店"之类的五星级来，就把我坑苦了——这是在下楼时韩一士的心理图像。

在一个三流的饭店落座后，"吃什么？"厉法问。

"涮羊肉？"韩一士的目光带有征询的意味。

"好！"厉法做了一个与年龄和身份都不相称的夸张动作。

黄铜火锅中的固体酒精燃料冒着蓝色的火。谈话以此为支点展开。

他们共同回忆起串联到内蒙时，在科尔沁大草原上吃的那顿涮羊肉。

"天幕低垂，大漠孤烟，熊熊的篝火上架着一个砂锅，里面都是带血的连刀肉片，没有任何佐料，但就是香。"因为喝了两杯酒，厉法的脸上泛起潮红。

"我真想不到，像你这样的大官还吃这些一般人吃的东西。你应该吃长城饭店、假日丽都才对。"在县城中，韩一士属于"无权阶级"——如今不好说"无产"了——有一次他哥哥出差经过他那里，恰巧他妻子不在，他想尽一下地主之谊，可走遍县城所有的好饭店，"雅座"都被各级领导给霸占了。这件事深深嵌入他的记忆中。他从此绝少涉足这个档次的饭店。

"没有人会白请你吃饭。你最终是要付出代价的。有时这些代价还相当惨重。再说一个人吃来吃去,最后会发现还是吃东西的原味好。"

韩一士想起"一个人在吃第五个馒头时发现已经饱了,于是说:早知道我就先吃这一个了!"的故事。

三巡酒过,谈话进入实质性阶段。"我想回北京。"韩一士小心翼翼地说。

"这是一个很好的想法。"厉法作原则性的赞赏。

"能给联系个单位吗?"

"责无旁贷。不知你想去哪里?"

"不是国务院,也不是党中央。"韩一士想让厉法自己说。

"你总得先拿一个意见啊?"

"离我家近一点,有房子。"

"房子?!"厉法像转动铅笔一样地转动着筷子。"你这可是给我出了一道难题。"

韩一士开始后悔一下子提出两个问题:你提的问题越多,得到的回答就越少,这中间严格呈反比。有时第二个问题还会损害第一个问题。

"我认识环卫局的人事处长。他欠我一个情。"

"扫马路。我不干。"韩一士觉得受到了侮辱。

"不一定扫马路。"厉法不以为然地说:"他们和我的经济计划局一样,也是一个局。有各种各样的工作。"

"我能在办公室工作?"

"不一定能在办公室,但也不会去扫马路。我可以在这中间给你找一个位置。"厉法举起酒杯。

韩一士和他碰了一下,"在你那里不行?"

"不行。"厉法断然否决。"我们单位是政府的一个部门。人事权不在我手里。"

厉法说的基本上是实情,他的单位是去年由经济局和计划局合并而成的,两个副手都是从计划方面来的,至今他还不能在局务会上把握多数。何况在人的问题上尤其敏感,动不动就会引起"这小子又在安排自己人"的轩然大波。所以必须慎之又慎。

一阵沉默。

"我还有一个路子,你不妨去试试。"厉法开始像转动铅笔一样地转动酒杯。

韩一士在仔细听。

"你去找柳北上。他目前的身份是港商。在北京饭店开了一家公司。"

韩一士觉得一阵惊讶。柳北上中学时和他在一个宿舍里上下铺住了三年,"文革"时又在一起养鸽子养热带鱼,非常熟悉。柳父是长征干部,官至外经贸委员会的副主任。在他的印象中,柳北上是一个血统纯正充满快乐基因的小伙子,整天无忧无虑,只知道玩,即使是在他父亲在著名的秦城监狱里受苦受难时,也是如此。所以无论如何都和"港商"的形象联系不在一起。

"他不是我管的干部,是如何演变成港商的我不清楚。但我可以给你搞到他的电话。"厉法说完又嘱咐道:"但千万不要说是我介绍来的。"

这最后一句话深深地刺伤了韩一士的自尊心:好像我是一个艾滋病患者似的!六十年代号召去插队,因为我有亲戚在农村,知道那里是怎么一回事,所以不肯去,但学校的工宣队和街道的老太太敲锣打鼓地上门送喜报。七十年代想上大学,先是因为出身问题,不能去,后来又因为书教得好,校长死活不肯放。如今是一切开放的九十年代了,但自己却成了一个谁也不想要的废物。真是"三世不遇"啊!

二

韩一士虽然是土生土长的北京人,可京华饭店却一直属于瞻仰之列。在进门时,他不禁犹豫了一下,但立刻挺起胸来,眼下是改革的时代,天下者我们的天下。更何况里面确实有一个认识的人。

因为已经没有阻止老百姓进入的责任,所以门卫根本没有妨碍他进入。

在大厅中他观赏了一阵后,去了一趟香喷喷的厕所,洗手之后,又用红外线烘干机把手烘干,才去打电话,这些就像大战前的热身赛。

"哪位?"话筒里问。

韩一士一下子就听出正是柳北上。"你猜。"这是一个好兆头。

"甭猜:韩一士。"声音非常欢快,一听就是生活处处满意的人方能具备。"我下去接你。"

"不用了,我能找到。"

"主席出国访问回来,总书记要去机场接。这不是能不能找到的问题,而是礼节问题。你等着。"

两分钟后,柳北上就出现在韩一士面前。他长着一张顽强抗拒时间腐蚀的娃娃脸,似乎和十年前没有区别,甚至还年轻了一些。"真是'革命人永远是年轻'。"韩一士通过跟前那面极其光滑的镜子,看着自己被塞北黄风吹皱的脸。

"有的是逐渐老,有的是一下子老。有的是外表老,有的内心老。人和人就和资本主义和社会主义一样,不是一种东西就别放在一起比。"柳北上做了一个孩子气的手势,"请。"

"我上去方便吗？"

"你怎么学得战战兢兢的？！这是咱们哥儿们的地盘，一切的一切都方便极了。"

柳北上的办公室在十楼上，是一个套间。一张有台球案子那么大的办公桌子上放着三部电话、一台"西门子"电传和一台"IBM"电脑。

"你是这家威比公司的总经理？"韩一士看看桌子上的信笺后问。

"威比公司的总经理是我的上级，它下面还有专业公司，它的经理还是我的上级，再底下有分部经理，仍然是我的上级。其次才是我。"

"那你有人事权吗？"韩一士装作不经心地问。

"我是威比公司在中国的全权代表，这里的权力都由我掌握。"他说着从一个黄铜的名片夹子里取出了一张折叠式的凸版名片。"你仔细读读，会有收获的。"

"香港威比公司董事，香港威比公司北京总代表；电子学博士。"韩一士读到这儿，不禁笑出声来，"你真敢往上写。"

"自己的头衔，为什么不敢写？我有文凭——盖有英国双狮皇家印章的正式文凭。"柳北上从铁皮柜子中取出一个牛皮夹子，再从里面拿出一张重磅铜版纸的文凭。"我记得你好像能练两下子英文，自己去鉴定吧！"

韩一士仔细辨认着文凭——其实也谈不上辨认：他除去一张盖有"革命委员会"字样的中学毕业文凭外，只有一些不被教育部门承认的各类函授大学、业余大学的证书。根本没有这方面的知识。"在香港做一张这种东西，起码要花一千港币吧？"

柳北上装作生气的样子，把文凭夺回来。"除你以外的任何人说这种话，我立刻上法院去控告他。"

"如果说你当了北京市的市长，我或许勉强能相信。但博士……"他摇摇头。

"我见了你们这帮真假知识分子的臭德行就气不打一处来。"柳北上又把文凭取了出来,"这上面有英国教育部部长的签字。"他指点着。

"外行了不是,英国没有教育部部长,而是大臣。"

"大臣就是部长。"柳北上自己也笑了。"我实话实说。这文凭是真的,但它是买来的。花了我两千港币。"

"不便宜。"

"要是买神学博士或哲学博士的文凭,只要一半就够。但是我想,既然买,就要讲究经济效益:咱们是搞技术的,有张高级技术学科的文凭,可以帮助树立形象。可卖主说,没有这门学科。所以我退求其次买了这个。"

韩一士不禁感叹世风日下:钱如果能通文化,就必定通神、通官。

"这有什么不好?!打破了那些所谓的知识分子的一统天下,让一般人也享受一下有文化的好处。"

"文化不是用文凭来证明的。"

"那用什么来证明?"

韩一士一下子竟然回答不上来。

"你别说这文凭还挺管用,别的不说,我和清华大学计算机学院还签订了一个关于汉字高速输入方面的研究合同呢!我作为甲方代表,赫然写下:柳北上电子学博士。而和我会签的清华大学计算机学院的副院长,只是一个硕士不说,还仅仅是一个副教授,而且还是预支来的。他们清华的职称名额非常有限,同年的人又多,如果评了这个,就伤害了那个,所以水平和资格都够,但评不上的人,也给称号,但工资和待遇得到有指标时才能兑现。"柳北上看韩一士有些不明白"预支"的含义,就解释了一下。"在宴会期间,他一个劲地管我叫柳博士。别说,当时我还真有那么一点点不好意思。"

"咱们还保持着这功能?!真不简单。"韩一士调侃道。

"开始时这功能确实有,但到后来他对我说:能不能让他去一趟香港?我问:费用谁出?他说从他们的应收费用中出就是了。你知道:他们的应收费用,就是我们的钱。用我们的钱供他们出去玩,你说我能同意吗?"

"你也是,人家那么大的一个院长,说出来就该让他去一趟。这能用几个钱?"清华在韩一士的心目中永远是神圣的。是一个不能实现的梦。

"如果是公家的钱,我当然会做好人。但你知道,这钱是我们自己的,分分毛毛都和我的切身利益有关。"

一个非常年轻、面容美丽、身材苗条的秘书模样的女子进来递给柳北上一份文稿。"您给批一下。"

柳北上很快地把文稿读完。"我最后一次对你说,不要在这上面写机关的具体名称。因为这一份电传从北京到香港,不知有多少双眼睛能看到。香港的情况、国际上的情况复杂得很啊! 对此必须有足够的警惕。"

秘书连声说"是"后就退了出去。

"哪来的一只花瓶?"韩一士认为:凡是在商业交际场出现的年轻女子,无一例外都是花瓶。

"如果你非得认为她是花瓶,也是唐朝,起码是明清的花瓶。贵得很呢! 要知道她可是北方经济管理学院的学士。"

"博士不才两千港币?"

"甚至还用不了那么多。"韩一士倒茶。"有一个商学博士还真来谋过位置。不过本博士想本公司有一个博士吓唬人也就够了,犯不上再增加成本,就没雇他。"

秘书再次把文稿拿来审批。

"你这个'有关方面'用得好。有点子外交的味道。它指的是谁,大老板一看就明白。"

"用不用安排午饭?"秘书在临出门前问。

"我自己来安排。"柳北上挥挥手,打发了秘书后,对韩一士说:"你不要试图用任何借口来推辞,我要请你吃饭。"

"吃饭是一件最美好的事情,我实在想不出任何推辞的理由。"韩一士双手一摊。

"咱们就在这七楼上吃'谭家菜'。"

七楼的餐厅非常雅致,每一张桌都被一幅屏风围起来,造就一个亲密的"小气候"。

柳北上点菜根本不看菜谱,颇有些计算机录入人员的盲打风姿。"来一瓶'五粮液'。"最后他说。

"还是'二锅头'吧?"

"无论是做买卖还是做官,有一条原则:在轮到你做主时,你再做主。就这么定了。"柳北上摆摆手。

"你们这个威比公司都做什么买卖?"

"很多,很多。多到要去电脑中调。但主要却只有三项:电影制造、电子产品、饮食业。"柳北上把餐巾放在膝盖上。

"这听上去好像是很不相同的行业。"

"但它们都有一个共同点,投资收回周期短,利润大。一部电影从筹建班子到杀青,大约只要半年时间。我手头正有一部电影正在做前期。电子产品的买卖更好做,你甚至可以用用户的钱来做。这关键看你有没有一批固定的用户了。至于饮食业,我还没真干过,但可行性报告已经拿出来了。"

这时一个油头粉面的男人过来和柳北上打招呼后,对韩一士点头,略示歉意,然后就用广东话谈起来。

不过一分钟,"广东人"就打招呼走了。

"不知为什么我非常讨厌粤语,更讨厌油头粉面的男人。"韩一士认为一个油头粉面的男人相当于一个瀸瀸溻溻的女人。

"你之所以讨厌粤语,是因为你听不懂;之所以讨厌油头粉面的男人,是因为你自己长得粗枝大叶。"

"你好像是一个精神分析医生似的。"

"所谓的精神分析医生,就是那些陪人聊天的人。这活儿咱哥儿们在行。如果将来有机会去美国定居,我就准备干精神分析。一准能大发。"

"你什么时候学的广东话?"

"博士嘛,什么语言学不会?"柳北上示意吃菜。"前些年我试图到新华社香港分社去工作,可人家的条件有四:党员、大学毕业、会广东话、会英语。妈妈的,咱们一条也不具备。后来下决心攻了攻,如今那些真正的广东人经常问我是客家人还是潮州人。"

"你的英语怎么样?"英语是韩一士目前唯一值得自豪的看家本领。他的中学的前身是一个教会学校,英语是强项。而他则是课代表。后来他还参加剧团,用英语演过莎士比亚的戏剧。插队被安排后,他就以此为本,在陕西的中教界挣下了些许名气。

"马马虎虎。可做买卖是一件马虎不得的事。你在合同上用一个马虎的词,几万,甚至几十万就没了。所以我目前需要一个懂英语的人。"

"你可以去雇一个。"韩一士觉得一线曙光出现了。

"那些真正懂英语的人不是被什么国际会议中心之类的单位给雇走了,就是开价太高,或者不可靠。"

韩一士对"可靠"一词的用法提出疑问:"又不是地下党,可靠不可靠有什么关系?"

"你不能小看生意这一行的保密性,比方我刚才和这个广东佬谈的进一批不间断电源,如果他说的是英语,我就必须假手于翻译,而这个翻译如果不可靠,他就能把这桩买卖介绍给一家别的公司,自己从中吃一笔回扣。中国的生意场上不光有正规军,更多的是神出鬼没的游击队。谁也说不出他们什么时候,会从什么地方钻出来,干你一下子,然后又无影无踪了。"

"我不敢说像许国璋、冀朝铸那样精通英语,但做一个普通的翻译是没有问题的。我目前几乎说是无业;我开价不高,能维持我原来的工资水平就行。至于我可靠不可靠,你自己去分析。"说这话时,韩一士没有看柳北上的眼睛。

"从见到你开始,我就一直在等你自我推荐。"

韩一士觉得眼睛有些潮湿。面壁十年图破壁。而真到破壁时刻,他已经不相信自己的运气了。"你说的是真话?"

"如果你能记起我在任何重大问题上欺骗过你,我情愿把博士头衔连同一千美金双手奉上。"

"不用订一个合同了?"

"老百姓问国王:什么是法律?国王明确回答:朕即法律。同理:朕即合同。工资每月一千元人民币。试用期六个月。如果合格,就再加五百元。你现在住哪?"

"我哥家。"鉴于上次的教训,韩一士没有提房子问题,但柳北上自己想到了。

"大哥现在干什么?""文革"期间柳北上一度借住在韩宅,跟他家里的人都非常熟悉,所以使用同样的称呼。

"给市委宣传部长当秘书。"

"还在你们原来的房子里?"

"对。"

"那么大的一套房,还没有你一家人住的地方?"韩宅坐落在北京西郊,是私人住宅,虽然不豪华,但十分宽敞。

"京华饭店更大,不仍然没有我一间房?不说这个了。"韩一士不愿意宣扬家丑。"你们公司挂靠在什么单位上?"

"我之所以能马上答复你的一切问题,就是因为不挂靠在任何单位。"

"那总得有人管我呵?"刚刚说完这话,韩一士自己也觉得好像缺乏独立意识。"我的意思是,档案总得有一个地方放。"

"一个人死了,他的骨灰放在家里,总是让人别扭。所以就有一个骨灰寄放处。档案也是同一个道理。现在北京就有这样一个地方,官名叫:人才交流中心。你以后如果出国,或者当选人民代表、政协委员之类的职务,它就是你的上级机关。你放心,它收费非常低廉,每月二十五元钱。"

韩一士本来想和妻子商量一下。但转念一想,这未免太缺气概了,就坚定地说:"就这么决定了。"

"如果咱们一直在讨论这些俗事,而忽略了欣赏中国艺术中最伟大的部分,实在是罪过。"柳北上指指上来的若干菜肴。

韩一士每样尝了一尝。

"你有什么感想?"

韩一士的母亲的陪嫁中有一个会做很好中西菜的厨师,母亲因此也会。所有这些就奠定了他的味觉基础。"什么菜什么味。"

"我几乎吃了一年的谭家菜,方总结出这个道理。你却一下子就觉悟了。"柳北上做出一种很悲痛的样子。"你知道这是为什么吗?"

韩一士摇头。

"每个厨师炒菜都有一套固定的手法,有自觉的,有不自觉的。虽然原材料不同,但味道基本上差不多。咱们家里的菜都由太太炒,所以一个味。而以前的大户人家,全有三妻四妾,每人炒一个菜,就是若干个味。谭家菜的创始人是谭祖安,他在铁路上做事,以前就住在离这不远的地方。"柳北上胡乱往外一指。"院子不大,书房一间待客,每天只做一桌,他必须陪吃,以表示不是,"他忽然就此打住。

"表示不是什么?"韩一士的思维是敏捷的,几乎已经知道答案。

"表示不是在做生意。"迫于无奈,柳北上回答。"每次我给人讲到这时,总是非常痛苦。中国之所以不发达,其原因就是因为做生意的人,一旦发起来,不是转业去做官——比方盛宣怀,就是去做慈善事业,建大学或图书馆——比方南通的张状元,而不是去扩大再生产。在他们的内心深处,买卖好像和通奸一样不地道。一句话,中国在我以前的商人统统的不纯粹。"

"你好像看了几本书。"韩一士认为应该重新认识柳北上。

"书上哪有这么深刻的见解?"柳北上拍拍自己的脑袋,"全是这里面冒出来的。算账。"他招呼服务员。

服务员拿过一张单据。柳北上戴上眼镜仔细地审查。"好像多了三元。"

"这是你们'五粮液'酒的开瓶费。"服务员解释。

"我是这里的老顾客了,还收什么开瓶费?"他把眼镜摘下。"我看免了吧!"

"我没有这个权利。"服务员是接父亲班来的,恨透了像柳北上这样肩不动膀不摇,就有大笔收入的买办式人物。

"把你们老板叫来。"柳北上命令道。

只有一分钟工夫,老板出现了。"柳经理。"他热情地招呼。"有什么事?"

"一九八○年,一个英国公主下榻贵店。你们硬是加收她一倍的房费和餐费。她非常生气地说:'我几乎住过全世界的五星级饭店,它们都不收我费用。你们收不说,还加收,这是什么道理?'你们的老板跟她说'因为你有钱呗!'"柳北上把单据推过去。"没想到惊天动地的十年过去了,你们这种'吃大户'的遗风依然如故。你们打没了地主打富农,现在已经打到中农身上了。"

老板扫了一眼账单,马上说:"对不起。"然后在上面签字。"减收全部费用的百分之十。"他又对服务员说:"柳经理是老主顾了,以后一定记住。"

服务员点头。

柳北上取出一个折都折不过来的钱包。"记账还是收现金?"

"当然是记账。"老板很有风度地躬身告退。

"你的眼睛花了?"在韩一士的印象中,柳北上是一个视力极佳的人。

"花不花,三十八。"

"我只听说过'花不花,四十八'。"韩一士取过眼镜戴上。"一副平光镜。"

"当面拆穿别人的谎言,是一种非常恶劣的品质。"柳北上把眼镜要回收好。"这多让说谎者的心里不好受?!咱徒步上去,好消化消化。"

"你有钱吗?"在途中韩一士问。

"这年头没有钱还行?"

"有多少?"

"你这么问一个有钱人是很荒谬的。"

"但我还是想知道。"

"大约有十万到二十万的样子。"

"也不算太多。"韩一士在县里时听说过不少的"万元户"。

"你知道是什么钱吗？"

"难道是美元不成？"韩一士记起钱包中钞票的颜色。

"你今天算是说对了一句话,全部是绿的。"美元的颜色是绿色的,故柳北上有此说。

"这就有些惊人了。"

"惊人的还在后面呢！我还有不少股票、债券。"

"值多少？"

"股票和债券的价值是只有在你出卖它们时才能知道。"

"你用什么办法在短短的几年中积聚起如此之大的数目？"

"世界上有两种人,一种是知道怎么赚钱的,一种是不知道怎么赚钱的。知道的可以对不知道的讲,可不知道的依然不知道。你如果是前一种,就不用我说。你如果是后一种,我跟你说了也没有用。"

"我有一次想让我哥请我吃一顿朝鲜烧烤。他不请不说不请,而说：不要在外面吃饭,有肝炎。"

"你哥哥可真是一个聪明人！"柳北上打开房门。

三

因为喝了酒,韩一士有些昏昏然。

"你不回去,太太不会起疑心吧?"柳北上把皮鞋踢到不知什么地方。

韩一士自豪地摇摇头。他的妻子堪称是家务活动的模范、消弭矛盾的能手。尤其可贵的是在看到别人升官或发达了,还是一如既往。有时他自己都有些不好意思,免不了解释安慰几句,但妻子总是真心地说:"他们是他们。我不嫌就行。"所以在结婚十五周年之际,他写了一"天生尤物以酬我"的条幅来表达自己的满足。

"你们家的安定时代已经结束!"

韩一士表示不理解。

"人有了钱,都要去'浇花'。"柳北上换了一套讲究的睡衣。

"什么叫'浇花'?"

"一个一向自称有很高智力的人,居然不能理解如此形象、生动、贴切的名词。"

"妈的。"韩一士笑着骂了一句。

"人总是每隔四年就产生一次更换伴侣的愿望。这是经过科学证明的。"柳北上用不容置辩的口吻宣布。

"啊,科学!多少罪名假汝名义而行。"韩一士已经进入"准睡眠"状态。

他们两个睡了整整一下午。

"你去叫两碗面,送到我房间里来。"柳北上拿起电话吩咐秘书。

"饭店管送?"

"只要你花钱。"

"你为什么不自己打电话?"

"我既然配备一个秘书,就应该让她最大限度地发挥作用。"柳北上胡乱把衣服穿上。"我有一个原则,别人能做的事,自己绝对不做。"

面很快就送了上来。

这是主料、配料、做工都相当讲究的面。"这面不禁使我想起一个故事。"韩一士吃完后说。"我爸爸有一个朋友,是著名的京剧演员,一到月底去饭店就说：今天没有钱了，吃一碗面吧。然后再盼咐：给来一点海参丝、鱿鱼丝、里脊丝，再加一些黄花、金针、木耳。他这碗面实际上就是一桌袖珍的席。"

"你不常吃，所以你不知道，海参、鱿鱼并不是什么讲究的东西，以前只有轿夫才吃。主人都吃鱼翅席之类的。它们之所以不常见，是因为必须事先发好，一般家庭不常备。"

昏暗的暮色突然勾起韩一士回家的欲望：成家以来吃完饭后在一起聊天，已经形成了一项制度。

他找了一个机会，以没有带洗漱用具为理由，提出要走。

"你犯了一个常识性错误：五星级饭店不需要洗漱用具。我告诉你一个真理：每天早起的是穷光蛋；每天回家的是小人物。"

这最后一句弄得韩一士不好意思再说什么了。

在《新闻联播》播放国内新闻时，柳北上似看非看。可一到国际新闻，他就立刻把全部精神调动起来。

"如果不知道你的底细，还以为你是外交部的官员呢？"

"如果我真是就好了。"柳北上躺在地毯上。"有一个和'浇花'一样形象的名词叫作'地球村'，你听说过吧？在这村庄里发生的任何一件事都要影响到别人。比方法国和德国一向把欧洲共同体看成是自己的领地，可自从撒切尔夫人之后，英国不管什么事都要插一杠子，政治均势因之就被打破。而政治均势一旦被打破，经济均势自然也就不存在了。所以一部分买卖就会落到别人头上。"

"好像你们公司是一个像洛克菲勒财团一样的国际性的组织一样。"刚才，韩一士把威比公司的资料大致读了一遍，不说在世界范围内，就是在港澳地区，它也不是什么大公司。

"在咱们插队的村里，如果甲的婆娘和队长相好，那么这就会影响到丙。这是因为丙和甲是酒友。再比方，如果这事被队长的老婆知道了，她去公社闹，于是队长被撤职，甲和甲的婆娘以及丙的收入都要受到很大的影响。我再次正告你：地球就是一个村庄。今后情报方面的工作就要由你负责了。每星期得给我写一个情况摘要。"

"别看你不是官员,但你的路子和他们差别不大。"韩一士有一个同事,原来是学校的教导主任,后来任命为县教育中心主任。这本来是一个协调机关,没有多少工作可做。但他一上任,就创造出许多工作:报表、汇报、视察各个中小学……用他的话讲:机关就得像一个机关的样子。在他这种思想的指导下,这个机关慢慢地有了一辆吉普车,七个工作人员。据说还要继续发展壮大。"我把活都干了,你干什么去?"

"你这可不像一个职员对老板说的话。老板就是领导。你必须像尊敬领导一样地尊敬他。"柳北上笑着说。"至于我省下时间干什么,那自然是看足球。上次世界杯时我就去了威尼斯。"

韩一士表示不相信。他虽然不是足球迷,但对世界杯还是关心的,如果有中国民间人士去,报纸上不会不报道。

"你的话是对的。你的错误在:你仍然把我当成一个中国人。"

韩一士不禁想起了往事:一九七二年尼克松来华期间,北京的商店里摆上许多"中华""红山茶"之类的好烟。柳北上不知从哪里弄来十元钱,就想去买一条。但上去一说,服务员就不屑地宣布"中国人不卖。""我不是中国人。"柳的反应很快。"看你小子黄皮肤、黑眼睛,整个一个中国小坏蛋。为抽盒烟就中国人也不想当了?"服务员尽情地讥笑他。"我打你个老王八蛋。"柳北上抄起块砖头就扔进柜台。为此他被拘留了一个星期。

柳北上显然也想起了这件事:"这回真的不是了。我有一本英国护照,另外还有两本南美国家的。你想验验?"

南美的护照对韩一士来说毫无兴趣。

他问:"你说咱们中国队什么时候能上去?"

"一万年。"

"英国人总是英国人的说法。"韩一士讽刺道。

"这不是哪国人的问题。我问过一个'国脚':你能做出这个动作来吗?"柳北上比划了一个"拔脚怒射"的动作,把拖鞋准确地踢进盥洗室。"你知道他怎么跟我说?"

韩一士摇头。

"当然做不出。"柳北上模仿东北口音:"这只有挣美元、英镑、马克的人才能做出。"

"说这话的人是谁?"

"无可奉告。不过他的话也是有道理的,没钱就是不行。"

"足球不是买卖。钱不是主要问题。"

"但它是重要问题。你想他们如果像老外一样地玩命踢,万一把腿给踢断了谁管?一辈子不全都完了?他们从小就进行封闭式训练,除去足球以外,没有任何谋生的本领。这好比没有海事保险,谁都不敢作国际之间的大宗贸易一样,船一翻,一切的一切全都玩完。"

"我算服了你了,对你来说,这个世界上除去买卖以外还是买卖。"

电视机里正在演一出肥皂泡般空洞的电视连续剧。

"在这个世界上确实有艺术、有想象……但更多的是买卖。外交是国家和国家之间的买卖;政治是党派之间的买卖;世界杯是健牌烟、丰田汽车的买卖……是买卖使这个世界运转。"

韩一士认为这种说法太自负了。

"自负是伟大人物之所以伟大的重要组成部分。"

"除去自负之外,我认为人类的另外一个重要标志是脸红。"

"我见过一个杀人犯,他一说话就脸红,但这并不妨碍他成为一个杀人犯。你是知道的,我爸就是一个非常自负的人。别人都说我特别像他。一个很有名望的人曾经鉴定道:你就是你父亲的翻刻本。"

"你确实是你父亲的翻刻本,不过我看见一个无情、无知的编辑把最精华的部分都给删了。"在韩一士的印象中柳父是一个和蔼可亲的人,每次同学们去,老头都要亲自下厨房,炒几个非常辣的湖南家乡菜上来,然后大声说:"孩子们,好好吃。"一点也没有部长级干部的官架子。"伯父是一个反对特权和金钱的人。"

"这你就不懂得了。'文革'前的干部差不多都是这样。这并不是因为他们的思想觉悟有多高,而是因为他们中的大部分都是解放前后结的婚,在那时孩子还不大,不存在出国留学、安排职务的问题。至于钱,我爹的行政八级,这份工资在当时可以说想买什么就买什么,根本用不着想办法去弄。可如今八级干部每月二百八十块够干什么的?刚才咱们吃的面,至多能买上四碗。"柳北上把电视关上,然后打开音响。

一阵很动人的乐曲立刻弥漫全屋。

"应该把窗户打开。在这个基本人造的房间里待久了,我就不舒服。"

"你必须习惯。我对好东西:洋烟、洋酒,一下子就能习惯了。"柳北上躺在地毯上。"不是我看不起你,你还不一定能把窗户开开。"

"打开你的头颅或你的心脏,我不一定行。不就是一个窗户吗?"话虽如此说,可韩一士左扭右扭就是开不开。

"苏联的米格飞机跑到日本去,日本的专家想开开看看,却无处下手。"柳北上起身,"后来只好去请美国专家。"柳北上扭动一个机关,窗户立刻就开了。"这不说明日本的专家不如美国专家。而只能说明他们不如美国专家见得多罢了。"

音乐从窗户出去,掺杂了大量的雨味后,又回来了。

"我特别怀念以前的时代。"韩一士躺在床上,双手枕着头。

"时代过去了,就是过去了。它并不会因为某个人——不管这是一个什么人——怀念它而回来。时代不会因为你而改变,它只要求你去适应它。"

"凡是满嘴真理的人全都是王八蛋。"韩一士的心情一下子变坏了。

柳北上察觉到了,所以没有任何表示。

电视机在十点自动开启。

整整十分钟的广告。

"妈的。电视节目报预报十点是欧洲杯足球赛。"柳北上翻动装在手表上的电子记事簿。"中国除了日历以外,不管是火车时刻表、人口统计数、行政区域、甚至工资,没有一件事是精确的。"

"你应该写一本书,名字就叫《外国人看中国》。"

"那一定是本非常生动的书。"柳北上刚说到这,足球赛开始了,他于是不再说话。电话响了。柳北上纹丝不动。

几分钟后,韩一士忍耐不住,就拿起来。"是找你的。"他把话机递过去。

"是你。"柳北上很不耐烦,"你家的房子着火了?没有。你老婆要生孩子了?没有。那你就等这场球赛完了再来电话。"

韩一士对足球的兴趣普通,于是打开书柜,翻阅书籍。柜中的书一共只有两大类:字典和武侠小说。字典的种类很多,有英文、法文还有日文的。而且"脏边指数"很高。但武侠小说却非常新。

韩一士是一个读书成瘾的人,有一次出差没有带书,就满旅馆找。而内地的小旅馆,不用说正经书,就连一本流行杂志也找不到。当他埋怨时,旅馆老板告诉他:"如果我们看书,而你们这群老师开旅馆,天下不乱了?"他想想也对,就回了屋。可就是睡不着:习惯就本质而言是一种制度。制度一旦形成是很难违反的。半夜他又起来转,最后终于在墙壁上找到一本知识日历。他很有一些"久旱逢甘露,他乡遇故知"的感觉,硬是读到六月一日,方才罢手。此刻他读开了《牛津英汉双解词典》。

读到一百页时,足球赛完了。

"我考考你这个英文专家。"柳北上从电热咖啡壶中倒出一杯咖啡。"你说这种文字中哪个词最棒?"

"文字还有什么棒不棒的?"韩一士不以为然。

"那你今天算是长了学问了。我告诉你,"柳北上做出一副高头讲章的架势。"最棒的就是 Make Love——做爱。"

"一个人如果心眼歪了,他眼睛中的世界也全都歪了。"韩一士笑着说。

音响中播放着一支歌"钱啊,你这杀人不见血的刀……"

"这歌最他妈的扯淡。钱绝对是好东西。"柳北上按动"快进键","起码也是不好不坏的东西。关键是看谁用。"

"听说这盘带子已经卖出几十万盘。""商业上的事你不太懂。你是因为听说它卖出几十万盘才买,而它正是因为你买才卖出几十万盘。这就和股票一样,你买进的行为促使它上涨,而你是因为它上涨才买。这互为因果,虽然你自己不明白。"

"我从来没有买过股票,也不想拥有股票。"

"你马上就会有的。你很可能成为中国第一批中产阶级。"

"我们县的组织部长宣布任命时就是用你这种口气说话的。"韩一士笑着说:"中产阶级是什么概念?"

"你只要不犯法,想干什么就可以干什么,想骂谁就可以骂谁。"

"就是厉法也做不到这一点。"韩一士刚刚说完就后悔了。早在中学期间柳厉之间的矛盾就相当深:柳作为一个干部子弟,有一种天生的骄傲。厉法也以自己的学习成绩蔑视他。但在一九六五年,柳北上一句话就定了乾坤。"你爸爸虽然是工人阶级,可连个党员都不是。"也许就是因为这话,"文革"一开始,厉法就作为"血统工人阶级的代表"带领人抄了柳的家。

柳北上果然被激怒了,他额头上的伤疤虽然经过整容,此刻也时隐时现。它就是那次抄家的纪念物,虽然不能落实在乱棒当中是谁打的,但账总是记在老板身上的。"厉法算老几?我告诉你,早在五年前,我就在干部局当副处长了。'想进步,干部处',这儿的人一外放,到哪儿也是个重要局的局长。"

"怎么不干了?"

"有一次我在会议室抽烟。我们的局长最讨厌抽烟。我记得我当时抽的是雪茄烟,非常呛人。局长直皱眉。我虽然发现了,但不好马上掐灭。这时秘书说话了:我们从来不在局长的办公室抽烟。他这暗示太不艺术了,我不能不反驳:并不是局长走到哪里办公室就跟到哪里。然后继续再抽一支。不瞒你说,这两支烟的劲太大,弄得我一天都不好受。局长从此就开始疏远我。我自己心里也明白,前程到此结束了。于是弃官经商。"

"你的性格确实不太适应当官。"

"你算是说对了。我和厉法不一样,他从小学起就是什么大队长,后来又是团支部书记,在'听话'方面受到了良好的训练。"

"按说天赋大于训练。你是一个不小的干部之子弟嘛!"

"老爷子所处的时代和眼前这个时代不一样。打仗时确实需要一些真正能干的人,否则仗就要打败。而和平时期就好混了,你只要把上级的意图传达贯彻好,一切就都好了。一个习惯于'我怎么想'的人是吃不开的。当然,你如果光是想而不说,还是能往上混的。你必须去揣摩上级的心思,哪怕你这个上级是一个大傻瓜。"柳北上显然进入了状态,越说越来精神。"官场需要的是共性而不是个性。不过我这段官场生涯也不能算是虚度,我认识不少三十岁到四十岁的人,这些人是马上就要掌权的人。这是相当宝贵的资源。另外我还能读到级别很高的文件。"

"你一个生意人读文件干什么?"

"一个文件能让你立刻发财,或者让你万劫不复。比方你根本不知道中央对台湾的政策规定,而是像一个大傻瓜似的瞎做,那买卖还不赔个干净?再比方,你没有读到有关专家对美国限制中国纺织品进口的法案能不能在参议院通过的分析文章,那你在做生意时只能碰运气。要知道这些专家一辈子就是研究这个的,你读到他们的东西,就是在利用他们的智慧。如今中国的买卖人是特别的多,想在其中立足,就必须信息灵通。再打一个比方,我和你玩牌,你只知道自己手中的牌,而我是两方面都知道,你说咱们谁赢?"

"官司总得有个了,吹牛也总得有个完。"韩一士觉得自己进入了一个非常不熟悉的世界,不熟悉就容易使人疲倦。"睡觉吧。"

"我把我花费了巨大的精力、智慧、财富学习来的知识告诉你,你居然不肯听。真正是不可救药。"

四

"我给你置办一身行头。"次日早饭后柳北上说。

"我又不是演员,要的什么行头?"韩一士说。

柳北上白了他一眼:"什么人都得有行头:部长有部长的,演员有演员的,咱们有咱们的。"他拿出折叠式手提电话,输入一个数据。

但下楼后五分钟,仍然不见车的影子。

他正骂着,一个年纪很轻的警卫跑了过来。"柳老板,今天的车实在是太多,我开不出来。"

"不用你了,我自己来。"柳北上摆摆手。

饭店广场的车都挂着"纪念辛亥革命"的牌子。辛亥革命是任何一个现存的党派都有资格纪念的公共节日,所以停车场上的车特别的多.一辆挨一辆,停的还不规范。但柳北上根本不怕,开着他的宽阔的"奔驰"车,在车丛中左拐右拐,给人以蟮行小径的感觉。

"还往过开。还往过开。你睁开眼睛看看,能过去吗?"当他试图穿越两辆丹东产的大轿车时,一个警察跑过来说。

"你就放心吧!"柳北上边调整方向边说。

"把我的车给蹭了算谁的?"几个大轿车的司机手里拿着扑克出来制止。他们都是国家机关车队的同事,彼此之间很熟悉。

"当然算我的。"柳北上摆手示意他们让开。

警察和司机大概被他的气势给镇住了,不由自主地站成两行。

柳北上把车的电动倒车镜扳平,然后稳健地从两辆车中穿过。中间没有任何停顿。

坐在车上的韩一士看得最清楚:在最窄处,车和车的距离最多有五个厘米。他的心直跳。开出"胡同"后,柳北上又在不宽的"走廊"上,一下子拐了过来。

"这位师傅这两下子还行。"警察把帽子给摘了下来。

"师傅?"柳北上把车窗给摇起来后说:"是你师傅的师傅的师傅!"

柳北上的历史韩一士最了解,知道他从小时起,就喜欢汽车。那时他们一起坐公共汽车上学,车上就是有座他也不坐,而是站在司机旁边看他开车。当老师让写《我最喜欢的……》作文时,他就写了《我最喜欢当汽车司机》。他平常连造句都造不好,但这篇文章却写得声情并茂,破天荒得到老师的表扬。再以后,他就偷偷开父亲的车,一次撞在了墙上,被他父亲吊在院子中的树上,用很宽的皮带,狠狠地抽了一顿。"文革"中,他和两个同学撬了一辆解放军的吉普车,一直开到山西境内,才被抓获。审问他时,他说是他开的,警察怎么也不肯相信。因为根据他提供的时间和线路,他们穿越雁门关时,正是夜里。而夜过雁门关的十八盘,是司机之大忌。后来让他来了一次"现身说法",才定了案。他没有去插队,而是到了东北建设兵团,在那里他开"铁牛"拖拉机,用他的话来说:"一直开,上午开到头,下午再拐回来。"再以后,他又是北京城里第一批骑摩托车——据说这第一批骑摩托车的人,目前健在的没几个了——第一批开私人汽车的。"那个警卫是不是给所有的人往出开车?"

"那他还不得累死。"

"为什么单给你开呢?"韩一士问。

"是人就喜欢钱,虽然有许多人假装说不喜欢。他一个小警卫,每月四百元钱到头了。不弄点外快能行?"

"四百元钱还不够?"

"在别处也许够,但在京华饭店却不行:你每天看到的东西就和广告一样地影响你、感染你。取法于上,必得其中。"说到这柳北上一脚油门,超过前面的车,在红灯亮起来之前,过了停车线。

"好像你知道红灯要亮似的。"

"我上个礼拜在前门那看我儿子玩游戏机。他怎么也过不去。我就对他说:你要有你老子的一半,就不会让这家伙弄去这么多钱了。游戏机的老板听了不服气:先生您能怎么过?我说:《魂斗罗》我单兵过八关,《星球大战》已经把程序打穿,汽车我是五百公里一直跑下去。他不相信:如果先生真像您说的那样,我把钱还给公子不说,还给他一个优惠卡。我就给他试了试。这一试不要紧,一个小时也没完,周围的几台游戏机空着没人玩,都围过来取经。最后他终于忍不住了:我服您了,先生。我这才停下来。他还我钱时我说:钱不要了,赞助希望工程吧。我主要就是想让您开开眼。他给我优惠卡,我也没要:您这不是坑我儿子吗?他本来学习就不好,再拿上这张卡,小学还不得念八年?"

韩一士听着不由得笑出声来。

"你知道我为什么玩得这么好,就是因为后面要出什么,该怎么对付我都知道。对我这种到了随心所欲境界的高级司机,在这马路上开车,就像开宇宙飞船进了太空一样。"

韩一士看看仪表盘,再摸摸真皮的椅子。这一些对他来说,都非常的新鲜。

柳北上跟在一辆大客车后面,几次想超,但对方都不让。于是他放弃了这个企图:"我再给你举个例子:有一次我在京石公路上开车,拉着我们香港威比公司的葛大老板。他是一个非常惜命的家伙,当然所有香港大小老板都惜命,但以他为甚。他眼睛直直盯着我的每一个动作,一动也不动,同时还不停地嘱咐:慢慢的啦!慢慢的啦!而我一边心说:啦个蛋!一边答应,但仍把车速保持在极限上。那是一个下雨天,还挺大,不是吹的,公路就像是一条运河似的。可我相信我的森纳一般的湿地技术。忽然我发现前面的一辆十轮大卡车的后面两个轮子在摇摆。心里就有了准备。果不其然,在我准备超它时,它左面的轮子脱落了。说时迟,那时快,我没有任何犹豫,踩油门,抓紧方向,松开刹车,三个动作一气呵成,顺利从轮子和十轮大卡车之间过去了。老板差一点让吓回去。当他的惊魂复返时,不禁由衷地说:你实在是生不逢时,岁数大了一些。否则我一定介绍你代表丰田公司去参加一级方程式世界赛。"

韩一士笑着说:"别的不说,这后面几句,肯定是你加的。"

在西单商场一个门脸不大的叫"世界名牌总汇"的铺子里,很少逛商店的韩一士是大开了眼界:意大利杰尼亚西装七千元一套;杰尼亚大衣一万一千伍佰元一件;衬衫还要五百元。女装的价格就更吓人了。"这么贵的东西有谁买?"他不禁感叹道:"我们县里的一个万元户的全部财产不够置办杰尼亚的行头的。"

"别老是我们县、我们县的,一听就是乡下来的。"柳北上买了一双西班牙鸵鸟牌皮鞋,价值一千元。然后又买了一条"金利来"领带,价值二百元。"如今你已经是威比公司的高级职员了。"

"你这是给我买?"

"当然。"

"千万不要买衣服。"

"放心好了。"柳北上用长城信用卡结账。"在男士装备中,最重要的就是鞋和领带,丝毫马虎不得。"

他们又到了使馆区附近的秀水街自由市场,在那里买了皮尔·卡丹西服、花花公子腰带和衬衫。这些东西的价格和"总汇"的有天壤之别:"金利来"袜子只要两元一双。"这是为什么?"

"有些是旧衣服。这千万不能买。如今时髦的是性病,如果从正常途径得了也算值得,要是为了图便宜穿旧衣服得了,那有多冤?"

"可这皮尔·卡丹分明是新的。"韩一士读出一个摊上货物的商标。

"它是意大利和天津合资生产的,于是这个厂里的工人就把它们偷出来卖。"柳北上指指一个穿太空服的中年男子。

"何以见得?"

"上衣和裤子全都不配套。天津引进这个项目时,我们也参加了,上衣与裤子分属两个车间生产。"柳北上从摊上拿出一套比较。"所以如果想配套的话,费用将很高。"

"即使如此,它的价钱也便宜得惊人。"韩一士对总汇中的衣服价格印象实在是太深了。

"偷来的金子就不能当金子卖。你说对不对?"柳北上问摊主。

"您说得很对:偷来的金子顶多就值个铜钱。"摊主并没有生气。"偷来的钱就不一样了,它在全世界都能花。"

"你怎么知道我们的钱是偷来的?"

"不是偷来的您花起来这么顺溜?"

"赚得多呗!"

"您凭什么赚得多?您这个赚,不就是我们的偷吗?"

"您的学问还挺大的。"柳北上摸摸自己的平头,走了。

在中关村电子一条街的一个装潢非常讲究、名字叫"学府"的饭店,他们坐下来吃午饭。里面的人少得出奇。老板认识柳北上,热情地把他让进雅座。

"你这饭店雅座不雅座的已经没有什么差别。"柳北上环顾空荡荡的大厅。"光是个多花钱。"

"瞧您说的,我什么时候收过您的服务费?"

"什么时候你也不少收。"柳北上一伸胳膊,服务员就把大衣给他脱去。

"您自己点菜,我还得去照顾一下那边的客人。"老板说完就走了。

"你们这除去我们还有别的客人?"

服务员笑笑没有说话。

"他可能是怕我要优惠。小老板永远是小老板。"柳北上示意服务员记录。"来一个白灼虾,一个鲜贝,一个河螃蟹。"

服务员出去转了一圈又回来。"对不起,没有白灼虾的调料,也没有河螃蟹,

127

只有海螃蟹。我给您上红烧大虾好不好？"

"如果没有我们就只要两碗面。"柳北上的脸放了下来。

"好的。"服务员依然笑容满面。

这个"学府"饭店曾经是中关村一带最繁华的去处。可自从街道的另一头的香港美食城开业之后，它就开始走下坡路了。因为美食城离主干道只有一百米，因为美食城的霓虹灯比这儿高大丰满，因为……买与卖实际上是一种群众运动，群众的心理是很难琢磨的。韩一士的家就在附近，所以对这一切还是了解的。"地理位置很重要。我认识一个卖冰棍的老太太，她每天都在太阳底下卖，而她身后五米就是一片荫凉。我问为什么不退退。她说：你别小看这一截，往后一退，营业额就要少一半。"

柳北上点燃一支烟。"买卖这东西一旦不行了，就越来越不行。白灼虾必须是鲜虾，而养鲜水货的费用很大。红烧大虾不太新鲜也能对付。"

"白灼虾是天然去雕饰，而红烧大虾是本质上就不行，必须借助博士之类的称号来骗人。"

"没有商标的货不能上市，所以即使是假的也得来一个。更何况如今还有谁能分得出真假来？有人告诉我：现在只有妈妈是真的。连爸爸不少都是理论的。"

"那你说它为什么还不倒？"韩一士很想多了解一些经济内幕。

"它现在还是在吃老本，然后还可以吃贷款、吃欠账。最后什么都吃不上了，也许会倒。"

"那经理也不着急？"韩一士觉得自己已经着急了。

"经理着什么急？顶多是开路。只有老板才着急。而老板是国家。具体说是区机关事务管理局。"

吃完之后，柳北上看看账单。"你们这地方真该改名叫'十字坡'。"他往餐桌上放了一张一百元的大票子。"权当烧香拜佛了。你知道这是我的发祥之地。"他解释道，"我的第一次大买卖就是在这里做成的。当时我胸无大志，只是认为，我今后只要想吃,就能永远在这种高级地方吃。所以隔一段时间,就来一回。"

在他们穿越大厅的途中,有人叫道:"柳老板,好高的眼啊!"

"是马兄。"柳北上双手抱拳。"马健飞,你还记得吗?"他低声对韩一士说。

韩一士点头。这个马健飞是他们中学的同学。一个非常虚荣、自私,但很聪明的人。在"文革"中,北京的年轻人相当时兴在蓝制服里套高级料子做的衣服穿。这"套"很有些讲究:如果你是将军的儿子,那么就是哔叽,扣子上是国徽;如果你是校官的儿子,那么就是马裤呢,扣子上是军徽;如果你是一个知识分子的儿子,那么就是西服。而父母早亡的马健飞不知从什么地方找来一件料子服,扣子上是英国的王室标志,他口口声声地说:是我父亲在英国海军服役时发的便服。而韩一士却从衣服上的英文上分辨出是"印度远东公司上海公司"。于是他揭穿了真相。马健飞因此遭到奚落,从此他们完全绝交。只知道他后来考上了北京大学物理系。

马健飞也认出了他。

两人仅仅点头而已。

"柳博士别来无恙?"

"真博士总是希望遇到一个假博士——毛主席说:有比较才有鉴别。"柳北上坐到桌旁。"海味之后是火锅。饮料是中国人喝了两千年的茶。最佳的搭配。你真他妈的会保养身体!为什么不到美食城去吃?"

"那的人太多我一看人多心就烦。"马健飞说。

凡是不想和人群接近的,不是出世高人,就是卑鄙猥琐之辈。韩一士想,他无疑是后者。

"下午一条街上有一个国防电子技术展览会,想不想去看看?没准还能拣到一点洋捞。"

"当然去——宁叫碰了,别叫误了。再说有你马博士带路,一准不会放空。"

马健飞看看表。"我马上吃完。"然后埋头吃起来,同时伴随着雄壮的声音。

他吃饭的速度很快,而且不怕烫,从火锅中舀起一勺汤就喝。"走。"他从一个真皮公文包中拿出一支笔,在账单上签了一个字。"我帮一个朋友搞一套程序,他给了我一个账号。"他边走边解释。到了门口他又说:"你们等一会儿,我去方便一下。"

这小子刚吃进就输出,是一套高效、灵敏的开放系统。韩一士边想边问:"他现在干什么?"

"在北京大学读完博士之后,先是留校教书,后来又到了科学院计算机研究所。"

"那他从什么地方来的钱?"韩一士刚才看见他的手表是永不磨损的雷达表,价值不会在一万元以下。

"从来处来!"柳北上含糊地说。

厕所的味道很大,韩一士相信再用不了几天,它就会穿堂入室。出门后他仰望金字招牌。学府,这名字就没有起好,一股子穷酸味道,如果改成"乞讨"的话,来的人就更少了。

展览会是电子工业公司主办的,在大厅中分设若干个展览台。人不多空荡荡的。

马健飞几乎认识所有的人,在每个台前都要停留一会儿。柳北上紧跟他与人寒暄,分发名片。

韩一士不懂技术,就从另外一条路线转。每到一个台前,就取一份说明书——这个习惯还是在"文化大革命"中养成的,当时没有任何带有西方色彩的东西,只有各国的工业展览会是例外。所以每逢有,他总是千方百计地找票。大门一开,他就和大家一起冲上去抢说明书。他至今还记得在瑞士工业展览会上,他抢到近百份说明书和一个塑料口袋。如今人们有了录像,有了卡拉OK,有了鳄鱼皮包,那种热情自然也就不会有了。他坐到休息厅的沙发上开始读说明书。

在医疗电子工业公司的展览台前,柳北上和马健飞看得很仔细。尤其是做加速器的控制程序。

看完之后两个人又到门外无人处嘀咕了一阵,然后返回来问柜台的人:"你们的技术负责人是谁?"

"黄并和。"

"得来全不费功夫。"马健飞对柳北上一笑。"能不能请来和我们谈谈?"

"你们是谁?"看展台的年轻人问。

"我是科学院的。这位是香港威比公司的总经理柳博士。"

柳北上马上把名片递上。

"请等一下。"年轻人的态度一下子好起来。

"我想起古戏中的官一生气就说:拿我的片子把他送到县衙。头衔这东西就是管用。"马健飞说。"就像脑袋上有一圈光环似的。"

"你如果把这些恶毒的想法去了,就是一个完人了。"柳北上显得很有涵养。

"不知是马老师驾到。有失远迎。"黄并和是一个三十岁左右的人,衣冠楚楚,手指上有一枚金戒指。

"能不能借一步说话?"马健飞把柳北上介绍给他后说。

他们一起来到休息室。

"医疗用品永远是赚钱的:你如果把别的东西削价处理,必然买者踊跃。可你若把医疗用品处理了,一准没人买。"柳北上在和黄并和套近乎。"就是再小气的人,到了生病时也会变得大方起来。所以我相信你们公司的效益一定很好。"

"你的话说得也对也不对。"黄并和读完名片后确实把柳北上当成香港人了。"您对大陆的情况不一定非常了解。如果是病人自己买的话,确如您所说。可如今的买主是公家,那情况就复杂了。刚才来了一个铁路医院的医疗处处长,看看我们的胃循环机后说:这东西太贵了,咱们还是到香港郑氏集团医疗公司买去吧!"

"他可能是不相信你们公司产品的质量。"韩一士刚才读了几个公司的说明书,发现它们的英文译文几乎没有全对的。如果饭店的厕所有味道,那它的内部就讲究不到哪去。说明书就是公司的脸。

"香港郑氏集团医疗公司别的东西我不敢说,但他们的胃循环机就是我们公司做的,只是打上他们的商标罢了。"黄并和耐心地解释。

"医用加速器是谁负责搞的?"

"哪一部分?"

"控制部分。"

"我们公司。"

"能不能帮我搞一套程序?"马健飞漫不经心地问。

"很困难。"黄并和的眼睛看着别处。

"如果这样做,你看还有什么困难吗?"马健飞在名片背后写了一串阿拉伯数。

"如果这样的话,就什么困难都没有了。"黄并和又在上面添了一笔。

马健飞把这张名片传递给柳北上。

柳北上看完后很思索了一阵后问:"是全部吗?"

黄并和点头。

"可以接受。"柳北上把名片撕成碎条。"什么时候交货?"

"晚上八点。马老师家。"

"你点一个地方,我请你。"出来后柳北上对马健飞说。

"上个月,湖南一家电子公司要请我吃饭。而中午陕西的一家公司刚刚请过。你知道,一个人一天吃一顿好的就足够了。所以我告诉他们:你们有什么事就说,至于请客,大可不必。如果你们实在过意不去,就把请客的钱按人数一除,分了算了。他们连声说:好主意、好主意。"

"确实是一个好主意:惠而不费。不过总得找一个地方喂喂脑袋啊?"

"去我家。"马健飞说。

马健飞住在一幢商品楼内。三室一厅,内部全都装修过。窗户是铝合金的,地上铺着厚厚的纯羊毛地毯,图案古朴典雅。

马健飞把衣服挂进衣柜中后说:"你们等一下。"然后就进了里屋。

"这样一套房子,要多少钱?"韩一士幻想自己将来也有这样一套。

"说不准,不过不会超过二十万。因为这地段不太好。"

"这小子显然是先富起来的人中的一个。"韩一士很是嫉妒。"也没有人查他从什么地方来的钱?"

"我跟你说:海关、工商局前面,私人轿车停着一大片,曾经有人想查。而其结果是不了了之。"

"如果让我来查,一下就查出来。你有汽车,那就必须说出钱的出处。反正光凭工资是不行的。"

"你如果这样问,他们就会告诉你:我的车是和别人借的。或者是我叔叔、姨姨从美国、加拿大之类的地方寄来的钱买的。"

"首先你必须确实证明有这样一笔从美国、加拿大来的钱。"

"确实有。为什么会有呢?这是因为他先把钱寄到美国、加拿大去。然后再用叔叔、姨姨的名义寄回来。去的钱是没有办法查的,所以是去无踪,来有据。你奈他何?这方法就叫'洗钱'。或者干脆让黑道上来的钱体现在国外,暂时不用。"

"程序是什么意思?"韩一士问。他隐约觉得这中间有些阴谋的味道。

"程序就是计算机的灵魂。说通俗的:如果一部机器能给人检查病,那么它必须把从人体上搜集到的数据进行处理。而处理时所根据的原则就是程序。它有时是一个人发明的,有时是许多人联合搞的。我现在有一个初步的想法:在香港生产主机,再配上大陆的程序,一定是一笔好买卖。"

韩一士问为什么。

"大陆的人搞程序是一流的,因为它不依靠什么设备,一人一机足矣。但生产主机就不行了。这东西不是哪个人想搞好就搞好的,你说他加工的粗糙吧,他就会告诉你:我们的车床全是手工操作的,比数控的差远了。你再问:为什么不做些好床子?他们就会告诉你:材料就不行。这些东西一环扣一环,和中国足球一样,不是一天两天能上去的。所以必须取香港的主体,加大陆的灵魂。"

"那你们把别人发明的程序搞来,不就是剽窃吗？"

"欧姆定律全世界都在用,你总不能说全世界都在剽窃欧姆先生吧？"

"你这是概念的偷换:科学定律是科学定律,技术成果是技术成果。"

"据我所知,目前中国还没有一部保护计算机程序的法律。"

"你不知道就等于没有？"

"起码对我来说是这样。"柳北上很坦然地回答。"更何况我是用这种程序造福于人类。你可以想一想:一个人如果用这套程序诊断出早期的胃癌,从而得救,那该是多大的功德？"

江洋大盗和小偷小摸之间的差别就在于前者是有理论的,干起来理直气壮;而后者是盲目的,自己也觉得自己干的事是见不得人的。韩一士想。

直到门铃响,马健飞都没有出现。

"给。"来的是一个包裹得非常严实的女性。她递给柳北上一个信封。

柳北上递给她一个信封。

"他要绿的。"她敞开口看了一下后说。

"我们当时谈的就是这个。"

"他改了主意。"这个女人的声音很刻板,没有任何显著的特点。"他说:你可以按比牌价高一些的价钱兑给他。"

"你这一些是多少？"柳北上显然想开一个玩笑。

"搞不成就算了。"女人漠然地伸出手。

"绿的就绿的。"柳北上只好开始点钱。点完之后他又说:"你不用点点？"

女人没有说话,把信封放进包里就走了。

"你的学生和你一个德行。"回屋后柳北上对刚刚出来的马健飞说。"我用你的机器看看货。"

"尽管用。"马健飞用钥匙打开里屋的门。

韩一士也跟了进去。

这是一间完备的计算机工作室:靠墙是一溜四组金属书柜,里面除去一些精装的外文书籍外,几乎全部是各种规格的软盘。屋子的中央是一台"IBM"计算机,工作台旁边还有一台功率两千瓦特的备用电源。

"你会?"马健飞问。

"如果我做的是酒类买卖,那我起码得是一个三级以上的品酒师。要不然非被你们给骗了不可。"柳北上熟练地开机。

"那好。"马健飞扭身出去之前又补充道:"这屋子里不许抽烟。"

大约三分钟后,计算机进入工作状态。

柳北上开始连续操纵。

但计算机的屏幕上固执地出现同一字样:"先生,请读出密码。"

"妈妈的!"柳北上再敲击键盘,命令直接调出文件。

"此文件,"柳北上读出,"是加过密的。"

所谓加密,意思就是你如果读不出事先给定的数码,就无法调出任何文本。

"去找那小子。"柳北上抽出软盘。

马健飞正在外屋的地毯中央练习瑜伽功。

"你们是怎么搞的?"柳北上气冲冲地问。

马健飞根本不予理睬。

柳北上只好坐到沙发上。

五分钟后,马健飞才练到收式。"你刚才想说什么?"

"我想给你讲一个故事,"柳北上的气平了下去。"从前有一个保长,他让一个得罪他的农民去乡公所送一封信。这个农民非常老实地去了。到了那里,警察打开信一读后说:交钱。农民问为什么。警察说:这信上明明写着,请罚来人一块钱。你说这不是欺负人又是什么?"

"我这个人最不喜欢指桑骂槐、含沙射影。直接说最好。"

"你给我买来的这个东西是加过密的。"柳北上把磁盘扔了过去。

"如今几乎任何新的东西都经过加密处理。这已经是常识。"

"那你们得负责给我销密。"

"不存在'你们'。你是向谁买的就去问谁。我这里有黄并和的电话号码。"马健飞拿过一部无线电话。"按第十个键。"

"我只负责提供有关的全部软件,并不负责销密。"受话人是黄并和。

"你应该负责。"柳北上生气地说。

"合同是不是还规定我应该负责给贵公司生产?"电话里传来笑声。"柳经理是买卖中人,应该知道规矩的。"

"买卖的规矩我当然知道,不知道的是怎么和王八蛋打交道!"

"吃一堑,长一智嘛。"黄并和率先放下电话。

韩一士不禁想起"偷来的金子不是金子"的格言。

"我有一个方案。"马健飞对正在发愣的柳北上说:"由我来给你解密如何?"

"你会?"

"一个美国的航天技术专家说过:只要有足够的投入和时间,没有制造不出来的东西。"

"九十九拜都拜了,不差这一拜了。我雇上你干。开一个价吧!"

"按照惯例:我收取黄并和钱的一半。"

"行。"柳北上把手指关节握得"咔、咔"作响。

"我设计了几套程序,专门支持我的破译工程。"马健飞把一个软盘插入计算机中。

机器响了一阵后说:"破译失败。"

韩一士心里一阵高兴。

"可能是这个版本太高级。"马健飞换了一个软盘。

一阵响后,计算机屏幕上出现:进入。需要调出文件吗?

马健飞再敲一个键,文件开始一屏一屏往出走。

大约十屏后,出现"文件结束"的字样。

"你好像是一个破译专家。"韩一士说。

"一个杰出的计算机专家一般来说都是破译专家。"马健飞说。"我前天在《信息工程》杂志上看到一个美国的密码专家设计了一个密码,并声称有人在一年中破译,他就愿意出一万美金。我不过一天时间就给破了。"

"你没有去申请奖金?"柳北上问。

"我才没有那么傻呢?他既然如此宣布,肯定有许多人用他的密码。而密码这东西就和写字一样,都有规律。你能掌握一个,就能掌握全部。那可不再是一万美金的事了。"马健飞关闭计算机。"再说你如果去要奖金,就等于向全世界宣布:我是一个破译专家。当然,如果我是一个搞学术的,就是一件大好事,可以用它去换职称。可我不是。"

"《海瑞罢官》的要害是'罢'。"柳北上说:"一个小偷如果像歌星一样地出名,是灾难性的。"

"你说这话就不怕有伤忠厚?"马健飞并没有真的生气。

"不怕。我什么都不怕。"柳北上把磁盘收起。"咱们走。"

"我这里还有另外一些货,你不想看看?"

"什么方面的?"柳北上又来了兴趣。

"国防。"马健飞低声说。

"不要。不要。就是再便宜我也不要。"柳北上连连摆手。"我做人、做事、做买卖只有一条原则:犯病的不吃,犯法的不干。"

"他真的有国防技术方面的资料?"出门后韩一士问。

"很可能有。"柳北上发动着车。"信息是财富这一点,中国人还停留在认识阶段。如果想进步到真的认识,恐怕还需要很长一段时间。我告诉你:就在前不久,有人还想把某个国家队的训练方案和出场阵容卖给我呢!"

"谁?什么队?"

"你要知道:不是任何信息都可以共享的。"柳北上回避这个话题。

五

在韩一士来之前,柳北上准备开拍一部电影。当时他雇佣的穴头叫邬永全。他开的价不低,但柳北上还是同意了。因为邬永全满口答应一定能搞到拍电影的批文。

邬永全办事的速度还不低,很快就从国内请了批配角,从香港请来了主演和导演。可他们整整用了两个礼拜,邬永全也没有把批文拿来。他们现在就住在京门宾馆,每天的费用是四千元。

"你现在就去接他的班。"柳北上很随便地说——他不管说什么都是很随便的。

韩一士本来想说:我在电影界一点关系都没有。可又一想:自己已经领了两个月的工资。就是这笔钱,奠定了自己在北京、在家里的地位。不干实在是说不过去。"我尽力就是了。"

"毛主席说:一个人的能力有大小,但只要有这点精神,就是一个高尚的人,一个纯粹的人。同时,"柳北上递给韩一士一个信封,"顺便把这个邬永全给我打发了。"

"人事工作我可做不了。"韩一士赶忙推辞。打发人是一件残酷的事。他在县里工作时,不止一次看见校长和教导主任打发民办教员。而那些民办教员几乎没有一个不是泪水涟涟的。

"学学也好嘛!"柳北上说得很轻松。"任何工作从某种意义上说都是人事工作。再说不用你做什么思想工作,把信封给他就行了。"

"京门宾馆在什么地方?"韩一士绝望了。

"你去问'的士'司机。"柳北上拿起国际直拨电话,飞快地按出许多号码。"是赵老板家吗?出去了?我昨天不是留下话让他等着吗?什么?以后十一点以前不要打电话?"他的眉头皱起来。"我告诉你,我是威比公司的经理,我想什么时候打,就什么时候打。另外我再告诉你:姓赵的如果还想做加速器买卖的话,最迟在明天十一点之前给我打电话。"他放下电话后,点着烟,大口地吸着。

韩一士知道这是他生气的表示。

"这姓赵的老婆说话满嘴妓女味,十一点还不起床。香港人说话不算话的我见过多了,但是像姓赵的这种王八蛋还是第一次遇到。"柳北上把烟掐灭,改用很严厉的口吻说:"你怎么还不去?"

韩一士知道柳北上在加速器这桩买卖上已经做了很多的前期工作,投入了很大一笔钱,组织起加速器所有能在国内生产的部分。但在香港加工的那一部分,始终没能落实。他本来想和葛老板合作,但葛老板闪烁其词,总没有一个明确的答复。所以他才找到这个赵老板。但这个赵老板也是一个滑得抓不住的家伙。所以他发脾气,并不是真的朝着他。而他在这个时候应该说"马上去。"但他就是不想说,故意磨蹭了一会儿才走。

雇佣和被雇佣就是这种关系。在出租汽车上韩一士想通了。在一个等级森严的社会里——不管这种等级是以官阶、职务还是财产来划分的——你都不要试图保持个性。他又想起一九五七年:那是一个盛行给领导提意见的年代,父亲一些在大学里作教授的朋友来找他签名组建"政治设计院"。随行的还有《文汇报》的记者。可不管他们如何说,父亲都说:"容我再想一想。"生是没有签。等他们走后,父亲对哥哥说:"他们大概是昏了头,共产党从江西到延安,又从延安来北京。完全是从血泊中走过来的。如何能让别人去设计政治?!"后来这些从事"政治设计"工作的人的下场是人所共知的。社会不会来适应你,只有你去适应社会——这就是父亲的宝贵经验。

139

给一群电影演员当制片人，不是一桩轻松的买卖。这其中的原因有三：第一，他们是一群乌合之众，工作关系、组织关系都不在你手中掌握。第二，他们之间的关系错综复杂。今天这个和那个是"铁哥儿们""真姐儿们"，明天却成了情敌。第三，他们中间有台湾人，香港人。有了这层特殊身份，他们的感觉就特别好。

制片人就是领导，领导就是家长。给人当家长可不是一件好事。韩一士到现在才算体会到任何一个单位的头头都不是好当的，他们必须处理内务和外交。

内务还好办，因为这毕竟是你权力范围内的事，顶多是麻烦而已。而外交则困难多了，尤其是在你没有实力的时候。

"我告诉你，就死了这条心吧。"在韩一士就《醉侠客》一片的批准拍摄一事，去有关部门办手续时，主管主任这样对他说。

"为什么不行？"

"不为什么。"主任开始收拾桌子上的东西。

"那干嘛不给我办手续？"韩一士几乎没有多少与政府官员打交道的经验。他认识最大的官员就是厉法。

主任不再说话。

"你点一个地方，我请客。"韩一士几乎是下意识地说出这话，出口之后，自己也有一些后悔。

主任指指墙壁上贴的《廉政八条》。

"规定是规定嘛。"事情一旦发动，就形成自己的发展规律。

"在你们那里，规定也许仅仅是规定，但在我们这里，规定就是规定。"主任拿起皮包。"我还有一个会。"

韩一士跑第五回时，才有一个好心的办事员告诉他："你得叫你们那个穴头来。"

"你说的是邬永全？"

"我也不知道他叫什么。反正他一来，就和我们头儿关起门来说半天。"

"是不是把邬永全请回来？"柳北上动议。

"也许我不是一个纯粹的商人，也许我根本不配在威比公司当董事……无论如何这个建议我是无法接受的。"韩一士用手绢擦着眼镜。"我们两个里面，你从你的工作出发挑一个吧。"

"你不要在我的话里寻找言外之意。"柳北上在房间来回转。"可剧组七十多人，马上还有十几个来报到。这一百个人一天就是五万块呵！"

柳北上说"一百"和"五万块"的语气绝对不相同：前轻后重。

韩一士自己也感到一种巨大的压力。"我是不是找我哥哥想想办法？"万般无奈他才提出这个建议。

"对，请宣传部帮助疏通一下。"柳北上好像是刚想起来一样，猛地一击掌。

"我哥哥现在不在宣传部了。"

"他去了什么地方？"柳北上的眼睛在周长一定的情况下扩成最大面积。

"宣传部吴部长上个星期升成市委副书记。我哥他成了市委第二办公室主任。"

"那更好了。"

"不过我不知道吴部长是不是文教书记，我哥那个第二办公室和影视沾不沾边？"

"党领导一切。有这铁关系你怎么不早跟我说？"

"我不知道我能不能把我哥请动。"韩一士这说的是真话：在他刚刚出生时，哥哥已经去清华读书去了。父亲死后，哥哥颇有些"长兄如父"的作风，负责监督指导他生活中的一切，直到他结婚之后，才把这些移交给他的妻子。

"我请你哥吃顿饭，你说他来不来？"柳北上抽了一支烟后，拿出了办法。

"我想他会来的。"

"那就行了。"

饭是在长城饭店顶楼开的。

一顿十分正经的饭。人人一副面具。

当韩一士的哥哥把餐巾从脖子上取下之后,人人都效法这个动作。

"咱们回吧?"餐后哥哥说,"孩子们还在家里等着呢!"

"我已经把他们都请来了。"柳北上说。

"那我怎么没有见?"哥哥诧异地问。

"我想他们不一定喜欢吃西餐,另外他们肯定讨厌这种官场应酬,所以就把他们安排到另外一个饭厅了。此刻他们已经在游乐场了。"

"我只好客随主便了。"哥哥看了一下韩一士,但绝对没有生气的意思。

在游乐场哥哥没有参加游戏,双手环抱,饶有兴趣地看着妻子和孩子玩。

"大哥您怎么不玩?我开了三个球道。"柳北上把一个保龄球递过去。

"我和你们不一样,"哥哥把球接过来,很随便地扔了出去,"没有赶上玩的时代。"球正直前行,居然把十个瓶都撞倒了。

"幸亏您没有赶上玩的时代,要不然我们玩什么去?"柳北上也扔出一球。球左撞右撞,最后只撞倒一个瓶。

大家都笑了。

只有韩一士没有笑。他看见过柳北上玩球,评价是:即使没有达到专业水平的话,在业余玩主中也是第一流的。

批准手续很顺利地办成了:不过是在请示报告上盖一个章而已。

"章就是权力的象征。"韩一士感慨地说,但马上又更正道:"不是象征,就是权力本身。"

"这是给小马的。"柳北上给韩一士一个信封。

"哪个小马?"

"你哥哥的秘书。"

"你怎么认识他?"小马此人,韩一士也只见过一回。

柳北上笑笑没有回答。

"这是什么?"

"你不要打听是什么。我只是向你保证:绝对不是钱。"

六

电影《醉侠客》拍摄进行得十分流畅。当然像这种平庸、粗糙的影片也没有任何理由不流畅。

柳北上来到京门宾馆时,一个年轻的女演员正在韩一士的房间里谈事。

柳北上一进来,女演员就告退了。

柳北上意味深长地笑了笑后说:"我看她已经结婚了,起码是结过婚。但没有生过孩子。这是一个好机会:结过婚的人已经过了爱情的见习期,一般不会缠住你。而且她的丈夫还是一条防线,不至于面对面地和你进行白刃战。"

"你好像是神仙似的。"韩一士虽然在"商场中"混了一段时间,但他仍然不习惯这种露骨的玩笑。

"不是神仙,但胜似神仙。不信你把她叫来问问。"柳北上从女演员戴戒指的方位上已经获得了信息。凭经验他知道这是绝对不会错的:这些女孩子虽然没有文化,往往会把罗曼·罗兰当成法国香水,贝多芬当成皮鞋,但戴首饰却个个是专家。

韩一士知道制止柳北上胡说八道的唯一方法就是不去理睬他。

"你是一个知识分子,所以我想打个知识味的比喻给你听听:有些女人看上去好像挺难接近的,其实她们就像是公共图书馆里的开架期刊,谁想读,谁就读。而有些女人是真正不可能接近,那么她们就像是私人藏书,而且往往是孤本书。而有些女人看上去挺好接近的,而实际上她们就像加密磁盘文件。"

"而你则是一个解密专家。"韩一士打断柳北上的话。"我昨天看美国的《读者文摘》,上面有一段话:本世纪初的小偷,往往都要去学制锁,而七十年代以来的大盗,却都去学计算机程序。我接着你的比喻继续打:放荡的女人就像互开率等于一的锁,你对她们已经没有欲望,你要克服的是……"

"我服了还不行。"柳北上连连拱手。"咱们还是说正经的吧。"他用圆珠笔点着预算上的一个项目。"你这个地方应该换一换。"

韩一士凑上去一看,是一块价值八千元的水玻璃。这种水玻璃是专门为电影设计的,演员一撞上去,它就四分五裂,效果特别好不说,更重要的是它不会割伤刺伤演员。"换成什么?"

"换成普通玻璃。"

"普通玻璃?那还有谁敢撞?"

"花上一千元钱,有的是人撞。"柳北上写下一个电话号码,"你打这个电话,就会有人提供货源。"

韩一士突然觉得柳北上挺残酷的。

"这里的事已经办得差不多了,再让你在这干委屈你了。所以我想给你换一个工作。"

"我拒绝在文化、教育、宣传系统给你办任何事。"上次办完批准手续之后,韩一士有一种上当的感觉。隐隐约约觉得柳北上是在故意利用他。

"我也再不会让你办。"柳北上笑了。"这次是让你去筹建一个饭店。"

"什么饭店?在什么地方?"

"所有的一切都需要你去办。在我们的公司里也只有你能办。"柳北上以一种委人以重任的语气说。

韩一士愉快地接受了。人是依靠别人的肯定生存的。另外一个原因是在你快抵御不了诱惑时,最好的办法是能离诱惑远一些。

建设一个饭店的前期准备工作的复杂程序远远超出韩一士的想象:光是为取得在城市规划、环境污染、交通等部门的批准,就用去了他一个月的时间。当这些都齐备,把项目报到区经济计划局之后,他不禁有一种功德圆满的感觉,甚至想请柳北上一客。

"算了吧。你赚一点点钱不容易。再说威比公司的大老板这个星期要到北京了,到时就怕你吃不了。"柳北上说完又埋头于一大堆塑料和绸缎面的册子之中。

"我觉得你好像准备写一本《中国菜大全》?"韩一士过去一看,那些册子全都是北京各个大饭店的菜谱。

"比那还要复杂十倍。"柳北上边说边往电脑中输入。"别人不知道,我是真得感谢技术革命,要是没有这家伙,得干到猴年马月才能完?"

"不就是一个经理吗?值得如此郑重其事?这似乎不是你的作风。"韩一士通过这段时间和柳北上的接触,发现他是一个表面大大咧咧,但在商业往来上很精明的人。

"我的一个侄子问我:科长是多大的官?我告诉他:这主要看管你不管,如果管,那他就是大得不得了的官,你长级、分房子、结婚、提拔……总而言之,你一生中的一切都和他有关系。如果他不管你,就是部长也没有什么了不起。总公司的经理到我这个子公司来,那真比我爸爸来还要重要。"柳北上并没有真的说出真相:赵老板开的价钱太高不说,还非常苛刻。所以他已经决定再做做威比总公司葛老板的工作。

"有一句非常形象的话:有奶就是娘。"在韩一士的印象中,柳北上一直是一个傲气十足的人,他常常为自己没有这种大家子弟的风范而遗憾。可现在却有些看他不起了。

"他就是我的衣食父母。"柳北上不以为忤。"如果真是你爸爸来了,那倒没关系了,你即使招待不好,他也不会怪你。老板就不同了。"

"将来我到什么地方开一个分公司,你去了,我也得如此招待你?"韩一士一屏一屏翻动电脑上的吃饭方案：一共是中餐十个，西餐十个。

"那倒不一定：你我是莫逆之交，我他则是萍水相逢。这中间有质的差别。再说我这个老板好伺候：有一碗面就行了。"柳北上把打印纸从机器上撕下来，递给刚刚进来的秘书。"你把这个给香港方面传过去，看看他们有什么意见。"

"我所见过的巴结人，以此为最。"

"有一个不算小的官告诉我：巴结你的上级时，要不遗余力，千万不要不好意思。你必须这样想：他巴结比他大的官时，比你是有过之而无不及。他的话奠定了我的理论基础。以后我照着这做，果然是事半功倍。"

"商场又不是官场：官是别人给的，而买卖是自己做的。"韩一士在嘴上仍然不同意。

"商场不似官场，胜似官场。买卖看上去是自己做的，但实际上也是别人给的。我打个比方：如果你认识 IBM 的什么人，他只要分一点点买卖给你，就你个人而言，一辈子就全有了。这话也可以反过来说：他如果想挤垮你，同样易如反掌。一个大公司就是一个超级大国，而像我这样的小公司就是一个弱小的国家。弱国的外交就是请客。我认识一个在外交部工作的人，他告诉我：一个加勒比海的小国使馆经费的百分之八十都用来请客了。当他询问为何如此奢侈？那个小国的代表说：你们不请客，别人也知道你们是中国的代表。而如果我不请客，别的外交官根本不知道我们是谁。"

"你先是制造理论，然后再制造根据。我算是服了你了。"近来，韩一士渐渐地接触了一些财务，发现香港总公司和他们这个分公司之间并没有多少真正商务上的往来，顶多是一些纯粹财务往来：一些钱走了又来，来是一个名义，走时又是一个名义。不过他绝不会就这个问题问柳北上。而且他知道即使问，柳北上也不会说。柳是个能把自己有几个情人之类一般人认为是绝对个人隐私的事情告诉你，但肯定不会说出任何商务机密的人。"不过也用不着二十个方案啊？"

"如果只有一个方案，翻译成语言来说：就是没有选择的余地，吃不吃由你。"

"如果有二十个方案,翻译成语言来说:看王八蛋能吃多少!"

"中央从来没有这样的提法。"柳北上笑了。"你抓紧把饭店的批文搞好,然后和我一起接待老板。"

"恐怕要花费一些费用?"韩一士知道柳北上和厉法的关系不好,所以就事先请示。

"你是我的全权代表,一切都由你自己定。"

"最好还是给一个额度。"

"没有额度。一个高级指挥官,必须远离具体事务,这样才能把握全局。"柳北上就是不说。

韩一士到经济计划局办理时,遵照柳北上"任何时候都要走上层路线"的方针,先找到厉法。

"你先到我的办公室坐一会儿。"厉法正在主持局务会议,就把他让到了里屋。

韩一士先是读厉法办公桌上的文件。文件很多,而且其中的大多数都是标有"机密""绝密"字样的下行文。它们专门放在一边。另外是一些上行文:它们几乎都是请示报告。看得出这些报告厉法都仔细读过。在其中一份厚达三百页的《关于建立区游乐中心的请示报告》上,厉法作了许多记号。有红铅笔,有蓝铅笔,最后是碳素笔在标题上写的几个不大不小的字:不予批准。

这哥儿们不知道为这个报告准备了多长时间,而在这儿,四个字就给枪毙了。韩一士不禁有兔死狐悲之感。

一个公务员模样的人拿进一杯茶和一盒烟来。韩一士改坐到沙发上。从这个角度恰巧能通过半掩的门,观察到四分之一的会场。

这是一个研究明年计划问题的局务会议。参加者都是各个处的处长。韩一士虽然没有主持和旁听高级会议的经验,但他仍然感觉到这个会议被厉法牢牢地把握着。这种感觉起源于所有的人都在设法使自己的意见和局长的意见吻合。

"如果没有不同的意见,我看就这样定了。"大约半个小时后,厉法用这听上去非常民主的话把会议结束了。

"这个局已经在你的手里了。"韩一士说的是奉承话,也不是奉承话。

"你只看到了表面现象。他们计划方面来的人还是很有实力的。"厉法坐到韩一士的对面。"不过我记得我刚刚来时,他们就像美国的橄榄球运动员:戴着头盔,半蹲着身体,顽强地抵抗每一次外来的进攻。而现在我们起码是一个集体。"

"一个服从长官意志的集体。"韩一士刚刚说完就后悔了。

"不光是服从:作为这个单位的第一首长,我是一个善于谈判,容易让步的人。这是一种双边的关系。"厉法站起身,坐到办公桌后面。他已经习惯了这个位置,如果不坐在这里,他就觉得不自然。"现在说别的还为时过早,但起码可以说良性循环已经开始了。一个字:顺。"

"顺?"

"对!顺。"厉法又拿起了一支铅笔。"政府不是你们商业,也不是企业。政府是一个机关,不能用利润、产值之类的硬性指标去衡量。只要你感觉到它顺手,它就是一个好机关。"

"理顺一个单位还不容易:把意见不一样的人都清理出去不就得了。"

"如果你不善于领导,那你即使把意见不一样的人都清理出去,新的意见不一样的人又会产生。毛主席说过一句至理名言:必须学会和意见不一样的人一起工作。我的方针是'化干戈为玉帛'。我不想把这个单位搞成独立王国,也不想打击报复什么人。都是为了工作嘛。"

"我的一个朋友在太平庄分到了一套房子,三十平方米,他又是装修,又买家具,整整折腾了三个月。我问他为什么如此下功夫?他告诉我:本人这辈子再搬到更好的房子去的机会绝对等于零,所以必须弄得好一些。而那些胸有大志的人却不是这样。正所谓:官不修衙门,客不修店。"

"你如果没有想往更好房子的欲望,那你也确实住不上了。"厉法没有正面回答。

"我有一件事想求你给办办。"韩一士认为时机已经到了,就把盖了几个图章的报告的复印件递了上去。

"这是什么话!"厉法用几分钟的时间,把报告看了两遍。"这资金是你的?"

"如果我有这几十万块钱,我早买上它一套房子,不干了。是威比公司的。"

厉法想了想,拿起电话。

不过一分钟,一个三十岁左右的人就出现在办公室。

"这是非生产性企业处的傅处长。以后的事情,你可以和他联系。"厉法介绍道。

韩一士赶紧又递上一份复印件。

"这是我中学的同学。"厉法补充道。"请你按同等优先的原则处理此事。"

"行。"傅处长的眼镜度数很高,外人根本看不到内部的活动。

"你顺便问问方区长的秘书,我能不能在五点给他汇报一下明年的计划。"

"好的。"

"其实你只要在我的报告上批几个字不就行了?"韩一士自认为来威比公司几个月,柳北上待他不薄,所以急于把事情办好。"在商业上能提前一天,就是一天的利润。"

"办事和种庄稼是一个道理:什么节气该干什么,一点错不得。如果错了,就会受到无情的报复。"

"没有那么严重吧?你批了一定能办。"

"当然能办。不过这样做的后果是:以后凡是不好办的事,他们都会推到你这儿。你也无法管教、约束他们。"

韩一士开始后悔刚才说是威比公司的资金。威比公司就是柳北上,而他和柳不对劲,如果说是我的钱,他一定不会是这个干法。

"你想什么我知道。"

149

"你怎么会知道？"

"如果我连来找我办事的人想什么都不知道，我能在这个位置上待多久？你告诉柳北上经理，这事情如果处里通过了，我这里没有问题。"

"看来做官也不容易。"因为心事被猜中，韩一士一时不知道对答什么才好。

"清朝有一个宰相说过：做官不难，莫作怪。也就是不要违背规律。那么规律是什么呢？明朝的徐阶说是三条：以威福还主上，以政务还诸司，以刑赏用人还公论。能做到这，那官就当长了，当大了。"

"我真的没有想到：你不说马列主义，而是说这些。"

"主要问题是：中国不光有马列主义，还有这些。"厉法并不是一个说话非常随便的人，但一个人却必须在一定的时候说一些不负责任的话的。而这些话当着上级不能说，同下级更不能说。和老婆应该能说。不过说了她未必能理解。最合适的对象就是韩一士这种既能理解，又不会乱传破坏你的工作的人。"我这里刚刚从体制改革委员会调来一个研究经济理论的人，你知道他最主要的研究成果是什么？"

韩一士没有表示。他知道厉法根本不要表示。他只要听众。

"他研究出马克思不是一个马克思主义者。"

韩一士吐吐舌头。

"可我却还要和他一起工作。"

"你让他干什么去了？"

"我让他研究我们区的十年远景规划。"

"那才是扯淡呢！我个人的体会是：一个当官的一个规划。甭说十年，就是三年都是毫无意义的。"

"可他还干得非常起劲。这就叫人尽其用。"

"你实际上是在让他研究没有用的东西。"韩一士忽然觉得这做法非常残酷。

"起码他从此不会起反作用。"电话响了，厉法在拿起的同时补充道："而且他个人认为这是一件非常有意义的工作。是我。"他对着电话说:"马上去。"

"我什么时候来听回音?"韩一士站起来。

"不用劳驾。只要打一个电话就行了。"

"我想请你吃一顿饭。"韩一士觉得应该意思意思。"你随便点一个地方。长城?香格里拉?丽都?"

"真是'士别三日,当刮目相看'!听上去像是腰缠万贯了?"

"不敢说腰缠万贯,但腰中尚缠着顿饭钱。"

"心领了。"厉法抱拳。"十年规划也许是扯淡,但第二年的规划却是非常重要的,不知道区长要谈到什么时候。改天到我家吃吧。"

厉法在另外一间办公室中看到韩一士上了出租汽车后,又回到了自己的办公室,开始批阅公文。

公文不是小说,一般人看是非常乏味的东西。而对于他却很重要:机关不生产具体的产品,它只生产公文。批与不批,如何批,是一门大学问。这需要有判断力,有耐心。

大约七点钟时,厉法才下班。

七

从香港来的飞机还差一个钟头到达时,柳北上一行就已经到了机场。柳显得很急躁,不停地往天上看。

"你不认识机场的什么人?"韩一士问。

"干什么?"

"让他们给你铺上红地毯,再组织一个乐队。"

柳北上没有理会韩一士的调侃。他和威比公司的大老板的关系实在是太深了。

四年前,他去香港"坐监"——根据香港的法律:凡是去香港探亲的人,如果在港连续居住一年以上者,就有权利申请香港护照。但在这一年之中,不许做任何工作。就和坐监狱一样。

他在一个偶然的机会里搞到一万港币,就想去搞一份香港护照后,回来大干。一个普通人有没有境外护照,似乎关系不大,但对一个从商的人,尤其是像他这样个体经营者,是有本质差别的。你如果是一个标准完全的中国人,那么能管你的单位和人实在是太多了。工商、税务、警务,自然不必说,就是街道办事处的老太太、邻居、宾馆里的服务员等,你就应付不了。而如果你是境外人员,那么只要你按章纳税,不违反中国现行的法律,就万事大吉。所以这一万港币必须花。

但仅仅靠一万港币在港生活一年是很艰苦的。"我插队都能过来,这算什么?"他当时这样对家属说。

可到了香港之后,光房租一项的开销就相当可观。他一再缩小房间的面积,改换居住地点,可仍然月月超额完成计划。不得已,只好偷偷地去打工。某日,他在码头打工时,被移民局发现,不是溜得快,以前的辛苦就全都得付之东流。当天晚上,他一个人去一个广东人开的"大排档"喝酒。非常巧,遇到了一个叫南舆的北京老乡。

老乡见老乡,不禁"两眼泪汪汪"。一瓶"二锅头"喝了一个底朝天。

南舆是一个著名爱国将领的后裔,是通过统战部门的路子来香港"坐监"的。

当柳北上感叹艰难时,南舆豪爽地说:"叫一声南大哥,就什么都有了。"他是世家,在南洋一带有许多亲戚。

后来他和南舆两人连续做了好几桩成功的小买卖,已有些小康景象时,遇到了一个机械贸易公司的陈老板。她是一个四十岁不到的中年妇女,长得一张白净的方脸,看上去相当值得人信赖。

陈老板介绍他们做了几桩中等生意后,跟他们说:"我这里有一桩大买卖,你们做不做?"

"我们不怕的就是大。"两人几乎异口同声。

"有四个伊朗人明天到香港。他们是做这个的。"陈老板比划了一个开枪的手势。

"武器?"

"准确地说是坦克车的一些部件。"陈老板把他们两个请到一个海鲜馆里又说:"我一个单身女人和他们打交道不方便,这些伊朗人个个特别那个。"

"哪个啊?"南舆故意问。

陈老板没有理会,继续说:"我不会让你们白干。这是一笔二百万的买卖,你们出十万,到时分给你们五万的利。"

"七。"南舆讨价还价道。

"行。"陈老板思索了一阵后答应了。

当柳北上表示怕上当时,南舆说:"大哥我比你在香港的资历深得多,难道这还不懂吗?明天让她给咱们看合同和往来信件。"

次日他们去时,陈老板不等他们开口,就把有关文件一并出示。

他们研究了一个下午的文件,终于决定加入了。既定方针是:不见兔子不撒鹰。

几天后,四个伊朗人出现了。他们都不会说英语,必须借助一个翻译。这个翻译是一个小头小脸的越南人,只会说广东式的普通话。

伊朗人在香港待了三天。

三天之中,他们不止一次亲自看到伊朗方面来的电传从机器中流出。

"这就是兔子,咱们该把鹰撒出去了。"南舆做出了决定。

他们没有十万块钱,于是由柳北上出面,到香港的一个中资商业机构借了六万。在港的中资商业都是归外贸委员会管的,其中有许多都是柳父的下级。

鹰放出后,他们每天都待在陈老板的写字楼内。柳北上是一个见面熟的人,以至于陈老板的女秘书对他非常有好感。

两个星期过去了,电传不断通报买卖的进程。但柳北上却有一种不祥的感觉。而南舆却说:"国际间的买卖你没有经验,这不是小倒,几天资金就周转一圈。他们伊朗方面要经过政府审批,另外还要保守秘密。"

柳北上相信了这番话——时至今日,他仍然非常后悔当初为什么那么傻:我没有国际间买卖的经验,你南舆又是从何来的经验?!

大约一个月后,陈老板的秘书约见他们两个。"我明天就要结婚去新加坡了,有几句话要对你们说:她……"秘书说这个"她"字时非常狠和恨。"所有的文件和电传都是假的。"

"你怎么知道的?"南舆虽然也觉出大事不好,可仍然不愿意相信。

"我当然知道,所有的文件都是我给她搞的。所有的电传都是我从隔壁房间里给她发的。"

"那几个伊朗人又是怎么回事?"

"你管伊朗人是怎么回事呢?"柳北上制止道。"我们该怎么办?"

"你慌什么?每逢大事有静气。"南舆继续问:"你为什么把消息通报给我们?"

"你不要表错情。"秘书笑眯眯地看着柳北上。"另外一款是:我恨她!"秘书说完就走了。

两个人呆呆地坐在那里,一时间全都傻了。

"咱们去找狗日的陈老板。"柳北上是行动派。

陈老板不在办公室,也不在家。

"还该干什么?"南舆问。

"只有喝它一个醉了!"

就在喝酒时,他们遇到了有一面之交的威比公司的葛老板。因为正需要一个发泄处,他们就对葛老板谈起各自的身世。

葛老板不动声色地听完就走了。

喝醉之后,两个人都表示"认"了。并且制造出一个理论:反正咱们以前不也一个钱也没有?

酒醒之后,他们发现他们的钱可以不要,但借中资机构的六万不能不还。更何况没有钱在全世界的任何地方都寸步难行。

"我认识这黑社会的大哥大。"南舆说。

"你又在吹。"

"不是吹。我真的认识这儿。他以前就是北京的。你一定听说过。"南舆说出了这个"大哥大"的名字。

柳北上确实听说过:这个人在"文化大革命"中是一个派系的头头,非常出名。后来因为在一次械斗中伤了两条人命,就销声匿迹了。

"二十五年来,他发展得非常快,几乎地下香港的半个都是他的。"

"你是怎么认识他的?"

"一个偶然的机会。"南舆不肯明说。

他们去找大哥大,没有见着。于是留下了话。

三天后,黑社会中有了反馈:你们是要她的胳膊还是腿?

他们赶紧回答"都不要。我们只要她还钱。"

"你知道我们给人要钱的价钱吗?"来人问。

"我们什么价钱都能接受。"

"那好,见面分一半。你们要她出多少钱?"

这一句"见面分一半"把他们俩吓得够呛,连忙说:"我们再商量一下。"

他们分走一半再加费用和陈老板不还也差不多,另外还可能吃官司。他们决定"否"这桩买卖。

正在他们一筹莫展时,葛老板出现了。"我设法给你们把钱要回来。"

"你收费多少?"南舆警惕地问。

"分文不取。"葛老板笑眯眯地说。

"太好的事就是坏事。"他们得出了结论。

"反正我分文不取。事情即使办不成,你们也没有任何损失。"葛老板仍然笑眯眯。

他们想想也对,就把事情委托给他。

一个星期后,葛老板给了回话:"三个月后她连同利息一起还。"他还道出其中原委:"她的女儿要竞选香港小组,需要一笔费用。如果选上了,这笔钱自然有人还。即使进入外围,收入也不止十万二十万的。"

"可我这三个月就不好过。"柳北上在借钱时答应一个月就还。

"我可以借给你们。"葛老板说。

"利息是多少?"

"我是一个商人,所以必须得收你们一点。"葛老板说出一个象征性的数字。

第二天,葛老板就把钱送来。

三个月后陈老板的女儿入围,于是本利归还。

一场灾难就这样有惊无险地过去了。

后来南舆去了台湾当威比公司分公司经理，柳北上也到了目前这个位置上。

飞机开始降落。

韩一士听完了柳北上的故事后，很想快一点见见这位"经济大侠"。

葛老板出现在他们面前。

韩一士有些失望。葛老板不是他想象中的"大亨"模样，五十出头，瘦小枯干，颧骨极高。

"按相书上说，这是刑杀之相。"在给葛老板取行李时，他悄悄地对柳北上说。

"尽信书不如无书。你要根据自己的社会经验，去创造丰富相面理论。再说，钱能补相。"

葛老板和女秘书下榻王府饭店。

"为什么不让他们住在咱们这儿？"韩一士问。王府饭店是一个以昂贵著称所在，以他看设备服务和北京饭店相差无几。

"好学生光举一反三是不够的，起码要举一反十。"柳北上说。

韩一士想起"越不方便就越显得重视"的理论，现在应该外延成"越昂贵越重视"。

"不是外延，而是内涵：昂贵就是不方便。没有任何一个供方喜欢昂贵，而几乎所有的需方都喜欢昂贵。不信你想想你老婆，你给她买一条一千元的项链，她一定说：买这么贵的干什么？应该买一条便宜一些的。但这只是她嘴巴上说说而已，内心深处完全不是那么回事。"

"他和秘书住一个房间还是两个房间？"

"你难道没有看见他们的证件？"

人和人的关系不能光靠证件，需要从许多别的信息上去分析。有的人从法律上说不是夫妻，但实际上却胜似夫妻。韩一士说出自己的感觉。

"好像你是王府饭店的老板似的。又用不着你去考虑房间的利用率。"柳北上不肯回答这个问题。

"秘书者,夫人也。"韩一士想了想,又更正道:"如夫人也。你们大小老板,一对'浇花'好手。"

"花不是光靠氧气就能生存的,它还需要精力、肥料、温室。我得去安排晚饭了。"柳北上拿起装有《宴会计划》的皮包急匆匆地走了。

当天晚饭是柳北上和葛老板单独吃的。据韩一士的观察,柳北上肯定和葛老板谈了什么好事,因为他出来时,脸上颇有喜色。

八

韩一士给经济计划局打了好几个电话,得到的回答都是:目前还没有研究。他打电话给厉法,得到的回答是:尽力催办。

"如果光是靠打电话就能解决问题,中国早就成了发达国家了。"柳北上讽刺道:"如果我想拒绝别人的请求,一般都选择电话。这比见面好办。"

韩一士想想也对,就去了经济计划局。

厉法去市里开会,没有在。接待他的是非生产性企业处的傅处长。

傅处长倒茶让座,非常客气。

"什么时候我们的文才能批下来?"寒暄过后韩一士问。

"我们一般是一个季度研究一次。你上次来之前我们刚刚研究完这个季度的。"

"不能提前研究一下我们的事?"韩一士仗着和厉法是朋友,所以开门见山地问。

"我只是一个处长,而这得要局务会研究才行。"傅处长的回答不卑不亢。

"如果厉法同意提前召开呢?"韩一士见话已经说到这个份上,就索性把它说完。

"那我一定把你的问题提到会上去讨论。"傅处长回答得非常干脆。"不过我以为他是不会同意的:我们管理的都是非生产性企业,这其中是很复杂的。光我们这个区里,这个季度申请开饭店的就是七十多家,如果全部批的话,就成了饭馆区了。"

"还是得靠您多帮忙。"韩一士说完就告辞了。

他在市政府找到了厉法。

"你必须得为我们的事开一个会。"韩一士加重语气说道。

"我们一个季度才研究一次。你提出申请之前刚刚研究完。"

"一个好的机关的标志就是:整个机关都是一个口径。"韩一士这话半带压迫,半带奉承。"我求求你了,我光身一个投靠柳北上,至今为止,寸功未建。这次你好歹给我办了。"

"等散了会,我给傅处长打个电话,商量一下后告诉你。"厉法做急于离开的表示。

"我静候回音。"

两个半小时后,厉法会毕发现韩一士正坐在停车场上等他。

他招呼他上车后说:"我现在明白为什么个体户大都能发财:他们个个对自己的事都盯得特别紧。"

韩一士本来想说:我现在明白为什么官僚个个难说话,因为他们办了半天,没有一件是自己的事。可后又一想,这话说出去,饭店的事就等于吹了,也就忍下了。

在厉法家里,厉法给傅处长打了一个电话。傅处长非常痛快地答应明天就开。

"上级找下级办事,就是来劲。"韩一士喝着茶说。

"但下级有一万种办法对付上级。"厉法说。

韩一士根本就没有把他的话往心上去。

第二天厉法请韩一士到经济计划局来一趟。至于为什么电话里他没有说。傅处长也在厉法的办公室。

"你给他说说吧?"厉法的口气貌似征询,而实际上是命令。

"我们经过认真地讨论,没有批准威比公司办饭店的申请。"傅处长用非常纯粹的公事公办的声调说。

"为什么?!"韩一士下意识地摸了一下口袋,刚才他还以为是批准了呢,准备找一个地方好好地请厉法和傅处长吃一顿。

"我们对于饭店的审批有三条标准:第一,你所经营的饭店主要菜肴必须是北京市没有的。你总不能在北京卖饺子吧?因为这会影响本地人的就业。第二,不能有大的污染。第三,不能有大的土建。"傅处长说得很慢也很清楚。

"这三条我们基本上是符合的。"就在昨天,柳北上和韩一士刚刚和宣武门一座院子的主人签订了协议。这是一座颇有些古意的院子,有藤萝,有假山。缺点就是不临街。但柳北上说:"优点也正在此,如今人们吃大饭店都吃腻了,于是想探古寻幽。"房子不俗,价钱自然也不俗,一年的预付金就是十万人民币。因为他夸下海口,柳北上已经把钱付了。"只是第一条有些问题。"

"而第一条是最重要的一条:你们的饭店是标准的淮扬菜系,这种饭店在北京数都数不过来。"傅处长拿出威比公司的申请书。"你们再准备一个方案吧。"他递给韩一士后问厉法:"如果局长没有事,我就走了。"

厉法点点头。

"你是不是成心拿我涮着玩?"傅处长刚一出门,韩一士就质问厉法。

"你开饭店又不是挣我的钱,我有什么跟你过不去的?"厉法的面孔没有任何变化。"我们有一个咨询机构,全部由饮食行业的专家组成的。这是他们的意见。"

"他们的意见?"韩一士从鼻子里哼出一声。"他们的意见值几个钱?最后不还是你说了算?"

"任何一个单位,或者说任何一个有效率的单位都是靠制度办事的。制度就是规律的总结。而你偏偏让我去破坏每季度研究一次的制度。我明确地告诉你,傅处长就不同意批准你们公司的饭店。"

"咨询机构也罢,傅处长也罢,他们归根结底不都得听你的?!"

厉法在心里承认韩一士说的也对,当初之所以组织这个专家咨询机构,就是为了避免矛盾。如果光是由他们局批的话。每次会议完了之后,电话就得接三天。而如今只要往专家们身上一推就完了。"专家"是谁?他们不是局长、处长,他们是一群临时组织起来的人。而且每次都不同。至于傅处长,如果他坚持的话,他是能够被说服的。但他嘴上还是说:"当然,我如果坚持批的话,一定能批。但此例不可开。一开就再也收不起来了。再说你们是个体,和个体打交道是非常微妙的事。"

"普天之下,权力永远是权力。"韩一士看看窗户外面。"我以前还以为咱们是哥儿们呢?!"

"你仍然可以这样认为。"

韩一士看也没看厉法,拿起自己的包就要走。

"用你们的话说:买卖不成仁义在。到我家去喝几盅如何?"厉法说。

"你和你的哥儿们喝去吧!如果你真有的话。"

柳北上听完韩一士的叙述后很久没有说话。"俗话说:猪头不烂多费点柴炭。是不是给他一些这个?"他捻动手指。

"他好像不是一个喜欢钱的人。"韩一士马上又补充道:"如果你想试试我也不反对。"

"你说我如果请他吃饭,他来不来?"

"你和他的关系你自己心里最清楚。"

柳北上开始在屋里快速踱着步,就像笼子里的美洲豹。

大约一刻钟后他说:"在我的记忆之中,你好像和他的叔叔很熟悉?"

"你的记忆一向非常精确。尤其是在这些记忆对你有用时。"厉法确实有个在Y大学建筑系做教授的叔叔,是他的家族中最杰出的人物,所以"叔叔"一词出现得频率很高。这个叔叔和韩一士的父亲在同一个教会中学读过书,又都喜欢围棋。所以在五六十年代,两家来往甚密。父亲死后虽然有些疏远,但"叔叔"的消息仍然传来,知道他由副教授演变成教授,前年又成了建筑系的副主任。"你不要想花几个钱就能把他买动。"韩一士说的是他的真实感受,"叔叔"是一个清高孤傲的人,终身没有结婚,家里只有一群猫。

"你想到什么地方去了!"柳北上向韩一士出示一张复印件。"葛老板是Y大学金融系肄业的,他现在想向母校捐献一笔钱修图书馆。"

韩一士已经听说香港许多大亨都纷纷慷慨解囊,投向内地的大学。其中Y大学名列前茅。据报载。他们要用这部分钱建一个新的图书馆。并说,如果出资在十万港币之上的,可以自选一个建筑师设计一个门廊或门饰。"这和我有什么关系?"他很草率地看完复印件后说。

"你去他叔叔家跑一趟。看看他有意思接受这个活不?"

"是命令?"韩一士实在是不太愿意去,因为这很像是贿赂。弄得不好还很可能被"戳"一顿。知识分子的脾气是相当古怪的,不能以商人的眼光去看他们。

"我但愿你不要这样去理解。但这确实是商务命令。"柳北上看着他说。"知识分子也是人。人和人有区别,但更多的是共性。"

韩一士对柳北上和厉法这些人能看穿别人内心的能力感到非常惊讶。"你们老板有这么多钱吗?"他重新审读复印件,"别又是从隔壁房间发来的?"

"威比公司虽然不是邵氏集团,但区区十万港币还是拿得出来的。他们哪次来大陆不花个十万八万的?"柳北上递过一个信封。"今天你不用着急去。苦差之前还有美差,陪老板去看京剧吧?"

"美差你为什么不去?"韩一士虽然喜欢京剧,但故意这样说。

"要不然咱们两个换换?你和秘书去卡拉OK,我去看京剧。"

"还是我去看京剧吧。"韩一士特别怕卡拉OK那掠夺性的音响,震得他的心脏都疼。而京剧因为小时常和父亲去看,所以在心目中留下了美好的印象。

"你很懂京剧?"在出租汽车上葛老板问。

"柳经理总是夸大。"

"在香港台湾懂得京剧的年轻人不多了。"葛老板说完这句话后,直到剧场一言未发。

戏倒是好戏:《失街亭》《空城计》《斩马谡》。剧团却是一个名不见经传的地方剧团。海报也很草率,已经被风撕得差不多了。

"我买最好的票。"韩一士因为不知道目前京剧的票价,就把一张五十元的钞票递了进去。

"好票?"窗口内部一张装修过度的脸笑得直颤。"我今天还是第一次听到这种要求。我告诉你,所有的票都是好票。"她说着扔出两张票和四十六元钱来。

"在香港看一场京剧,起码要你二百港币。"葛老板看着票后所标"丙类"的字样后又问:"它为什么让你买便宜票?"

"剧团到一个剧院演出,一般都是总承包。"韩一士怕葛老板听不懂又说:"就是他们不管票的收入多少,都得付出一定的钱。"

葛老板点头表示懂了。

剧场里果然空荡荡的,连看戏的最佳座位五排到十排都没有坐满。韩一士不由想起自己小时候每当周信芳或高盛麟之类的外地名角来京演出时,替父亲买票的情景,票价一般是三到五元的样子,这几乎相当于普通人四分之一的工资。可人们依然数九寒天披着棉被等一夜买票,就和现在买火车票一样。可如今人们的热情哪里去了?

163

戏开始了。韩一士在努力听。

人喜欢某一种艺术,除去艺术本身的因素外,更重要的是这种艺术和这个人生活的关系。韩一士听着优美的"流水""西皮"不由地沉浸在逝去的岁月中。

"这个老生的扮相不错。"葛老板的话才把他召回。

这些演员虽然不是名角——甚至没有一个名角的嫡系,但演得却相当认真。也许正因为如此他们才非得认真不可。可即使如此,韩一士却怎么也找不到以前那种感觉。他不停地偷偷看表,但表走得艰难。有好几次他几乎睡去,完全是因为礼貌和责任才克制住。

京剧是一种博物馆艺术,一种需要挽救的艺术:它论武打不如电影,论刺激不如现代舞蹈,论参与不如卡拉OK,所以它渐渐地趋向没落。在演出终于结束时,韩一士这样想。

Y大学在北京西郊,进了校门还有十分钟的汽车路程。但到达时韩一士还是把出租打发走了,虽然他明明知道在谈完之后恐怕很难雇到出租,但如果把汽车停在"叔叔"的门口,对谈话一定有很大影响。

"我记得有好多好多年没有见到你了。"来开门的是叔叔,他的腰已经弯了,眼镜的近视度也已经加深。"你先别说,让我猜猜。"

"你一定猜不着。"

"出国读博士去了?"

"不对。"

"南洋发财去了。"叔叔给他倒了一杯茶。"我说的南洋是广义的,泛指广州、深圳、海南。"

韩一士摇头。

"那就是被抓起来了。"

"您看我是个有胆量犯罪的人吗?"

"那你没有道理这么些年不露面。"叔叔认为自己的三项概括了全部。

韩一士简略地介绍了自己近些年的情况。

"还是发财去了吧?"叔叔进一步归纳。

"我给您带了些礼物。"韩一士知道叔叔是一个喜欢喝酒的人。"文革"以前,每到星期六,他都要一个人上街,在这个饭店点上一个有特色的菜,喝一两与之相配合的酒。然后再到另外一个饭店,点上一个有特色的菜,再喝上一两与之相配合的酒。就这样要喝它三四个地方。所以来之前,特地去买了清香型、酱香型的酒若干。

"知我者,韩先生也。"叔叔高兴地打开包装,逐一观赏。"早年你爸爸就经常送我酒。那时茅台才四元一瓶。"

"我有一件事,还请叔叔帮忙。"韩一士来之前,好好把思路理了一理。如果你跟叔叔说:给您找了一个能赚钱的活,那他因为面子关系也会拒绝。而说"帮忙"那就是面子十足的事了。

"你尽管说。"叔叔打开所有的酒瓶包装,隔着瓶逐一嗅着。"有权有势的人最怕听的就是这话。我一介书生,一不管招生,二不管房子、升级。何怕之有?"

"我听说贵校的图书馆要扩建?"韩一士小心地说。

"想给谁揽设计施工?我告诉你,施工我不管。设计我自己都没有能接到委托。"叔叔把酒瓶重新包好。"建桥修路办学,是千古流芳的事,捐献者几乎都自带建筑师,尽是些香港台湾人。说不好听的,阿猫阿狗都来了。剩下不多几个,也被善于钻营者给弄走了。"叔叔没有把话全都说出来,本来有一个门厅,已经说好给他,可就在昨天,被一个他一向视为得意门生的人给弄走了。他想到这里不禁长叹一声:"一个建筑师一辈子的愿望就是出一本《论文集》,设计并建成一座体现自己风格的建筑。可我们这些教书匠是很难有这个福气的。人心不古啊!"

叔叔虽然没有明说,但韩一士已经能想象到,这些话从一个知识分子嘴里说出来,已经是大愤怒了。

"我们公司的老板准备捐献一笔钱,现在正缺一个设计师。"韩一士说得很慢,但叔叔还是让他再重复一遍。

"是准备让我干？"叔叔转到墙角。这里挂着他自己写的一副对联：无情岁月增中减，有境诗书苦复甜。

"是的。"韩一士说得很肯定。

叔叔的手都有些抖。"什么时候？"

"就在近几天找到一个合适的机会，和我们老板见见面就能把具体的细节定下来。"

"咱们不用签订一个意向书？"

"我就是意向书。"韩一士套用柳北上的模式回答道。

"这真是'得来全不费功夫'，"叔叔随便打开一瓶酒，"咱们应该好好庆祝一下。"他不禁有些"漫卷诗书喜欲狂"的样子。"大匠于今有活矣！"

韩一士看着他高兴的样子，心里不禁有些不好受，他还不知道自己不过是某个计划中的一个小小的传动部件而已。可转念一想，有谁不是传动部件？分配学科、工作、生育指标、提拔、逮捕……所有的都是某个计划中的一部分。不同的只是计划的大小。

在喝完第三杯酒时，叔叔已经是第三次说："大匠于今有活矣！"

九

"我同意和你们一起做医用加速器买卖。"在汽车上，葛老板对柳北上说。

"谢谢老板。"柳北上不动声色地感谢后又问。"不知您怎么收取费用？"

"你先代我付Y大学图书馆的二十万港币。然后你再打一百万港币到香港国际银行。"

柳北上减慢车速。他想让葛老板参加的原因就是资金不足,没想到葛老板上来就要钱。"我记得您原来只说给Y大学图书馆十万。"

"我只是想让你垫支一下,如果你的资金困难。我可以让香港方面马上寄来。"葛老板说话从来就是慢条斯理的。

柳北上从汽车的反光镜中看葛老板的脸,但没有搜集到任何有价值的信息。"我没有什么困难。"生产加速器最起码也得要两千万以上的资金,先给一些也说得过去。

在王府饭店下车后葛老板径自上楼。

"你把他买的东西给他拿上去。"柳北上对韩一士说。

"他完全可以自己拿。"葛老板买的东西其实不多,仅仅两个塑料口袋而已。

"这是派。"柳北上把脸贴在汽车的方向盘上。

等韩一士从楼上下来,他依旧脸贴在方向盘上。"这难道也是一种派?"韩一士以为他睡着了,就推推他。

"我什么时候有过派?"柳北上立刻抬头,把早已经发动着的车启动。"有派也是好司机的派。"他很快地驶出饭店的大门。"伺候人也有伺候人的道道。我有一个表弟,一九六八年入伍,一直当司机当到一九七二年,党也入不了,干也提不了。可有一次他们军区的司令临时用他的车,他不知道从什么途径得知司令喜欢在他还没有出来时就把车发动着,他一上车就启动。于是依法炮制。司令果然很高兴,拍拍他的肩膀问:小伙子哪年入的伍?他回答后司令又问:有几年党龄了?他说:不是党员。司令再问:你什么出身?他说是贫农。司令于是说:'回去告诉你们连长,就说我认为你的战备观念很强,应该抓紧培养。'于是他回去对他的连长说:司令批准我入党了。连长别说不敢找司令去问,就是敢也找不到。他因此同年入党,次年提干。"

"我知道你所有的表亲,也知道当时所有的大军区司令。你给我说说,他们都是谁?"韩一士说的基本是实情:六十年代末到七十年代初,中国文化最贫困。他闲得无事,就把报纸上所有出现过的部长、大使、司令列在一个小本上。慢慢地几乎把他们像邮票一样,都搜集齐全了。这件类似"拼板"的游戏,非常有意思。眼见他们这个上,那个下;这个从美丽的广州调到贫瘠的兰州;那个从繁华且历史悠久的法国调到刚刚建国的赤道几内亚。

"'姑妄言之姑听之'有多好!你非得追究。"

"你和葛老板的关系似乎并不是那么密切。"因为晚上喝了一些酒,韩一士的思维变得非常活跃。

"在商务往来中没有什么密切不密切的,只有频繁不频繁。"柳北上很原则地回答。

"我看你们之间的商务往来也很寡。只是互相委托一些一般业务而已。或者说,你——这当然也包括我,只是香港威比公司名义上的分公司。"

"如果这是你观察的结果,我就告诉你:它是错误的。如果这是你窥探来的,我就告诉你:有些事情你还是不知道的好。"

柳北上的话语调上虽然平和,但实际上很刺人。韩一士不再说话。

柳北上自然也有所觉悟,当车上了长安街后他说:"咱们确实只是威比名义上的分公司。但这个名义很重要:国家对外资企业、合资企业有专门的规定。我给你打一个比方,假设有一个合资的企业,是做毛衣生产的,那么它就有权力免税从外面进口毛线。比方马海毛在台湾二十元人民币一斤,而在咱们这里,能卖到八十元一斤。所以毛线进来之后,你先把它给卖了。当然,如果你只进口,不出口,或者这中间有很大的差额,那么工商、税务部门一定会杀上门来,罚你一个不亦乐乎。所以你在获取这部分利润之后,还得去收购一批毛衣来出口。"

"去什么地方收购?如果是马海毛的,那还有什么赚头?"

"目前国内的企业几乎都开工不足,所以有的是生产出毛衣卖不出去的厂家。至于是不是马海毛的,这只要你有一定的关系,就容易对付过去。再比方国家允许注册资金在十万美金以上的企业,免税进口一辆轿车。但是只能自用,不许可卖。于是你就把它出租给某个单位,让它先付给你四年的租金。这四年的租金就是十五万的样子。"

"你这不就是倒买倒卖吗?"

"从伦理意义上说也许是,但从法律意义上说只是出租。"

长安街上一片灯光。

"你这是在钻法律的空子。"韩一士不得不说。

"法律如果有空子,就得允许人去钻。这责任不在我,而在于立法者。"

"还有什么?"韩一士知道法律有空子是可以钻的,但这个钻如果损害他人的利益,那么还该不该钻,则是一个很复杂的伦理问题,一时是说不清的。和当事人尤其说不清。

"你虽然是一个学生,但我却不是博学的教授。"柳北上不肯再往下说了。

柳北上送了韩一士之后,无目的地把车在城里开来开去。街道上的车已经越来越少,行人也几乎没有了。

当洒水车出来时,"奔驰"车油量下限的指示灯亮了起来。于是他就把车停在了天坛公园的后门。

他把皮鞋脱下,再按动电动钮把椅子放倒。然后双手枕在脑后,开始长久地思索。

关于他的威比公司北京分公司和威比公司总公司之间的关系,他并没有完全对韩一士讲清楚——在这个世界上除去他和葛老板,没有人完全清楚这张错综复杂的关系图。这关系图中,有人际关系,但更多的是金融关系。

一个境外的公司,如果和大陆某单位合资,那么它必须把法律规定的资金,按时、按定额划拨到与之合资的大陆公司的账内。葛老板确实也这样做了,但这笔远远高于规定的资金,只是在柳北上公司的账内打了一个圈,就又以另外的名目,回到了葛老板的账上。给柳北上留下的只是一个名义。

当然这是一个很管用的名义。有了这个名义,柳北上的公司可以免除许多税种,并享受相当多的优惠。而葛老板获得也不少:每年纯利润的百分之三十,连续三年。

这个条约柳北上履行得很好,已于去年圆满结束。因此从理论上说,他用钱买了一个名义,目前已经钱货两清了。

但关系——尤其是双方都有利可图的关系——有很强的生命力,它会自动繁衍、派生,最后发展到不由人控制的地步。

起初,分公司和母公司之间很少有往来,但在双方进一步了解之后,往来就多起来。先是小宗贸易,然后演变成资金往来。大笔的资金在双方的账上进进出出,利润也就在进出中产生。双方配合得很好。

但这种关系还是可以切断的。真正达到切不断的地步,还是在半年前,由葛老板设计了一个方案:由香港威比公司出面,从香港贸易署领取往北美方向的许可证。而真正的成衣却是在中国制造的。

这是严重违反国际贸易法规的行为,柳北上不会不懂。但当他说出他的顾虑时,葛老板很容易地就把他给说服了:"你做你的衣服,用你的牌子,通过威比公司的渠道,进入香港。到这儿之后,我自然会把牌子给换了。额外赚取的利润,我七你三。"柳北上想了想,认为这是可行的,也就干了。头三批数额不大,资金周转的也很快。他获得的利润数额虽然不大,但利润率却很高。葛老板这次来又带来一纸数量是前三次总和的合同,他必须为之预付百分之二十的定金,再加上拍摄《醉侠客》所占,已经把他的流动资金给占用光了。要是为加速器再调一百二十万港币,他就必须向银行贷款。而贷款就得有抵押,而他在国内能抵押的资产,已经全部抵押了。如再贷,就得动用硬关系。

贷就贷呗!柳北上用手擦擦脸,坐了起来。因为中国有廉价的资源,和廉价的劳动力,所以向美国出售纺织品的利润非常大。正因为利润大,所有的纺织品都指向了美国,从而影响了美国国内的纺织业。因此他们制定了一个《限制中国纺织品进口的法案》,对大陆的纺织品实行配额限制。而且执行的非常严格,动不动就说你"倾销"。也因为利润大,所以掌握在纺织部的配额许可证,成了热门货,一般的民营公司根本就甭想搞到。所以无论如何不能放弃这条捷径。即使赔一些也干。

纺织商业和战争、赌博是一个道理：如果你不敢冒险，那么你永远是地摊摊主，成不了一个大企业家。再说葛老板如果真的情况不好，也不会白给Y大学二十万块钱啊？他一个肄业生，对母校能有几多感情！基于最后这个反证论据，他下定了决心。

十

星期一，厉法电召韩一士到他的办公室。"批文取回来了没有？"见他进去，厉法拿起电话问傅处长。

"还没有。"

"抓紧去拿。"厉法命令。

大约二十分钟后，傅处长拿着韩一士给经委申办饭店的请示报告来了。

"他批了？"

傅处长指点批示的地方。"港澳办金主任，顶天批了，没给您留地方。"

韩一士也凑过去看：在文件的领导批示栏目的最上部，批了"可照顾金"四个大字。傅处长说，"他刚刚从军队转业到地方一年，不太知道规矩。"

厉法笑笑没说话。他拿着笔想了想，就在紧挨着那行横的批示的旁边，竖着批，按港澳办意见办 厉法。

傅处长微笑着说："我走了。"

"你还真有点办法。"韩一士佩服地说："他横批，你竖批。谁也不比谁大，也不比谁小。"

厉法把批文交给他后说："我不在乎谁大谁小，但文件有文件的规矩。如果是文件在你批了后还得有人批,你就必须留有余地。规矩不能坏。"

"规矩还不是你们这些人定的。"韩一士仔细地把批文收好。

"你这'你们这些人'用得很好。不是我,也不是你,也不是他,而是'一些人'。"厉法习惯性地整理桌子上的文件,"你好好看看日期,这是在你去我叔叔家之前傅处长就已经批了,送港澳办的。"

韩一士看看日期果然是在他去厉法叔叔家前一天。"你不是说不能批吗?"

"有的事情是绝对不能办的,有的事情是可办可不办的。你的事情就属于后一种。我和老傅商量后想出了一个办法:你们是香港公司,对于外资公司、合资公司,如果你们的主方,和中国特别的友好,或者对中国的建设、国际影响做出过大的贡献,让有关部门批一下,就可以破例。所以就送港澳办的金主任批。这种做法有个专门名称:特事持办。"

"特事特办。特事特办。"韩一士重复了好几遍,"我今天算是长了学问了。"

厉法打开文件柜,从里面取出一张没有裱过的字,递给他。

韩一士展开一看,是厉法叔叔写的:"西塞论兵亲旧雨,东山转眼起停云",底下还有一行小字:"录林则徐诗赠一士世侄"。

"叔叔专门告诉我:他这是用好纸好墨写的。字写得如何?"厉法的叔叔上学就是他父亲做工供的,所以他看叔叔和父亲一个样。在父亲去世后更是如此。

"敢往这上面写了送人的,字都错不了。给你张好纸,再研一钵好墨,让你写,你也不敢写。"

"这是林则徐在新疆流放时,听到圣旨召他去当云贵总督时写的。用来表达他的欣喜心情。录此诗赠世侄,足见对世侄的重视。"厉法语带讥讽。

韩一士也觉得自己这事做得不太地道,所以就没接茬。

"你想不出这种办法!后面一定有高人指点。"

"我现在的身份是商人,而商人是无孔不入的。"韩一士看看左右没人,就把一个信封拿了出来。"这是我们威比公司的一点点心意。"

信封里面是两千元百货大楼的购物券。当厉法打电话来时,柳北上和他就知道饭店的事成了。于是就送厉法什么东西的事,进行了专题讨论:送东西不知他缺什么,送钱又太赤裸裸,不太符合朋友的身份,研究很久,才想出了这个中性的办法。

厉法根本没有动信封,而是把手交叉在胸前。"我是一个很喜欢小动物的人,我儿子也很喜欢。上个礼拜天,我带他去一个刚从美国回来的朋友家,这朋友有一条很漂亮的狗。我儿子喜欢的不得了,朋友也看出来了,就说:叔叔回来没有给你们带什么,狗就送你了。当我们父子把狗装进盒子里,准备走时,我忽然想起问:它吃什么?答曰:牛肉。我立刻让儿子把狗放出来。朋友问原因。我告诉他:吃牛肉还不如吃我呢!如果它吃豆腐还差不多。后来儿子和我差不多有两个星期没有说话。"

韩一士在琢磨这个故事的意义。

"人有多大的能力、胆量,就干多大的事。如果没有,就最好不要干。"厉法总结道。

韩一士这下子算是明白了。

"如果你把这,"厉法用眼睛指指信封,"拿走的话,我将非常的感谢你。"

韩一士只好把信封收起来。

"威比公司的经营情况如何?"厉法随便问。

"火得很呢!"韩一士把最近的买卖说了说。

"我想你这里不少东西是听来的吧?"

韩一士点头。

"你进入公司的时间不长,不可能掌握太多的机密。港澳办的金主任说,"厉法顿了一下,"看一个人和看一个公司一样,不能光看他怎么说,关键是看他如何做。"

韩一士觉得有些莫名其妙。

"一个公司本身经营也许没有问题,但如果它的背景出了问题,比方说它的有力支持者突然倒台,或者一个长期的客户取消了预订的合同,也会伤了它的元气。"厉法边说边看表。

韩一士知道这是他送客的表示,就把批件放进皮包:"公司不是官员,靠的是自己。"

"在这个世界上,没有任何一个单位或个人,是完全靠自己的。"厉法本来想把自己从港澳办了解到的情况再往详细说说,但想一想后又认为没有这个必要。"让我的车送送你。"

韩一士表示不用:"我可以坐出租。"

"应该为你的威比公司节约一些钱了。"厉法拿起电话要司机。

一路上,韩一士都在品厉法话中的味道。但没有得出结论。

但回去后,他还是把这话忠实地传达给柳北上。

柳北上正在准备银行贷款的有关文件,听完之后,不在意地说:"他是嫉妒。当他成了一个没有办公室、没有司机、也没有人来向他请示的退休干部后,我们的威比公司依然坚如磐石。"

葛老板调整了一下飞机头等舱的座位,尽量使自己的身体达到最舒服。然后他看了一下头顶上的牛皮箱。

在这个箱子里装着类似柳北上这样实际上是独立的四个分公司的转账票据——这样的公司他在大陆一共有七个,它们当中有纯粹的贸易公司,也有工贸结合的,甚至还有一座矿山。虽然它们的门类很杂,但有一点是共同的:名义上都是他的分公司。换句话说:他根据大陆的合资法律,在这些公司创建时,都把钱打进来过,转一个圈再打出去。然后每个季度末,他都通过电话电传来"收租"。

就像以前的地主一样。想到这里他不禁笑了一下。他的父亲就是江南的一个中等偏上的地主。在大陆解放前夕,跑到台湾去了。到了台湾,地主自然当不成了,于是靠手中的浮财,开了一个小作坊。因为类似的小作坊很多,收入自然菲薄。但他就靠这菲薄的收入,在台湾金融学院完成了在Y大学未竟的学业。他毕业时，父亲刚好去世。他于是动手把公司转移到香港去。

因为时机赶的好，所以很快威比公司就具备了一定的规模。他是一个野心勃勃的人，不满足于这个"一定的规模"，于是他在七十年代中期，就试图涉足银行界。在香港凡是能在银行界占据一席之地，就意味着有了一定的社会地位。也正因为此，银行界就像马会之类的高级俱乐部一样，相当排外。正好这时国际银行成立了。这个以发展第三世界经济的银行，广开门户，他马上入了相当的股，因之成了国际银行的董事。

国际银行是巴基斯坦人哈桑创建的。哈桑在国际金融界是一个传奇般的人物，他敢于冒险，善于结交。不仅在金融界有丰富的关系，而且和许多国家的政要权贵有着很好的私人交情。所以它发展得很快，到了八十年代后期，它已经在全世界各地有了二十六个分支机构。其中以英国和香港的为最大。

但葛老板并没有被这些表面的现象所迷惑——他身上既有金融正途出身人所特有的精明算计，也有中国农民式的狡猾。当国际银行的股票价格开始上下浮动时，他就开始了广泛的调查——香港的股票市场是相当灵敏的，价格的浮动就意味着消息的泄露。

他花了很多的钱，才从国际银行的一个高级审计官那里了解到一些内幕：国际银行是在卢森堡登记注册的。卢森堡的国家银行法律比较宽松，税收也低，对国外的银行业务疏于管理，漏洞很多。尤其是国际银行趁中东石油危机之际，大发了一笔财后，极度膨胀起来，卢森堡就更管不过来了。

这些都是历史，而他最感兴趣的是经营现状。他和高级审计官是先从股票谈起的。"我看国际银行的股票势头不错。"

"正是这不错，构成了它亏损的一部分。"高级审计官说。

"亏损？！"

高级审计官告诉他："它亏损得一塌糊涂。可它每年的报表，盈利甚丰。"他有些不相信，虽然直觉告诉他这是真的。高级审计官说："报表是报表，您是学金融的，不应该不知道其中的奥妙？我去年参加了一次国际银行全球性的审计，发现不少问题:私下里经营武器买卖、洗钱……"

葛老板认为这不是什么大问题。许多银行,其中甚至包括世界著名的银行,都干这类脏活。因为银行是一个追求利润的机构,而不是道德机构。而"赃钱"要的利息最低,有的甚至不要利息。存户的利息构成银行的成本,成本小,利润自然就大。

"那虚报收益、无记录存款、不记账存款、虚构贷款呢?"高级审计官问。

葛老板一下子就不说话了。这些都是银行业的大忌讳。葛老板觉得自己的背心都湿透了,虽然他们吃饭的酒店冷气开得非常足。

"我是不是应该把股票给卖了,把银行账户里的资金给转移了?"等稍微镇静下来后,葛老板问。

"我早在一年前,就把股票给卖了。"高级审计官冷冷一笑:"至于你现在想卖,这谁也干涉不了你。但转移资金就是另外一回事了。"

葛老板的汗又出来了。他赶紧问是怎么回事。

"英国的海关已经在密切注意国际银行的资金流向,尤其是对银行董事的资金流向更是注意。用中国的古话来说,叫作:金风未动蝉先觉。这势必影响到香港方面。据说监事会已经做出了决定:董事的资金提出五十万以上的,必须讲出理由。你大概在一两天之内,就会收到监事会的这个决定的书面通知。"

"是不是写明你所说的原因?"

"我想他们不会傻到这种地步。"

"那我如果一进一出呢?"葛老板的脑筋转得飞快。

"那当然就是另外一回事了。"高级审计官笑着说:"你很聪明:进的是别人的资金,出的是你自己的。"

"但不违背国际银行监事会的现行政策。"

"你准备好资金进出的文件,其余的事情我会协助你处理的。"高级审计官说完就站起来。

和高级审计官谈完话,葛老板的基本构思已经形成。他是一个不尚空谈的人,计划一旦制定,就马上付诸行动。这次到大陆,他就以"商借""预付款"等名义搞到了七百万左右,而这七百万最少能顶出他的一千万。

一个人逃避灾难,不一定要比另外的人聪明多少,葛老板边吃龙虾边想,他只要比别人的行动早一天就行。

他几乎已经看见国际银行倒闭时的情景:许多人慌作一团,他们的毕生积蓄,一夜之间就化为乌有,他们满脸是泪水,他们愤怒、沮丧……但这些都无济于事。

他又想起在内地他的威比煤炭公司看到的情形。那里说是煤炭公司,实际上就是一个乡村的煤矿,完全采用手工采掘:赤身裸体的工人,用镐刨下煤,装上驴车拉到井口。别的不说,这些毛驴从能干活起,就下了井,在井下吃,井下睡。浑身的毛全都没了,眼睛也是盲的。当那个矿长把十五万块钱递给他时,不停地嘱咐:"你老人家可一定快一点把汽车给我们买来。"

我这么做是不是有些残忍?他切龙虾的手停了一下。他的手弯弯曲曲,从相学上说,颇有手段。人不能和人比:有的人能在一万米的高空吃龙虾,而有的人却在深井里吃被煤灰污染的馒头。经济竞争和战争一样,甚至比战争还要残酷。靠一副慈悲心肠是应付不下来的。

《醉侠客》的后期是在香港制作的。这样做的道理,就是因为台湾也有一部类似的电影正在制作中。如果谁先投放市场,谁的票房价值就高。所以尽管这样费用要高很多,但还是这样干了。

片子如约出来了。柳北上草草看了一遍就让韩一士送去审查。

审查结果却没有通过。

"现在是改革开放,咱们别的不说,"一个穿宽松旧衣服的老人操着湖南口音对韩一士说:"你拍的这个电影,敢不敢拿给你的儿子看?"

韩一士不知该说什么好。这个人是宣传部的前任部长,现任顾问。去请他时,他正在医院里,费很大的力才请来的。

人们慢慢地散去。

"不是说要请他们一客吗？"回去的路上韩一士问柳北上。

柳北上黑着脸什么也不说。

等进了房间韩一士又问。

"你还有脸问？"柳北上突然爆发，"你凭什么同意他们在影片里加那么多的裸体镜头？你不知道现行的电影法规？那个女主角围着树转啊转，脱啊脱，"柳北上气愤地在房间里绕圈子，"最后脱到什么也没有。"

"这个她提出过，但是我没同意。"韩一士这下子有了底。

"她的衣服脱没了，我的钱也没了。"柳北上也知道这些镜头，是那个与他合伙的香港人在后期加进去的，与韩一士没有关系，但他此刻确确实实需要一个发火的对象。

"我再去跑一跑。"韩一士也知道此刻和他顶嘴是很不明智的：从理论上讲他们是哥儿们，但真正的"哥儿们公司"是不存在的。

"这种片子，你跑也不要跑。"柳北上摆摆手。"谁跑也没有用。不要说是这帮子官僚来审查，就是让我来审查，也通不过。"

韩一士给他倒了一杯水。

柳北上仰脖倾入后，一屁股坐在沙发上。"也没有什么了不起！不就损失点钱吗？再说咱们'失之桑榆，收之东隅'。海外的发行工作好好做一做。多花点广告钱就全有了。你去拟定一个计划，照着五十万港币花。"葛老板账上的一百万港币时时刻刻在他心上：催吧，不合适；不催吧，钱入商场，就如同人入官场一样，谁也不知道会向什么方向发展。

尾　声

下午四点钟,太阳还高高悬挂在香港的上空。两辆警车停在国际银行香港分行的门口。接着从前一辆车上跳下来十余个警察。然后从后面的车上下来四五个官员模样的人,他们径直走入银行的大门。而警察却大部分留在了门外。

"各位先生、女士,不要惊慌。"为首的官员说:"我是香港总督府的财政执行官,奉命前来查封国际银行香港分行。请各位配合我们,全部资金一律冻结,全部文件档案一律封存。交接完毕之后,各位就可以回家去,明天也不用来上班了。但必须随时听候传唤。"

他宣布完了后,大厅里鸦雀无声。隔了大约一分钟的样子,职员们才渐渐开始骚动起来。慢慢地,他们乱作一团,有的哭,有的叫。几乎所有女性的脸上都挂满了泪水。虽然他们是第一次经历这种事情,但是他们已经预感到自己存在银行里的款项、银行的股票,正在消失。

清盘官员冷漠地注视着这一切。对于所有有关"为什么清盘?"的询问,他都答以:"无可奉告"。

这些低级职员到了晚上八点,还停在大厅里讨论。他们虽然就在这个银行里工作,但对银行的内幕实际上是一无所知。因为每个人掌握的都是局部情况。但各个部门的局部情况拼合在一起,全部情况也就出现了。

"咱们去总督府游行去。"一个人建议。

许多人附和。

正在他们集合起来往出走时,一个公关部门的负责人说:"我看现在游行还为时过早。等消息一见报,几十万存户都动员起来,咱们再行动效果会更好一些。"

他的导向起了作用,人们渐渐地散去。

国际银行的查封工作是在全球同时进行的。它的被查封,在国际市场上立刻引起了混乱。由于它承办的金融业务停止,资金被冻结,它开出的信用证失效而无法押汇,原订的进出口贸易无法进行,大批的旅行社取消了旅游项目,大批的货物积压在港口,船期一误再误……

当然在这场风波中受损失最大的还是中小存户,因为国际银行如果倒闭清盘,他们至多能收回小部分存款。其中以香港等无中央保险制度的银行的存户最惨,如果上述情况发生,他们就一分钱也拿不到。

风潮在香港渐渐形成,存户们开始"烛光游行",开始"马拉松绝食"。

柳北上的威比公司北京分公司自然也不能幸免,他的所有商务活动立刻停止;公司本部同时关闭……

"咱们今后该怎么办?"韩一土坐在"学府"饭店门前的一个大排档的小椅子上问。

柳北上没有说话。他刚刚用公用电话给在台湾的南舆通了话。南舆的公司没有受到大的损失。当他说了他的情况后,南舆说:"你怎么这么傻?像葛老板这样的人,你根本就不能相信他。""可他当年还是援助过咱们的。""你以为他真是援助你?他是看中了你在大陆方方面面的关系,才花些小钱买通你。我以为你这么些年过去了,你在商场上摸爬滚打,已经成熟了。没想到还是这么嫩!"他不禁长叹一声:"你要知道,大陆的商业是很不规范的商业,很多时候,靠的不是什么商业技能,而是另外的东西。而且我足不出户,对国际市场上的风波险恶根本就不知道。""两个方案:你来我这里,我给你常务副经理;或者借给你五十万资金,你在大陆重新开始。""等我想一想再说。""另外我还想告诉你,买卖表面上看,做的是钱,而实际上做的是信息和关系。信息是关系告诉你的,关系就是信息。"南舆反复强调自己的观点。柳北上本来想说:用不着你来教训我!但想想还是没说出来。

韩一士看见马健飞从一辆"尼桑"车上下来,身边还傍着一个妖冶的女人。他目不斜视——也许他没有注意到大排档上的人。这些人对他来说,根本是不存在的。

被秋风鼓动起的枯叶,在地面上缓缓爬行。柳北上觉得有些冷了,再加上大脑一片空白,非常需要酒精来激励。"来点酒喝吧。"他说。

"什么酒?"

"'五粮液'。"柳北上出于习惯答道。

"这地方哪里来的'五粮液'!"

"是喝的就行。"柳北上把衣服裹了裹。

韩一士要了一瓶"二锅头"。

这一喝就喝了一个多小时。

这时马健飞出来了,他还是没看这边,径直上了"尼桑"车。

"这真是'人间几回伤往事,英雄一去豪华尽。'"韩一士想到自己,想到柳北上,不禁黯然神伤。

柳北上也看见了马健飞,但他只看了一眼,就回过头来和韩一士干杯。

又过了好一会儿,他才说:"欧美人都说,日本车是纸糊的。只有'奔驰'车才是 No.1。"他猛地站起来。"No.1!你听见了没有?"

韩一士没有回答,只是举起酒杯和柳北上碰了一下。

《啄木鸟》 一九九四年第三期
《新华文摘》 一九九四年第十一期
一九九五年扩展为长篇小说《特别提款权》

特别提款权

第一章

回到京门饭店七楼马力特别开发公司本部,彭小彭打开保险柜,取出一个皮夹子,从里面拿出一本护照。

早在一年前,他就成了N国人。换言之,就是买了本N国护照。此护照的编号是:N——17,意思是"归化N国人"。这种护照比PE——11要好。因为后者是"外国N国人",也就是"编外N国人"的意思。两年前,财政困难的N国政府向海外发行这两种护照。前者值一万美元,而后者只要三千美元。

而他毫不犹豫地买了前者:如果在手里有钱的时候,他总是买最好的东西。

彭小彭一九五一年出生在一个标准的军人家庭。他的父亲是中国人民解放军陆军学院的院长,军衔中将。像老将军这个级别的干部,只要不"卖身投靠","文革"中就少不了被折腾得死去活来。等到"四人帮"粉碎,他已是疾病缠身。临终前,老将军把当时看来为数甚巨的补发工资,全部给了最小的儿子彭小彭。

他并不是如一般人印象中的花花公子,少时优良的教育,"文革"时由父亲的一个老朋友的荫护,没有像百姓子弟一样,去农村插队,而是先参军——当然尽管"文革"派看上去法力无边,但军队还是相对独立的——再上航校。航校虽说只是一个中专,但毕竟是在上学、读书,和"种地"之流,不可同日而语。所有这些,再加上他们家广泛的社会关系和他的个人才能、智力和几万块钱的资本,就具备了先决条件。

他先把父亲的钱投在机电行业,然后又转向办公自动化。八十年代的冰箱、彩电热,中期的电脑热,一浪一浪,全都赶上了。很快就积聚了数百万元。当有人问他其中原因时,他总是说:"仅仅是凭借良好的感觉而已。"

"感觉"只不过是他的一个幌子罢了。他并没有把自己真正所遵循的商业铁律说出来:任何行业的利润都是从零到最高值,然后又从最高值返回零。这其中的道理很简单,以电脑为例:在北京有十家电脑公司时,一台电脑能有一万元的利。而当北京有一千家电脑公司时,每台电脑的利就只有几百元了,因为市场的总份额是一定的。所以应该在某些行业还在正半波时,就做转向准备,一旦它达到顶点,就立刻抽出资金投向新行业中去。他并没有上过任何的商业学校,更没有工商管理方面的学位。这是从惊人的商业直觉中提炼出来的朴素真理。有许多平庸的商人,不知道吃过多少回亏,仍然不能总结。

"你去整瓶酒。"这个"整"字,彭小彭是从父亲那里学来的:老将军一辈子过供给制生活,从来不说"买"。

听见声音的伍勤,依然用宽阔的背对着彭小彭。他是个足有一米八的大个子,脸上有一道横行的伤痕。就是这道伤痕,使他变得相当内向,不愿意面对任何人。

"你倒是快点去啊。"彭小彭不耐烦了。

"多少钱的?"伍勤依然背着身闷声闷气地问。

"最好的酒、最好的菜,和最好的朋友喝。"彭小彭这才想起少发了一条命令;伍勤执行起命令来,和电脑很相似,如果你输错了一个字符,它就会认为指令非法。

伍勤走后,彭小彭把里屋卧室的两个大枕头放在地上,和沙发垫子合垒成符合人体曲线的模型,然后躺了上去。

他第一次动更换身份的念头,还是因为老牛的一次谈话。

老牛不能算是他的朋友——在生意场上是没有朋友的,是朋友就根本没有办法在一起做生意。他不过是一个不错的生意伙伴而已——他有着一张秦城监狱一般的嘴巴,但某次酒后他还是说:"在中国只有两种人好做生意:一种是国家的代表,规规矩矩地做,自己只用不拿。另外就是有外国身份的人,从打有义和团,外国人就比中国人吃香。他们在某种程序上,是不受中国法律约束的。"停了一会儿,老牛又说:"有时我好怕。"

他诧异地看着老牛:他怕的是什么?此人虽无家庭背景,刚上商场时,确实是两眼一抹黑。但他敢使钱,也舍得使钱给人:一般人从银行里贷来二十万块钱,顶多拿出其中的一万、两万块钱送人,而他却敢拿出十万,甚至十五万送人。于是他用钱开道,两眼雪亮。到纺织部门、机电部门拿个批件,就和从自己的保险箱里取东西一样的方便。

"你们永远不会懂我的心态。我和那些当权的人,没有任何家庭、血缘方面的关系,我只有靠钱。所以在我有钱时,什么都好说。你也是个玩钱的人,还不知道钱是怎么一回事?就像玩五个球的杂技演员,只要有一个球接不住,就全都玩完了。所以赶紧趁有钱时,弄一个身份来。"

老牛讲完纯理论,又以故事作例证:"一个英国商人、一个法国商人和一个中国商人在一起侃什么是幸福。英国商人说:幸福就是你在一次艰苦的商务谈判后,真皮包里夹着一份签订合同,在一个阴沉沉的傍晚回到家里。家里已有一套柔软的睡衣、一双在熊熊的壁炉旁烘热了的拖鞋和一个满脸笑容的妻子在期待着你。法国商人立刻就说:你这也太不罗曼蒂克了,幸福其实是在一次商务旅行中,你遇到一个有着强烈热带风情的女子,和她愉快地相处了一个月后,毫不遗憾地分了手。中国商人说:你们说得都不对。幸福就是你在甜蜜的睡梦中,突然被一阵强烈的敲门声给惊醒了。你开门一看,发现是检察院的检察官领着一群法警。为首的检察官拿着一张《逮捕令》说:"老马,你因为在商业活动中违背国家法令而被捕。"法警跟着就把亮晶晶的不锈钢手铐亮了出来。这时你非常镇静地告诉他们:"对不起,老马住在隔壁。""

老牛这个故事虽然给他以深刻的印象,他当时并没有完全理解。但没多久,老牛就进去了。老牛一进去,他马上就懂了:自己虽然背景比他好,也不像他一样为所欲为,但常在河边走,哪能不湿鞋?再加之,最近的市场远不是一九八一、一九八二年,已经渐渐地规范起来了。如果不能直接和境外联系起来,而通过一些中间公司进货,就连费用也赚不出来。

基于以上两点,他很快就下定决心更换自己的身份。与此同时,和他原来挂靠的单位脱离。挂靠是一个很奇妙的概念:一个纯粹个人经营的公司,为了方便——很多单位为了避免嫌疑是不和所谓的"个体户"打交道的——而挂靠在某个单位,只要每年给这个单位一定的管理费,就可以使用这个单位的名义、账户。这样做,你虽然在生意方面有了方便,但你这个单位从理论上说,仍然是国营的。这在钱财使用上,就会受到很大的限制。这一切决定都是在一年前做出的。就在这一年中,形势发生了很大的变化:国家做出了严惩腐败的决定。而这场声势浩大的运动根本就没有波及他。

因此彭小彭对自己的决断力很是欣赏:在这方面,他自认为很像父亲。看来精神气质方面的特征,也是能遗传的。他事后对人说:"一个人比一个人聪明不了多少,有的时候只要比别人早行动一天就行了。"

这事情以前只是一个计划,但在新近和一位外商谈完一笔生意后,他就决定把计划付诸实施。至于向哪个方向"实施",他目前只知道第一个目标是香港。因为如果到欧美,他的语言不通不说,也没有任何的社会关系。买卖看上去做的是钱,实际上做的是关系。而香港除去一些他平时积累的商务关系外,在不少中资机构中,他也有许多熟人,比较容易打开局面。至于局面开了以后怎么办,他暂定不是杀向东南亚,就是返回中国大陆。

等伍勤坐好,彭小彭就端起酒杯说:"我要去香港了。"随之一口把酒干了。

伍勤也跟着一口干了。

"你怎么也不问问我为什么去香港?和去香港以后是什么打算?"彭小彭是一个喜欢说话的人,尤其在喝酒时更是如此。

"您的事情我不懂。"伍勤老实地回答。

"你确实不懂。不过你倒是和我说两句话啊。别老和基督山伯爵的哑巴仆人似的。"

伍勤还是不说话,只是费解地看着他。一个人如果长时间地不说话,说话功能自然就退化。

彭小彭这才想起伍勤不可能看过《基督山伯爵》这书,因为上次问他看没看过《红楼梦》,他想了半天后才问:是不是一盘带子?

"说什么都行,但今天你必须和我聊聊。"伍勤追随他已有二十多年了,而他自觉今天第一次产生和他谈话交流的念头。

伍勤不知所措地看着他的老板。他是彭老将军勤务兵老伍的独生子。老伍从红军时代起,就一直在老将军身边当勤务兵。建国后才成的亲。所以伍勤在一九五二年才出生。老伍没什么文化,但评军衔风一起,彭老将军就把他放了出去。他不肯。老将军说:"你如果总在我身边干,怕是少校也评不上。"彭老将军知道内部有一个规定:红军不下校,八路军不上将。也就是说:只要你是现役,红军干部最小的也可评一个少校,而抗日战争时期参加革命的干部,最多也是大校。但他没把这话告诉老伍,因为他一向是个说得少,做得多的人。可老伍固执地认为这些全扯淡。最后老将军只好命令他。可他下到基层当团政委不到三个月,就跑了回来。问他原因,说是和团长合不来。到了评军衔时,彭老将军先是派秘书,然后又亲自出马,三上总政,才给老伍弄了个中校。

得了军衔,老伍挺高兴,每天都穿戴整齐,并把三级红旗勋章、三级独立勋章和三级解放勋章都别在衣服上。有一次老将军开他的玩笑:"把我的勋章借给你别吧?"老伍吓得赶忙摆手:"我要是别上一个,就得损阳寿十年。"军队勋章的等级是很严格的:如果你在红军时期连以上、抗日时期营以上、解放战争团以上,那你就能分别获得一级红旗勋章、一级独立勋章和一级解放勋章。

老伍在一九六六年,因长期饮酒引起肝硬化而去世。临终托孤,老将军自认为责无旁贷,就把伍勤收养在家,说是当儿子待。

伍勤的学习不好,但在技击方面却很有天赋:他先是和警卫班的战士学,等把他们都打败后,就拜学院的格斗教练为师。他一点就通不说,还膂力过人。一次放学时和三个小流氓打起来,把三个都打得住了院。老将军大怒,从此禁止任何人向他传授任何格斗技术。可他不知道从什么地方找来一本书,依图练起"铁砂掌"来。他先是拍铁砂,然后就竖起五指往铁砂里插,弄得两手血肿。彭小彭看了心痛,拿过书一看,才知插、拍之后,应该用以藏红花为主的中药煎熬成汤洗手。就问他为什么不用?伍勤答曰:"没钱。"

因为有了药,彭小彭就和伍勤一起练上了。但练了没两天,他就坚持不住了。

"您是少爷身子少爷命,就不用练这个了。有用得着的事,我来给您干就是了。"伍勤称呼彭小彭,和老伍称呼彭老将军一样,从来就是使用"您"字的。

有了这个台阶,彭小彭顺着就下,从此不再问津。

"文革"中彭小彭去当兵,本来也想把他带去。但是接收他的那个兰州空军的副司令表示:"要你一个已经很困难了。"于是只得作罢。

对此伍勤却认为没什么:"反正老太太还在北京,得有个照顾。"他倒过来安慰起彭小彭来:"我爹老说:风水轮流转。三十年河东,三十年河西。这倒不是说村子搬了家,而是河水改了道:它先是从村西流过,后来改从村东流了。"他认为这是很深刻的道理,解释完后说:"你放心去吧。"

彭小彭在空军一干就是八年,在这八年中,伍勤一直在北京一个油泵厂当钳工。虽然他的技术相当不错,但因为经常为了照顾彭母而缺勤,所以到头来还是个二级工。

"春江水暖鸭先知",彭小彭转业到某个国家机关没几天,就停职创办马力特别开发公司。而开业后第一个想到的就是伍勤。当时伍勤很有些犹豫:他认为自己不是干买卖的料,更何况自己的年龄也不小了,应该有一份稳定的职业,积攒几个钱好成个家。

彭小彭让他放心:"我敢保证你的工资永远是八级工的两倍。并奉送你一份足够娶两个以上老婆的钱。"

伍勤相信了彭小彭的保证。彭小彭也确实完成了保证:商业利润远远大于实业,工资在其中只占很小的部分。他知道这笔感情投资到了位,回报是不会小的。

"我到了香港之后,这里可全靠你了。"彭小彭把自己杯子里的酒斟给伍勤一些。

伍勤的嘴巴动了动,但没出声。

"你是想说,马力特别开发公司办公室一关,公司就不复存在了?"彭小彭刚才给伍勤讲了他的大概计划:为了节约一些费用,把公司的办公室由原来的五间压缩成一间,人员也精简到只剩伍勤一个。

伍勤点头表示彭小彭猜中了。

"现在咱们的办公室是小了、人员也少了。但咱马力特别开发公司的牌子还在。以前打仗时,一个部队被敌军包围了,没几个人冲出来,但只要这个部队的军旗还在,它的建制就不会被撤销。以后我一回来,只要手中有钱,人还不好找?房子还不好租?"

伍勤还是似懂非懂。

"我顶多走上几个月,如果你在这里待腻了,过些日子我想办法把你也弄去。"

"我想和你一起去香港。"伍勤突然说。

在彭小彭的记忆中,伍勤好像从来没有提过什么个人要求,所以他愣了一下后才说:"香港是个随便去的?"

"那你也要想办法。"

彭小彭知道像伍勤这种"蔫人",一旦提出要求就不好拒绝。

"最少也要送你到深圳。"

"干吗不早说?"

伍勤直直地看着他,没有回答。

第二章

一辆"奔驰"车正沿着瑞士日内瓦湖畔的公路盘旋行驶。车上坐着的是国际商业银行远东分部经理马克·波斯特。

国际商业银行创建于一九七二年。开始时它只有一万美元的资本,而如今它已经是拥有二百多亿美元资本的全球性银行集团了。

马克·波斯特一九四一年出生于德国。一九六一年慕尼黑商学院肄业。他先是在一家中等的公司干低级职员,因为精明强干,很快就被提升。但后来因为一个不为人知的原因使得他离开了这家公司,到一个美资石油企业供职。一九七三年,石油危机闹得最厉害时,他进入了国际商业银行。

在国际商业银行里,他很得总裁哈桑·阿贝迪的赏识,被飞快地提升起来。

哈桑·阿贝迪是一个巴基斯坦银行家。他浓眉大眼,高鼻阔嘴,爱戴宽边眼镜,双目炯炯有神,令人一望即知是一个精力非常充沛、欲望非常强烈的人。他一直以自己有力的铁腕统治着这个金融帝国,使其蓬蓬勃勃地发展到今天。

此刻,马克·波斯特正在参加国际商业银行高级行政会议的途中。

国际商业银行是在卢森堡注册的,但它的总部却在瑞士。银行的注册和远洋货轮的注册一样,哪里方便就往哪里。它之所以选择卢森堡,是因为这里的法律比较宽松,税收低,金融管理的机构小、人手少,对外国银行业务疏于监督,漏洞较多。

马克·波斯特在车上也没有闲着:袖珍的传真机,不停地输送出各种信息。

他接收它们并做出反馈。

如今一笔典型的电子交易所需要的时间仅仅是三十秒到四十秒之间。它的风险主要来自骗取授权、数据线路的干扰、人员的不忠诚和物理渗透。电子货币不光在形势上超越了旧货币,还带动了革命:窖藏现金不仅是可笑的还是愚蠢的。钱从本质上说,就是一种该高速流动的东西。

马克·波斯特面对大量涌出的信息,一点不给人以应接不暇之感。或者换句话说,他很喜欢这种信息的泛滥。他们认为信息泛滥和通货膨胀是一种东西,如果你能很好地了解它,就能掌握它、驾驭它,并从中获得好处。

车停在一幢外表不很壮观,但戒备森严的别墅前。马克·波斯特亮出了自己的身份识别标志。

车顺利地通过大门后停了下来。哈桑·阿贝迪有一个规矩:任何人都必须在此下车,然后步行一公里的样子,到达中心房间。

马克·波斯特充满自信地在这段路上走着。他始终相信哈桑·阿贝迪喜欢他的这种与生俱来的自信——哈桑·阿贝迪之所以设计这一公里步行路,就是为了消灭一般寻求投资者、来汇报的下级职员的自信——和强烈的投机精神。他还相信哈桑·阿贝迪和他从根本上说是一种人。

由哈桑·阿贝迪钦定,马克·波斯特的发言作为第一。他主要讲的是远东分部在巴基斯坦、几内亚的银行工作。他在这些地方开办了命名为"穷人银行"的小银行。专门向妇女提供口号为"从一美元开始"的小额贷款。这个设想是两年前他在纽约召开的一个同样的会议上提出的。开始时遭到很多人的反对。他们认为银行是一种为富人,起码也是为中产阶级服务的机构;再者说,在外面开创事业的都是男人,如果贷款给女人,而男人不负责偿还的话,这些钱不都成了荒账了吗?但他依据如下理论进行反驳:女人都比较敏感,能够考虑长远利益。另外男人总还把收入的一部分用到自己身上:烟、酒、茶和情妇;而女人总把收入的全部都贡献给家庭。

他的理论没能把大家说服,但把哈桑,阿贝迪给说服了。于是"穷人银行"如同雨后的蘑菇一样迅速开遍巴基斯坦和几内亚等"欠发达国家"。

他在采用"百分之二十"的商业银行通用利率的同时,还违背商业银行的通常做法,让客户互相担保。

他手下的一些资深的职员反对这一点:客户互相担保是一件很危险的事,如果其中的一个垮台了,就会引起著名的"多米诺效应"。

但马克·波斯特还是以他独特的深谋远虑指出:对蛮荒地区的人而言,有了钱第一个想法就是还给债主。他们根本不知道信用交易是怎么一回事。再说"多米诺效应"是针对大型企业的,而我种地你牧畜根本没有内在的联系。

那些资深的职员还是不同意:"银行有银行的规矩。规矩尽管有不合理的地方,但它仍然是规矩。"

"我在德国读大学的银行专业时,著名的格尔教授曾经这样指出:大的银行家不是遵守规矩的人,而是建立规矩的人。"马克·波斯特说。

他手下的职员大都是从东方招募的,没有在德国上过大学不说,也没有听说过格尔教授——更何况这个格尔教授纯属马克·波斯特的杜撰。

"穷人银行"果然如马克·波斯特所料,获得了极大的成果:二百万顾客,其中妇女占百分之九十,偿还率占百分之九十七。

在会议结束之后,哈桑·阿贝迪把马克·波斯特叫到他的办公室里。虽然他对马克·波斯特的工作满意,但他一句话也没说:在马跑得正快时,是不能给它料吃的。"远东都包括哪些地方呢?"哈桑·阿贝迪在空中想象的地图上画了一个大圈。"都包括这些地方。"

马克·波斯特静静地在听。

"你搞清楚了吗?"

马克·波斯特摇摇头。

哈桑·阿贝迪得意地笑了起来。他非常喜欢这种《古兰诗》式的简单却又包含一切的说法。

马克·波斯特用眼神在寻求进一步的指示。

"还包括香港。"

马克·波斯特这下表示懂了。

"香港还包括什么呢？"哈桑·阿贝迪不等对方回答，继续说："香港还包括中国。中国是一个很大的市场，美国、日本和所有的世界上的发达国家都已经把目光投向中国。中国——一片新大陆。是我们不能放弃的。我们在香港的人不是很理想，所以让你去。"他在墙上的世界地图的中国部分划了一个大大的圈："第一，要尽快站住脚。第二，要尽快扩大规模。第三，要扩大业务范围。"说最后这一句话时，他注视着马克·波斯特。

马克·波斯特很明白他这"尽量扩大业务范围"的含义：进入国际商业银行以来，他已经了解了这个银行"最高领导"其人。既然明白了，就没必要再问：一个干练的部属，最喜欢的就是不明确的指示——越不明确，授权就越大。

马克·波斯特干事情是个雷厉风行的人，他离开瑞士后不到一个星期，就带领着若干顾问到香港考察。大约两个月后，就取消了办事处，建立了国际商业银行香港分行。

当然这里所谓的建立，并不是盖一幢大楼，然后再隆重开业。而是他先在龙湾大酒店租了五套房，挂上牌子——银行和党派一样，并不是先有几十万党员，然后再成立总部，而是先由若干志同道合的人组成一个小型的组织，打出牌子，再发展壮大起来。

当然，如果靠银行的良好的信用和服务让它自由发展，其速度将是很慢的。所以马克·波斯特使用总裁哈桑·阿贝迪的"以高投入寻求高产出"的指示，一下子就购买了三家银行。

这三家银行中，只有一家是经营情况不好，准备盘出的。其余两家都是经营正常。所以如此算下来，费用自然不会低。

但马克·波斯特没有和他们在价钱上讲究，爽快地承认下来。随后他再发指示："再买四到五家。"

此举一出，一下子就震动了香港金融界：先是金融报纸，随之是普通报纸都大声惊呼:何方杀出一匹黑马?惊呼之余,那些敏感的记者,开始对国际商业银行调查。于是报纸上又出现了连篇累牍的关于这家银行的分析报道。

马克·波斯特高兴地看着这一切:这是给国际商业银行作的最好宣传。

"是不是应该一步一步地扩大规模?"国际商业银行香港分行的应副行长提醒他。

马克·波斯特通过浓重的雪茄烟雾看着眼前这个短小精明的中国人。在他来港之前,国际商业银行香港分行一直没有正行长,也就是说由眼前这个人负责。但总行人事部在他赴任时,对应做出这样的评价:老香港、老银行。是一个好的会计专家,但不适于作大银行的主要负责人。但不管他有没有做行长的素质,自己的到来,就意味着他原来的权力不复存在,心里是不会舒服的。当然我不能以某个人是不是自己人、心里舒服不舒服来画线。我只要求他们精通银行业务,了解香港人情。他边想边等待应副行长往下说。

应副行长没有往下说。他虽然在港多年,但依然严守《治家格言》的训诫:处世戒多言,言多必失。

"如果你说完了,我就来说几句。"马克·波斯特是典型的西方人,善于表现自己:"如今你已经不是一个类似办事处的小银行的负责人,而是一个现代化大银行的副行长。所以你必须以银行家的眼光来看这一切。当然,这不是一件容易事。"他顿了又顿说:"我们现在的投入虽然是多了些,但我们买过来的不仅仅是一些楼房、设备、职员,更重要的是我们同时买来很多顾客。你能给我计算一下,一个在我们这里存有一亿港币的大顾客值多少钱?如果他再存一亿又值多少?"他挥挥手。"你算不清。永远算不清!人,不管他们是白种人还是黑人、黄种人,他们都喜欢熟悉的东西:熟悉的楼房、熟悉的职员面孔、熟悉的存折样式。对他们来说,银行的高层领导究竟是谁根本不重要。可口可乐、万宝路等,还有在你们这里很吃香的金利来等牌子之所以值几亿块钱,其道理你可想清楚了?"

应副行长不再说什么。他总喜欢把自己隐藏起来:在填表时,只要是有关个人的问题,哪怕它毫无意义,也不愿意把真相写出。在坐车时,他从来不对司机说目的地,只说左拐右拐,好像怕人暗杀似的。至于为什么会形成这一切,没有人知道。另外他一直认为某地的银行家,应该由本地人来担任。因为外来的人——也许是一个很能干的人、有着优良的学历和资历——虽然他很可能精通银行业务,但他不了解人情。他一到来,那些在别的银行吃够了闭门羹的人、倒霉的投资者,就会一股脑儿地涌上门来,最后会让他吃不了兜着走。

兜着走就兜着走吧!应副行长想道:反正我不在其位不谋其政。至于副手进言的责任,我已经尽到了。听不听、听不听得懂是他自己的事。

第三章

在飞往深圳的两个多小时,彭小彭几乎全部在睡觉。而伍勤先是看窗外的白云,白云看腻了,他就开始看空中小姐。他先是看空姐的脸:民航的劳资干部是从什么地方搞来这么多漂亮妞的?你看她们的脸蛋有多光滑细腻!他摸摸自己粗糙已极的脸。不过我要是也长一张和她们一样的脸,那就成了天桥的兔爷了。他所谓的"天桥的兔爷"指的是旧社会那些供人玩弄的男妓。

看完脸,他又开始研究她们的身材,并极力展开想象。

不知不觉中,飞机跳了几下后,就降落了。

下飞机时,伍勤要帮彭小彭提手中的箱子。"你提不了。"彭小彭不耐烦地说。

如果在平时,伍勤根本不在乎彭说什么,但这时正好有那个漂亮的空姐在旁边,于是他说:"有什么了不起。不就是些钱吗?"

"如果是钱,我早就让你提了。"彭小彭也觉察出他的不高兴。"是电脑。"

"电脑有什么了不起?不就是软件、硬件插来插去,就和人一样地产生思想了。"

"那能一样了:人是硬件插入软件,而电脑则是软件插入硬件。"彭小彭很得意自己的比喻。进了深圳大酒店的门厅,伍勤就去登记房间。彭小彭一屁股坐在沙发上,看了一眼"请您不要吸烟谢谢合作"的中英两种文字的牌子,径自点燃一支烟。

他刚闭上眼睛,准备恢复一下,有人重重地拍了一下他的肩膀。险些把他拍得跳起来。

"你要干什么。"刚过来的伍勤,一把就抓住了这人的衣服领子。

此人是一个大约一米八的汉子。肩膀宽阔,面色黝黑,显然经过很好的锻炼。他伸手向反方向拧伍勤的胳膊,但就是拧不动。

"别。别。"转过脸来的彭小彭赶紧说:"伍勤你松手。"

伍勤等此人再拧了几下,才松了手。

"秦公,"彭小彭拱拱手。"别来无恙?"

这个被称作"秦公"的人狠狠地瞪了伍勤一眼,才扭过头来对彭小彭说:"托您老人家的福,以前还是无恙的。不过差一点点就闹下了骨恙。"他活动着手腕。

"秦公您别和他一般见识。"彭小彭把他让在沙发上。"我听说你一直在美国一带活动,什么时候来了深圳?"

秦公秦解决接过彭小彭递过来的烟。"我怀揣着若干个国家的护照,也到过这个世界上的很多地方,最后得出了一个结论:什么地方也不如中国。"

彭小彭做出一副认真的样子。

"在别的国家里,我指的是那些发达和比较发达的国家,钱是非常不好赚的。那里的人民和领袖,玩市场已经玩了好几辈子了。规则特别的严格。规则严了,就不好玩花招。而咱们这些人不全凭玩花招才发的财?"

"'发财'两字我不敢当。您还差不多。"彭小彭赶紧说。

"你大财没发,小财总还是发了一点的。"秦解决说话很有些高级领导人的风味:字正腔圆。

"你在美国一带是不是认识的人少?"

"那倒不是。香港、东南亚一带的华商都形容我说:在美国的朋友比在大陆上的还要多。但做买卖这事,光朋友多没用。关键要看你这些朋友的质量如何。你说说在大陆上,另外还包括香港、澳门,有哪个头头咱们不认识?要不然毛主席老是强调根据地这个问题呢？没根据地就什么事情也办不成了。"

"那是。那是。"彭小彭连声说。

伍勤白了彭小彭一眼：他从来没有见过彭小彭对什么人持这种谦恭态度。

"你这是打算去什么地方？"秦解决问。

彭小彭把自己的打算大致说了一下。

"好。好。"秦解决眼睛向上说："我给你介绍几个人。"他从口袋里拿出一张名片，在上面写下几个字。"这就是你的通行证。"

"我这个马崽也打算去香港转转。你能不能给弄张出境证？"彭小彭把名片接过来后，不失时机地说。

"我给出入境管理局的人打个电话。你们明天去取。"秦解决站起来活动着手腕对伍勤说："如果你刚才再多用一点劲，我就没法拨电话了。"他把脸转向彭小彭，"和我一起吃饭？"

"不了。不了。这种小事就不用麻烦你了。"彭小彭也站了起来，目送秦解决走远。

"这个姓秦的家伙是干什么的？"伍勤问。

"怎么说呢？表面上和我一样，也是个做买卖的。"

"做买卖的怎么就这么凶？他要是做官地球上还放不下他了呢！不就多几张护照吗？"伍勤显然不服。

"他虽然不是什么官，但比你见过的任何官都要大。"

"他爹是个大官？"

"我不知道你所谓的大官是什么概念？"

"当然是说级别。"

"那也不过是正军级。"

"你爹还是兵团级呢？"伍勤这下子更不忿了。

"看官的大小，就和看买卖的大小一样：有的时候要看门脸，但更多的时候要看的是内囊。级别只说明表面问题，关键要看他的管辖范围。"

"级越高,管得就越多。"伍勤认为彭小彭的话从逻辑上不通。

"那倒不一定:前些日子咱们去青海,那个管批可可西里黄金采集权的小子叫什么来的?"

伍勤一下子也想不起来。但他使劲拍拍脑袋后,就挤了出来:"叫王发。"

"没想到你这颗脑袋还真能拍出点东西来。"彭小彭也表示友好地在伍勤的脑袋上拍了一下。"对,就叫王发。依广东人管'发'叫'八'的习惯,咱们就叫他王八吧。"

出了电梯,进了房间后,彭小彭开始继续刚才的话题:"这个王八是多大的官?顶多是个副处长:省经委稀有金属开发处副处长。在可可西里没有发现黄金前,这是个寡得没人理的官。但黄金一出,王八立刻就成了神。谁见了也要让他三分。咱们刚一去时,找的是那里管工业的戚副省长。我想:弄张开采证这种小事情,甭说副省长,有个局长把戏的就办了。到那的第一天,戚副省长请客时,我们在台阶上正好遇到王八。我一看老戚握手时对王八那副热情巴结劲,就知道证好来不了。果不其然,我拿着戚副省长的条子去找王八,王八倒也还客气,给了我一张他的名片。片子上根本没有办公室的电话,只有家里的。我一看就懂:这是让我送礼。我是个相信宁叫碰了,别叫误了的人。所以晚上就带着些现金去了他家。他家一共五间房,其中四间都是人。我的介绍人不算软,所以等了二十分钟,就被让进了空房。进去之后,王八一副日理万机的样子,让我直说。我直说完之后,他就说:办证需要国家黄金局、黄金部队等方面的配合,疏通关系是要费用的。我问他这费用是多少?他伸出两个指头。我知道这绝对不是两千,就问是不是两万。他说对。我刚庆幸这是笔划得来的买卖。他就补充了一句:是两万绿的。绿的是美金。两万绿的就是他妈的二十万人民币。除去卖毒品,什么也没这么大的利润。我只好打道回府。"

伍勤给彭小彭倒上一杯他自带的珠茶:彭喝茶是很讲究的,别的不喝,只喝这种由龙井泡制的花茶。"你说这个秦解决的老爷子也是王八一类的人?"

彭小彭并没有把秦解决的真实身份告诉伍勤,他只说秦父的官要比"王八"

大得多得多。消息必须控制在一定范围之内,他记得一次和父亲去视察一个部队,这个部队的首长对父亲提出想看一种高级的参考材料。父亲斩钉截铁地回答道:"不行"。部队首长是父亲的老部下,所以才敢问:"为什么不行？""如果你了解的情况和我一样多,那我凭什么来领导你？"父亲反问。从这件事上,他懂得了一个道理:如果一条信息任何人都知道,它就一点点价值都没有了。

"咱们吃饭去吧？"伍勤见彭小彭不说话,就问。

"吃饭。吃饭。你就知道吃饭。你没看见我正在思考？"彭小彭的不高兴有一半是故意的。他知道伍勤对思考、计划、计算机操作等一类事很是敬畏。而一个人想驾驭一个人,必须找到他的弱点,并时不时地攻击之。

伍勤果然不再说话。

"但饭还是要吃的。"彭小彭也觉得自己有些过分,就把伍勤领进了餐厅。"在这里吃饭最合算的就是吃国家一类保护动物。"他点了一个熊掌和两个蔬菜。

菜很快就上来了。"你怎么不吃？"彭小彭庖丁解牛一般地把熊掌分解完后,看着停筷不动的伍勤。

"我不敢吃这东西。"伍勤老实地说。

"吃吧。"彭小彭给他夹了一筷子。"毛主席说:独有英雄驱虎豹,更无豪杰怕熊掌。"

"我记得毛主席说的好像是:更无豪杰怕熊罴。"毛主席的这两句诗词他听得虽然非常之多,但仍然不很有把握。

"熊皮都不怕,熊掌就更不怕了。"彭小彭只好糊弄他。

在离大酒店很远的一幢二十层的楼房的一个单元里,彭小彭正出神地看着安静在敞开式的厨房里做饭。

"来的时候也不打个电话？你就不怕碰着别人？"安静操的是标准的普通话,音色很纯。

"我去当兵时,带了一个床头柜。有很多年军龄的哥哥对我说:军队里不能带这个。我根本不理他。他又说:营房里都是上下铺,如果分给你的是下铺而上铺的人踩着你的柜子上,你又该怎么办? 我正色告诉他:我一拳就把他给打下来。"彭小彭点燃一支烟。"如果我在你这里碰到了什么人,那今天将是他一生中最难受的一天。"

"是不是也会让我难受?"安静端着菜进来。

"不包括你。因为我对你只有使用权,而没有所有权。"彭小彭一脸坏笑。"这就叫'两权分离'。"

"你很善于把所有的东西都庸俗化。"安静往出盛牛肉。这是优质牛肉,其脂肪、纹理都清晰可见。"这不是流水线养的牛,而是田野上闲逛,吃带露水草的澳大利亚牛。"她正打开一瓶啤酒。

"你也吃。"彭小彭虽然已经吃过了,但为了让安静高兴,还时做出副吃得很香的样子。

"我不敢吃。"安静指指自己的臀部。"实在有些胖了。"

"中国妇女都相信吃肥牛肉是使她们臀部肥胖的原因,其实这来自'吃什么补什么'的误解:你吃核桃,就补脑子;吃鹿鞭就补你的鞭。后面这个也许有些道理,而吃核桃补脑一说纯粹是因为它的形状像脑子。"彭小彭喝了一大口酒:"我认识一个人叫杨薇的女人,结婚之后,她的丈夫非让她改名字不可。你知道为什么吗?"

安静没回答,但她知道彭小彭一定有一个出人意料的答案。

"杨薇者,阳痿也!"彭小彭笑着说。

安静也笑了:"你是一个泛性论者。" 这是一句很能表现她教育程度的话:"我还给你作了一个东坡肉。"

"我还认识一个女人,"彭小彭本来想说是已经和他分居的太太,"她就喜欢给菜胡乱起名字。好好一个肉排,她非得叫它'爱因斯坦肉排'。终于有一次我对她说:'你尽管可以作'斯坦肉排''林彪西红柿',但你千万不敢给我作个'巴斯德肉末'。"

"你真能贫。"安静看彭小彭已经没有食欲,就把桌子收拾干净,碗筷都塞进洗碗机里,然后把卫星电视调整到体育台上。"说点正经的:你这次能在这里待几天？"

"待一两天后,就得到香港去扑笔大生意。大约一两个月后回来。"彭小彭取过遥控器,想把空调温度调到十七度。

"回来时还经过这吗？"

"凭你这桌北方菜和你的细心,我能不来吗？"彭小彭看着温度计上闪动着的"17"字样。"你是不是能记住所有人喜欢的菜式和习惯的温度？"

安静笑了笑,没有回答这个问题。

彭小彭把拖鞋踢到一边,光着脚踏在地毯上。毛茸茸的地毯给他以轻松和舒适感。

安静和他是五年前在飞机上认识的。那是他为了一笔大买卖,在北京深圳之间连续奔波了两个星期。上了那架小飞机,有飞行恐惧症并疲倦已极的他,几乎没等飞机起飞就睡着了。根本没注意旁边坐的是什么人。

大约飞了两个小时之后,飞机遇到了强大的气流,颠簸不止。但即使如此,他还是不愿意睁眼:睁眼就会引起更大的恐惧。

就在这时,行李舱的扣子突然被震落。一个不大的手提箱从中掉下,狠狠地砸在他的头上。

他刚想发作,但看见的是安静那充满歉意的脸。

他再看看地上被摔开的箱子,发现里面全都是崭新的百元钞票。他解开保险带,帮助安静把这件很重的行李,放回架上。

安静用眼睛表示谢意。

在深圳有一个身材魁梧的男人来接安静。彭小彭估计是她的丈夫。但安静只是把箱子递给了他,什么都没说,就分手了。

随后她赶到正在等出租汽车的彭小彭身边。

"你也等车？"彭小彭问。

"不。"她说。

"你原来也是人而不是神。"彭小彭笑了起来。

"这是什么意思？"安静说的是标准的普通话，清晰、好听。

"神是不说话的。他只是作一些示意，让凡人自己去体会。"

安静也笑了。

彭小彭这才发现她有一张无懈可击的脸。无懈可击并不是说她长得漂亮，而是说脸部布局非常的合理。若论漂亮，那就要数眼睛。"你的眼睛就像百慕大三角，能把一切都吸进去。"他脱口说道："有这样的眼睛是危险的。"

"它和百慕大一样，只是到特定的时候才发光，要不然海底都是沉船了。坐我的车走吧。"安静邀请道。

"我怕你把我绑架了。"彭小彭虽然这么说，还是跟她到了停车场。

"你的担心不是没有道理的。"安静用一把拴着一朵钢花的钥匙，打开一辆"尼桑"车的门。

"我也有一辆这车。不过你比我开得要好。"彭小彭说："在深圳我可开不了你这么快。"

"主要是我路熟。你知道我刚来深圳时，没有车本，就绕没警察的地方走。所以深圳的大街小巷我是熟得不能再熟了。"过了一个交叉路口之后，她把车速放慢。"是去我家还是去酒店？"

彭小彭到现在也不知道为什么当时会回答："去你家。"虽然他"黑道"上的故事知道得相当不少，"绿林"人物也颇认识几个，其中的风波险恶应该说了解得很透。

就这样，他和她就到了她的家。而且以后每次来深圳都下榻于安宅。

但他从来没有问过安静是作什么生意的。也从来没在她家里见过任何别的人。只是有一次安静自己对他说她是作烟草买卖的。

"外来还是自加工？"他所谓的"外来"指的是走私，而"自加工"指的是从湖南、河南等地买来一些低价烟草,然后在其中加一些刷墙壁用的黄粉,再装进名牌烟的盒子里当成名牌烟卖。

"自加工。"安静回答。

"利润大吗?"

"相当的大。"

"你这'相当'有多大?"彭小彭笑着问。

"反正你什么时候头寸调不过来时,我可以支持你。"

"我这个人习惯用数字来考虑问题。"彭小彭不喜欢有人对他的经济实力有怀疑。

"这样说吧。"安静想了想后回答:"你每见的十盒好烟中,就有五盒是假的。"

"这下我懂了。"彭小彭从此不再敢小看她。"是不是每七盒假的里,有一盒就是你的?"

"那是'骆驼'牌香烟在世界范围里的销售比。"安静还是不肯正面回答。

厚厚的窗帘被拉上,这住宅像上了天的飞机一样,真正成了一个封闭的系统。两个人开始有一句没一句的闲聊。

"商人难当,女商人尤其难当。"安静举举酒杯,但并没喝。"她必须举止像女人;思想像男人;工作像条狗。"

"如果反过来:思想像女人,相貌像男人,举止像条狗。那她就一分钱也搞不到了。"

"你的联想能力像女人一样的丰富。"安静脸上露出美丽而神秘的笑容。

"把别人的钱,从他们口袋子里弄出来,然后写上自己的名字再存入银行里,不是一件容易事。需要艰苦卓绝的斗争。"

"我坐在真皮沙发上,手里拿着一杯法国XO酒。光着脚踩在纯羊毛地毯上,脚趾缝里暖融融、痒丝丝的。"安静极松散地躺在沙发上,"每当这时,我才真正体会到奋斗的乐趣。"

"这是我听到的关于赚钱最好的独白。"彭小彭用欣赏的眼光看着安静长而有力的脖子,经过充分网球锻炼的腿。

她和谁也没说过自己的钱的真正来历:她还在上小学三年级时,父母就因为一个什么案子,双双被折磨至死。没办法,她只好和姐姐一起去插队。同在一个村有个高中生蒲先生。蒲先生对她的姐姐非常之好,几乎包揽了她们的全部活计。非常遗憾的是,姐姐在一次普通的塌方时,被埋了进去。再后来蒲先生被选送到机械学院读书。但他临走时没有忘记把她当成自己的妹妹转回北京。

她在北京就像一根浮萍般飘来飘去。在漂泊中她学到了不少本领,还上了业余大学的财经专业。

十多年后,到深圳淘金的浪潮涌起。她从一个偶然的途径得知蒲先生在深圳开了一个大买卖。于是就去投奔。

蒲先生见了她,就如同见到了她姐姐。他倍加爱护不说,还委以重任。所以她很快就从一个普通的会计变成了财务部长。

蒲先生一次对她说:"在深圳的企业中,只有两个人不能得罪:一是办公室主任,二是财务部长。"

她也是这样认为的。深圳的财务和内地的财务是不同的:内地的财务界限是很分明的,你如果动账上的钱,那就是贪污。因为这里的一切都是"共产党"的。而深圳的不少企业因为产权不明晰,则有许许多多含糊的地方。

财务制度和法律一样:如果它越含糊,掌握者的权力就越大。她不失时机地把蒲先生"小金库"里的钱,转移到她自己的一个账号上。

当这笔钱的数目达到一个数额后,她创造了一个和蒲先生单独的交谈机会:"我准备走了。"她开门见山。"去什么地方?留学?"蒲先生问。"不。我自己想开一个买卖。""资金呢?""我已经有了?""有多少?"蒲先生问。她如实把账号上的钱报了出来:"那是你的钱。"她认为有必要说出来。"我知道。"蒲先生大度地说。"你怎么会知道?"她惊诧地问。"作为一个现代企业的领导人,如果连自己的钱也数不清,那怎么能在深圳这块藏龙卧虎的地方生存?"蒲先生把眼镜拿了下来,用麂皮擦着,"你犯了一个错误:你和我要,我也会给你的。但如果我现在到法院起诉你,你就起码有十年的牢狱之灾。"她听了这话顿时紧张起来。"你不要紧张:钱你尽管可以拿去。谁叫我欠你姐姐一个情呢?但我要告诉你:错误仍然是错误。世界这贵那贵,错误最贵!"她本来也想同时告诉蒲先生:"你也犯了一个错误:把感情和生意联系在一起。"但她没说。

第四章

出海关时伍勤拿着秦解决给办的"赴港临时通行证",心里直敲鼓:谁知道这小子给的证件是真还是假?可彭小彭却拿着他买来的护照,堂而皇之地出了海关。伍勤不禁很钦佩地跟了两步:他明明知道彭的电动刮胡刀的包里有一个相当精致的鼻烟壶。他虽然不懂古董,但从彭放时小心翼翼的手法就知道这东西便宜不了。

只有出身高贵的人,才有这种从容不迫的派。伍勤不禁想起父亲给他讲的一个故事:彭老将军在当师长时,和一个在司令部当报务员的上海籍女学生相好。他们两个几乎夜夜在一起,在司令部已经成了一个公开的秘密。后来这个消息不知怎么传到彭老将军的太太——也就是彭小彭母亲的前任——的耳朵里。这位身经百战的"正宫娘娘"闻之大怒,骑着一匹快马,星夜从驻地赶往彭老将军的司令部。抵达时已是凌晨三点。彭老将军的警卫员——也就是他的父亲——不让她进去。她气得大吼大叫,最后把手枪都拔了出来。老伍知道有这阵吵闹,彭老将军肯定也已经收拾停当,就让开了一条路。她一进去就看见那个报务员还躺在被窝里,而她丈夫则腿在被子里,披着棉袄半坐着。此情此景更令她火冒三丈,她不停地挥舞着装满子弹的手枪,大喊大叫。但彭老将军依然纹丝不动。大约一个小时后,她骂得有些累了,就靠在门上。这时彭老将军发言了:"你骂完了没有?"她不由自主地点点头:从某种意义上说,辱骂和恐吓就是战斗,而在战斗时如果没有对手,就像电路中没有反馈一样,形不成振荡。"那好。"彭老将军把棉袄往紧里裹了裹,然后厉声说:"那就给我出去!"她不由自主地就走了出去。此事件后来就导致了她婚姻的结束。后来她一直后悔,五十年代一次她见到老伍时还对他说:"你说我当时怎么他让我出,我就出去了呢?"老伍说:"我告诉你个道理:老将军是天上武曲星下凡,是专门号令人的。你不想想:多少万个像我这样的大汉,他说一声,刀山也上,火海也下。甭说你一个老娘们了。"此时已是满头银丝的老太太听了也不禁默认。

这件事父亲像讲解一个著名的战例一样,对伍勤讲过多次。每次都是以这话作总结语:"你们不知道什么叫大将风度吧?这就是!如果是换个别人,一听说老婆来,肯定从后窗户溜之大吉的。可老将军菩萨似的,愣是一动不动。"

伍勤看着坦坦然然在他前面走着的彭小彭道:看来大将风度也是能遗传的。

但出了海关,伍勤就顾不上想别的了:他是头一次来香港,所以看着什么都新鲜。

"你想看什么都行,但什么都只许看,不许摸。尤其是对女人。如果在这里出了问题,我香港警察署可不认识人。捞不出你来。"彭小彭说话北京味很重。北京话相当形象不说,还很简略。比方它管有钱人叫"款儿";管有办法的人叫"腕儿";管生意兴旺叫"火";那么进监狱叫"下狱",出来自然叫"捞"了。

"你不是老吹,在香港的朋友比北京的多吗?在北京捞人也是咱们马力特别开发公司的一项业务。"难得回嘴的伍勤今天好像格外兴奋。

彭小彭立刻就把脸放了下来,权威一旦建立起来,就不容许侵犯。没有权威就什么事情都干不成。

伍勤也觉出来,于是乖乖地坐在出租车里,不再出声。

他们很快就来到了位于皇后大道的颐和贸易公司。

"香港就像瘦女人的屁股那么大。"当伍勤知道这已经是市中心时,就不以为然地说。

"你的胳膊倒粗,脑袋也大。但那都没用,因为里面全都是糨糊。你要知道:整个亚洲的商业精华都在这个地方。"彭小彭接着用命令的口吻说:"一会儿你进了屋子,要再胡说八道,我就打发你回家。"

颐和贸易公司在一幢二十层楼房的十层上。它只有一间房子。接待他们的是一个个子不高,但化妆化得很浓的女孩子。

"这是我们马力特别开发公司的总经理彭小彭先生。"伍勤用文的口气说话时,别人听上去相当不顺。

"久仰。久仰!"小姐说的是很标准的普通话。

"你们老板呢?"彭小彭不喜欢和低级的人员打交道。他的一个生意伙伴在去美国之前曾经这样形容他:"你百年后到了天堂——善良的中国人总是活着去纽约,死了去天堂——来给你开门的是彼得。于是你不高兴地说:快去,把上帝给我叫来。"

"老板正在开会。"小姐眼睛往后看了看。

"快去叫。"彭小彭一屁股坐在沙发上,把腿跷起老高。

小姐看看他脚上那双价值五美元的鳄鱼皮鞋,起身进了里屋。

"她如果真在开会,就会把这个金小姐给训一顿的。"伍勤看着她的背影说。

"看你这一副怜香惜玉的德行。才几分钟,就连她姓什么都知道了。"彭小彭不屑地说。

"她也许真的在开会。"

"她们又不是共产党,哪有那么多的会?对她们来说,最重要的事情就是赚钱。"

彭小彭正说着,金小姐领着一个中年妇女走出来了。

这个中年妇女就总体轮廓来说,是很美丽的。彭小彭试图分析一下她的年龄。但无论从眼部的纹路,还是从牙齿、身材,甚至从最能表现年龄的皮肤都分析不出。她大概在五十左右,最多不会超过六十岁,最低也不会小过四十岁。他只好做出一个硬性的结论。

她招呼金小姐给两个人发名片。

她的名片上写着:于丽　颐和贸易公司　董事局副主席　总经理。

"蓝天纺织公司的杨总经理给你打过电话吗?"彭小彭示意伍勤把他的名片也递上。他说的这个杨总经理是他父亲最后一任秘书,转业到了外贸部当了一个副局长,手中掌握着很大的权力。所谓的"蓝天纺织公司"不过是他所在的那个局的另外一个名称。

"打过的。打过的。"于丽说话时露出些微的江浙口音。"彭总是久仰的。"

"咱们是不是换个地方谈谈。"彭小彭说。

"可以。"于丽把彭小彭让进了里屋。

里屋比外屋要小很多。但彭小彭知道香港是寸土寸金的地方,能在皇后大道支撑起这样一个门面,没有相当的经济实力是做不到的。

"我在大陆有一批纺织品,想通过贵公司销售到美国去。"彭小彭尽量把语气放慢。"美国的客户我也已经找好了。"

"可以。"于丽干脆地说。

"这里面有一个配额问题。"彭小彭在说这话时很是小心。

"如果不是为了配额,你也不会来找人。"于丽笑了。她的笑容看上去让人感到很舒服。

"你在香港贸易署有熟人吗?"彭小彭问。

"这边的事由我来办。"于丽老练地回答:"一定办好就是了。"

她虽然拒绝回答彭小彭的问题,但他还是表示理解。如果要做纺织品生意,在大陆上就必须和经贸部配额许可证司打交道。所谓配额,就是指欧共体和美国对中国向他们出口一些货物——比方纺织品——限制的数量。这些数量就掌握在配额许可证司的官员手里。他们如果同意你出口某种货物,该许可以文字形式表现时,就是许可证。

中国最大的出口产品就是纺织品,欧洲,尤其是美国对中国最大的限制也就是纺织品。

一个产品如果被限制,那么它就一定是一种很能赚钱的产品。比方说北煤南调的指标是铁道部限制、掌握的。那么铁道部每年召开的铁路运输计划会,就是万人瞩目的盛会。在做纺织品生意之前,彭小彭做过煤炭生意。所以也参加过铁路运输计划会。每次开会时,正式代表一千人,而会外代表就是五千人。把偌大个上海高、中、低各个档次的宾馆住得满满的。这些会内、会外的代表的主体有三:一是中国统配煤炭总公司的代表,人称"中统";二是军队系统所属煤矿的代表,人称"军统";三是地方煤炭公司的代表,人称"地统"。另外还有一些像他这样的杂牌军。他们这些人围着铁道部的官员团团转,别的不说,根据不完全统计,仅宴会收入一项,就是两千万人民币。投入既然如此,产出也就一定高。谁会做赔本的生意呢。

当彭小彭发现这个问题时,很快就金盆洗手,转干开纺织品买卖了。纺织品的配额分配和铁路运输计划不同,没有每年的例会。所以它的透明度就低得多。而透明度越低,掌握它的官员手里的权力就越大。

但官员们的权力越大,取得配额的费用也就越高。做了几次之后,彭小彭发现没有多少钱可赚:费用几乎把利润吃了个干净。于是他改辙通过杨总经理到香港来争取欧美分配给这里的配额。

"你的货物什么时候能到港?"于丽打开一个精致的夹子。

"在你配额到手后的一个星期之内。"

"那你现在就通知大陆方面发货吧。"于丽在一张纸上写下几个字。

"你有把握?"彭小彭有些不相信地问。

"咱们可以订一个合同:如果届时你的货物不能按时到达,你将付罚金若干。如果届时我的许可证拿不到,我将付罚金若干。"于丽边说边打开电脑,从中调出一份合同样本来。"现在咱们来讨论一个罚金的具体数字。"

"就写上五万港币吧。"彭小彭做生意不能说没有经验,他知道一个人如果存心骗人,那么订什么合同也不管用。

但于丽不这么看问题,她很详细地填写了各种项目。甚至连如果发生了纠纷,在何地、何法院打官司都要写清楚。

"你看着写吧。"彭小彭以前做生意,一向做的是"哥儿们"生意,使用的是"一诺千金"的方式,极少形成文字,也绝少出问题。

当他在合同上签完字后,于丽又就服装上的产地、商标如何处理等具体问题和他协商。

彭小彭仅仅从理论上知道如果使用香港的配额的话,产地必须是香港。但如果在国内加工的服装,向香港出口,海关就一定要求你在衣服的领子上标明"中国制造"的字样。而且中国海关是严格禁止转口贸易的——也就是你在中国制造,然后到香港,换上香港制造的字样,再使用香港的配额卖到欧美去。

这些都是她的事。彭小彭想:我只要把衣服拿来,然后让美国的客户和颐和贸易公司订个合同,付一些定金,钱也就赚上了。

但于丽非常强调具体运作起来的细节。所以当他们谈完时,已经是晚上七点了。

"我来请你一客。"彭小彭实在觉得有些饿了。

"没有这个道理:我是主,你是客。应该我来请你才对。"于丽说。

"据说你们香港人都是很小气的。"彭小彭开了个玩笑:"不知是这个理论不对,还是我的运气好。"

"理论是对的,你的运气也不坏。"于丽伸手把彭小彭让出外屋。

在外屋,伍勤和金小姐正聊得热火朝天。

"用你们大陆的说法这叫:资产阶级和资产阶级聊、无产阶级和无产阶级聊。"于丽可能是因为签订了合同,显得情绪很好。

根据彭小彭的观察,伍勤没什么反应,但金小姐的眼睛中却掠过一道明显的阴影。

第五章

随着马克·波斯特的到任，国际商业银行香港分行的业务奇迹般地发展起来。几乎深入进香港的各个行业，在争到若干大宗存款的同时，还发放了大量的贷款。其数量之大，已经引起了金融业的注意。一位著名的金融专栏作家在《经济时报》上撰文说："以在不发达国家经营小规模银行而著称的国际商业银行香港分行经理马克先生，在抵港短短的时间里，以夺人的声势，脱缰野马般进入各个角落……马克先生是德国人，素无在港经营的经历……现在虽然是全球经济时代，但我们对这种'行商'类，以利润为第一目的的银行家，还应给予深刻的考察。"

"咱们的摊子是不是有些大？"应副行长对马克·波斯特说。

马克·波斯特并不回答，只是把手里的"都彭"打火机合上又打开，每个过程中，它都发出世界著名的"铿"的一声。随后他把它放进做工精良的西服口袋里，银行家在外表上不得不装模作样，维持一种豪华的气派。这其中的道理就和药铺的伙计必须从容不迫一样：你能设想药铺的伙计像饭店里的伙计一样，大声吆喝着"来咯，您的京酱肉丝！"如此配出来的药谁个敢服？同理：谁敢把钱放在一个穿牛仔裤、运动衣、长头发的银行家的手里？

"香港当局规定银行资本必须是银行资产的百分之二十。"应副行长说的银行资本是指银行的自有资金。而银行资产指的是银行能支配的全部货币。换句话说：也就是你想发放一百万的贷款，那么你自己必须有二十万——这里不包括储户的存款,因为他们是随时可能提走的——而国际商业银行香港分行的业务量已经突破此数。

"我认为有百分之十就足够了。"马克·波斯特回答的语气是不容置疑的。气派一开始可能是学来的,但渐渐地就变成了习惯,随之就深入骨髓。当然这作为他们业务的组成部分,本来也无可厚非。但习惯反过来会影响思想:他们认为自己的决定是一贯正确的。

"以我在香港工作的经验,我个人以为,"应副行长把手里的文件夹子放在膝盖上,"在这个布满银行的地方,所有的借款人都有银行在殷勤服务,头等的顾客,都已经名花有主了。一个新的银行开业时,那些在别的地方吃够了闭门羹的人,立刻会找到你的门上来。"这次他把以前想说而不说的话说了出来:"你应该注意他们的信用度级别。"

"那种只为自己的社区服务,只为'有二十年交道'的老顾客服务的做法,是一种过时的做法。当印度大地震刚刚过去,我就已在废墟旁边摆上一张桌子,开始发放贷款了。我们开的是现代最抽象的企业:银行。而不是十九世纪中国的钱庄、票号。"马克·波斯特在来港之前,颇读了些有关中国的书籍。

应副行长显然不愿意就"银行"和"钱庄、票号"间的区别和总裁争论,他只是就事论事:"我们在注意贷款规模的同时,最好也注意一下贷款的质量。"他终于把夹子打开:"有些顾客的担保质量不佳。"他指着一系列名字说。

马克·波斯特象征性地看了看名单:"一笔有担保的贷款和一笔没担保的贷款之间哪个更好一些呢?"他摆摆手,不让应副行长回答:"这是不能事先确定的。关键是看他的偿还能力。我在中东办银行时,经常要解雇一些从来没有发生失误的职员。你知道这是为什么嘛?"

应副行长不打算回答这个问题,也不知道如何回答。

"如果一个银行的职员从来就没发生过呆账、坏账等,那么他就不是一个好职员。因为他一定错过了许多虽然有一定风险,但能给银行带来很大利润的机会。"马克·波斯特看应副行长的脸有些变色,就把语气放缓和。"当然,我指的是那些低级的职员,而不是像你这样行长级的干部。"

应副行长在马克·波斯特说完之后,礼貌的等了一会儿就告辞了。就在这一刻,他认为应该给自己留一条后路了。

于丽很快就把出口许可证拿给彭小彭看。

"香港的办事效率就是高。"彭小彭看到这张盖着贸易署等十数个章的公文高兴异常。因为这不是别的什么东西,这就是钱。

"你不要因为我办得快就认为事情好办。"于丽脸上也带之一两分笑意。

"本经理绝对不会这么认为。"彭小彭把许可证还给于丽。

这证要到彭小彭把成衣运抵指定港口后,于查收无误,处理转口时才起作用。因为海关严格禁止这样做,所以于丽真的把钱赚上,还要有若干个关要过。但彭小彭的钱却要容易赚得多:他只要衣服一到,于丽就要把衣服的钱给他,利润自然也就在里面了。

纺织品的利润是很大的,尤其是妇女用的文胸、内裤等——你别听这名字不来劲,但如果是在大陆加工后卖给北美,每打大概有八个美金可赚——在国内也就是著名的"651号批文",一种令人仰慕的东西。

至于这笔买卖彭小彭能赚多少钱,他目前还不十分清楚。但他知道如果仍以八美金计,那他起码能得一到一点五个美金。至于其他的,自然也就是于丽的了。

当然他相信这不都是于丽的利润,她为了许可证,一定在贸易署和海关的有关人士的身上投了不少资。至于多少,就不得而知了。反正做买卖的人小气是不行的:如果你小气,你的路就会越走越窄。做买卖的关键就是"进大于出"。

"我请你一客?"彭小彭把于丽递给他的复印件收好后说。这复印件他要拿给国内厂家看。

于丽点头。

"是不是把海关和贸易署的人也叫上？"彭小彭问。

"如果你不是从大陆上来,而是长期在香港做生意的话,我就会怀疑你别有用心。"

彭小彭用眼睛问"此话何意？"

于丽解释道："第一:根据香港廉政专员公署的规定:公务人员凡是接受两港币以上的物品,就是收受贿赂。第二:如果你认识了这些关键人物,从好的方面说,万一你的嘴巴不严,泄露出去当如何？从坏的方面说,你把我短路了,我又当如何？"

彭小彭捋捋依然茂密的头发："在我们那边,如果一件事办成了,请客时少请了谁,谁也不高兴,根本没这么多讲究。某次我把一个因斗殴进局子的人弄了出来,请客时连逮捕他的人,批准放他的人以及中间人,都弄到了一块,满满三大桌子。大家都喝得不亦乐乎,分手时相约:以后有事互相联系。至于短路您的事,您多心了,本经理什么都干,就是不干缺德事。"他明知道自己就这样干过:商业精神就是追求最大的利润,也就是怎么能减少环节、节约费用就怎么干,但他还是这样说。

于丽没有回答,她这个岁数的人,自认为已经看穿了人的本质:人什么都能改变,可以戒烟、吃素、拔牙、染头发、切除肠胃……唯独不能改变的是"贪婪""奸诈""自私"这些真正属于人的东西。

"我看过电影《廉政风暴》,发现你们这儿的廉政专员公署还挺厉害。"彭小彭边往外走边说："大陆也有相应的组织,检察院、反贪局等,可作用就不是很大。你说这是为什么？"

"我在大陆生活过一些日子,所以知道一些。"商人做成笔生意,就和艺术家完成一件作品一样,所以于丽心情不错,话也就多起来："这主要是因为你们的检察院、反贪局都是某个城市的人。他一辈子生活在这个城市,就躲不开各种各样的人事关系。而我们这廉政公署的主要负责人,都是从英国来的,办上几年案,如果办得好,就上调回国了;如果办不好,也就撤职回国了。也就是说,他们的根不在这。根不在,别的树上的叶子自然好折。"她突觉得这话有些不对,就转而说:"当然,我们办事时的法律意识也要相对大陆——当然我不是指你——强得多。"

我看也强不到哪去。彭小彭心说。

到了外屋,伍勤和金小姐面对面地坐着,一副亲密的样子。

"一起吃饭去。"彭小彭招呼道。

伍勤立刻站起来再度招呼金小姐:"一起去吧?"

金小姐看看于丽。

于丽没表情地说:"既然彭老板有请,你就自便吧。"

金小姐也没表情地开始收拾东西。但彭小彭从她快速而忙乱的动作上看出,她是不常有这种机会的。

"我们这里的人,和你们大陆的人不一样:我们请客时,请谁就是谁。请老板时,伙计是不出席的。"于丽还是没忍住。

"下不为例。下不为例。"彭小彭开始认识到"女人和女人是天敌"确实是条真理。"不过话也说回来,四海之内皆兄弟嘛!"

"对。"伍勤重重地重复:"四海之内皆兄弟!"

于丽显然认为这是最没用的废话,一副不以为然的样子。

"你和这个小妞深入到什么地步了?"在下楼时,彭小彭用很快的北京话说。他知道伍勤是个情种,不会放走任何一个机会。

"她也是咱们北京种,能听得懂。"伍勤低声说:"你别来妞、妞的。"

伍勤的脸色不太好看,但彭小彭根本没有注意到。

于丽开的是一辆英国的阿顿·马丁拉格达跑车。

这种车的样子很奇特,不像一般的车一样呈流线型,而是呈棱形。车灯也是缩回去的。

"六缸车?"彭小彭围着马丁拉格达转了一圈:他见车见的不算少,但从来没见过这种车。

"四缸车。但它的功率不比六缸的小:一百五十八千瓦。涡轮增压。"于丽说。

彭小彭重新打量于丽;很少有女人对汽车熟悉的,她们顶多是会开而已。

"我们老板对汽车喜欢得和男人一样。"金小姐不知道是故意的,还是想拍马屁没拍好,她这话立刻遭到于丽几句广东话的训斥。

"能不能让我开一下?"彭小彭想过过车瘾。

于丽大方地把车钥匙递给彭小彭。

伍勤在过去给彭小彭开门时问:"刚才那个老婆婆说什么?"

"什么也没说。"彭小彭当然能听懂于丽骂的是相当于北京话中的"小贱货"之类的话,但没有对伍勤说。

伍勤估计彭小彭已经睡着了,就蹑手蹑脚地出了饭店。等出去之后,他才发现这一切都是多余的:香港的酒店实行的是无人管理,也就是说:你如果不招呼,服务员就一个也看不见。

他在街道上叫住了一辆出租汽车。他不会说粤语,所以他提前就把金小姐的地址写在一张纸上。

出租汽车司机一看就知道这是一个外地来的"老乡",所以开着车左绕右绕,大约一个小时后,才到达目的地。

伍勤当然知道这是在骗他的钱。彭小彭说过;全世界最不诚实的人就是出租汽车司机了。但他仍不动声色地坐在车后看夜景:香港的"不夜"是由广告构成的,而这里的广告是非常好看的。

到了目的地后,司机伸出手指比划。

"三十?"伍勤故意装傻。

"三百!"司机不耐烦地说:"三十你只好上来就下去啦!"

伍勤从车后绕到车前,手里拿着一叠钱。

司机看见钱,就把窗户给放下并伸出手。

司机伸出手的同时,伍勤的手也伸了进去,并一把卡住司机的喉咙。

"多少钱？"伍勤明显地觉出司机喉结和扁桃体的存在。

司机不说话。

伍勤这才发现自己掐得可能紧了些，于是往松放了放。

"不要钱啦。不要钱啦。"司机赶紧抽空说。

伍勤一松手，出租车就飞也似的走了。

伍勤这才大摇大摆地进了楼房：在这个地球上任何地方，只要你有胆量、力量，就什么也不用怕。

伍勤进了金小姐的房间，才发现这房子实在是太小了：一共只能放一张床和一把椅子。

金小姐看见他很高兴的样子，赶紧用电热壶给他烧水泡茶："我们这里的人都是喝自来水的。"她解释道。

"我也能喝自来水。"伍勤想给她省几个电费。

"你是远道来的客人，也是我的老乡，怎么能不喝茶呢？"金小姐把头发往后拢了拢。

伍勤觉得自己很喜欢这个动作。

茶很快就泡好了，这时窗外正好下起了丝丝细雨。

伍勤双手捧着茶杯，静静地听她诉说：平常他见了女人——这当然是指明确为性目的而见的女人——总是说不了几句话就上床。完事走。一次酒后，他向彭小彭透露了这个秘密。彭小彭当下就笑话他："古时人嫖妓女，还要'小红低唱我吹箫'，你怎么会和公鸡见母鸡似地，一点点情调也没有。"

彭的话他总是当回事的，试着寻找过几回情调。但觉得特别不顺：这事和喝酒一样，喝就是了，干吗非得要行酒令、说客套话。也就不再寻找了。

但今天他感觉自己是找到了情调，或者说是遇到了情调。

金小姐用略略夹杂些粤语，但还算标准的普通话，讲述着自己的家世：她的父母是上海人，她的爷爷也是上海人，并在上海有两家中等的工厂。大陆解放前，爷爷把资金抽到香港，又开了家工厂。但她的父母却因为爷爷动手晚了几天,没带出来。

她说到这里时,伍勤插嘴:"人比人不定要聪明多少,有的时候只要早几天或晚几天就行。"在平常他并没有打断别人说话的习惯,和彭小彭在一起尤其如此,几乎连说话的份都没有。"一九六八年,街道居委会的干部、学校的老师、工宣队轮番上我们家,动员我去插队。说'先是山西、陕西,然后是东北、内蒙古,再以后就是新疆、兰州了。'我不管他们怎么说,就是不去。但到后来,我也有些坚持不住了。就在我准备去时,中央不让人插队了。于是我就被分配到北京的一个工厂里。如果不是那会留在北京,现在也来不了香港。"

虽然伍勤在他的叙述里添加了不少,而且金小姐也不懂居委会、工宣队、插队这些词,但她在静听的同时,用眼睛和他在交流。

等伍勤讲完后她说:"你把鞋给脱了吧。那样舒服些。"

伍勤听话地把鞋给脱了。

她再继续往下讲:一九六三年,她的父母饿得实在不行了,就从上海偷偷地到了广州,然后再偷渡到香港。同年,她出生爷爷去世。爷爷去世后,父亲开始经营他传下来的厂。但经营工厂不像打麻将,一下两下是学不会的。所以不过三年时间,工厂就被贷款的银行给收了去。父亲觉得自己既愧对祖先,又对不起妻子儿女,悲愤交加也就走了。

"那你们怎么办?"伍勤觉得她的身世和自己的有些相像。

"有什么怎么办的,一天一天地过就是了。"金小姐的脸暗淡下来。

伍勤虽然愚钝,但也明白她肯定有难言之隐,就没再往下问。

"我见了你们这些从大陆上来的人,广东人不算,他们也和香港人差不多,就和见到我的父老乡亲一样。"金小姐把身子往紧缩了缩,用双臂抱着肩膀,就像在子宫里的婴儿一样。

伍勤顿生怜香惜玉之心,上前轻轻搂住她。

余下的一切都顺理成章。

在事情的进行过程中,伍勤发现金小姐在这方面不说是头一次,起码也可以说经验微乎其微。所以他越发怜香惜玉了——人总是希望能有机会照顾比自己更弱小的动物或人的。

在临走时,他没有像以往一样,扔下几个钱就各自东西,而是说:"我明天晚上还会来的。"

因为今天是礼拜天,所以于丽十点钟才到贸易署的欧阳主任助理家。

给她开门的是欧阳太太。她简单地和她打了个招呼后,就把她让进了丈夫的书房。

不过片刻,欧阳就出现了。他是一个四十多岁的男子,浑身上下一丝不苟,居家便服都是熨烫过的。

"于老板,近来生意一定好吧?"他说的一口广东官话,腔调很好听。

"托欧阳主任的福,还算过得去。。"

"过得去就好。"欧阳坐到花梨木的沙发上。

"我现在手里有一批货,想和上次一样出去。"于丽和他已经打过不止一次交道了,所以可以免去很多繁文缛节。

"那好。那好。"欧阳并不正面回答。

于丽仔细讲准备的情况。

"衬衫?什么牌子?"欧阳问。

"马球牌。"

"到什么地方去?"欧阳看着窗户外面:今天是个香港难得的晴天丽日。

"美国。"

"分配方案你拿出来了?"欧阳的头仍然没回过来。

"四六。"她说。

"贸易署新来了一个主任、是英国商务部的文官。此人很不好对付呢!"欧阳好像在自言自语。

"那么五五如何？"于丽问。

"我试试看。"欧阳站了起来。

"这是头一批四万件的。"于丽把一个信封放在茶几上。

"这么说,你在来之前就已经知道该五对五了？"欧阳的脸上飘浮出若干丝笑容。

于丽只是笑笑。

"我遇到了一个高明的棋手。"

"我也是。"于丽来的时候准备了两个信封：一个四六,一个五五。谈成哪个就给哪个。

第六章

国际商业银行香港分行副行长以下的干部是没私人办公室的。他们统统在若干个大厅里办公。对此马克·波斯特有这样的理论：这可以增加办公的效率。严格分开的只有出纳和会计。对此他也有理论："如果管钱的和记账的成了朋友，事情就危险了。"他还规定每个部主任以上的干部，必须在一年之中休假两个星期。"我在许多银行工作过，也见过很多诈骗犯。所有诈骗犯都有一个共同的特点：在审计官、货币监督官到达银行时，他们必须在场，如果他们有三十分钟时间，就足以把一切都掩盖起来。而两个星期的休假，足以暴露一切。"

应副行长对他这些新理论不以为然，但他表面从不对这些枝节问题发表意见。他只是对贷款表示担心："贷款不能像赌博一样毫无节制。"在一次银行的办公例会上谈论发放一笔没有良好担保的贷款时他说："你们西方有人曾经说过：冒险是商业的生命，而谨慎是银行的生命。"

他的话遭到与会大多数人的反对：这些新干部都是马克·波斯特到来之后，从世界各地招募来的。其中百分之九十以上，都有金融和商业方面的学位。但他一直怀疑他们的学位是不是真的：现在世界上买卖学衔是时髦的生意。再说这些人在发放贷款方面是好手，在回收贷款方面却不行了。

"一笔贷款即使有不动产担保又当如何？它只不过是信心的表示而已。"马克·波斯特看也不看应副行长说："我曾经经历过这样一件事：发放一笔贷款时，贷款人用一片山中的林地担保。我们的人专门去看了这片林地，发现它确实好：

景色优美,林木漫漫。就给他估了一个好价。但当他归还不了贷款,银行出售这片林地时,我们才发现它离最近的水源有十英里。"他顿了一下,"虽然是在华人的地盘上开银行,但银行依然是银行,票号依然是票号。"他顽固地认为应副行长以前是开票号的。"它们是有着本质区别的。"

应副行长非常想说:现代银行和票号、钱庄的本质区别在于现代银行是有限责任制,而票号、钱庄是无限责任制——有限责任制是指银行在破产之后,只就银行本身的财产和债务比进行赔偿,与经理人员无关。而无限责任制是连同经理人员家中的财产、票号、钱庄的财产一起赔。清朝的胡雪岩就是一个好例子:他的钱庄因周转不灵破产后,他被抄了家不说,连脑袋都没有了。后者虽然不合现代企业模式,但起码在"责任"这一条上不乏可取之处——但多年的历练制止了他发表这意见的冲动。他只是要求把他的提议记录在案。

马克·波斯特认为自己对银行本质看得很透:银行是一种非常抽象的企业。它并不是像人们想象的那样,收到存款人的钱,付给他们一定的利息。然后再根据存款的规模,发放贷款,收取贷款的利息。二者的利息差,就是银行经营者的利润。

这个"存与贷"的实际运作过程是这样的:你从我的银行贷了一笔数目一千万的款子。那么从我的账目支出栏上就显示出去了一千万。但这笔款因为你一下子用不了,就会以存款的方式再次进入账目收入栏。也就是说:这笔款子,你可以再往出贷。贷完之后,第二个过程再度开始。这情形非常像一个人站在两面镜子之间看到一系列越来越小的影像的经验。再换句话说:这些贷币并不是真正的贷币,而是会计账上的一种人工产物。

那么银行到底是什么呢?马克·波斯特是这样认为的:银行是一个追求利润的经济实体。利润,尽可能地谋求最大的利润是银行经营的最高宗旨。而实际的利润和会计的利润是有差别的。这二者之间哪个更重要?无疑是后者。这是因为国际商业银行是一个股票上市的公司,公布的利润可以影响股票的行情。

当然利润的增加,要靠发放贷款的规模。还是上面的理论:一笔款子在贷出去的同时又存了进来。但这存进来的和贷出去的在数量上并不完全相等,中间的差额就是银行扣除的利息。这也就是说:你进来的贷款越大,利润就越大。

很自然会有一些贷款放出去之后就回不来:因为经营失败、因为地震、洪水等不可抗拒的自然力……但这些对于银行来说,是不会一起发生的。就算是发生了,仍然可以用更大的贷款规模而产生的利润来弥补。

这和美国与危地马拉、洪都拉斯等号称孔塔多拉四国的关系是一样的:美国政府从马歇尔计划开始,就对不发达国家进行大规模的援助。这些援助都表现出贷款。多少年来,孔塔多拉四国从美国手里贷了若干万万个亿的美元,已经远远超出了他们的偿还能力。美国政府完全清楚这些,一度准备停止再向孔塔多拉四国贷款。于是孔塔多拉四国就开了一会。会议形成这样一个决议:如果美国不再向我们贷款,我们不再还利息不说,连本钱都不还了。而任何一个美国总统的任期都只有四年,谁会愿意在自己这四年任期中,发生会计学上的亏损现象?于是他批准再向孔塔多拉四国贷款。于是孔塔多拉四国也按期付给美国政府利息——这利息就是从美国政府新给的贷款中支付的。就这样在孔塔多拉四国欠美国的钱越来越多的同时,美国政府也收到了会计学上越来越多的利息。

所以在马克·波斯特的银行理论中,银行是一个永远的赢利单位,他的地位和美国总统非常的像:只要有人来贷款、只要银行再运作,就永远有利润。用他的话说:银行就是钱的商店,所以最大的问题就是把商品卖出去。

马克·波斯特还认为银行是他的一种得心应手的工具。当然,全世界所有的《银行法》都有这样一条规定:不得向自己银行的高级职员贷款。这是为了保护存户的利益而定的。不然一个银行的总经理只要有一点点头脑,就可以把他为自己谋取利益的做法对董事、银行检察官、审计师们掩盖起来。比方说一个银行总经理和自己一个做房地产的朋友合谋,利用房地产是"热门"就向公众出售掺了水的房地产公司的股票。而这位总经理为了推行这个阴谋,就向愿意购买房地产公司掺了水的股票的人发放贷款。其担保就是此房地产公司的股票。这种手法在多少年内都不会被人识破,有着无限广阔的前景。

第七章

　　为了办信用证、海关手续、商检手续,彭小彭从香港飞抵北京,住进了环球宾馆。

　　一到宾馆,他就把移动电话打开,连续不断地向外发布信息。他使用电话,就像一个提琴大师用小提琴一样,很有些技巧。首先他必须掌握通向受话人的全部信息渠道:他的办公室电话、住宅电话、BP机号码、甚至常去的饭店电话、情妇电话。有时一个电话打不通,就会把一件大事给耽误了。其次,他必须能通过某些关卡:这关卡也许是由秘书设立的,也许是太太设立的。这两者之间,秘书要比太太好对付一些,因为他毕竟是首长的下属,要对首长负责,只要你能打出一个合适的旗号就行;而接电话的如果是太太,很多时候就要碰运气了。

　　但今天都很顺利:所有的事情在一个小时内都得到了反馈。

　　在买卖这一行当中,最能体现"时间就是金钱""关系就是金钱"这两条真理了:甲乙两个人在同样的地方、具备同样的资金、开同样性质的公司。而在一段时间后,甲比乙的收益要高一倍。究其原因,不外有三:其一是甲的资金周转比乙快,这也就是说:甲进了一批货物,用一个月卖出去,而乙用了两个月。其二是甲的关系比乙广泛,买卖、买卖,看上去是单纯的买与卖,但用什么价格买到了什么,以及什么价格卖出了什么,这其中的讲究大了去了。其三是寻求贷款的能力,一个真正的商人,和一个真正的科学家、艺术家一样,是永远不会陶醉在已取得的成绩之中的,他总要想办法把自己买卖的规模搞得更大——没有规模就没有效益——但规模的大小,取决于你掌握钱——不一定是你的钱,而是你能控制的钱——的多少。

远的不说,就以彭小彭的马力特别开发公司为例:目前这个公司骨干雇员除伍勤外没别人,办公室也被压缩成一间。仅此一项,"皮费"就节约不少:如果你雇上十个人,在北京饭店开上两间房,那么一个月没有十万块钱就下不来。但彭的关系网中所有的人又都可以说是他的雇员:这些雇员不正式领取他的工资,但在他进行某一个项目时,他们就会加入进去,并就此项目的收益获得回报。

仍就彭小彭这桩纺织品买卖进行剖析:首先必须假定你手里有纺织品——这不难做到:如今大陆的纺织品是买方市场,尤其是这买方能付给厂方一定的外汇额度的时候更是这样——其二,必须有一条可靠的渠道,通向欧美——渠道自然是人挖掘的。其三,和境外的公司把合同签订之后境外的公司就要给你开具一张信用证——信用证就是境外的公司的开户银行保证该公司收到货之后,有偿付能力的文件——而马力特别开发公司如果在国内有关系并有信用的话,就可以把这信用证作为特种支票,当成钱付给供应货的公司,从而把货拿到手——特别应该指出的是,他在寻求贷款方面的能力是惊人的:他不是没有钱,而是像进监狱的老牛说的那样,总是在玩五个球。对他来说,资金永远是一个缺口。所以在这方面,他建立了一条流畅的渠道——这样他节省了资金。货物到手,并不等于就能运抵香港,这还得经过经贸部、海关、商检部门的批准。这批准并不是口头的,而是正式的文件。也就是所谓的"批件"。有了它们,货物才能向香港方向运动。

这中间确认信用证需要时间,获得"批件"也需要时间。如果不动用关系,那么起码要几个月。几个月的耽搁,对一笔上百万的买卖意味着什么,是不言而喻的。

但彭小彭在一天之内就获得了会在近期内到手全部"批件"的承诺——如果让一个生手来干,那么他必然先要花"买路钱"投石问路。一个人要通过一些中间环节达到某个经济目的,这些中间环节第一个自然想法就是拼命增加交易费用:先找一个地方吃饭商量计划,然后再到某个娱乐场所和第二个中间环节见面,并送他一些礼物,再就是第三个中间环节……最后才找到真正的承办人。其实,这些"中间环节"有不少都能短路另外一个"中间环节"而达到下一关的,但他们之所以不"短路",遵循的就是"水不过,地皮不湿"的原则——而他却像一个计算机老手,知道达到"核心文件"的最佳"路径"。

"批件是什么?"彭小彭打完最后一个电话,有一种如释重负的感觉,就给自己倒上一杯酒,躺在沙发上自言自语:"批件就是钱。"

想到这,彭小彭兴奋地站起来,走到窗户跟前,向外张望着正处在下午繁忙中的北京城:这是一座奉权力为神明的城市。它也确实有权力,别的不说,就拿申请出口批文来说吧,这事要是在某口岸的经贸部特派员办事处办,那他们就会当成个"事"来办。而在这里,却不过是"张飞吃豆芽——小菜一碟。"

这些人都在干什么,彭小彭开始分析街道上的行人:他们当中有多少人的口袋里装有批文?又有多少人的口袋里装有任命书、判决书、外国护照、美元、马克……当然还有一些人,他看着几个鲜艳的身影:她们精致的小皮包里装的除去化妆品外,很可能还有避孕套。

如果把街道上所有的人分类的话,就会发现他们不外乎为名、为权、为钱。彭小彭把窗户打开,而三者实际上是一种东西。它的名字就叫好处。它们是可以互相转换的:权换钱、名最容易——大人物如果想出本书、出个国、弄几个钱的话,立刻就会有无数人扑上来。钱换名还相对容易一些:你弄不上正品官,还弄不上个什么委员之类?但如果你想拿它换权的话,就要看掌权人的脸色了。至于拿名换权、钱,那就是一门艺术了:比方一个杰出的画家,利用某个领导人对他的偏爱,从而在他那里"能说得进话去",那么他就有了一定的影响力,而影响力就是权力。

假设把这三者都比喻成通货的话,权力就是美元:虽然目前已经不实行"金本位"了,但它仍然是"放之四海而皆准"的最好货币——而钱就是人民币,你如果想把它兑换成某种"硬通货"的话,换多少则要视比率而定。至于名,那就相当于外汇额度,或者某种特别提款权:本身不能流通,但实际上也代表一些价值。

彭小彭很为自己这个新鲜比喻高兴,就继续往下想:社会就是一张网,而它是由无数小网组合而成的。其中有僵硬、垂直、金字塔形的权力网。也有平行、流畅的金钱网和虚无缥缈的名声网。当然还有宗姓网、民族网。这些网在运行中,就产生了上述的东西。

但这些网是活的东西,它在不停地分裂、增殖、衰减和消失。这网不能光是用,而不去维护。他最后看了一眼外面的芸芸众生,然后把窗户关上:他们当中,如我者能有几何?

自然,我不能骄傲——没有任何理由为一些小小的成功而骄傲——要有"宜将剩勇追穷寇"的精神,把成果发扬到最大。

他坐回沙发上,又要了一个电话。

作为国际商业银行这个拥有二百亿美元的金融帝国之首脑,哈桑·阿贝迪无论从思想深度还是行动气魄都要比马克·波斯特之流深得多也大得多。

哈桑·阿贝迪对银行的本质看得也更穿。他经常喜欢讲这样一个故事:蒙古人成吉思汗在西征途中,因为没有银钱发饷,就发了一些纸币。因为这些纸币发得过多,所以士兵们都不喜欢它。这是金融历史上第一次通货膨胀。

这话听上去好像是在讲金融史,但实际上对于他本人有更深一层意思:现代银行看上去好像是帮助大众把今天用不了的钱放到明天去用,或者把明天的钱挪到今天来用。而实际上它只是统治者手中的工具。至于这个统治者是谁?他有可能是某个国王、总统、财政大臣……或者另外一个不知名的幕后人物,但在更多的时候则是银行的拥有者或经理人员。

有什么样的理论,就有什么样的经营方向:它除去正常商业银行的传统项目外,还有许多类似为毒品贩服务的金融网、为某个独裁者开办个人账户、为官员们"洗钱"、参与武器买卖……

众所周知,毒品是二十世纪最大的瘟疫。为毒品贩子服务也是公众舆论所不能容忍的。不过对此哈桑·阿贝迪自有看法:所有的毒品买卖,在银行账目上显示时,上面根本就没有毒品字样:它总要写上"电子产品"、"挖掘机械"等看上去很普通的项目。而既然他们不写"毒品",就是他们在欺骗股东和存户,和我没有关系。

为某个独裁者开办个人账户,哈桑·阿贝迪也有说法,每个国家的政府都是它的人民应该得到的:可以用民主来治理的国家,就用民主来治理;必须用独裁来治理的国家,也只好用独裁来治理。这从政治原理上来说,没有什么不同,不同的只是民主国家的统治者下台之后,可以写回忆录、作讲演来安度晚年。而独裁者一旦被人弄下台,就很难在自己的祖国内生存。照此推理,他们就必须在台上时,就为自己准备上一笔"退休金"。

根据他的这个理论,国际商业银行参与了麦——道公司和巴基斯坦布托政府之间的飞机买卖。

七十年代,巴基斯坦向麦——道公司购买了四架DC——10型飞机。布托政府中的一些要员和布托的一些亲属从中获得了五十万美元的"佣金"——"佣金":贿赂的别名——这五十万美元是埋伏在飞机八百万美元的价格中的。那么把这五十万美元从中提出来,必须要有银行方面的配合。国际商业银行就承担了这个角色。

一九七七年布托政府在政变中被推翻,他于一九七九年被绞死。但他的兄弟却靠这五十万美元中的一部分,逃到了国外。

八十年代初,联邦司法部就麦——道公司的贿赂案向法院提出公诉。

当时哈桑·阿贝迪确实也紧张了一阵。但当这场诉讼以联邦司法部败诉而告终后,他的自信心越发强了。

从此在国际商业银行的各个分行里,出现了不少款项巨大的个人账户。这些个人账户大都有这样的限制词:只有我本人给某某经理以口头或书面指示时,方能进行与此账户有关的交易。

至于为某个政要"洗钱",国际商业银行几乎认为是家常便饭。

在武器买卖中,国际商业银行为一些中东国家牵线搭桥,提供货款、办理空运、航运、保险服务。买卖的武器从常规武器到核武器,几乎包揽所有的品种。

在如此的方针指引下,大量的亏损就出现了。

亏损的原因不外有二:

一曰贪污风行:既然有如此多莫名其妙的账户、贷款、往来,就给了各级经办人员以可乘之机。他们私藏银行档案,把钱划拨到自己的账户上。

二曰巨额赤字:在若干笔武器买卖中,被有关当局发现,冻结了款项,没收了武器——武器买卖不像毒品买卖:毒品的体积小,所以除去从边界走私外,就是由旅客个人携带。它的交易也是大都是现金。国际商业银行在世界各地的现金网,运行还是很灵活的。而武器一般都要大型运载设备运输,从海关进出,银行账户往来,失手的几率就大得多,使得国际商业银行的巨额款项永远无法收回。

但哈桑·阿贝迪对此并不发愁。他自有对策。

中篇小说｜特别提款权

第八章

　　于丽和应副行长都是宁波人：现在所谓的宁波人，传说是南宋时从开封随迁到杭州的。内地人没见过海，所以见到钱塘十丈潮，非常惊骇。后来其中一小部分不肯和小朝廷同流合污的人，迁至浙东隐居，所以出现了"宁波"、"镇海"、"定海"、"宁海"等望而生畏的地名。

　　宁波在清朝是一府，下辖包括上述地方在内的六个县。所有这些地方的人，外人统称"宁波人"。宁波在中国的地理位置，和法国的马赛非常相像，航海业很发达。所以此地在外经商的人很多，尤其在包括香港在内的东南亚一带，形成不小的势力。

　　于丽因为近来几笔买卖都是向国际商业银行香港分行贷的款，所以在完成了一些后，也给应副行长送去一笔红利。

　　应副行长的家看上去非常简单，但仔细观察，就会发现不一般：所有的家具都是红木的；博古阁上放的古董，也大都是宋明时期的。

　　他很热情地招呼于丽坐，并让太太沏上一杯香喷喷的茶："咱们老家以产龙井著称，现在市场上到处都是'龙井'、'毛尖'。其实哪有那么多？"他指指茶杯。"我这不是什么名茶，但却是真正的'谷雨前茶'。你喝喝，颇有家乡味道呢！"

　　于丽喝了一小口说："确实。"她其实只去过宁波一次，对家乡的景物都没有什么印象，更不用说茶叶的味道了。但她还是跟着应副行长说。

　　寒暄了一阵后，于丽仿照在欧阳主任家的做法，把一个信封放在茶几上。

231

"一点小小的意思。"她说。

应副行长浅浅地一笑:"我给你讲一个故事:我是家里的独子,所以从小没人和我一起玩,因此很喜欢小动物。我刚到香港时,在银行当低级职员。一次在一个已经发达了的朋友家,看到一只卷毛狗,喜欢得不得了。这狗也通人性,和我也非常亲热。朋友见状,就将狗送给了我。我抱着狗要出门时,才想起问:它吃什么?朋友说:吃牛肉。我一听赶紧把狗放了回去。朋友不解地问:这是为什么?我告诉他:如果吃豆腐还差不多,牛肉我自己还没得吃呢!"

于丽一下子没回过这则故事的味道来。

"不是你该有的东西,你拿也拿不住。"应副行长看她木讷,只好边解释边把信封推了回去。"还望赏脸收下。"她认为应副行长的"推",不过是"收"的一种程序罢了。

"如果你真的有这份心,那以后在我用得着你的时候回报吧!"

"从来只见藤缠树,有谁见过树缠藤?"银行家在于丽的心目中,地位是非常高的。

"风水轮流转。谁用着谁都难说。"应副行长的言辞中不乏微微一丝悲怆味儿。

于丽知道今天的钱算是送不出去了。

作为银行家,哈桑·阿贝迪深知政治保护的重要性。因为国际商业银行的主要资本是波斯阿拉伯国家的王室和权贵,首当其冲的则是 L 国总统 H——他是拥有国际商业银行百分之七十股本的大股东。所以他首先把 H 当成进攻目标。

H 以阿拉伯人常见的淳朴——在哈桑·阿贝迪看来:淳朴就是简单,而简单就是傻——他在很早就接纳了哈桑。H 常去沙漠地带打猎,而哈桑则是他的狩猎伙伴。H 不仅给哈桑带来大量的资本,而且帮助他在阿拉伯世界建立了广泛的政治联系。

在巴基斯坦,前总统齐亚·哈克及现总统伊沙克都因此成了哈桑的好朋友。

哈克的一个儿子是国际商业银行的高级职员。伊沙克的许多亲戚也都是国际商业银行的雇员。

菲律宾的前总统马科斯也是国际商业银行的大客户之一。据阿基诺夫人成立的总统调查委员会说：马科斯在国外的财产大约是五十亿到一百亿美元之间。至于这些钱有多少是通过国际商业银行这条渠道流到瑞士银行的账户上去的，只有哈桑自己心里清楚。马科斯逃亡之后，瑞士联邦为了避免自己在国际上的孤立，立刻命令银行在得到菲律宾国家要求之前就取合作态度:冻结了马科斯的账户和财产。用瑞士的一个银行家的话说:"政治压力太大了。再说我们当中没有一个是这个家族的朋友。"

但哈桑却拒不合作。以财务保密为名,不让阿基诺夫人成立的总统调查委员会插手。当有人劝他"不要冒天下之大不韪"时，他说："你们不真的懂政治是怎么一回事:世界上这党派、那党派,其实只是一个,那就是权势党。你越追究就会越多地牵涉到权势党的成员。据我估计,这个总统调查委员会为时不会太久,没有什么东西比政治利益变化得更快的了。"

果不其然,马科斯传说中的巨大财产只追回了大约不到两亿美元,其中还有一亿是现金。阿基诺夫人的总统调查委员会后来也因为被公众舆论指责为滥用权力而受到怀疑。很快它就销声匿迹了。

在这场斗争中,国际商业银行以它"绝对的保密性"赢得了很高的声誉。

哈桑目光当然不会局限在亚洲和阿拉伯世界,他还和W国的中央银行经理、M国的预算局局长等权贵联系上了。

他联系这些要人的方法不外这样几种：一曰高薪聘请,比如M国的预算前局长就是用十万美元的年薪聘为他的高级顾问的。二曰巨额贿赂。三曰帮助其做大生意,让其得到大甜头。四曰帮助他们"洗钱",把赃款变成干净的钱,甚至利用"银行保密法"把某些国家国库里的钱,直接转到个人账户上。

这些方法都是非常行之有效的:国际商业银行的经营从来就没受到怀疑。

真正的商人,就是在全世界范围内,不倦地追求利润的人。

颇具商业精神的于丽,在和彭小彭的买卖停顿中间,通过一个中间人介绍,与三个Y国人接触上了。

这几个Y国人表面上是做机械、电子买卖的,而实际上是做军火买卖的。

于丽虽然做过一些大买卖,但对军火一行从未有过接触。她有些拿不定主意,就向应副行长咨询:"你说我和不和他们干?"在最近的几桩买卖中,应副行长很帮了她一些忙。关系自然越发密切起来。

"我看不做也罢。"应副行长手里端着宜兴小茶壶,半睁半闭着眼睛。

"可据说军火一行的利润很大。"她在做一个重大的决定时,总希望有人来支持一下。

"利润大的风险就一定大。"应副行长在银行多年,尤其在马克·波斯特来港这几年中,见过不少军火买卖,在知其利润非常丰厚的同时,也知其风险:军火买卖具体运作起来,环节非常多——国际间的干预、敌对方的破坏、银行账目的往来……如果是走私的话,还有"黑吃黑"的问题——其中任何一环出了问题,就血本无归。

但这些话他不会对她讲。"不要阻止别人干可能赚钱的事"是他几十年商海生涯中得出的真理:如果你阻止别人干一件可能赚钱的事,那么你就永远要对这笔"没赚上的钱"负责,虽然这笔钱很可能根本赚不上。

"干还是不干,你给我一个准话。"于丽着急了。

"自己的事自己定嘛。"应副行长干脆把眼睛闭上。

于丽在房间中来回转:一个商人看见一桩买卖在眼前,但拿不出方案来,是很痛苦的事情。

到底是女人,应副行长无动于衷地看着她,在关键时就没了主意。

"你能不能和我一起干?"于丽灵机一动。"你入三分之一的股,我分给你百分之五十的利。你如果手头不方便,可以以银行贷款的形式入股。"做此笔买卖,她的资金也不够,但又不能正式向银行贷款:贷款需要提供一系列商务证明,而这种不上台面的买卖,是拿不出经得住考验的证明的。

"你如果愿意干就干,我的年纪已经大了,不想加入这种高利、高风险的买卖中。"应副行长说完后,自己也觉得这话过没信息,就又补充道:"如果你的本钱不够,是不是能从新近和你做买卖的大陆人那里套一些?"他回避了贷款问题。

于丽认为这确实是一个好主意,但她仍然不死心:"最好是你也参加。一来可以多吃一些,二来也好给我们掌个舵。"

应副行长拒绝了:"不要把鸡蛋放在一个篮子里。因为那样一打就都打了。"他拖长声调告诫于丽:"而且即使不能完全由你来提篮子,也不要把提篮子的人放出视野之外。"

在应副行长和于丽周旋的同时,马克·波斯特正在他的办公室里给几个骨干上课:"一个现代人的财产,是不能像古代人一样,藏在墙壁里、地洞里、床垫里。因为这样一来很可能被小偷给盗窃,二来财产不可能增值。但藏匿钱财是与人类共生的欲望,任何人都克服不了。

"在如今这个不太平的地球上,到处是不合理的税收、政治性的封锁,不能公开的买卖。如果把不合理的税收全部收缴、政治性的封锁完全实行、非法买卖彻底取缔。那么我敢断言:世界经济一天也维持不下去。"

这些职员在银行界都有一定的资历,也见过不少世面,但他们从来没见过马克·波斯特这样坦率的银行家。

"所以我们银行,特别是像我们这样的私营银行,就有责任帮助那些人避开不合理的高税,打破歧视性的政治封锁,让他们辛辛苦苦赚来的钱能留到老年享用。"马克·波斯特走到银行运输业务部部长的背后,亲热地拍拍他的肩膀,"航运业是全世界所有权和运行机制最复杂的部门,据世界货币基金组织估计,其中大约有三分之一收入是没有经过申报的,但作为银行家的我们,根本没有必要管他们的钱从什么地方转来。咱们只需要让他们相信一点:任何人的钱,一旦经过国际商业银行,就像衣服进了洗衣机一样,出来时一定件件干干净净。我们不用管他们的钱是从美国大通银行、英国国家银行等享有盛誉的银行来,还是从加勒比海与南太平洋地区、巴拿马、直布罗陀等这些被人称之为"保密天堂"的地方来。用一句俗话说:来的都是客。"他又走到银行税务部部长的身后,"有钱存在银行里,就有利息。有利息就要上税。而香港的税收负担是很沉重的,另外再加上税级潜升。"他拖长腔说:"在累进税率体制下,通货膨胀会把人在收入没有提高的条件下,把人们推进更高的纳税等级。所以当客户有要求时,比方通过某种途径,把钱打进一些设立在税收天堂的空壳公司,逃避税收时,只要他不露形迹,我们也是可以帮助他们的。"

听到他的最后一段话,职员们几乎屏住了呼吸,因为这是完全违背香港法律的。

伍勤和金小姐泡得火热——"泡"字用在这里是非常合适的:感情这种东西,就像茶叶一样,只要时间够长、温度够高,味道自然就会泡出来——他几乎夜夜在金小姐的"鸟笼子"里度过,而且他天赋过人,夜夜不虚度。最后他甚至答应娶金小姐。这在他是很难得的。

"我原来还以为我再也不会动这个念头了。"一天晚上吃完饭后他说:"我有过不少女人,但真正动感情的就是你一个。"

"你有过不少女人,这我一开始就知道;你干什么不熟门熟路的?"金小姐把茶给伍勤端过去。"我可只有你一个"。

伍勤本来想说:如果你真的只有我一个,你又如何能知道"门路"?但他的思维慢不说,更主要的是不忍心伤害心上的女人。"大陆上的女人做梦都想出来,你要是跟我回去,可不要怕受苦啊?"

"嫁汉嫁汉,穿衣吃饭。"金小姐把她那颗小巧玲珑的头靠在伍勤宽阔的肩膀上,并伸出纤纤细手,抚摸着他肌理分明,高高隆起的肌肉。"汉穿什么,我就穿什么。汉吃什么,我就吃什么。有什么苦不苦的?"

这话又把伍勤引到爱河之中。

Y国人用两个很充分的理由把于丽给说服了：其一，我们的买卖是VAX计算机。就严格的意义上说，并不是武器军火。其二，VAX计算机是M国的产品，虽然M国的法律禁止把技术卖给他们所谓的"敏感地区"，但把它们卖给C国并不违反M国法律。从C国把东西转给香港，也并不违反C国法律。而香港法律对货物卖到我们国家并没有限制。

任何问题一旦从理论上被认清，剩下的问题都好办了。于丽从一个C国商人手里进下了这些军用计算机，在接受了Y国人从国际商业银行香港分行开出总额为二千六百万港币的信用证后，就付给那个C国人一千二百万。作为买卖，这回报率确实是很丰厚的。

等货物离岸后，她长长地出了一口气：剩下的一切会自动进行，货一到指定的港口，钱就会通过国际商业银行系统，自动回到她的账上。

哈桑·阿贝迪、马克·波斯特等人对付银行管理当局的手法不外乎以下几种：

一、虚报收益：国际商业银行利用一个代号"英瑞"的公司取得资金，然后再虚构账户，把这些资金作为客户偿还他们贷款的利息再存入国际商业银行，以此显示国际商业银行香港分行有正常的收益。而实际上这个"英瑞"是国际商业银行出资并持有绝大多数股份的公司。

二、无记录存款：这些存款根本就没有记录可查。有的储户根本就不存在。比如其中一个叫"威德"的储户，其存款额达六千美元。可这个人从来没有出现过，也没有明确的地址，只有一个信箱。而这些存款也是"存在账面"上。

三、虚构贷款：有一个叫巴根的人，从国际商业银行香港分行贷走了五千万美元，但在银行的档案里根本就找不到贷款的合同，也没有书信来往。这个人也根本不存在。

四、以股东或相关人员的名义贷款：据国际商业银行香港分行的账面显示，股东和相关人员的贷款就达一亿五千万美元。而他们的存款却只有不到一亿美元。且这些贷款大多无契约文件可查。他们这样做的目的，一方面可以造成存款上升的假象，另外一方面是为了非法转移资金。这些贷款中的大户，都没有抵押。即使有抵押，也很可疑。有一个银行的高级职员从国际商业银行香港分行贷了八百万美元，其抵押品是一处房地产。而这房地产，实际上是一片荒地，几乎一分钱也不值。

马克·波斯特这些手法，不仅仅是国际商业银行惯有的手法，也是全世界不诚实的银行家的惯用手法。

这些手法如果说出来，就是很简单。但在未"破译"之前，却使国际商业银行成功地躲避了全世界政府对他们的监督。使他们无恙地度过了许多年。

但世界上没有"常在河边走，就是不湿鞋"的道理。

某一天，一个新来的P职员进入了国际商业银行纽约分行工作。大约不到一个月后，他就发现了一笔奇怪的交易：这笔交易没有任何的往来文件。

P职员是一个修心理学的大学毕业生，他固执地认为如果有一笔，就必然有许多笔。从此他开始留心其他账目。很快他就从账本和电子计算机里发现了若干笔。

他把自己的怀疑告诉了他的哥哥。他的哥哥碰巧是M国财政部的银行审计官。

M国财政部和司法部早就怀疑国际商业银行有舞弊行为，但苦于无处下手。这一下子算是如获至宝。于是一场大规模的秘密调查的序幕拉开了。

正在北京机场的彭小彭看见秦解决从贵宾室出来，就马上走了过去。"秦总到此，有何贵干？"

"送我大哥。"秦解决说。

"解决送问题。"彭小彭开了个玩笑。秦解决的大哥叫秦问题。"大哥去何方？"

"他代表世界货币基金组织参加关贸总协定的谈判。"秦解决坐到椅子上,并示意彭小彭也坐下。

"你听说中国也在申请入关了吗？"

"当然听说了,我的一个妹夫就在外贸部关贸一处。是专门负责这事的。听他说已经谈了好几年了。"

"谈、谈,就知道谈。"秦解决的情绪一下就低落下来。

"入关是一件好事情,起码电视机、计算机就会便宜了。"

"你也算是一个做生意的,怎么和老百姓一般见识。入关对一般老百姓来说,也许真有些好处。但对咱们这样的人来说,却是一点点好处也没有。"

彭小彭在认真听:此时关贸谈判刚刚进入实质性阶段,大多数人对此还没有什么了解。

"关贸总协定其实是一个俱乐部式的组织,或者说是富人俱乐部更合适。中国想要加入,已经在里面的人,就要求你买门票。"秦解决扬扬英俊但松弛的脸。"这门票的价格就是要求你不能有双重汇率、取消绝大多数商品的许可证制度、放开进出口。你说真的要把这些都实行了,咱们哥们还有什么可干的？又如何养家糊口？"

"车到山前必有路。再说还不一定谈不谈得成。你又何必'怀千岁忧'呢？"

秦解决似听非听地点点头。

"我要过去了。"彭小彭晃晃手里的护照和机票。

"有事给我打电话。"秦解决扬扬手。

入关如果对秦解决不是一件好事,那么对我来说就一定是件好事。通过安全检查之后,彭小彭坐在椅子上想。

秦父是一个在北京管钱的主要领导人身边的办公室主任。若论级别,也就是个正局,如按非国际的计算方法,叫个副部也说得过去。但在很多情况下,级别和权力不成正比。对办公室主任这等人物,尤其如此。当然办公室主任也有不同的类型：比方毛主席早年的办公室主任田家英，就是相当规矩本分的一个，自己写诗曰：十年京兆一书生，爱书爱画不爱名；一饭膏粱颇不薄，惭愧万家百姓心。他喜欢书画，一次在琉璃厂看中一幅清人的书札，想买可没那么多的钱，就让老板给他留几天。等他把钱凑齐后再去，已经让别人给买走了。如果他当时亮出"毛办主任"的身份，立刻就会有人给他送去。其人德行如此，自然不会忘记办公室主任起的就是上情下达和下情上传的作用，绝不会在中间夹杂任何个人成分。

这其中的道理干秘书出身的秦父不会不懂，或者说正因为他太懂，所以来起反其道而行之时格外厉害：他竭力堵塞上下的渠道，尤其是下情上达的渠道。也就是说：如果某地要建一条运河、一座电厂、一道水坝等没国家支持根本干不了的工程时，必然要到北京去批计划和钱。这计划能不能到达那个领导人的桌子上，就全看他的态度了：如果他高兴——至于他什么时候高兴、如何使他高兴，那要靠申请人自己的手段和本领——你的计划就能到达目的地，而且只要大气候允许，就能批下来。如果你让他不喜欢你，那你就算完了。

秦父这么干不是一天两天了，外面也有传闻。但他的位置仍无半点动摇感。这是因为他在敢干的同时，也很会干。假设你持某个人的"条子"或借某人的电话去找他，他立刻就能分析出条子和电话的分量：来人是谁、后台又是谁、他现在还有多大的影响力——就实质而论，权力就是影响力：在多大程度上能影响事物的进程——他是真心想办，还是碍不过面子，勉强给你写的。其精确程度，简直不差分毫。内中道理、运作程序，恐怕除去天知地知外，就他自己心知了。

至于秦父的首长，就像戴上绿帽子的丈夫一样，不是不知道，就是最后一个知道，或者是假装不知道。

权力不在大小，主要看你用得好不好，石油输出国家本来石油卖不了，但为了把石油作为一种武器，硬是成立欧佩克组织，弄得世界上一片恐慌。同理，一个小城镇的售货员们，也可以联合起来，把某种商品——最好是必需品，比方火柴、针线等——统统收起来不卖，那么他权力的价值立刻就会显示出来。权力也就变成了商品,也就提供了利益。

秦父的手段自然比那些售货员要巧妙得多。据彭小彭所知,他并不直接收受包括钱在内的任何礼物。因为这犯忌不说,也很低级。他采用的是更高一级的交换:他给别人办了事,然后让别人把"情"还在经商的秦解决身上。这样双方都好处理,不留痕迹。比方说某种紧俏商品、稀有物资,甲和乙都要。那么无论批给了谁,别人也没说的。

秦父深谙官场的运作规律,知道自己的权术虽然玩得巧妙,但自然规律是不可抗拒的。不说自己到了退休的年龄,就是自己的首长到了离退的年龄,自己的权力生涯也就到了头:一个大官的办公室主任是没人敢用的。所以他很早就把孩子们都安排了。

第九章

于丽的 VAX 计算机买卖出事了。

Y 国方面购买包括这批计算机在内的军火的钱，是 M 国大通银行以贷款的形式贷给安提瓜的一家戴维公司的——安提瓜是一个已经独立，但仍然属于英联邦的国家。该国家自然资源极其贫乏，并且有大量的外债。所以它以旅游业和银行业为主要收入。在当地开设银行或公司没有什么特别的要求，也不需要在银行有存款或有保险，对申请人也没有任何审查，只要有一名律师填写的登记表然后再交纳手续费就行了。安提瓜没有任何明确的保密条款，它的记录也不全或根本就没有记录。政府根本就不知道公司或银行的所有人和经营者。经办的律师也只知道谁给他们钱，但究竟为谁干活就不知道了。

这笔总数为七千万美元的钱，经过中间人的回扣、安提瓜戴维公司的手续费后，到达国际商业银行瑞士分行时，已经只剩五千万美元了。这五千万美元存在一个编号账户内。

这个编号账户根据规定只有 Y 国军方和一个叫作拉塞尔的人才能动。

这个拉塞尔是在各个银行之间充当中间人进行武器和其他敏感交易的德克萨斯人。他生活豪华，有六幢房子，半打汽车，两架直升机。

就在于丽的 VAX 计算机装好货准备离港的前一天，这个编号账户内的五千万美元，就被提走了四千九百万。

这四千九百万美元,据国际商业银行瑞士分行说是依照既定原则,根据Y国国防部的财务主任签署的电传指令支付的。而Y国方面坚持根本没有这类电传指令。即使有,国际商业银行也应该让他驻Y国的代表去国防部核实一下,Y国方面还说,电传的保密性有明显缺陷是众所周知的,这其中还包括拼写措施和其他程序错误。国际商业银行应该看出这指令的前后矛盾之处。

国际商业银行也着急,他们循着线索发现这笔钱先是到了瑞士一家由以色列人控制的银行,然后又从那里转到巴拿马雷米银行。再以后,一切都被笼罩在世界著名的巴拿马保密迷雾里。

编号账户里既然没了钱,国际商业银行开给于丽公司的信用证起码不能全部兑现。

于丽的颐和贸易公司立刻陷入财政危机中。她只好向应副行长借钱。

应副行长立刻痛快地答应了:"对于银行家来说,没有什么事情比听到有人向他借钱更高兴的了。关键是利息和担保。"

"利息咱们按照通常的利息,我也不要什么优惠。至于担保,"于丽为难地说:"难道你还不相信我吗?"

"您提出了一个让我很难回答的问题:我不是不相信你,而是办什么事,就要有办什么事的规矩。如果你拿不出什么担保来,你能不能动用关系,让别的什么银行开一张担保书来?"

于丽非常想说:你们国际商业银行开给我的信用证不就是担保书?但到时说不给钱,我不仍然没办法?但她没有说:在向人借钱时——尤其是在困难时向人借钱——态度必须好。

应副行长到底和于丽是老乡,更何况她还是个女人,所以心软了:"我可以给您想办法,拖住应该给大陆方面马力特别开发公司的那笔钱。"

他接着教给于丽一个具体的行动方案。

于丽给彭小彭"接风"的饭开在香港皇家海鲜大酒店。并说同时还邀请了国际商业银行香港分行的应副行长出席。

"既然如此,还是我来当'苦主'吧。"彭小彭拿起菜单。从小到大,他一直都是请客出钱的人,所以他不习惯别人请他,尤其是女人请他。更何况他对银行家是非常重视的:香港一地,什么博士、总经理、总裁、董事长,甚至包括英王授予的爵士,比比皆是,根本就不稀罕。唯独"银行家"一衔,没有经济实力是得不到的。

"'苦主'不是指那些告状无门的人吗?"于丽不解地问。

彭小彭开始给她解释:"在北京我们那帮人吃饭时,如果摊上谁请客,就管谁叫'苦主'。"

"谁来请客是如何定的呢?"于丽很有兴趣的样子。

"如果是通常的应酬,那么主客界定是容易的。但倘若闲来吃饭,就不好说了。一开始我们用抽签的办法。后来觉得这办法太土:因为这就像某个单位的领导在分房子、评工资等所谓的好事情时,拿不出方案才用的办法。于是我们改成点完菜在结账时大家猜:谁猜的离实际价格最远,谁就出钱。"

"那么您呢?"金小姐问。

"常常是出钱的。"彭小彭笑着说完,就开始读菜单。

这是一张印刷精美的菜单,开头就写着"香港鲍鱼大王、世界御厨协会会员、法国厨师协会名厨大师最高荣誉白金奖得主王贯一先生欢迎各位的到来。"

"英国人就是派:厨师都有如此多的名堂。"彭小彭挑选着说:"主菜来啊——鲍鱼、杏汁官燕、红烧海虎翅。其余的你们随便给配一点就行。"

伍勤的嘴巴动了动,但没有出声。

"酒来一瓶人头马XO。再来一瓶内地的烈性白酒。"彭小彭吩咐完再问:"两位女士来什么?"

金小姐要了"可口可乐",于丽只要了一杯普洱茶。

"茶是最安全的饮料,中国人已经喝了几千年了。"彭小彭应酬道。

"彭先生在内地的应酬费用高不高?"于丽用小毛巾认真而仔细地擦着保养

得很好的手。

"如果光说应酬,倒也一般。"彭小彭示意侍者不要给他的人头马加冰。"主要是我自己吃的厉害:正经商务应酬不算,光一顿晚饭,一个月就是一万。"

"内地人的习惯,不是晚饭和家里人一起吃吗?"于丽问。

"我们老板正闹离婚,所以不回家。"伍勤抢着回答。

彭小彭狠狠地瞪了他一眼。

"据我在内地的经验,一个人一顿饭也用不了那么许多钱。"于丽说。

"我要是一个人吃,就会无聊得要死,非得请上一个不可。"彭小彭见话已经说开,就索性说了下去:"俗话说:一人不喝酒,两人不打牌。而两人凑在一起,怎么也得闹二两喝。有酒就得有菜,这样以一个月十次计。每月就是这个数。所以我经常对别人说,"他顿了顿,显然是在选择词句:"为什么有那么多人想离婚、盼离婚,但离不了婚?这看上去似乎是家庭问题、伦理道德问题,但说到底是一个经济问题。"

正说着,应副行长来了。

应副行长在这顿饭间,任何有关生意方面的话都没有说。只对于丽表示"无间",一口一个"老乡"。

吃罢饭,应副行长等人告退后,于丽似乎不经心地说:"我还有一笔大买卖要做,资金有些不足,你入不入一股?"

"什么买卖?"

于丽详细地给他讲了一番。

"VAX 计算机是控制地对空导弹用的,严格地说,这是武器买卖。"也许是因为家传的缘故,也许是因为彭小彭的军事经历,他对武器方面是很留心的,几乎把大陆上所有的军事刊物都订了,甚至还订了《飞机年鉴》《舰船情报》等外文版的刊物。用他的话说:"英文我虽然不认识,但这些图上的东西看着就觉得来劲。"

"确实是武器买卖,非如此也不会有这么大的利润。"于丽坦率地承认。

"把 M 国的武器卖到中东,是不是非法的?"

"确实是非法的。但如果把 M 国的东西卖到 C 国,并不违反 M 国法律,然后再把它们卖到香港,也不违反 C 国法律。而香港并不禁止武器买卖。更何况 VAX 并不一定非算到武器类中。"于丽相信 Y 国人能说服她的理由,就一定能说服彭小彭。

"VAX 计算机是军火,这一点毫无疑义。"彭小彭虽然已经被说服了,但还是想在于丽的方案中寻找漏洞。

"确实如此。但我们已经把 VAX 的商标、品牌、性能都换过了。海关的文件也全部准备好了。"于丽举举杯,象征性地喝了一点。"这也就是说:我们买卖的不再是军火。"

"现在已经进行到什么地步?"

"所有的一切都准备好了。就差八百万资金。"

"整笔买卖是多少?"

"两千万港币。我自己出了八百万,然后从国际商业银行贷了四百万。"

于丽最后这"从国际商业银行贷了四百万"给彭小彭以很深的印象:"你要我出多少?"

"这怎么好勉强人呢?反正这买卖的回报率几乎是百分之百。"于丽说。

没有一个商业中人能抵抗百分之百的诱惑:"我这里有你刚给我的六百万。"彭小彭把于丽开给的支票拿出来。

于丽没有伸手,彭小彭也没有往过递。

"等我明天看了有关文件后,咱们再签订一个合同好不好?"

"当然好!这完全符合我的商业习惯。"于丽知道任何事情都是"欲速则不达"。

于丽并不是真正意义上的诈骗犯,所以她需要自己说服自己。当然,这种做法违背了她一贯经商的道德和习惯，不过此刻笼罩着她的完全是破产的恐怖——破产对于一个商人意味着什么，是不言而喻的。在她这个年纪破了产，几乎根本没有希望东山再起了。所以必须再拉上一个能减轻破产威胁的人。而彭小彭是目前最合适的人选，也是唯一的人选。再说不管他和不和我签订合同、不管他参加不参加军火买卖，反正只要 VAX 计算机的款项要不回来，我开给他的支票就是废纸一张。所以我这也不算故意欺骗他。

于丽第二天给彭小彭出示了国际商业银行香港分行对她财产的评估书和对她这笔买卖提供的担保书——应副行长本不想给他开：给人当"幌子"出席宴会是一回事，出具书面文件又是一回事——但于丽提出了一个有力的理由：如果不是你们国际商业银行吃了倒账，我还不至于陷入目前这种被动局面。应副行长也觉得从理、从情都讲不过去，于是想了一个折中的方法："你通过平常的信贷官员给你出具文件，最后我来签字就行了。"

"他们不一定给开。"

"你去试试。试试又不犯法？"

于丽一试，果然马上就拿到了所有的文件。

为确认这套文件，也为了进一步结交应副行长，彭小彭专门拜访了他：如果长期在香港做买卖，没有一家可靠、肯帮忙的银行是不行的。他一口一个"老前辈"叫得应副行长很高兴。他知道在人世间，嘴巴甜一些是没有坏处的。当然，这是他花大力气学来的，因为家庭关系，从小他不能说想干什么就干什么，但起码是想说什么就说什么。而仅凭这一点，他就没少吃亏。

"'老前辈'词，确实不敢当。"应副行长双手抱拳推辞。他对彭小彭的家世、来历是了解的。

至于彭小彭让他确认的文件，他含糊其词地应付道："我一般不太管这些具体的事，从格式、印鉴以及于老板平常的信誉等方面看，没什么问题。"

从银行出来之后，彭小彭立刻到颐和贸易公司和于丽把合同签了。然后他就把她前天给他的支票,交给了她。另外还开了一张五十万港币的中国银行香港分行的支票给她。

"大陆上的人就是豪爽。"于丽先吹第一张,然后又吹第二张支票上的墨迹。

彭小彭见她这个动作,不禁心头掠过一丝怀疑:真正有资本、有实力的人是不会这样的。

但他这丝怀疑立刻就打消了:传真机流出了一份来自Y国方面的电传。

"拿去叫楼下信息公司的人翻译一下。"于丽对金小姐说。"记住:要叫张先生给翻译。"

大约十多分钟后,金小姐拿着翻译好的打字件进来。

于丽看完之后,就递给了应副行长。

应副行长又给了彭小彭。

彭小彭看见电传上写的是有关VAX计算机买卖的有关事宜:催问货物何时离港、他们那边钱已经准备好了云云。

彭小彭这下子真正放了心。

第十章

M国财政部要比中国的财政部的权力大得多,别的方面不说,国际刑警M国中心局就设在财政部。

但权力大是大,P职员的哥哥P审计官在指示谁去调查国际商业银行的问题上,还是踌躇再三:国际商业银行实在是太大了。大就证明它有实力收买很多手中掌握着很大权力的人,如果用人不当,打草惊蛇,不但查不出问题来,还会把自己的饭碗给砸了。

一开始,P审计官想用特尔豪斯审计公司来秘密审查国际商业银行的账目。

审计公司是一种专门提供会计和审计服务的企业,它既受雇于企业,又可受政府指派审计企业的财务状况。

当他和特尔豪斯审计公司的经理彭伯斯开始谈起这件事时,彭伯斯满口答应:"本公司在清查企业牟取暴利、制作假账,以掩盖逃税、亏损或其他不法交易方面是非常有经验的。"

但当彭伯斯听说此次调查对象是国际商业银行时,不禁面露难色。

"莫非先生有什么难言之隐?"P审计官是个观察力很强的人。

"国际商业银行的会计业务就是本公司负责的。我们从来就没有发现他们有什么问题。如今财政部要求审查他们,就有些勉为其难了。"

"我明白了。"P审计官笑着说:"小偷和警察这两种角色是不能同时当的。

如果同时当，就会违反游戏的规则。"

彭伯斯立刻把脸板了起来。

"国际商业银行的神通广大，这我早已料到。能不能给我指条路？"P审计官不想因为一个玩笑而开罪于特尔豪斯审计公司。

"如果你在全国，甚至有些夸大地说，在全球寻找一家大的，并且和国际商业银行没有联系的审计公司，不是一件容易事。所以方案有二：一是请一批志愿者——他们最好是大学生，或者是一些退休的、非审计公司出身的会计人员。二是动用国家检察机构。"

P审计官是个行动派，在他认为彭伯斯言之成理后，立刻组织起了他的班子。

这个班子采用了"彭伯斯两方案"的结合：以学金融会计的大学生为主，以退休人员为辅。

P审计官并没有直接把他的队伍派驻进国际商业银行的机构里，他知道像国际商业银行这样的全球性的庞然大物，有一万种办法转移财产，修改账目。

他采用的是由表及里的调查：先找一些因为某种原因离开国际商业银行的中级以上的人员——一个人一旦不是因为自然原因离开某个单位，尤其是像国际商业银行这样待遇不能说不优厚、几乎可以说是终身制的单位，一定有比较深刻的原因。或者换句话说：他们对国际商业银行一定有某种程度的怨恨。怨恨可以成为动力，而他们以前的位置又保证他们知道内幕。

彭小彭这个人用他哥哥的话说是"一个穿大人衣服的孩子"，玩心特别的重。但他一旦做起买卖来，还是很有敬业精神的。尤其是在把钱付出去后，更是无时无刻不在担心。"就他妈的像新娶的小媳妇和一个花花公子出差了一样：她一天不回来，我就一天不安心。"他这样对伍勤形容。

伍勤没接他的话，只是把刚刚收到的Y国方面的电传递给他。

电传的内容依然是Y国文的，彭小彭看不懂，也不想找人去翻译：这样的电传他几天来已经见到过若干次了,内容不外乎 VAX 计算机的进展过程。

"有关的合同文件,我已经仔细地研究过了。电传也没少见。但见不到真的人,我还是放心不下。"时至今日,他已经有些后悔当初的草率。"你倒是给我出出主意啊!"他转向伍勤。"看你面黄肌瘦的,有话是不是都对那个小丫头说了。"

"我和金小姐没什么。"伍勤头也不抬地说。

"你甭他妈的和我解释,我这双眼睛,不知道见过多少人、多少事。什么都逃不过它去。"

"那您干吗还为那钱的事操那么大的心?"伍勤罕见地还了一句嘴。

"说也是。"彭小彭颓然坐到沙发上,并没有像往常一样地生气。"有的人玩了一辈子鹰,最后让鹰给啄瞎了眼。"

"该'不见兔子不撒鹰'。"

"用不着你给我上课。"彭小彭一下子就站了起来。"你说我现在该怎么办?"他又坐回去。

"等呗。"伍勤一言以蔽之。

"也只好等了。"彭小彭眼睛一转,"你是不是能通过金小姐,"他这次不管她叫"小丫头"了。"去了解一下有关情况?"

伍勤还是没说话。

遵循伍勤"等"的原则,彭小彭有生以来还是第一次遵循伍勤提出的原则——他自己开着一辆租来的车,过边境到了深圳。

他没有像往常一样给安静打电话,而是给她来了个突然袭击。

到了安静家门口,无论他怎么按门铃,都没有回答。

他返回到楼下,用公用电话要她的住宅电话,结果铃响十下之后,就自动断了,他又要她的移动电话,这回是铃响若干下之后,一个动听,但显然很机械的声音回答"您所叫的手机,在规定时间没有应答。"

他又要了安静给他的公司电话。在这个电话里一个不耐烦的声音说:"她早

251

就不在我们公司了。"他再问她去什么地方了？回答说："鬼才知道。"

他懊恼地放下电话,开车回香港。

在回去的路上他想：我和安静的关系,在人与人之中,算是密切的关系——某一次一个他熟悉的医生对他说："凡是通过密切接触传染的疾病,从广义的角度说,都是性病,比方肝炎就是性病。他当时就反问："如此说来感冒也是性病？"医生说："感冒虽然可以通过密切接触传染,但不是必须密切接触才传染。你在任何公共场所都可能被传染。它具备了必要条件,但不具备成分条件；所以不能算是性病——照这个理论,我和安静的关系已经不能再密切了。但即使是这种关系,也不能完全相信,更不能依赖：君不见她不通任何音讯,就销声匿迹了？人和人的联系是多么的脆弱啊！在过检查站时他想：我只知道她的若干个电话号码、住宅号码。关于她的家世、社会关系……都不知道了。这几个渠道一旦不通,她和我就没有关系了。大概我今生今世不会再见到她了。

正当彭小彭在深港公路上高速行驶时,伍勤正和金小姐在效鱼水之欢后,进行款款细谈。

"我们老板想让你帮助了解一下什么计算机买卖的内情。"伍勤突然想起彭小彭之托。"是和Y国人做的那笔。"

"我凭什么给他打听？"金小姐反问。

"他到底是我的老板嘛！"

"你这个人啊！"金小姐抚摸着他的肌肉——她最喜欢的就是他这身经过充分锻炼的肌肉——"什么都好,就是不会动脑筋。"

"你有机会就给他打听打听。他待我特别的好。"

"特别的好、特别的好！你这个人的词怎么这么少？他到底对你有多好？有我对你好吗？"金小姐连连发问。

"这不好比。"

"有什么不好比的：不就是他们家里给你出了点学费,他又给你了一份工作吗？这能值多少钱？"

伍勤母亲死得早，又没有姐妹，所以和女人——这里主要指的是能进行正常交流的良家妇女——打交道的经验极少。根本不知道如何应付这种"逻辑混乱"的问题。

"我知道也不告诉他。"金小姐的手不再动了。

"不告诉就不告诉吧。"伍勤翻过身。

"如果你让我来跟他谈，我就把我知道的告诉他。"金小姐想了一会后说。

但这最后一句话，进入梦乡的伍勤根本就没听见。

彭小彭从深圳回到香港后的第二天，一个自称为阿齐兹Y国军方代表的人出现了。他不会讲英语，所以于丽雇了一个翻译陪同。这个翻译是一个小头小脸的越南人，也只会说广东式的普通话。

于丽对彭小彭说："我这两天忙着和税务总署的人打交道，你帮助我应付一下这Y国人吧。"

这正是彭小彭求之不得的机会，所以痛快地答应了。

"一切交际的费用都算我的。"于丽说。

"算谁的不一样？咱们这么大的买卖，哪还在乎一星半点的费用。"彭小彭大方地说。

"我和阿齐兹已经不是第一次打交道了，他酒倒是不喝，就是特别的那个。"

"特别的哪个？"彭小彭今天的心情相当好，于是就逗开于丽了。

"这个问题不能问老大姐，"于丽笑着说："你自己体会去好了。"

当天晚上，彭小彭就体会到这个阿齐兹有多么的不好对付：他先是吹自己是Y国军队的一名空军将军，并说Y国和阿拉伯等国家的关系都是他从中起作用建立起来的。

别的不说，光看你这肺活量和肌肉力量，就绝对不会是空军出身。再看你的姿势、谈吐，你也不会是个将军——虽然Y国的人才不多，但将军毕竟是万里挑一的——彭小彭虽然这样想,但嘴巴上还是尽力恭维阿齐兹。

阿齐兹虽然对 VAX 计算机买卖说得不多,但也透露出一些关键的话——买卖和公文一样,只要掌握几个关键词,内容也就大概掌握了。

听到这些话后,彭小彭就越发放心了。于是他示意伍勤给阿齐兹的软饮料里放些酒。

"这不太好。这不太好。"那个越南翻译赶紧说:"这不符合伊斯兰教规。"

"你懂得什么伊斯兰教规?"彭小彭白了这个越南翻译一眼:"伊斯兰教、基督教、犹太教的发源地都是耶路撒冷,要不然他们也不会为这个地方打那么多年的仗。这也就是说,这三大教是一回事。基督教能喝酒,凭什么伊斯兰教就不能喝?"

越南翻译回答不上彭小彭的问题,只好听之任之了。

阿齐兹从洗手间回来后,大喝加了马爹利酒的饮料,并连连称赞道:"这饮料不错。有劲!"

"看来虚伪是全世界人的通病。"彭小彭笑着对伍勤和专门被叫来作陪的金小姐说。

但等再喝一大杯后,阿齐兹就不再虚伪,而来开实的了:他一把搂过金小姐,顺手就伸入她的胸衣里。

伍勤立刻就站了起来,并把结实的法国酒瓶拎了起来。

彭小彭在制止他的同时,对阿齐兹说:"咱们找个地方轻松、轻松去。"

阿齐兹这才放开了金小姐。

彭小彭一行把阿齐兹送到了香港最廉价的红灯区。

"让这个 Y 国将军好好地享受享受吧。"彭小彭打发金小姐回去。

"这里是红灯区,不是妓院。"金小姐为了感激彭小彭刚才给她解围,就提醒他道:"红灯区是非常不卫生的。这里的女人,都是没有经过卫生检查的。"

"香港的法律我不熟悉,但这点常识我还是知道的。你们知道艾滋病从感染到发病要多长时间?"

没人能回答这个问题。

"要很长很长时间。"其实这个问题的答案彭小彭也不知道,他只是想当然。"等他病发时,我和他的买卖也早完了。"

"你也走吧。"彭小彭指示跃跃欲试的翻译说。

"阿齐兹先生的语言不通。"翻译也想进去。

"阿齐兹先生现在需要的不是语言,而是动作。"彭小彭学着翻译不伦不类的广东土话把他打发走后,又对伍勤说:"你也送她回去吧。"

"我和您在这吧?"为负责任伍勤这样回答。

"叫你走,你就走。这种倒霉事有一个人就够了。"

"我没想到你们老板还挺人情的。"在出租汽车上金小姐说。

"他的优秀品质还多着呢!"伍勤回答。"不过要看在什么时候了。"

彭小彭正在百无聊赖地等阿齐兹时,应副行长出现了。"想不到您老也有这种雅兴啊?"他打趣道。

"我是心有余而力不足啦!"应副行长很识趣。

彭小彭给应副行长要了杯茶,两个人就对酌起来。

"真是'寒夜客来茶当酒'啊!"应副行长指着街道上丝丝冷雨说:"你们北方人不习惯香港的冬天吧?"

"不习惯是不习惯啊!谁叫这里是黄金宝地呢?"彭小彭觉得他和应副行长还是能"对上眼"的:此人起码是有些文化的,能通语言。

应副行长其实是在遇到那个越南翻译后,专门到这里来找彭小彭的。他找他自有目的:作为一辈子在银行工作的人,他也积累下一些钱财。当然,这些钱只有一半是存在银行里的现金,另外一半是国际商业银行的股票。当时就有人劝他,可他不听,还是把"鸡蛋放在一只自己的篮子里"。而这些日子,尤其是近一年来,他的感觉很不对头。所以想把资产转移一下。但资产转移不是容易的,更何况自己如果大张旗鼓把资金从国际商业银行香港分行的账上转走,那

255

不是等于自己砸自己的饭碗吗？所以他另外设计了一条渠道。而在和彭见了面后，他立刻觉得他是个合适的人选——别看香港离大陆只是一步之遥，但香港普通人对大陆政治的理解，几乎等于零：像他的"银行家"的衔头唬住了彭小彭一样，他也被彭小彭的家世所吸引。

"其实世界上到处都是黄金宝地。"应副行长知道对彭小彭这样"直"的人，还是来直的好。

"此话怎讲？"彭小彭来了兴趣。

应副行长就把他试图在大陆建立一个"空壳公司"的"一揽子方案"都提了出来。

彭小彭非常喜欢他这"一揽子方案"。一个好的计划一定是互惠的：应副行长利用马力特别开发公司作他在大陆的"空壳公司"转移资金、逃避税收。而他也能利用应副行长的公司在大陆和香港做很多事情。

正因为彭小彭欣赏这个"一揽子方案"，所以对应副行长穿插在谈话中间的关于"VAX 计算机"买卖的暗示，竟然没能做出反应。

应副行长一直等筋疲力尽的阿齐兹出来才告辞。

已经是深夜了，彭小彭正准备睡觉，电话响了。他一接，是伍勤问他能不能来？"你找我还有什么能不能的？我又从来不打'野鸡'。"

"和我一起来的还有一位女士。"伍勤在电话里说。

"你的意思是让我穿得整齐一些吧？"

伍勤没说话。

"我不用你说也知道。"

大约一分钟后，伍勤就和金小姐来到了彭小彭的房间里：自从彭回来，他就不在金小姐那里住了。

"你们别说有什么事，让我先猜猜。"彭小彭从来就拿伍勤当他的小弟弟看。

两个人一脸严肃,什么话也没说。

"是不是要结婚了?"彭小彭注视着他们。"那么就是钱不够?"

两个人还是不说话。

"想把她带回大陆去,或者你想留在香港。"彭小彭斟上三杯酒。"如果是这样,我都同意。如果不是这样,我就再也不猜了。"

"你都没猜对。"伍勤一口把酒喝干。"是关于你的事。"

"我的事?你们能给我办什么事?"在彭小彭认为:他办不了的事,别人不敢说,起码伍勤、金小姐之流也办不了;他不知道的事,他们也应该不知道。

"真是你的事。"伍勤说。

"是我的事你就说啊!"如果在平时,彭小彭早就发火了。但今天伍勤领着金小姐,就自当别论。

"你上了于丽老板的当。"金小姐看看伍勤,自己说开了。"她的计算机买卖是假的。"

"怎么可能!"彭小彭立刻觉得刚才喝下去的酒,在肝脏、胃囊、食道等处燃烧起来。

金小姐把事情的大概讲了讲:她也就知道一些大概,就是这大概,也是按伍勤的指示,从于丽和国际商业银行的往来文件中搜集到的。

"国际商业银行既然开给了于丽的颐和贸易公司信用证,它就应该给钱,不管对方的钱来没来。"彭小彭反问。

没人回答:金小姐和伍勤根本就弄不清信用证是什么。

"另外我也不止一次见过从Y国方面来的电传,并接待过Y国人阿齐兹。"他实在不愿意相信这事是真的。

"那些电传都是我从隔壁的华力公司的机器上发出的。至于那个阿齐兹,是于丽雇来的阿拉伯人。我后来还给他送过钱呢!"这些消息原来金小姐打算不是向于丽,就是向彭小彭换些钱的。后来因为彭小彭在阿齐兹调戏她时,表现出"凛然大义",所以她就在和伍勤商量后,赠送给了他。

彭小彭这下子不相信也得相信了,他坐回沙发,尽力把身体挺直。

"你得拿出一个办法来。"伍勤说。

"我目前还没有什么好办法。"彭小彭尽力在调整自己的情绪和思考能力。

过了好一会儿,他才问金小姐:于丽她有多大身家?

"我也说不太清楚,不过我估计连股票、房子、银行里的存款加在一起,大概也有一千万。"金小姐说。

"她有钱就好办。我能挤出来。"彭小彭已经完全恢复过来。"你们去休息吧。"他让他们走。"我一定会感谢你的。"他对金小姐说。

"要光是我,我就不一定告诉你。主要是他对你忠心耿耿。"她指指伍勤。

"他的耿耿忠心我是一定不会忘记的。"他拍拍伍勤的肩膀。

"你回去,我留在这里陪老板。"伍勤对金小姐说。

"你难道还怕我自杀了不成?"彭小彭笑着说:"就是分文不归,也不就是几百万块钱嘛!你快陪她去吧,'春宵一刻值千金'啊!"

等两个人都走了之后,彭小彭洗了热水澡。然后就给北京的秦解决打了个电话。

电话里一个很愤怒、很不耐烦的女声说:"他不在家。他从来就不在家。"

"那么我怎么才能找到他?"他问。

"你问我,我问谁去?"

"我找他有重要的事。"

"他能办什么重要的事?"女人话虽这么说,但还是把秦解决的移动电话号码告诉了他。

他祈祷了一下上帝后,再拨这个移动手机。

铃响三声后,秦解决出现了。

"我还以为你不接电话呢?"彭小彭觉得自己的运气不错。

"知道这个电话的都是重要人物。"秦解决没问彭小彭是从什么地方得知这个号码的,"如果你打我名片上的那个,顶多能打到我的二秘。"

"二秘漂亮,还是一秘漂亮？"彭小彭先开上个玩笑。

"各有千秋吧。"秦解决不想再和他聊:"你有什么事？"

彭小彭把VAX计算机的买卖和颐和贸易公司老板于丽的情况都说了说。

"好你个小子,玩布、玩衣服玩得不耐烦了,玩起军火来了。"秦解决调侃道:"你不想想:如果有一件事,既能获大利,又安全,我早就去了。能轮得上你?!"

"如果你再早说上一个月的话,我就不会陷进这个简单的骗局里去了。"

"戏法拆穿了都不值钱。不过凡是伟大的骗局,都是很简单的。"

"帮个忙,让我从这个局里出来。"

"你这已经是商务行为,超过了帮忙的范围。"秦解决知道自己的分量,不肯轻易答应。

"当然。当然。"彭小彭也知道规矩。"你开个价吧。"

"追回来的款项的百分之三十。"秦解决想也不想就说。

"三十是不是有些多？"彭小彭原来给他估得顶多是百分之十。

"如果嫌多就找别人去。"秦解决毫无商量余地。"我是开口不改的。"

"那就按你的价。"就算要回一半来,也比血本无归强。彭小彭想。

"我给你一个电话。你去找石老板。

彭小彭把秦解决说的号码记下来之后问:"这个石老板是干什么的？"

"你一定听说过'文革'时期北京有个石猴子吧？"秦解决问。

彭小彭当然听说过石猴子:此人的父亲是不大的一个干部,但他却以心狠手辣出名。每天几乎都要伤一个人。后来在一次械斗中出了两条人命,其中有一个是部长的儿子,从此他就销声匿迹了。

"石猴子当年是我和广州军区的一帮孩子帮助给弄到香港去的。二十多年来,他不光在香港立住了脚,发展得也非常快,几乎地下香港的半个都是他的。"

第十一章

彭小彭很顺利地就找到了石猴子。"我还以为你得'千呼万唤始出来'呢？"他在自报身份后说。

"知道这个号码的人很少很少,所以它就像北京的中央首长用的'红机子'一样地通畅。"石猴子说的"红机子",是中央领导专线代称。

他们约好晚上九点在一家僻静的海鲜馆会面。

彭小彭八点多一些就到了海鲜馆。他要了壶乌龙茶,静静地构思石猴子现在的形象。

早在一九六七年初,他就见过石猴子。当时石猴子已经是名满京华的"大份儿"——北京人管在江湖上占统治地位的人叫"大份儿"。现在想来,可能是占的市场份额大的意思——未见其人面时,他也想象过他的形象。可一见却很失望：石猴子是一个个头平常、身材平常、相貌也平常的人。"像这样的人,我一拳就能打他一溜跟头。"伍勤当下就说。这时他们两人旁边的一个相熟的人就让其噤声："就在前些天,他独自一人被一伙工读学校的人给截住了。他们个个手持大棒。"大棒在冷兵器中是威力最大的,远远胜过虚有其表的芬兰匕首、弹簧锁。"石猴子当下服了软。可就在那些人得意时,他趁其不备,从袖子里掏出一把短刀,抓住离他最近的一个人的脖领子说'你们谁也别动,谁动我一下,我就照着他的心脏来一刀。'人人都知道他的狠劲,所以谁也不敢再动。'你们都往远退。'

他命令他们。这些以能征善战著称的工读生们听话地退远了。他等他们退到了再也追不上他的地方,就开溜了。但在开溜之前,他没忘了给这个人来一刀。当然,他扎的不是心脏,而是肚子。"听了这段故事,他和伍勤不禁都肃然起敬。

看来一个人在江湖上势力之大小,与其说靠体力,还不如说靠名气。

彭小彭正想着,石猴子来了:他并没有像电影上的黑社会的头头一样,一出来就是"奔驰"车开道,前呼后拥的。而是一个人,穿件很普通的皮衣。

"想必是石先生吧?"彭小彭迎了上去。

"你想必就是彭小彭先生吧?"石猴子和他握握手。

等坐定之后,彭小彭说:"石先生离乡多年,但口音仍没变。"

"'乡音未改鬓毛衰'啊!"石猴子推开彭小彭的烟。

"你从来不抽烟?"彭小彭有些惊讶:烟是黑社会人不可缺少的"行头"。

"以前大烟也抽过。但后来都戒了。"石猴子说。

"我很早就知道你,也见过你。"彭小彭想和他缩短一些距离。

石猴子已经和秦解决通过电话,确认了彭小彭的身份,并想起他是陆军学院院长的公子。但他不想套近乎:"有什么事就说吧?"太近了生意就不好谈了,再说这一切都成了过去,现在说没有任何意义。

彭小彭刚谈 VAX 计算机,石猴子看看腕上的金"劳力士"手表说:"我用不着知道事情的起源,知道你要求的效果就行了。"

"六百五十五万。"

"她值这么多钱?"

"据说值。"

"如果她真的值,那就能要出来。"石猴子站了起来。

"你收多少费用?"彭小彭当然知道石猴子的手段。

"总钱的百分之五十。"石猴子不动声色地说。

彭小彭不禁倒吸了一口冷气:他的百分之五十,再加上秦解决的百分之三十和可能承担的法律责任,那么这笔钱和没了差不多。"这钱包括不包括秦解决的百分之三十。"

"我已经说过了:要回总数的百分之五十。"石猴子有些不耐烦。

"我考虑好了再通知你行嘛?"彭小彭几乎已经决定另想办法了。

石猴子看了他一眼。

如果不是像彭小彭这样,有过一些江湖经历的人,是很难经得住这阴毒、寒冷的一瞥的。

"悉听尊便。"石猴子把一张一百港币的钱扔在桌子上。"不过请你转告秦解决:以后再给我介绍人的时候,慎重一些,否则会闹得大家不愉快。"

彭小彭看着石猴子远去的背影,头脑里一片空白。

P审计官觉得国际商业银行的事调查得差不多了,于是他把全部材料带上,去了华盛顿。

在F城之深处,有一座新古典主义的建筑:高大的石柱、大理石的地板、装饰精良的天花板和巨大的M国国徽。最引人注目的是门口的两尊雕像:一个是高居云彩之上、袒胸的女神,她的手里拿着摩西的法典。另一尊是身缠腰布、高举橡木树和箭束的健壮男人。女像被称为"正义之神",男像被称为"法律之神"。它们象征人类执法的威严、公正和冷静无情。

这座建筑就是M国司法部。

P审计官在大厦里等了很久,才见到詹森检察官。

"有什么事情你就快些说。"詹森检察官是X行政区的联邦检察官,该地区所有的刑法都是联邦刑法,所以他比其他地方的检察官有着更显赫的威望和更大的权力。虽然他是一个相貌平庸的人。

P审计官没有多说什么——他的身份在约见时已经登记过,所以无须重复介绍——他只是把两份《国际商业银行情况摘要》递了上去。

詹森检察官心不在焉地翻开第一页——作为联邦的首席检察官,他经手的大案、要案实在是太多了——但没看几眼,就立刻全部投入进去了。

他看完之后,又看了第二遍。然后他打开电话对助手说:"把今天中午的约会取消。"然后,他让P审计官等一等,就匆匆走出屋子。

大约一个小时之后,他回来了:"我已经见了总检察官长。他同意立案侦查。"

P审计官一下子就站了起来:作为财政部的一名审计官,在有限的职业生涯中能遇到这样一桩大案,不是一件容易事。

"这个案件由我来负责。"詹森神气活现地说:"你这些由破布焊接起来的材料,作起诉用是远远不够的。还需要大大的补充。"

P审计官并没有计较詹森的态度,因为M国的联邦检察官从理论上说,是代表M国人民的。

彭小彭和伍勤一起到了颐和贸易公司找到了于丽。

金小姐虽然也参加了行动计划,但假装不知,给他们端上茶来;彭小彭安排她没必要就不用出场作证。

当彭小彭就VAX计算机买卖质询于丽时,她马上就承认了。

彭小彭继续再往下问,她也都承认。只否认了一点:在拉彭小彭入股时,她还不知道计算机买卖已经受到阻碍。

彭小彭根本不相信这一点,但就此和她纠缠,已经没什么意义。"你能赔我多少钱?"他直截了当地问。

"如果钱回来了,我就连本带利都给你。"她不肯回答。

"现在看样子是回不来了。"

"做买卖有个周期,要有耐心。"于丽端庄地坐在大班台后的转椅上,头发依然乌黑,皮肤依然月白。

"那咱们只好法院见了。"

"要打官司咱们就大陆法院见。"彭小彭当时也考虑到这一点。

"不知道彭先生还记不记得:在咱们签订合同时,我就提出把如果打官司要到何地的法院这一条款写上。彭先生您说：没这个必要。"于丽逻辑清晰地继续说："既然你认为没这个必要，那么依照香港的法律：在合同未特别注明的情况下，诉讼应在当地法院进行。"

她的这句话显然击中了彭小彭的要害，他一下子就瘫在了沙发上。他当下就想到了那漫长的法律征途、高昂的律师费用，更可怕的是他想到了再度白手起家的不可能性……。

"你的全部东西值多少钱？"伍勤认为这时他有必要出场。

"值多值少和你们没有关系。"于丽看也不看他。

伍勤一下子就冲了上去。

彭小彭一把就拉住了他："你这根本就不是解决问题的态度。"

于丽针锋相对地说："怎么不是解决问题的态度？第一：我当时不是向你借钱，而是请你入股。入股就意味着要共同承担风险。第二：就是你们现在动用任何势力来，胁迫我还钱，也是枉费心机，因为几乎我的全部财产，都已经抵押在 VAX 计算机上了。"

听了她最后这句话，彭小彭更无计可施了。

应副行长知道自己出面的时候到了："我可以利用我在国际商业银行的身份，把你的钱追回全部或大部分。"他单独对彭小彭说。

"那么我现在该做些什么呢？"彭小彭真是感激莫名。

"你把你和颐和贸易公司签订的合同给我，另外还要准备一份由于丽和你签署的法律文件：你负责向银行要款，在追回的款中，你有优先权。"

"我向您咨询一个技术问题：从理论上说，信用证就是钱，既然我们的货已经离港，国际商业银行就有责任把钱付给我们。"

"如果给国际商业银行开信用证的另外诸如汇丰之类的银行，那么它就会毫不犹豫地把钱先付给你们，然后再去找汇丰要，但现在信用证是国际商业银行瑞士分行开出来的，钱也是在那里消失的。等于是自己吃了自己的倒账。所以要有许多调查工作要做。"应副行长不紧不慢地继续说:"当然,也不是不给你们钱,而是要经过一段漫长的时间。"

彭小彭抽了一口气:漫长的时间后再给,也就比不给强不到哪里去。因为VAX这笔买卖,只是他许多买卖中的一个。也就是说,用的不是自有资金,而是贷款。别的不说,光利息就要命。"再问一个不客气的问题:我要是向法律提出诉讼呢?"

"你们不可能这样做:VAX计算机买卖的实质,你们应该比我还清楚。"

"确实。确实。"彭小彭被应副行长说中了短处。"您收取我多少费用?"

"办事总是要花钱的。"应副行长拖长了声调。"花多少算多少吧。"

"您这'多少'是多少?"

"至多不会超过百分之十。"应副行长肯定地说。

第十二章

詹森检察官组织起一个强大的班子,对国际商业银行展开了全面的秘密调查。

调查在开始时,遇到了一些障碍,但把它们克服后,剩下的就迎刃而解了。这是因为罪犯大都是些没有太大创造力的人,他们在使用一种手法成功后,就会重复使用这种手法,直到败露为止。

詹森检察官在综合了所有的材料后得出了结论:这是一个已经被亏损、盗窃一空了的银行,应该予以查封。

当然,对这样一个全球性的银行采取行动,需要最高层的批准和各国政府的配合。这需要一个时间过程。

"如果一个银行,比如像国际商业银行这样的银行破产了,会对M国的经济,以致世界经济产生什么影响?"在一次宴会上,詹森检察官对M国中央储备银行行长说。

M国中央储备银行,是国家银行,负责在商业行经营遇到麻烦时,伸出援助之手。当然它也负责商业银行破产后的清算。

詹森检察官自知酒多了话也多了,就弥补道:"我是在开玩笑?"

"你不应该开这样的玩笑。"这位"银行的银行"的行长说。

当彭小彭投出来的钱,又回到他的账上时,他设宴款待所有"有功之士"。坐首席的当然是应副行长。

"我今天可以放开了喝了。"一向在宴会上不说话的伍勤,今天显得格外兴奋。

"为什么以前不喝而今天可以放开喝呢?"彭小彭也发现伍勤有日子不喝酒了。

伍勤嘟嘟囔囔的说不清楚,总结其大意为:不喝是为了生一个健康的孩子,而现在既然金小姐已经怀上了,紧箍咒就能松了。

"祝贺你们。"彭小彭举起杯。"而且我不光拿话祝贺,我还拿钱祝贺。"彭小彭从皮包里拿出一张已经写好的支票。"我给你们二十万块钱,开到你们的信用卡账户上。"

伍勤万分感激,可金小姐却只说了声"谢谢",就接过支票。

今天的主菜是烤鸭。这是一道很霸道的菜——有的菜比较王道:虽然很名贵,但并不遮盖别的菜的味道。而它则反之——伍勤吃得很多不说,并一个劲让金小姐吃。

金小姐不习惯葱的味道,只是浅尝辄止。

彭小彭显然也看出了这一点,所以他特地又要了一盘山西大蒜:"一个在法国当烹调师的人告诉我:法国菜之所以能风靡全球,就是因为它大量地使用蒜。蒜是一种特别好吃的东西,吃完后,能使人产生一种充实但又飘飘然的感觉,就像喝酒一样,不过它要比酒善良。另外,"他看着金小姐说:"我正告伍太太:它还能美容。"

因为"法国菜""伍太太"和"美容"联合组织在一起,从不吃蒜的金小姐也尝了一块。随之她就被辣得直张嘴。

M国B州坦帕市,繁星闪烁的夜空下,有一幢灯火辉煌的别墅。一位叫穆斯纳的富商正在召开家庭舞会。

一队豪华轿车停在别墅门口,八个身穿晚礼服的男人从车上走下来。他们都是银行家,其中五位是国际商业银行 B 州分行的高层领导。他们都没有带女伴,因为请柬上注明"只请男士"。再说他们和穆斯纳的交情不深,对他的底细不很了解,只知道他是"黑道人物",和他们"志同道合",专门从事"洗钱"勾当,而且和他们有"业务往来"。

穆斯纳果然身手不凡,为银行家们办了一个火辣辣的舞会,并请来了几个脱衣舞女现场表演,然后让客人们玩个痛快。

深夜,酒酣意尽的客人们辞别穆斯纳,准备上车时,一群联邦调查局的特工和海关人员围了上来。穆斯纳走上去只说了一句话:"欢迎你们来坦帕市。你们被捕了。"

这个"穆斯纳"其实不是富商,而是 M 国海关的便衣侦探。他在詹森检察官的布置下,打入金融界,抓住国际商业银行 B 州分行为哥伦比亚大毒枭"洗钱"的证据,并布下了陷阱。

比这早些的时候,国际商业银行 B 州分行在下班后,大门警卫发现来了八个人。他们都提着箱子,穿着颜色难以形容的风雨衣,带有敌意地隔着玻璃窗窥视着。

警卫认为这是银行的例行检查,就透过玻璃看了一下领头的那个人手中的证件。

证件上写着:理查德·伯恩国民银行高级检查员。

警卫认为什么问题也没有了,就打开了门。

进门之后,伯恩要求职员们配合,在所在银行记录处所都贴上长方形的封条,上面印着红色的字:国民银行检查员之印。

三个小时后,他们控制住了全部银行现金、现金项目、汇划结算款项、有价证券、货款账户、货款担保品……

"B 行动"只是詹森检察官组织的大行动的前奏曲。他称之为"抽样行动",目的旨在抓住一些确实的证据,用以说服国会专门为此成立的特别委员会。所以一个星期之后,国际商业银行B州分行又恢复营业了。

回到房间后,伍勤躺在床上,还喷着浓重的酒气说:"老板对我就是好。老板对我就是好。"

"有什么好不好的?他的钱大部分还不是咱们给他弄回来的?就是卖消息,他也得给咱们这么多。"金小姐不屑地说。

"消息不是金子、不是粮食,你那个消息只能卖给他。可咱们当时没跟他要钱,等他钱回来之后,他也可以不给咱们。现在给了咱们,那就叫不错。"伍勤喝得虽然不少,但思路并不混乱。

金小姐想想也对,就说:"咱们把钱存起来?"

"不,买间房子。彭老板说:什么都可以生产,唯独土地不能生产,所以它能保值。"

"彭老板,又是彭老板。你的老板就是玉皇大帝,什么都知道?"金小姐最不喜欢的就是丈夫在彭小彭面前的那副窝囊样。

"我也要让咱们的儿子生在自己的房子里。"伍勤仍脸望着天花板,动情地说。

就这一句话,把个金小姐感动得一把搂住了他。

至于把房子买在什么地方,两个人有不同意见:金小姐要在香港,而伍勤要在北京。

"就在北京。"伍勤武断地说:"香港这个鸟地方,连老板这样身手的人都栽了,更别说我了。再说二十万块钱,也根本买不了。"

"这次我听你的,下次你听我的。"金小姐起码认为丈夫说的第一条是有道理的。

在彭小彭送应副行长回家的路上,应副行长就给伍勤二十万块钱的事,发表评论:"你这个人,对下人有些太好了,奖励过当,难以为继啊!"

"他不是您说的下人,而是我的哥儿们。"彭小彭认为应副行长是在偷换概念。

因为人文地理原因,应副行长不理解什么是"哥儿们"的真实含义,就缄口不言了。不过他虽然不理解这个词,但对彭小彭的为人处事,还是有了进一步的了解。

第十三章

春节前，于丽依照惯例给应副行长拜早年。

应副行长发现她这些日子以来，风韵尽失，老了许多。她的钱虽然大部分追了回来，但因为彭小彭占了先手，所以费用、银行利息都压到了她的身上，资本至少被蚀掉一大半。

"若干年前，我的生意做大，开始在银行的柜台上填写贷款合同时，我就明白最好的生意在银行柜台的那一面：你一旦向银行贷了款，你的死活荣辱就全到了它的手里。而它几乎是没有什么风险的。像是艘停泊在陆地上的船。"于丽说完就把个"红包"放在茶几上，买卖虽然已经不大，但该"意思"的仍必须"意思"。"给孙子们买糖果吧。"

应副行长虽然从不收客户的钱，但她给的是孩子们的"过年钱"，是不能推辞的。

于丽知道自己没了实力，也就没了地位。所以应酬了两句，就告辞了。

她临走前，应副行长让太太给她拿了一根吉林人参：人情就像账目一样，必须做经常性的清理，如果老是拖欠，就会形成很大的负担。

彭小彭在北京城里，也为过年忙碌着。

"妈的。"进屋之后，他把皮鞋踢出老远。"别人过年我过关。"

伍勤在包装一份份的礼物。

过年对别人也许是欢乐,但对像他们一样开公司的人来说,确实是个关:工商、税务、银行、商检……方方面面都需要招呼。当然这一份份的礼物是不能送到办公室,而要送到家里去的。别的不说,光上楼就是沉重的负担:你要给某单位局长、副局长送礼,他们住在一座楼的四层和五层上。可你却不能一次把东西都提上去,而要送了一家再送一家。这样你就得上九层楼。

当然,这些身居高位的人,不一定在乎东西本身,可你倘若不送,那则是"大不敬"之举,影响将是深远的。

"还有多少家?"彭小彭问。

伍勤数了一阵后说:十二家。"

"走。"彭小彭摇摇晃晃地站起来。"政府怎么光取消了放鞭炮,要是把年也给取消了该多好!"

应副行长备家庭宴会,宴请香港政府银行局的审计专员方先生。

在香港一地,最上规格的就是家宴:因为家里的菜亲切、有内容。而且一离火就上桌,根本不是大酒店那些虚有其表的菜可比的。对方审计官更是如此:像他这样的公务员,按照规定,是不能接受和职务有关机构、人员的宴请的。

"夫人、孩子都好?"应副行长问:他和方审计官是通家之好,所有的家庭成员都相当熟悉。

"托您的福,都还好。"方审计官的妻子和孩子都在英国本土,他本人也是正式英国身份。

"都好就好。"应副行长再给他斟上酒。"咱们这个岁数还盼什么?不就盼个合家安康吗?"

"安康也不容易。"方审计官转动着酒杯。"有一个消息通报给你,也仅仅是你。"

听到这,应副行长把举了一半的杯子放下。

"哈桑·阿贝迪得了心脏病。"方审计官眼睛看着火锅说。

从常理说,一个银行的总裁得了病,或换了人,会影响一些银行股票的行情。但问题不会太大,过些日子,行情还会上去。但应副行长知道方审计官既然把这当成消息,绝不会只有这一点点内容。

"似乎不是真的病。"方审计官意味深长地说。

"我是不是应该采取行动?"应副行长是何等人物,立刻听出弦外之音。

"世界各国的财政部、中央银行、海关都已经密切注意国际商业银行的资金流向,尤其是对银行高级职员的资金流向更是注意。英国海关、财政部已经通知香港有关机构,并做出如下决定:高级职员资金流动在五十万以上的,必须讲出理由。"方审计官往火锅里加了块炭。"这个决定,因为过节给耽误了,但节后一定会形成文字。"

"我如果以买卖的形式一进一出,会有多大动静?"应副行长不动声色地问。

"你知道 SDR 吗?"方审计官明白应副行长的"路径":进的是别人的资金,顶出的是自己的钱。可他没有正面回答。

应副行长点头。所谓"SDR"就是"特别提款权"的英文简称,它是国际货币基金组织于一九六九年建立的一种记账单位,它是根据该组织成员国在国际货币基金组织中摊付的基金份额确定的。这种单位一般用于政府间的结算,也可以与黄金、美元一起,作为外汇储备,向其他会员国换取可以自由兑换的货币。

"'特别提款权'很像这道菜。"方审计官指指放在一个雅致的清朝瓷盘中的"木樨肉"。"如果把菜炒熟端上桌子,就没人能分析出它原来的配方了。"

心领神会的应副行长立刻产生了一个计划。

彭小彭也被应副行长纳入他的计划。当然他考虑到彭刚被骗过一次的背景,没有直接提出要求。

另外更主要的是浪迹商海多年的他,明白做买卖的诀窍:在寻求供给之前,你必须首先制造出需求来。打个比方:假设你站在街头,举着一张百元大钞说:我只卖一块钱。那排除你是傻瓜外,绝对会被人当成骗子——因为没人会相信这样的"供给"。

综上所述，他只是随便在电话里提到某人要从大陆转口一批煤炭到印尼，有很多人希望加入。

这些"随便"说出的话，立刻给彭小彭造成一个"僧多粥少"的印象。

而这正是让人加入的事业的最佳境界。

于是乎，马力特别开发公司的三百万块钱顺利地流进了国际商业银行香港分行的一个特别账户里。

同时进来的还有应副行长以"商借"预付款""贸易"等各类名义搞到的一千七百万左右的款项——这些款项的抵押和保证，大都是国际商业银行的股票——这一大笔钱把他在国际商业银行的存款、股份都顶出后，还略有盈余。

第十四章

国际商业银行的查封工作是在全球同时进行的:各地财政执行官、各中央银行的清盘官员,在相差不到十二小时的时间内,出现在国际商业银行各地分行门口。

国际商业银行的被查封,立刻在国际商场上引起了混乱:由于它承办的金融业务停止,资金被冻结,它开出的信用证失效而无法押汇,原订的进出口贸易无法进行,大批的旅行社取消了旅游项目,大批的货物积压在港口,船期一误再误……

当然在这场风波中受损失最大的还是中小存户:因为国际商业银行如果倒闭清盘,他们至多能收回小部分存款。其中以香港等无中央保险制度的银行的存户最惨:如果上述情况发生,他们就一分钱也拿不到。

风潮在香港渐渐形成:存户们开始"烛光游行",开始"马拉松绝食"。

彭小彭的马力特别开发公司自然也不能幸免:他的所有商务活动立刻停止:京门饭店的公司本部同时关闭……

在瑞士一幢放满古董相明、清家具、外带花园的小住宅前,以退休企业家身份住在这里的应副行长,正在专心练太极拳。房间传来孩子们的欢笑声。

在离京门饭店不远的一幢位置不错,但施工草率的商品房的二楼里,伍勤在用力洗刷着溅满水泥的地板。

彭小彭一个人站在阳台上，默默地看着底下的一个自由市场，听着此起彼伏的讨价还价声——世界范围内的贸易，正是从这种讨价还价声发展而来的。虽然它的透明度要低得多。

市场和北京城一起，渐渐隐入夜幕中。彭小彭已经站了近三个小时，没人知道他在想什么。

"招呼你们老板吃饭。"肚子已经明显鼓出来的伍太太端着菜进来对伍勤说。伍勤弯腰从床铺下拖出一箱"二锅头"，从中取出一瓶。

把房子一块赔进去的彭小彭，这些日子以来就住在这里，两个人一天一瓶酒，现在箱子里只剩五瓶了。

"老板，想出办法来了没有？"伍勤问坐在桌子前的彭小彭。

"等把这箱酒都喝完了，我就能想出办法来。"彭小彭认真地回答。"酒对我就是瓦特看到的那把冒着蒸汽的水壶、就是那个砸牛顿脑袋的苹果。"

《黄河》　一九九五年第四期
《小说月报》　一九九五年第十期
《中篇小说选刊》　一九九六年第二期
《今晚报》《北方市场导报》连载
《男人辞典》　九洲图书出版社　一九九七年一月
《商场的故事》　湖南文艺出版社　一九九八年五月
《商界小说精品》　陕西人民出版社　一九九八年十月
《中国当代商战小说精选》　漓江出版社　二〇〇〇年四月
《权力的终端》　文化艺术出版社　二〇〇〇年一月
　　　　　后扩展为长篇小说《特别提款权》
《身份》　中国人民公安大学出版社　二〇〇九年一月

权力的成本

第一章

下班的时间到了,人们纷纷从北京城区机关大楼中涌出,奔向温暖的家。到了家之后,他们将安定下来,汲取能量、收发信、创造爱情,过一种真正属于自己的生活。

副区长金冶走到他办公室的窗前,在尽量拉伸着颈椎和腰椎的同时,向外瞭望。

区政府大楼的对面是刚落成不久的高达三十层的京韩宾馆。

顾名思义,京韩宾馆就是中国和韩国合资的企业。但金冶固执地认为这种合资只是名义上的:目前许多合资企业中的外资部分,不是根本没到位,就是来大陆打一个晃又回去了。更有甚者,某些所谓的"外资",不过是中方的某些单位,通过某个中介机构,找一个名义把钱打出去,然后再进来。之所以这样做,就是因为国家对合资企业有优惠政策。可在这一进一出中,许多国有资产就被消弭于无形了。而推原论始,这是一种歧视本国的企业的政策。他曾经在几次会议上谈到过这个问题。可惜人微言轻,没有引起重视。但他相信,总有一天,这种政策会像歧视本币的外汇券一样被取消。

京韩宾馆显然在召开一个大型的宴请活动,门口的各种型号的轿车在十分钟内,猛然增多。客人们都被若干旗袍在瑟瑟秋风中飘扬、美丽动人的迎宾小姐迎了进去。

这显然是一个规格不低的活动。金冶观察着那一列列排气量大都在三点零以上的高级轿车。这些在夕阳的照耀下,闪闪发光的车,都有车载电话天线等外在的权力标志不说,更重要的是它们的车牌号几乎都属于"A"系列。

民间的富贵者,为了显示自己的与众不同,往往会花大价钱,购买"888""618"等和"发"字谐音的号码。但此类号码的资源有限不说,也相当幼稚,就像手持移动电话招摇过市一样:真正的富豪,从来不自己打电话的。同理,真正的掌权者,只要选择某个字母,然后规定在这个字母以下的车辆,过任何关口、在任何停车场都不交纳任何费用,并且可以在不允许左转的地方左转,在不允许掉头的地方掉头。

是什么力量使得他们在某个特定的时间,集合在这个特定的地方?金冶放纵自己的想象。据说一只雌蛾放出一点点暧昧难解的蚕蛾醇,就会立刻使得方圆若干公里内的雄蛾身上的绒毛颤动,并以莫名其妙的热情顶着风飞向发源地。据说一只雌蛾释放出的蛾醇,能吸引来一万亿只雄蛾。当然这种事情从来没有发生过。不知宴会召集客人,释放的是什么醇?

宴会从来不能解决什么问题,它只是一种仪式、一种荣誉。尤其是这种大型的宴会更是什么问题也解决不了:人数一超过五十,多大的厅堂,也会成为噪音之海。

金冶终止了想象,回到了桌子前。

他今年四十三岁,身体健康,家庭健全。他已经过世的父亲是搞"学运"出身,解放后在一所大学担任党委副书记,后来是教育部的一个司长,也就是说是个中级干部:北京所谓的中级,并不是严格意义上的"中级"。因为北京的干部实在是太多了,多到在外地称之为"高干"的地市级,在这连辆车也没得坐。

他属于那种听话且能干的人,早在"文革"前上初中时,就入了团,并很快当上了初中团支部书记。他上的是一所重点中学,在那里唯一能骄人的就是学习成绩,并没有很多人想当干部,因为学生干部要干许多杂务,显然会影响学习。可他却认为这些杂务能锻炼人的办事能力,就把苦差当乐事来做。"文革"一开始,他顺理成章地当了"保皇派",不很积极地参加了运动。

后来他第一个报名去插队,并要求去最艰苦的地方。这个要求被顺利允许,他就到了陕西延安县。在没人管的"广阔天地"里,他的组织能力得到了充分的应用,很快成了插队青年的杰出榜样,甚至代表陕西省八万知青赴山西省昔阳县大寨大队,和戴着白毛巾但抽"牡丹"烟的"永贵大叔"签订了一份题为《扎根农村五十年》的合同——当然当时不叫"合同"而叫"协议"——但三年后,毛主席京城再发最高指示:"大学还是要办的,我这里主要指的是理工科大学。"他再次马上响应,并被顺利推荐到北京工业学院。

当时很多人都认为他是投机。但又无法从逻辑上找出错误:哪一回他不是积极响应党和毛主席的号召?这一次也是为了完成"上大学、管大学"的政治使命而去的。县里给他们这批派去占领上层建筑的"首届工农兵学员"举行了非常热烈的欢送仪式。在此仪式上,他声泪俱下地表示学成之后,一定再回来和贫下中农一起战天斗地。

但毕业后,他就被留校当了教员。任何人也没想起他当初的誓言:没有什么比群众更健忘的了。从某种意义上说,群众没有记忆,他们有的只是情绪。

他只在学院待了一年多,就坚决要求下基层锻炼。领导上先是表扬,然后就批准了。于是他去了南方一个大兵工厂。兵工厂的领导让他去技术科,但他要求去车间。

在车间他当上了班组技术员。这一下就是三年。

在这期间,他工作得非常认真,每一张图纸,哪怕是草图,他也画得一笔一划的。每天别人下班之后,他就把车床擦洗得一尘不染,地也扫得干干净净。起初别人还嘲笑他,认为他在哗众取宠,但慢慢地大家都习惯了。以至于他去结婚度蜜月的几天中,班组里的工友们看着渐渐肮脏起来的地,深切地怀念起他来。

如果说以前他的行为中有随波逐浪的因素、投机取巧的因素的话,在这个阶段,他完全是主动的,所有的决定都是观察和思考的结果。支持他的是这样一个想法:中国实在是太乱了,然而乱极则治。等到治时,就需要一大批有知识文化和实践经验的人。具备知识文化的人不少,有实践经验的人更多,但二者都有的人,却没多少。而我就是。

他这种即使现在看起来依然深刻的想法,一方面来自他读书的体会:插队前,他就读过《赫鲁晓夫时代》、德热拉斯的《新阶级》,当然还有毛主席的书。读毛主席的书,他并不是像一般人那样为了应景而读,而是真的读。读后他深感毛之伟大:只有他,才知道中国人在想什么和该如何管理。插队中,他读得就更加庞杂了:文学的、历史的、哲学的。他是一个读书为用的人,勤于思考又能结合实际。所以没有像毛主席说的那样成为"书本读得越多越愚蠢"的纯知识分子。

另外一方面来自父亲的教导:父亲作为一个党内知识分子,能读到并读懂许多高级的党内文件,并亲历多次运动。所以在他得知自己得了肝癌后,把化验单藏进口袋,就对唯一的儿子以非系统讲座的方式,一点一点地给他讲解政治的原理和技术——后一点在公元一九七六年前,是非常不容易听到的。

所有这些奠定了他的思想基础,自然也就奠定了他的行为基础。

他的这个想法和现在一些情况非常相似:有的人有梦想,但没资金;有的人有资金,但没梦想。如果你两者都有的话,你就是一个发大财的人。

由于他办事一丝不苟的态度、处理事情的公平和杰出的组织能力,一九七七年他就成了生技科长,再一年就成了副厂长,然后是市国防科工委办公室主任,市经委业务部部长,几乎是一年一个台阶。

在业务部长任上,他作为中方代表团的随员,和一个世界银行组织的多国代表团进行谈判。在谈判的过程中,日方表现出强烈的投资欲望,但鉴于众所周知的历史原因,我方却不太积极。"日本是资本主义,而资本主义永远是社会主义的敌人。更何况他们和咱们从清朝起就有仇。"这些说法在私下里涌动,控制着整个谈判过程。

就在谈判进入尾声时,金冶去了主持谈判的国家经委丁副主任的房间。

丁副主任的秘书是一个已经四十多岁的中年人,他一副"司空见惯浑闲事"的样子,以"首长已经准备休息了"为理由挡驾。

金冶挥挥手中厚厚的卷宗,说有重大问题要汇报。秘书板起门神般的面孔,官声官气地说:"无论多重大也得等明天。"金冶说:"明天丁副主任不就要离会了吗?""你可以去办公室找。"

金冶仍然坚持要进,因为他知道如果丁副主任回到国家经委的话,他这一级的官员是根本见不上的。

喧哗声惊动了丁副主任,于是他被放了进去。

丁副主任确实准备休息了,已经洗完澡,穿着自己的睡衣和皮拖鞋在外间侧着头看报。"有什么事啊,小伙子?"

丁副主任的语气和蔼,并示意金冶坐。在中国的高级官员中,他向以"工业派"著称。抗日战争爆发后,正在上海读书的他,怀着满腔热血奔赴延安。读完抗日军政大学,就被分配到陕甘宁边区政府的工业部门工作。

当时边区的工业除去纺织、粮食加工、机械修理外,几乎没别的。但就是这点少得可怜的工业,规划出他一生的轨迹:全国还没有完全解放,他就被派到东北负责水电。东北的工业基础甚是雄厚,中央还在延安期间,党内的有识之士就已经看出:谁得东北谁就得中国——这虽然和"得中原者得天下"的古训相反,却是一个真理——他在东北期间,掌握了真正大工业的管理知识。再以后他就到了上海,负责纺织。这时他已经是第一负责人了——这是一个很风光的位置,相当曹雪芹的祖上当过的"江宁织造"。

其时,他三十出头,风华正茂,突飞猛进,很快负责起整个上海工业的工作——当时上海工业就几乎是中国工业的代名词——但遗憾的是没过多久,他就和来华支援的苏联专家在工业政策方面发生了冲突。

此刻正是中苏关系的"蜜月":斯大林从不承认中国共产党到承认并认识到

中国共产党的力量,再到支持中国共产党,已经过了三个阶段而达到顶峰。如果有什么人在这时不管出于什么目的、以什么方式妨碍中苏关系,其后果是都是不言而喻的。与政治利益相比,任何利益都是小利益、局部利益。他很快就被撤职。

就在他几乎被一捋到底时,一个他过去的老首长拉了他一把。让他到他主管的国家经委当了处级巡视员。再以后,中苏关系冰封,大庆油田开发,他就去了石油战线。

工业不同于政治,起码在一定程度上需要靠科学来管理。他得到了舞台,并展示了自己的才华和经验,职务很快恢复,还略有提升。

"文革"一开始,已经到了北京的他被大庆的工人拉回去"专政"。等他再回来时,一只眼睛已经瞎了。

一九七六年后,他重新回到经委,负责规划工作。这个时期的规划工作是没办法搞好的。当时的中央负责人雄心勃勃,使用"只争朝夕"的精神,"大跃进"的方式,试图再建中国。于是乎,一套根据这种思想制定的宏伟规划出台了。但这些规划无论从国力还是从全国布局上看都是相当不合理的。但这次他没有正面对抗,而是用"称病"的方法消极对抗。于是在日后清算时,他与"凡是派"无任何瓜葛,因之得以在一九七九年再次出山。

有关丁副主任的故事,金冶听说过不少,所以他敢贸然闯关。坐定之后,他马上说:"首长的时间宝贵,我现在就汇报一下吧。"

他汇报的核心就是:日本是一个务实的国家,统治日本人思想的是强烈的民族主义。他们首先想到的是国家利益。他们不会用资本主义、共产主义这样纯粹属于意识形态的分类方法来看待世界的。

丁副主任眯起仅存的一只眼睛,饶有兴趣地看着眼前这个小伙子。等金冶要言不烦地说完后,大约一分钟,他才问:"日本人也和咱们一样:不管它白猫黑猫,逮着耗子就是好猫?不知道我理解得对不对?"

金冶点点头。

"还有什么事？"丁副主任把报纸叠起，眼镜摘下。

金冶表示没什么事了。

"咱们聊了半天，我还不知道你在什么部门工作，姓什名何呢？"就在他准备告辞时，丁副主任问。

金冶把自己的姓名、工作单位告诉了丁副主任。

虽然他不太相信丁副主任能记住。

丁副主任说了两声"好"，金冶就退了出来。

第二天，丁副主任继续参加会议到完。

虽然这次会议上没有任何实质性的结果，但与会者都在不同程度上思想大大地前进了一步。用丁副主任在结束会上的话说："解放城市、解放台湾、解放这解放那，数解放思想难。"

丁副主任也没有忘记金冶，大约在两个月后，就把他调到国家经委非生产经营局当处长——国家机关部级单位的处长，比地方局级单位的处长要高出半个格。

一九八五年，深圳向北京要干部。经委人事局推荐了金冶。但丁副主任不让金冶去："你和我再干上他一两年。等我临下去前再走吧。"

金冶自然同意：深圳在一般人眼睛中，是一个遍地黄金的好去处。但他自认为自己不是一个淘金者，没必要去。

丁副主任没有食言，在他临卸任前，征求金冶意见后，把他推荐安排到北京城区当了副区长。

金冶把桌子上的材料打开，开始仔细阅读。白天的时间，他几乎被会议、应酬和外出检查等占领，文件只能下班后来读。文件是权力网络中的主干道，上级的精神和民意的综合都在其上传送，是他每日必修的功课。

他来城区已经三年了。用他自己对妻子说的话来形容："三年辛苦不寻常。"初来时，区委书记让他负责卫生、计划生育等工作。用普通眼光来看，这些工作是很没有"油水"的杂务，也很难作好。但他认为"官"就是管"事"的，而"事"没有好坏之分,只要管得好,"官"就可以往大了做。所以桩桩件件作得有声有色,几次获得国家有关部门的嘉奖。

在此期间,他牢牢记着机关的箴言:城区无小事。

这是无数人从无数经验中总结出来的。因为有许多中央机关和领导人居住在城区。比方从某个机关传出一条指示:把卫生搞好。或者从某个领导那里下达一句类似的话——更要命的是后者——而你闻之不动,或没有动到他认可的程度,其后果往往是很不堪的。

他的前任就是因为类似的事,而被迫在换届时提前退休的。当然所谓"提前退休"不过是提前了两个月。可如果你朝中有人——这个"有人"是广义的,不专指你是某个人的儿子、亲戚,因为这些都是宿命的。而是指上面有赏识你的人,这种赏识是因为你的工作而产生的——在换届时就没有人提出你的年龄问题,于是你就可以再干一届。一届就是四年。四年就是一任美国总统。这个北京大学一九五三年的毕业生平素滴酒不沾,但在那次只有区领导参加的送旧迎新的宴会上居然喝醉了。他举着酒杯和金冶狠命碰了一下后说:"清朝有句俗话:三生不幸,知县附郭;三生作恶,附郭省城;恶贯满盈,附郭京城:你不是北京大学毕业的,你是学工程的。也许不会懂这句话。但如果你在我这个位置干上三年五年,就会明白了。"

金冶虽然不是北大毕业的,但这话还是懂的:所谓的"知县附郭",就是知县和知府在同一座城里,这样他的一举一动,都要受到牵制:完全没有了"父母官"的威风。"附郭省城"就是知县、知府、巡抚同在一城。附郭京城就不用说了。可金冶是喜欢用"两分法"来考虑问题的:任何坏事从某个角度讲也是好事:如果你的卫生工作作得好,或者绿化得好、治安搞得好,与别的岗位上相比,"回报率"要高得多。

但这所谓的好,也不是一味的奉承。去年区里的某个部门负责人向他请示:有个公司想出些钱,在公园里建一座寿星塑像。他起初没在意,顺嘴问:这要多少钱?回答是含糊的:大约三十万到五十万的样子。他一听就生气了:三、五十万到这些人嘴里,怎么就和说三、五块钱一样?但他没有发火:城区无小事,所以城区也就无小官。这个机关存在的年代太长了,水也深来根也茂。他只是问:一个寿星就要这么许多钱?是不是把公园的占地费也算了进去?回答是:这种好事,公园想干都没机会,还要什么占地费?!金冶知道这个公园是国家公园,虽然在他的管区内,但根本就插不上手。据说某个剧组想拍一部电影,公园开出个价来,把他们吓了一跳:即使把整部电影的经费都给了他们也不够。但这座历史悠久的公园领导是"金口不开,开口不改",文化部的领导出面说也没顶用。可这次他为什么这么慷慨报效呢?他装出不解的样子,随便地往下问。

这个负责人很愿意在自己的顶头上司面前显示自己是有背景的人,几下就把底全都露了出来:资格很老、党内的地位很高的张老,每天都要到这个公园里散步。而今年年底就是他的八十大寿。如果恰恰在这当口儿,有一座老寿星塑像适时揭幕,真寿星该有多高兴?当然这塑像不能像一般的英雄塑像一样,弄几吨水泥糊弄糊弄就行,而应该用真料,也就是铜质塑金。

金冶再次装傻:他不是已经休息了吗?

负责人是一个好为人师者,开始给金冶讲解起"做官"的"三字经"来:有些人虽然在位,但没有权力;有些人虽然已经休息,但依然很有权力,甚至权力比以前还要大。权力不是职务给予的,权力是影响力。所以让他高兴,是没有坏处的。他还从"人"的角度解释说:老人返璞归真,就和孩子一样,一哄就高兴。不同的是,他高兴了,分给让他高兴的人的不是糖果,而是权力。

他讲的这些"三字经"金冶起码在十年前就知道,但他还是认真地听下去:毛主席说过,必须要"言者无罪",才会有"知无不言"。

听着,听着,他就把底细全都摸清了:张老的办公室主任,现在一个重要的部门任职,寿星像一说就源于他。而那个出钱的公司领导,则是张老原来的生活秘书。

金冶认为这种事是不能干的:如果干了,某些领导可能会喜欢,但老百姓却肯定不喜欢。如今的城市里,什么都不缺,唯独缺少绿地。这个位于市中心的公园,更是大家喜欢的地方。他就不止一次地看见许多家人,带着孩子在绿地嬉戏。这幅《天伦作乐图》是任何见过的、有良心的人都不会忘记的。

但他没有正面否决这个动议,而是把它拿到区委会上去讨论。这个讨论也不是正面的,因为他知道如今就是最机密的会议,也不能保证完全不走漏消息,而且往往是越机密的走得越快。因为如果把消息比喻成商品的话,越机密的也就越紧俏。他只是在区委会提出:把"寿星问题"提交给区人大会去讨论。

区委书记如果不是"心照不宣"的话,也是"心有灵犀一点通",立刻同意了他的动议。

"寿星问题"很顺利地在人大会上被否决。

"人大会"不是"区长办公会"也不是区委会,在这种会上,代表们的一票,和主任的一票,有着完全同等的法律效力。所以一个议案,如果在"区长办公会"或区委会上被否的话,还会有人来找区长或书记,但从来还没有听说过有人为什么问题去找人大主任的。所以金冶认为"人民代表大会"确实是伟大的发明。当然,人大会上的重要议程都是经过区委会审定,起码也是和区里的主要负责人私下里碰过。

"寿星问题"的圆满解决,奠定了金冶在区委书记心目中的地位,所以在常务副区长上调后,他就替补上来。

等他把文件都读完之后,对面京韩宾馆的宴会已经散了。

第二章

一上班，金冶就遇到了一个难题：水利局和电力局的官司。

事情的原委如此：水作为国家的重要资源，已经立法保护。但在法律颁布之前，市水利局下发了一个文件，每吨工业用水加价一毛钱，用于水资源的开发和保护。但电力部门不干，他们有自己的理由：电价是国家控制的，一分钱也不能涨。所以如果水涨电不涨，他们无法消化。

"你能不能让一让？"金冶上来就先对水利局长说。

水利局是城区政府直接管辖的，所以要先拿自己人开刀。

"不行。"水利局长回答得很干脆。"市水利局的文件您一定看过。"

金冶点点头。

"这个文件市政府也转发了。"水利局长知道金冶叫他让是一个招数：电力是中央企业，也就是说，电力的全部利润几乎全都要上缴中央，地方上只留一点点教育税之类的"小钱"。他们这一级干部——主要是煤、水两家的当家人——经常议论：如果有机会，咱们一定要好好的涨一涨。因为煤、水一涨价，就增加了电力的成本，无形中就把中央的利润给拿了回来。

这个想法得到了城区的领导们的赞同：有谁不愿意自己手里的权力大一些呢？当然这里指的权力主要是经济权力。干部、司法等大权，是不容讨论的。可经济权力的大小，关系到全区人民生活的好坏：如果区财政有钱，就可以给老百姓增加工资、副食补贴，可以盖学校、医院、托儿所。对此区委刘书记有一句名言：手里没有米就叫不来鸡。

"市政府并管不了电价。"电力局长本来想说：管不了我们电力部门。但话到嘴边又缩了回来——你说他管不了，也对：电力和铁路一样，是中央直属企业，无论财政收支还是干部管理都和地方政府没有任何关系。但说他管得了，也对：你的工厂建在人家的地盘上、你的线路也要经过人家的地盘、你的家属要在人家地盘上就医、上学、死亡。而这一切，没有地方政府的配合，都是无法完成的。所以不能把话说绝。

"电价我们确实是管不了，但你们能不能在企业内部消化一些？现在地方政府的财政都有困难。"金冶说。中国有一个很独特的现象：类似铁路、银行、电力等垄断性行业，他们在作为经营者时，叫某某铁路公司、某某电力公司。但他们在同时作为政府的一个部门时，又叫某某铁路局、某某电力局。也就是说，他们既当经营者，又当管理者。这就和既当律师，又当检察官一样，属于体制上的乱伦。因为他们的财产和干部，都归各自的上级主管部门管辖，地方政府对他们几乎没有什么约束力。这种现象，使得他们成为一个个特殊的利益集团。这稍加观察就能看出来：每个大城市最高、最豪华的楼房，都是这些部门的。

"前几天，我为建变电站征地所招收的农转非的事，专门拜访了公安局长。我用的句型和您的差不多。"电力局长是"文革"期间华北电力学院的毕业生，岁数虽然比金冶要大，但因为金冶是"父母官"所以仍然对他称"您"。"现在电力非常紧张，希望你们公安部门能支持、配合一下。您猜，他对我说什么？"

金冶不猜也知道公安局长大概会说什么，但他并不接嘴：如果接的话，就会上了电力局长的圈套。

"他说，"电力局长学着公安局长的山东口音："'老沈，你有什么事就办什么事，不要紧张不紧张的。你说粮食、水、煤、房子、交通运输、医疗教育，现在有啥东西不紧张？'"

"正因为都紧张，所以你们这些相对宽松的部门，就要风格高一些。"金冶知道自己这话没说服力，但因立场所在必须说。

电力局长不承认自己的日子宽松。

"现在因为三角债的原因,区里已经有很多单位只能发百分之七十的工资,就是这百分之七十也有不少是用银行贷款发放的。但据我所知:凡是你不给我钱,我立刻就可以不给你产品的部门,类似铁路、煤气、电信,还有你们电力等,日子就好过得多。"金冶脸朝着水利局长说:"这就如同兄弟几个过日子,好的就支援一下差的,难关度过,一切都好说。"

"如果三角债真像一般人想象的那样,是条链子:甲欠乙一百块钱,乙欠丙一百块钱。那就好办了:我们拿出一百块钱,链子就解开了。可实际上是甲生产了一百块钱的东西,只卖出八十块钱的,剩下的二十块钱的东西积压在仓库里,所以他没办法把从乙处购买原材料的钱全部给了他。而乙也是同理。所以说三角债是企业经济效益不好、产品积压引起的。不是什么支援不支援的问题。"因为电是种很特殊的商品,产、供、销在同时完成,根本不会积压,所以这话电力局长说起来气很粗。

"你不要一副'皇帝女儿不愁嫁'的样子。"水利局长很不服,同是局级干部,电力局长的日子就要好过得多,职工的工资福利比水利要高,子女就业率也高,就是汽车的排气量也比他的大。

"这是体制问题,不是你我能解决的。"电力局长不无得意地说。

金冶也看不惯电力局长那副样子。某次电力局长在别人称赞金冶的文化水准很高时,曾作如此评价:"他一个工农兵学员能有什么文化?!即使他再努力自修,也不过和妓女从了良一样,不顶什么用。正规的高等教育没什么可取代的。"他当时听了这话,心里也很气,但并没有表现到脸上来,还把这个打"小报告"的人给训了一顿。"非常感谢你给我们上了一堂经济课。"虽说工作是工作,个人意见是个人意见,但讽刺味道还是在他的话里带了出来。"咱们还是协调一下把问题解决了为好。你能不能尽量让一让?"他向水利局长说。"你呢,也多少接受一点?"水利局长没有表示,但心里已经认定可以稍微降低一些。

"恐难从命。"电力局长一点也不肯让。前些日子煤炭涨价,就已经闹得他焦头烂额,后来铁路运费又涨,如果水再涨的话,企业就要亏损。虽然这是政策性的亏损,但亏下的钱,十分只能拿回三分,更何况在自己的任内亏,面子上总是不好看。

"政策性亏损的钱,中央会出的。"水利局长说。

"中央要是出的话,我也就不和你们争了。"电力局长看着金冶说。

"如果中央不给你们钱,你们早应该维持不下去了。"金冶知道别人都认为电力部门财大气粗,但实际上也是亏损大户。

"维持是能维持,但是发展的钱没有了。"电力局长说的是实话。假设一个项目,要一个亿,但只到位了七千万。它买材料、发工资,也能干下来。可更新设备的钱、培训人员的钱都没了。这种隐性的亏损,一时看不出来,但总有一天会表现出来的。再说中国的企业效益都不是很好,要想发展,主要靠投入。如果不注入新的资金来扩大规模,建立新的电厂,那么电力基本建设单位没活干,工资就发不出来,电力院校的毕业生也就分不出去,电力职工的待业子弟就无法安排。如果都像这样,你一刀我一刀的,没了效益,拿什么来投入?"你们要是能从中央把水涨价的钱要回来,要回多少我给你们多少,一分也不截流。"

"如果你一点点也不同意让的话,我们就要采取相应的措施。"水利局长有些火了。

电力局长双手一摊,表示悉听尊便。

"不要意气用事。"金冶知道自己必须有一定的高度。

"你不给我们钱,我们就停你们的水。"水利局长说。

"那你们就要考虑到用电的问题。"电力局长当然不甘示弱。

"你敢停我们的电?"水利局长讥笑道,"我们的办公楼可是和中央某部在同一个变压器下。"

"既然你如此不合作,甚至采取威胁的手段,我也有我的办法。"电力局长无视金冶桌子上的"禁烟"标志,拿出一支烟,让也不让就抽上了。

金冶知道今天就是再谈下去,也不会有什么收益了,就说:"你们再各自回去研究、请示一下,咱们过两天再议。"

金冶刚刚把康柏486微机打开,准备把一些资料和想法输入进去,就有人敲门。

"请进。"金冶一点烦恼也没有,和人搞不好关系,是他这个职业绝对不能允许的。

进来两男一女,都是四十到五十的样子。金冶从服装上分析:他们如果不是街道办事处干部的话,就是中小学教员。

他们一开口说话,他就知道是后者。

"我们要找区长或书记,谈谈我们学校的情况。"首先发言的是中年妇女。

"各位老师先坐。"金冶给他们倒茶。如果来的是街道办事处的干部,他就会省略这些繁文缛节,因为大家都是同一行中人,使用的是同一种游戏规则。再说如果对自己手下的干部太客气的话,他们就会丧失距离感、分寸感。没有这两样东西,整套机构就无法运行。而学校的教师则不同:他们属于知识分子。用老话来说,就是"士"。

对待"士"和"官"应该有明显的区分。他至今还记得这样一件事:有一个不算太出名的建筑学家,因公去一个中美洲国家。可到那里没几天,心脏病就犯了。这是一个"欠发达国家",医疗水平很低,使馆的医生建议他回国治疗。可通往国内的航班,一个星期只一班。这时他的一个学生出现了,并且正好是中国民航驻此地办事处的副主任。他说:"您的运气不错。某某访问中美洲,这里是最后一站。明天就回国。我可以把您安排在他的专机上。"建筑学家"重病逢良机",自然喜不自胜。第二天早早就上了专机。大约一个小时后,某某随员们先上来。他们都看到了建筑学家,但谁也没问什么。专机带人,就和火车带人一样,谁知道是站长让带的,还是列车员自己带的?最好是不要去问。某某最后一个挥舞着手上来,就在机组人员准备关门时,他看见了这张生面孔,马上就问:"你是哪个单位的?"随员们追随他二十多天,他已经熟悉得不行。建筑学家赶紧自报门庭。

某某想了一会儿后说:"你怎么上的飞机?"建筑学家为人师表一生,从不说谎,直接把途径原委告知。某某听后大怒,指点着门说:"你给我下去!"建筑学家几乎是捂着面孔和心脏下来的。送行的人也都愣了,怎么送了半天,又送下一个来?建筑学家在这个国家大病一场,差一点就回不来。回来后若干个月,方才病愈。说来也巧,正赶上人代会。建筑学家是市团的代表,金冶作为政府官员列席这次会议。会上,建筑学家联合几个同道,指名传唤某某质询。某某起初还不在乎,自认为枪林弹雨,什么没见过?可没几下,就招架不住了,赶紧道歉。可建筑学家不肯罢休,继续质问。另外又有越来越多的人加入。最后一个比某某更高级别的人出面说和,才把事情给了了。没过几个月某某就休息了。当金冶向妻子说这事时,妻子表示不相信一个人大代表有这样的力量。他解释道:"建筑学家也许确实没有这个力量,任何一个高级干部下台,真正原因基本上都是政治。但建筑学家起码给某某的对手们提供了一个机会。打个比方:一个人摔倒了不要紧,马路上过一辆车也不要紧,怕的是你摔倒了的同时,正好过来一辆车。"妻子听了,似懂非懂。但他确实从中悟出了一个道理:可以给下属的干部施加压力,但必须给知识分子以自由,哪怕这种自由仅仅是表面上的。

女教师自称是光华胡同小学的校长。

"我是这个区的常务副区长,有事情可以给我说。"教育虽然不是他分管的,但"常务"一词就意味着什么都可以管。

男教师把一份报告递给他。

金冶很快就把报告读完。"您抽。您抽。"他对已经把烟掏出来,但看见"禁止吸烟"的牌子后又放回去的男教师说。"光华胡同小学和回民小学合并的事情我知道。这是区人代会通过的。"

金冶确实知道这件事:光华胡同在建筑京韩宾馆时已经拆迁。胡同不在了,所属的学校商店等都不复存在了。为了安置光华胡同小学的教职员工,就让他们和回民小学合并。但因为拆迁时,大部分人都安排在其他地方,生源就大大减少。回民小学只增加了八个班级,而原来光华胡同小学是按二十四个班级配备的教员。这一来,教员又大大过剩了。加上现在各个教育单位的经费又实行总承包,没有教位的教员自然在经济方面会受到损失。

"我一九六四年中师毕业,一直在教育战线上工作,在校长岗位也已经干了六年。"女校长说,"按区教委文件,我是正科级。可回民小学根本不给我这个待遇。"

金冶虽然知道"正科级"这个位置不会有什么待遇,因为从女校长的工龄和年龄分析,她的工资水平已经远远超过了"正科级",恐怕比"处级"还要高。但他还是说:"我会到回民小学了解一下的。"

"我这个校长他们不安排,那我们的教导主任、总务主任他们就更不安排了。"女校长的声音越来越高。"他们一个也不安排。"

"您最后一个说法恐怕就不全面了吧?"金冶把身体往后靠了靠,加大了和来访者之间的距离。

"他们就挑了一些能上课的。"总务主任是山东口音。当他说到这,女校长瞪了他一眼,看样子她的余威还在,他立刻打住。

"我是中学的高级教师,可他们只按普通教师付给我工资。"教导主任把自己的《专业技术聘任书》递给金冶。"你说他们讲不讲理?"

"具体情况咱们具体分析。"金冶翻开证书。"评审委员会评出的只是资格。"他读着上面的话:"经市级专业技术职务评审委员评审,符合任职条件,具备中学高级教师职务任职资格。"他翻了一页,根据专业技术职务聘任制度,聘任某某为高级教师。"他把证书还给教导主任。"如果没有人聘用你,你就和我这个副区长在人大会上没有通过半数一样,不能担负这个职务。"他对这些东西是很熟悉的。

"我在七十年代创造了'结合式教育法',论文在很多报刊上刊载。"教导主任从一个牛皮纸大信封中取出一些发黄的报纸。"您看。"

金冶大概翻了翻,发现这些报纸都是一九七七年和一九七八年的。而教导主任所谓的"结合式教育法",无非是"走和工农兵相结合"的翻版。现在看来已经没有任何意义。他把报纸还给教导主任。

教导主任还想说什么,但张了张嘴,没说出来。

金冶站了起来,用身体语言说明客人们该走了。

三位教师都很敏感,也随着站了起来。

"教师是人类的灵魂工程师。小平同志也说:我们最大的失误在教育。"金冶边往外送这几个教师边说:"你们的问题我一定抓紧办。"

三个人露出一副很感激的样子

回到办公室后,金冶把三个教师的情况,记录在本子上,并批示:教育局办。一个星期后将结果告我。然后就近在传真机上复印一份留底。

他一向是这么办事的。如今的机关充满了惰性,几乎没有什么事情是不让人催就能自动进行的。这些教师们,虽然其中有校长、主任,但他们来区长办公室一趟,也是要鼓鼓勇气的,能不见官时就尽量不见官,这是中国人固有的习惯。当然他相信这些人不是好的教师,虽然他们有很好的履历、有职称证书。但就是没真本事。

"有的话,早就让人给抢走了。"他自言自语道。如今要找一个好处长容易,找好医生、好教师、好厨师、好司机,那是难上加难。

金冶关门时想起于天霸的故事:于天霸是个和他年纪差不多,又同住一个院子的人。他以前叫于天。父母去世后,他因为崇拜黄天霸,就加了个"霸"字。于天霸不喜欢学习,专攻技击。今天拜这个为师学"行意",明天又拜那个学八卦。父母留下不多的遗产,没多久就让他给"师傅"们买了烟酒糖茶了。中考落第,他就买了辆三轮车,在前门一带拉车。

拉车一行,在六十年代的经济地位和现在开出租汽车的差不多,收入不菲。他除去吃喝以外,全部投入"武行"中。但他的身材矮小天赋不足,练了多年,在"武"的方面总是不得出人头地,也就是说,在黑白两道上都没有成绩。所谓的白,指的是在全国武术比赛上得上名次——武林中人并不像小说中描写的那么超脱,儒以文上进;侠以武求身,千古同理。据一本《拳志》记载:某某拳掌门人,被清朝政府封为"四品带刀护卫,整个门内摆宴席庆祝十天,其欢欣鼓舞可想而知——所谓的黑,指的是江湖上没有名气,也就是说,他在打的方面也不行——在这方面,靠师傅指点、套路的纯熟,是不行的,重要的是经验,而经验是靠你在街头打过多少场次的架。可他偏偏胆子特小,一场正式的架也没打过。

于天霸仔细地分析了自己的优缺点之后,开始转练轻功。一练轻功,他原来的缺点,立刻变成了优点:身轻如燕。只有"身轻"方能如燕。加之他非常的努力,大约只有两三年的功夫,他就能不凭借任何东西,只要助跑,就能把吊在六、七米高处的灯笼给摘下来。再后来,能在墙壁上行走如飞。赤手攀登水泥墙。水中立上几根木桩,三跳五跳就过去……所有这些,再加上随着时光的流逝,他在武林中的辈分渐高,有许多门徒给他吹嘘,俨然变成中国"阴柔功大师"。他的一个徒弟甚至在一张很权威的报纸上撰文说他在盛夏时分,从一个千年古柏下经过,其阴气腾腾,竟然使得树上的叶子纷纷坠地。更有甚者,说他能背靠墙壁,贴住上行。

这些消息一传十,十传百,引得许多人前去瞻仰。但天霸大师轻易不露,只是让他的徒子徒孙们给表演一两手稀松平常的。但这些都不影响他的名气越来越大。直大到一个美国的体育代表团来拜访他。和代表团同行的还有北京体育学院的教授以及体育报、电视台的记者们。

"天霸大师"并没有拿他们当回事,让记者们看完全国各个报纸报道他的事迹的剪报之后,仍让徒弟们来搪塞。可美国人也拿出他们的求实精神,硬是让他表演,并说:"你如果能在柏树叶子坠地、背壁行这两样中,做出一样示范,就让你到美国各个城市巡回表演,并日付一千美元。"

于天霸面不改色地说:"我不能让国宝外传。"

这时体育学院的教授说话了:让树叶子落地,这很可能是外界误传,但你只要能贴在墙上,哪怕只贴一分钟,你就可以跟我走;教授我不敢保证,但副教授是没问题的。"

于天霸被逼无奈,只好换上轻功衣靠,给他们表演。

但他不知道那天是紧张还是身体条件不好,贴了几次,就掉了几次。最后一次竟然摔得不轻。

于是在一片哄笑声中,众人作鸟兽散。

中国多的是有各种各样证明文件、各种各样资历的"于天霸"们,少的就是那些有真本事并干实在事的人。金冶想。

第三章

十二点稍过,金冶进了京韩宾馆的大门。它虽然和区政府大楼毗邻,但他是第一次来。

这个地方确实讲究,他边往二楼走边想。就连这些钉地毯的铜钉,也个个闪闪发光。看来国外的管理,确实值得学习。可惜的是管理这东西,实际上是上层建筑,无法脱离经济基础、文化基础的支持。

他进了英国厅时,曾可凡和组织局的苏副局长已经把菜点好了。他抱拳至歉。

"首长晚来一些是可以理解的。"曾可凡给他拉开首席的椅子,并把苏副局长介绍给他。

"久仰。久仰。"金冶和苏副局长握手。他知道苏原来是曾可凡父亲的办公室主任,目前干部组织局副局长

曾可凡让服务员把菜单读给金冶听。

金冶示意服务员没这个必要。曾可凡是他中学的同学,最后一次见他,还是在四年前的校庆时。四年不见,他明显的老了,但他还是说:"你好像能抗拒时间的侵蚀似的。"

曾可凡高兴地捋捋染得相当成功的头发。他的父亲建国初期就是相当高级的干部,后来一直在计划部门工作。老头在官场上非常成功,即使在"文革"当中,也没有受到多大的伤害。老头共有三个儿子。名字分别是:曾问题、曾决策、

曾解决——曾可凡原来的名字叫"解决",后来一个父亲在检察院作检察长的同学说:依照你父亲起名字的理论,我们家的孩子得叫:侦察、立案、批捕了。他听了觉得有道理,就改成"可凡"——目前,问题是世界货币基金组织的一个干部。其级别是专员。年薪十万美金。他不是中国的派出人员,而是世界货币基金组织的雇员。决策是一个正在上升的高级干部的秘书。

三个孩子当中,老头最喜欢曾可凡。早在十年前,他就想让他先到一个县里锻炼,然后上党校,最后成为正式的官员。但曾可凡不干,他对父亲说:"你的官不小,但这官是虚的。也就是说没有什么具体的经济利益。"老头不同意:"我坐的是世界上最好的奔驰,住的是内部已经现代化的前清军机大臣的房子,另外还有中国最好的医疗条件。这些东西如果都用货币衡量的话,没有一两百万是拿不下来的。别的地方不说,北京城内有几个有一两百万的人?"曾可凡听到这笑了:"我姑且不和你讨论北京城内有多少一两百万的人,反正说出来您也不信。咱们先说您一退休,汽车也许有给您保留,但不那么好使了。房子当然不会让您腾,但有一个先决条件:您和妈妈都走了之后,必须给人腾出来。更重要的是医疗也不行了。"曾父马上反驳:"医疗条件是不会变的,还是北京医院高干病房。"曾可凡笑道:"您这就掩耳盗铃了不是!北京医院高干病房的内幕您还不知道?上次您的肺上出现一小阴影,连我也知道不会有什么大事,但一支全中国最好的医疗队还是出现了。他们拿出了一个详细的医疗方案,还总结出三条原则。"曾可凡学着那个医生的江浙口音:"第一是确保首长安全,第二是消除病变,第三是尽量减少首长痛苦。最后证明完全是虚惊一场。等您彻底退了之后再去试试?"他顿了顿,"这一切都是由权力派生出来的,而不是您本身固有的。公有制的特点是:当你掌握着它的时候,什么都是你的,而你不掌握它时,就什么也都不是你的了。另外,它还是很短暂的。"

他的话显然深深地触动了父亲。老头思考了好一阵才说:"你想掌握什么?""把您那些虚的变实。"老头又问如何变?"通过商业的途径。"曾可凡把自己的设想说了出来。

第二天,老头就批准了儿子的方案。

曾可凡在实施这个方案时,表现出极大的才能。所以他在出道后不久,就成了有"亿万身家"的人。

菜很快就来了,金冶边品尝着素淡雅致的菜,边思考曾可凡为什么请他吃饭。

"听说最近要调整一下市里部委区局的干部。"苏副局长不紧不慢地说。

金冶专注地看着苏副局长,没有搭腔。对于苏这个人,他从各个方面了解的不少。在曾父掌权的时候,他是他的办公室主任。是个相当喜欢弄权的人。换句话说,当时曾老头的很大一部分权力,是掌握在苏的手里。曾父当然不是个糊涂人,在工作方面也是有能力的。但他管的摊子实在太大了,大到一个人的目力不能及的程度。在这种情况下,诸如毛泽东那样伟大的人也会被欺骗。大跃进之后,在总结经验的会议上,毛曾对各个大局和省委的负责人说:"我知道你们虚报产量,所以我已经把你们报上来的数目除了个二,谁知道仍然是乘了个八。不能说毛不重视调查研究,他经常亲自到各地去看。但官吏们自有对付他的办法。你不是想看粮食产量吗?我就在你来之前,把若干亩地的农作物集中到一亩地里让你看。你如果想看钢产量,我就造一本假账,把几个月产的钢都堆在一起,如果不够,我就从别的地方采购。毛主席对这些不能说没有察觉,所以他后来根本不相信汇报,经常布置身边的警卫战士们利用回家的机会,给他搜集情报。但他不相信汇报也好,相信汇报也好,在最终作决策的时候,仍然要有所依据。这些依据就是经过各级整理、调整过的报告。决策一定,计划也就根据它编制出来了。

大是一个方面,权力过度集中也是一个方面。权力在一定阶段是很具体的。以分房子为例:房管科长确确实实知道谁个没房、谁个的名下已经有了一套房、谁的房不好。但到行政处长那里,就不那么具体了:他只知道一个大概,也就是说,给甲单位多少,乙单位多少。到了局长那里,他不再为具体的房子操心,而变成如何筹集盖房子的钱的问题。到了省长那里,连钱是盖房还是买设备这些特性都被淹没了,一切的一切都变成了平衡预算的问题。假设这个省长是一个精力过人、一心为公的人,他不相信这些钱都用在该用的地方,他一个一个开始亲自调查。那么以一个中等的省论,它的省辖市、专区行署连同厅局起码也有二三百个。一个地方查两天,你一年当中就什么也不用干了。

从上述中就可以看出,权力集中到一定的程度后,已经超过一个人的处理能力。如果你坚持一个人处理,就和一台个人微机要处理全球的天气情况一样,从物理上说是很荒谬的。所以必须把权力分散下去。

这些权力资源首先就流经像苏副局长这样的"身边工作人员"。也就是说,这些"身边的工作人员"连同首长,构成了神经中枢。

也许有人会说:把这些"身边工作人员"选好了不就行了?

这里面仍然有一个"过大"和"过度集中"的问题。考核一个干部的政绩如何,和查对一笔钱用得是不是妥当,是一个工作程序、一个原理。还是以一个省委为例:假设一个省委书记事必躬亲,马不停蹄地把每个县都跑了,那么在他的任内,能把各个县的县长、书记都认识了,就算很不错。更不用说副县长、副书记了。

苏知道自己的价值,并且能把手中的权力发挥到极致。权力的实质就在于运用。权力就像土地一样,你拥有一片土地,如果谁想种谁就种,既不用你同意,也不用给你交租子,那你的"拥有"就毫无意义。权力更是如此:如果你真的像书本上所说的"为人民服务",谁有什么事情来找你,你就立刻去办,那么你确实成了"公仆"了。

当曾可凡步入商界后,立刻和苏结合在一起。于是乎各种紧缺的物资、配额相当方便地到了他们的手中。有了曾可凡,苏的胆量立刻就大了起来。但他是个聪明人,在曾父快到站的时候,及时到了干部部。也就是说,从一个管财的人,摇身变作管人的人。

"一个大经济学家曾经说过:天下没有白吃的午餐。"金冶知道形势越早明了越好。"不知两位有什么需要我效劳的?"

中篇小说 | 权力的成本

苏副局长没有说话,低头在专心对付盘子中的螃蟹。

"我们的一个朋友,想把这个宾馆的地下室包下来,作为一个娱乐场所。"曾可凡说。

金冶做出不解状,看着曾可凡。像这种宾馆内部承包的事情,是不用通过政府的。

"问题是这是和一家韩国的公司合资干的。合资必须经过你们审批。这第一步迈不出去,一切都无从谈起。"

金冶虽然对合资这种形式有自己的看法,但仍表示可以通融。

"这第二个问题,也是关键问题:我们的娱乐方式比较独特。"

金冶这次没有接曾可凡的话,虽然他几乎已经知道了曾的"底牌"。不好说的话,最好让他自己说。

"我的朋友想开一个老虎机场。"因为金没有反馈,曾可凡说起来,就不那么顺溜。

"也就是说是个赌场?"金冶知道必须给他定个性。

"也不完全是。我们用的只是宾馆内部的塑料币。也就是说只能在宾馆内消费。"

"内部消费是怎么一回事,大概你比我还要清楚。"金冶反问。所谓的内部流通的塑料钱,只要稍稍打一个折,就可以换成"硬通货。"就算宾馆明令禁止,从事换钱的人、看机器的人也会在暗中进行。

"不管它实际上是怎么一回事,从法律上是能讲过去的。"曾可凡类似的事情干过许多,所以话说得很明白。"更重要的是我们这个游戏场,是专门对外国人的。也就是说,只有持有外国护照的人才进去。"

金冶认为这更是掩耳盗铃了。"这事很复杂,在我的记忆中,类似这样的场所,恐怕要到公安部门去批。"他清楚地知道有关的规定,故意把它说的不明白。

"公安部门我们自己去想办法。"曾可凡说,"问题的关键是事情必须从你们

301

这里发起。"

"应该由你们来发起才对。"金冶笑着说:"我只是一个审查、批准者。"

"对,是由我们发起。"曾可凡承认自己说的不对。"第一关就是城区政府。如果你们不同意,一切就无从谈起。"

"我一下子也无法回答你,等我回去咨询一下再说如何?"

"最好快一些。"曾可凡看上去有些不高兴了,他在别的地方办事从来都是很顺的。

"办任何事情也不能太着急。"苏副局长插了进来。"来,咱们干一杯。"

金冶和他们两个碰了一下,但只是象征性地喝了一点。

苏副局长和曾可凡却一口气干了个底朝天。

曾可凡向金冶亮底示意。

"我下午还有一个会。"金冶说。

"谁没开过个会啊!"曾可凡不屑地说,"你的酒量我又不是不知道!"

"据说当年的外交部部长乔冠华和副部长姬鹏飞都是好酒量。某次他们两个宴请刚到任的阿尔巴尼亚的大使。乔和姬就相约把大使给灌醉。可大使是一个滴酒不沾的人,他们退其次灌刚来的参赞。参赞防不胜防,宴会结束时已经大醉。结果在开车回家途中,把一个人给撞死了。当然参赞不会为这个事而被判刑,可影响还是很不好的。阿尔巴尼亚是当时欧洲唯一点燃的社会主义明灯。后来这事被周恩来知道,他狠狠地批评了乔和姬,并做出规定:在外事宴请中,任何人饮酒不得超过自己酒量的三分之一。"金冶转动着手里的杯子。"我从知道这典故之日起,就把它当成了自己的规矩。"

"规矩也不是不可以破的。"曾可凡还是坚持要让金冶把酒干掉。

"规矩就是规矩。自己破自己的规矩更没意思。"金冶不是能随便让人左右的。

苏副局长觉得自己应该出面解围了:"主随客便。算了吧。"

曾可凡不再坚持。"酒你可以不喝,但我的事情你可要快些给办。"

"这种事情比较微妙,我回去研究、请示后,一定尽快答你。"金冶作为一个优秀的机关工作者,是不会轻易让人打中重心的。

"你是常务副区长,这种事你批一下不就行了?"曾可凡酒喝的不少,思路已经不太清楚。

"所谓的常务副区长就是经常向区长建议,而区长经常说不行的人。"金冶把区长抬出来。"来,"他举起酒杯,"不管事情今后的进程如何,咱们把这最后一杯给干了。"

出门后,曾可凡去开车时,苏副局长好像很随便地说:"回去代我问候老刘。"

"好的。"金冶知道苏说的"老刘"是城区的区委书记。

"有消息说他要动一动。"

"我还是第一次听说。"金冶知道苏把这个消息告诉他,就等于送给他一件贵重礼物。但他不想要这礼物,所以就不接着提问。

整个下午金冶都在开会,散会后一回办公室,发现自己在市立医院当内科大夫的妻子在里面。

"你是怎么进来的?"他笑着问。

"我毕竟是你的太太,所以秘书就把我放了进来。"

金冶问妻子从哪里来?

"本次例会是在你们区医院开的,我顺便就过来了。"妻子理了理头发。

"有没有遇到好素材?"金冶问。北京的医学界有一个很好的习惯,每个月都召开一个行业会议,把各个医院遇到的疑难病例拿到会上讨论。会址是一个医院一个医院地轮。

身为内科主任的妻子是个很敬业的人,开始给丈夫讲今天遇到的病例。

金冶不很懂妻子的专业,但还是很认真地在听。

等妻子讲完,他问:"我发现每次你们对疑难病例的讨论,都是以解剖为基础的,万一遇到一个疑难病例,可死者的家属不同意解剖又该怎么办?"

"医院会出大价钱去买。"

"如果家属坚持不卖又该怎么办?"

妻子帮丈夫把风衣穿好。"如果你同意不向外披露,我就告诉你。"

金冶伸出手指和妻子勾了一下。

"一般会有人出面动员死者的家属以医疗事故为理由,和医院去打官司。而打官司必须有解剖报告的。"

"这主意可够损的。"金冶把门关好。

"损一人而利大家。用你们官僚的话来说,就是局部利益和全局利益的关系。"出了大楼后,妻子问:"今天没车?"

"除去在外面开会,顺路让司机送外,我从不坐车回家。"金冶挽起妻子的胳膊。"咱们还是安步当车吧。"

"我原来还以为能蹭上车呢。"

"你不是告诉我,生命在于运动吗?"

"我还告诉你'当官在于跑动'呢。可从来没见你跑过。"

"跑也不能让你看见。"

金冶正和妻子斗嘴时,一辆尼桑车停在了他们面前:"金区长,我送您回去。"司机放下了电动窗户。

"我们就到对面。"金冶说。

司机听完后一加油门。

等车走远后,妻子说:"看样子,你果真想安步当车?"

"如果是辆别的车,我是会坐的。"金冶笑了笑,"关键这是我们大区长的车,别人不好随便用的。换句话说,那不是车,而是权力的象征。"

"看来你们政界和我们医学界差不多,都是等级森严。"

"如果你这个主任说了不算,谁想给病人吃什么药就给什么药,病人不死也得死。"

金冶刚才说的并不是真正的理由。真正的理由是他不喜欢那个司机。某次他和区长一起去河北参加一个会议,途中,两个人商量干部问题时,这个司机竟然回过头插入评判,臧否人物。当时他很不以为然。但大区长没反应,他也不好说什么。后来这个司机单独拉着他时,又旧话重提。他没接他的话,而是告诉他一个真理:"普天下的司机都一个样,他们手中最有价值的通货,就是在车上听来的小道消息。另外,区长司机确实和一般的司机不同。但这个词组当中,'司机'两个字是修饰'区长'的。如果有一天,把区长两字给弄丢了,那确实成了司机了。"从此这个司机见了他就特别的老实。
　　当然这些话没必要说给妻子听。

第四章

因为临近人大会的召开——本届政府将在这次会上改选——所以区长格外嘱咐金冶要把《政府工作报告》写好。对比之下，区委刘书记好像不太热心。他不由地想起苏副局长的"刘要动一动"的说法。

想归想，金冶和谁也没说过。议论人，不管他是上级、同级、下级，都不是好习惯。因为别人从来不会因你的议论而改变什么。所以要"非礼勿动"——这个"礼"在这里就是规矩、规律的意思。

他准时到了新星酒店。这个酒店共有八层，简单而结实，但肯定上不了星级。它是城区政府出资建造的，所以每当有大的写作活动，金冶总愿意把他的"写作班子"集中到这里。

刚到区里时，炮制大文章，他宁愿到远郊的随便一个疗养院去。区委的一位副书记问他为什么？他说："一是新星的费用高且服务差；二是不清净。副书记笑了："在'新星'无所谓费用不费用的，因为它是咱们自己的酒店，你花了钱，不过从行政经费中划拨到招待所而已。就像国家的钱给了这个省或那个省一样，总也出不了中国大地。可如果你到某个疗养院去，那就花一分是一分。至于服务差，那是对一般客人而言。以后我给你打个招呼，立刻就能让它上了星级。至于清净，那你自己去体会吧。"金冶当时没有接受副书记的劝告——做官的人，总是不随便接受别人的劝告的。尤其是同级官员的劝告。总接受别人的明示、暗示、指示，会被认为是一种没能力的表现——但他去了远郊几次，就想通了副书记话中的道理:疗养院——尤其是远郊的疗养院,还一直在沿用计划经济的方法,一点点商业精神也没有。打个比方,如果大家加班加晚了,想弄些夜宵吃,那不管你花多少钱也是办不到的。更重要的是,如果区委书记、区长召唤,或市里什么领导来检查,你马上就得回。这一来一往,就是两三天,大大干扰了工作。于是他就改到新星酒店试试。试了几天后,他就明白了为什么"大隐隐于市"。

金冶看"写作班子"的成员已经全部到齐,就宣布开会。

"写作班子"这个名称,他从来没有公开使用过,因为只有中央、各省、各部的首长,才有资格成立自己的写作班子。他的一个曾经在国防大学学习过的同学李给他讲过这样一则故事:在写毕业论文时,他选择的题目是《九十年代与美国、苏联的核对抗的战略问题》。题目刚一出,老师就劝告他换一个。但他不肯换,他是一个著名部队的师长,而且在对越自卫反击战中扛过大头。这样的人,主意还是硬的。更何况他的论文参考了大量国外资料并溶入了很多自己的看法。论文是顺利产生了。可他在一个小型的会议上宣读他的论文时,立刻就遭到毫不留情的讥笑:你区区一个师级干部,有什么资格来论述环球战略?这个题目由中国人民解放军副总参谋长,最少也要总参作战部长或某个军、兵种的主官来写还差不多。讥笑几乎来自全体学员,凡在国防大学学习的人,正师级就是垫底的了。事件过后,同学李极有感触地对金冶说:"你可以论环球战略,甚至论及宇宙战略,但你在使用名称时,一定不要忘记等级因素。记住:知府、知县是不能戴红顶子的。"

不过"写作班子"的名字虽然不能用,但可取其实质。这其中的道理如同排、连、营首长没有警卫、秘书,但他们也有承担秘书、警卫功能的通讯员、公务员一样。

因为前几天,金冶已经把自己的思路告诉了大家,所以一上来,就让大家发言。

这是金冶一向的写作方法:有大的东西要写,先把他认为能写的并能召唤动的人集合起来,然后讲总构思、总意图,随之让他们分头去写。等过上几天或一个星期,再集中讨论上几次,也就大体定了下来。

当然,这种方法不是从学校学来的,更不是生而知之。他在经委当部门领导时,几乎所有的材料都亲自动手写。他当时认为那种由别人代劳的做法,是官僚主义的做法。到了城区后,他依然故我。但渐渐觉得力不能支,因为政府的事,不像某个单纯的业务部门,复杂得很,可以称得上是千头万绪。更重要的是有些事情看上去虽然不大,但它跨部门。所以必须集合各个方面的人物、人才。事必躬亲、委任责成是全体领导者的两条腿。哪条腿先迈方便,就用那条腿。

今天他主持讨论的内容是本年度的区政府的《政府工作报告》。

政府工作,不像工业、农业、军事那么具体。它是抽象的。正因为它抽象,所以它的工作成绩在很大程度上,体现在《工作报告》上。

这是一间很宽敞的会议室。屋子中间是一张大椭圆形的会议桌,沿桌是十多把宽大柔软的椅子。

坐在顶端的椅子上的金冶,头发一丝不苟,衬衫、领子和袖口都扣得整整齐齐的,领带结也打得小而端正,给人以严谨、精力充沛的感觉。

他先把《政府工作报告草案》的第一部分念一遍,然后就这一部分让大家来讨论。他读文章时,语音、语气都很标准。这一来得益于他的先天条件。声音是不能学习的。有的人天生就音色浮华,听上去轻飘飘的没有根。有的人声音沙哑,给人不舒服感。但他的声音浑厚,听上去就发自肺腑。二来也得益于他的学习。音质不能学,但音调、频率却是可以学习的。大约是七、八年前,他读了本有关讲演的书,认识到讲演对于一个政治家是如何的重要,就一直留心此事。一次因阑尾住院,同房的正好是一个播音员。于是他拜其为师,很学了一些技术。

此播音员在金冶出院后不久就去世了。所以金冶在使用他的技术时,总有薪尽火传的感觉。并时时感受到其技术的作用,声音是一个人的外在重要表现之一。一个人观察另外一个人,在很多时候是不能够深入内心的。所以外在表现往往比内在素质还要重要。

金冶把《报告草案》的总纲读完后,大家开始发表意见。渐渐地秩序变得乱起来，每个人都要提出自己的遣词造句或思路。

但他不怕"乱"。或者说这种"乱"正是他自己造成的。像《政府工作报告》这种包罗万象的东西，一个人是根本无法完成的，必须集合大家的思想。不乱就无法发现他们的思想是什么。

"我不同意对工业的评价。"说话的是区工业局的办公室秦主任。"在这个阶段，我们区的工业产值虽然没有大幅度上升，但实际上也是大幅度的上升。不过是看上去没有大幅度上升罢了。"

有两个刚刚加入这个"写作班子"的大学毕业生，听到秦主任的话不禁笑了出来。

"你们笑什么？"区政府办公室主任问。

"他的话不合逻辑。"答话的是那位北京大学中文系毕业的硕士黎弘。他刚来时要求下基层，但金冶把他留了下来。

"小伙子，逻辑有好多种：政府有政府的逻辑、报告有报告的逻辑、你们学校里有学校里的逻辑。这些逻辑是不一样的。"政府办主任说。

"但根本的逻辑只有一个。也就是小逻辑要服从大逻辑。"黎弘显然不服气。

"那咱们就来讨论什么是小逻辑、什么是大逻辑。"如果是别人，也就是"写作班子"里的老人顶撞他，政府办主任也许能够容忍。但他绝对不能允许一个刚到没几天的"毛头小子"顶撞他。他是一个长期操笔写作的人，没有受过什么教育，但可以把文章写得很上口、很顺的人。也正因为他有这些长处，所以他总是蔑视那些有文凭的人。

"有些说法确实是不合逻辑的。"金冶摆摆手。"比方曾经在贵校中文系任过教的费正清教授，在一篇文章里如此形容两个姑娘：她们当中的每一个都比另外一个更漂亮。你说这话合逻辑吗？"

黎弘摇摇头。

"当然不合哲学逻辑。但它合美学逻辑。"金冶把铅笔当成教鞭。"也就是说它很传神,很能说明问题。"不知道为什么,金冶总是相信黎弘以前的名字叫"黎红卫",起码也叫"黎宏"。因为他是一九七六年生人,那个时候的人是不会用"弘"这个有佛教味道的名字的。

黎弘点头。

金冶示意秦主任继续说。主持会议的人的主要功能就在于协调、承上启下,使得会议能流畅进行。

秦主任开始一板一眼地讲他的思路。他的大体意思是:区政府和区工业局,为了追求真正的效益,关停并转一些企业。这样从表面上看去,好像产值下降,但这是真正的上升。与此同时,他列举了大量已经取得和预测的数据来补充说明。他对数字有着惊人的记忆力,说七八位数目字就像在说自己的生日。

金冶是相信他说的这些数字的,起码秦主任自己是不会编的。他在思考如何把这些抽象的数字变成形象的语言。因为人民代表是不太喜欢听"数"的。在大部分时候,形象比抽象的力量要大,文学之所以闹不过影视就是这个道理。

"这也就是说:我们在产值平稳上升的同时,取得了真正的效益。"研究室处级研究员老曲说。

金冶不禁暗暗地称好。

老曲今年已经六十七岁。他在北大读社会学系时,就是进步学生。金冶到区里时,他就已经退休了。一次慰问老职工,金冶去了他家。他非常惊异地看到老曲的书架上整整齐齐地放着《二十四史》和《资本论》。《二十四史》横卧,《资本论》竖立。"我觉得这好像到了毛主席的书房。"他不由自主地说。老曲不置可否地笑笑。"您真的全都读了?"金冶翻动着《二十四史》里夹的纸条。"现在不读了。"老曲简单地回答。因为有随行人员,金冶没多说,只是问他有什么困难?老曲说:"要说困难也是老困难了。既然你是新领导,我就再对你说说。"老曲站起身在房间里来回转:"我在学生时代就参加了学运,但现在却只能算是退休。这是不合理的。"

金冶把他的问题记到本子上,回去咨询干部处长。干部处长对他说:"如果老曲当时是在燕京大学而不是北大工作,那么他现在就能离休。"金冶问为什么?"国家关于北京地区的离休和退休是这样规定的:凡是一九四九年一月一日之前,参加革命工作的,就可以离休,而在之后,哪怕只后一天,就得算退休。当时解放军包围了北京城。也就是说郊区,包括清华大学、燕京大学已经解放了,而北大却还在傅作义手里。""据老曲说,他当时是在清华任教。""我们已经调查过了,他在清华是兼职。根据规定,兼职不能算,只能算本职。""老曲也够冤的,只差那么几天。更何况他当时就住在清华。"金冶想诱导干部处长自己来解决这个问题。干部处长没有说话。如果是普通干部这样问,他就会说:"规定就是规定,少一天也不行。规定就像排球中的网一样不能碰。碰就算你触网。如果你无意中碰了一下网,你认为不算犯规,那么我过去把网给拉下来,你再扣球,算不算犯规?少一天能算,那么十天算不算?一百天算不算?"但金冶不是一般干部,所以最好的方法是不回答。"能不能想个办法变通一下?"金冶见他不回答只好明问。干部处长一副无能为力的样子。他在这个位置已是十年,中间伺候了起码有五十个正副书记区长。假使他们每个人在任期内提出十个合理但不合法的要求,而他都满足的话,那么他就得干五百件非法的事。而有五百件非法事的人,是绝对待不到今天的。"如果不能变通,你能不能指点一下迷津?"金冶一见老曲,就感觉到他是个人才,想再度起用他。"据老曲说,他确实参加了进步组织,如果他能找到一个国家规定认可的进步组织,并找到一个依然健在并且有力的证明人的话,再经过区委会研究通过,或许就可以按离休干部对待。"干部处长谨慎地说。

　　金冶按干部处长所说的办,果然办通了。他们当然找到了一个有力的证明人——中顾委委员、著名的学生运动领导者　　虽然他已经根本记不住老曲,但还是写了张证明。

　　金冶拿着区委会的决议去找老曲时,他正在专心致志看电视中的"动物世界"。一直到看完,才和金冶交谈。"您好像非常喜欢这个节目?"金冶说。"如果你到了我这个岁数,也会喜欢上这个节目的。"老曲说。金冶不同意他的看法,认为喜欢不喜欢某个节目和岁数没有太大关系。"如果你是二十岁,那么你一定非常相信爱情;如果你是三四十岁,那么你就一定想做官,当然也做事;如果你到了五六十岁,那么你就非常相信各种养生学。但到了我这个岁数,凡是人的事情,都明白了。明白了就没有什么意思了。但动物的世界对我来说,却依然是一个新的世界。"

金冶没有接着他的话题往下说,而是再次问他是不是把《二十四史》和《资本论》都看完了?老曲说:"《二十四史》看了不止一遍,《资本论》只是有关章节多看了几遍,剩下的只是通读。要知道这是一本全世界议论最多,而读得最少的书。"金冶问如此调度是何道理?老曲答曰:"从动物世界中就可以看出,几千年来,动物的进化是微乎其微的。那么人性的进化呢?我想也是如此。既然如此,那么看看《二十四史》,就能把人的本性研究得个差不多。你们作领导的更是要看。最好是配上《资治通鉴》一起看。'资'是帮助的意思,'治'是治理国家的意思,'通鉴'就是面大镜子。"老曲边说边把自己作的卡片拿出来给金冶看。金冶看着这些密密麻麻的蝇头小楷,不禁肃然起敬,更加坚定了把老曲弄回区政府的决心。

金冶费了些周折,把老曲返聘回来。老曲自然知恩图报,应用他的渊博学识,在许多金冶负责起草的"大文章"中,做出了卓越贡献。他能把毫无新鲜内容的文件,写的朗朗上口、文笔优美、笔触细腻。判断一针见血,逻辑性极强,思维完整。其论证、反证、综合的风格,显然是来自黑格尔学派。

"老曲选择某段话或某个观点时,就像一个喜欢打扮的贵妇人,从自己收藏品中选择首饰一样,一挑就挑上最好的。"金冶一次对妻子这样评价老曲。

"而你写文章,就和我挑首饰一样,就那么几件,换过来换过去而已。"妻子说。

会议在顺畅中自动进行。

"一定要强调党的领导在政府工作中的关键作用。"就在会议快要结束时,区委宣传部金副部长说。

"我们已经在第一、第三和结论部分强调了。"政府办主任说。

"我不是说你们没强调,而是说强调得不够。"金副部长说这话时扫视全体人员,一副主要领导的样子。

政府办主任的嘴巴动了动,没有再说什么。

如果在正常情况下,区委宣传部的副部长无论从级别的高低,还是部门的不同,都不会和政府办主任这样说话的。

但金副部长不属于正常情况之例,他原来是一个老首长的生活秘书。这位老首长在临休息之前,安排身边的干部时,问金去什么地方?金说想来城区。再问他想干什么?他说想到干部部门工作——在党委部门工作,最好的就是干部部门。你管钱来他管物,但管什么都不如管干部。党委的干部部门,不像政府的人事部门、企业的劳资部门,它管的不是一般人,而是处长以上的干部。金长期在政治斗争的中枢生活,不会不懂得这一点——于是,老首长一个电话打过来,区委书记就答应了。一般情况下,区委书记答应的事情就算是定了的事情。但书记没想到关于金的任命问题,在区委会上遇到了很大的阻力。议了三次才勉强通过,而且是安排在宣传部门。

对此,金非常不满意,老首长也打电话来质问。据说,区委书记是这样回答的:"我个人对他没意见。但区委会通不过。"老首长说:"根据我的工作经验,凡是上会的事,在会下都应先碰碰。"区委书记说:"碰的时候,就有不同意见。我也对老金讲了。"老首长没再说什么,只是说:"我先把他寄放在你那里,有机会再动。你可要给我照顾好。"区委书记满口答应。

金副部长上任前,老首长就去职,然后不久就去世。有一段时间,金副部长很不得意。但前不久,老首长的秘书群中的理论秘书被市委的一个主要领导选中,担任组织部门负责人。于是乎一荣俱荣,他立刻就返了阳。

"你就金副部长提出的问题再作个通盘考虑。"金冶对政府办主任说。

"主要是要讲区委对政府工作的方针起的作用。"金副部长再次摆出领导的架式。

政府办主任低头收拾他的文件,没有正面看金。

金副部长不顾大家"散"的表示,继续以思想家的语气发言。

金冶做出听的样子,而实际上似听非听。他想:别人也许不知道你是如何到这个位置上的,可我知道。我不光知道你是如何像跳蚤一样,一步几个台阶上来的,而且还知道你是一个平庸之辈。我不否认你是一个社会活动家,但一个社会活动家千万不要摆出思想家的样子,就和一个小品演员不能冒充艺术大师一个道理。在政府工作中,唯科学论是要不得的,因为政府工作里,不管是决策还是具体操作,都有很多不符合科学,但又必须那样作的地方。而唯活动论更要不得,活动确实能帮助你干很多事,就像企业的"公关"一样,但任何企业都不能光靠"公关"来支持,任何产品,最终都是要通过用户的认可。以一本书为例,你可以用广告、封面设计、内容介绍等方法,把它说得天花乱坠,使不少人上当。但人上当只一回,上了当后,就会通知他所有熟悉和不那么熟悉的朋友,不要买你的书。并且永远不再买你的书。

权力的授予,起码有三个方面:上授——指上级任命;下授——指群众相信;自授——指个人的水平。他最少也是三缺其二。

当金冶把这一大段都想完之后,金副部长还在侃侃而谈。

第五章

水电问题的协调会，在金冶的主持下，今天已经是第三次召开了。

"我最后有几句题外的话说一说。"金冶看已经是下午六点，知道今天不会有什么结果了。"在乌干达北部的山区里，有一个伊克人小小的部落。他们虽然群居在密集的小村庄里，但他们其实是孤独的、互相没有联系的个人。他们什么也不共享，没有艺术，从来不唱歌。他们把没有生产能力的老人，赶出家门，任凭他们冻饿而死。在孩子刚成年时，也把他们赶出去，让他们去抢劫别人。他们在彼此的门口排便、倒垃圾。他们相互之间也说话，但不是粗暴的强求，就是冰冷的拒绝。他们也笑，但前提必须是看见别人倒霉。"

电力局长和水利局长都似听非听，作为作实际工作的人，他们不喜欢玄学。

"伊克人原来不是这样的，因为在外来力量的干扰下，他们变成了这样。我说这话的意思是：我们要相互理解，防止这种倾向。好，散会。"

金冶把水利局长留下。"你就不能让一让？"

"我有文件。"水利局长是区里的资深干部，并不唯上是从。

"文件是文件嘛。"金冶自认为非常了解水利局长对自己的看法。"主席说，人要有猴气和虎气。所谓猴气就是灵活性、虎气就是原则性。你不要虎气太大而猴气不足。"

"我说我的区长大人，您不能什么事情首先都拿自己人开刀：我水利局几千职工，发工资还勉强维持，奖金筹措就很困难了。至于房子等福利，就更不要提了。而他们电力局,那是财大气粗,这点钱对他们来说是九牛一毛。"

金冶也承认水利局长说的是实际情况。他记起年初一次讨论物价的会议上,除去物价局和区工会,没有任何一个部门不说自己的产品价格太低,应该涨价的。后来在干部交流时,物价局长被调到粮食局当局长,口气立刻就变了。看来真是"存在决定思想"。

"万一你涨价后,电力方面有什么举措,问题就大了。"金冶对"城区无小事"这一箴言是时刻不敢忘的。

"您放心好了。"水利局长一副成竹在胸的样子。"借他几个胆子,他也不敢给咱们停电。"

金冶注意听他的理论和例证。

"上个月一个交通警察队长要往我们局里调个人,我没同意。于是他就对我的司机扬言道:告诉你们局长,以后别让我碰上他的车。碰上一回我就扣一回。他要是认识比我大的人,我就放。下次我还扣。看是他认识的人多,还是我扣他车的机会多。后来他多少次遇到我的车,但都没有行动。"说到这水利局长掏出烟来。

金冶指指桌子上"禁烟"的牌子。

水利局长又把烟放回去。"看一个人,不光要看他如何说,更要看他如何作。我堂堂一个局长的车,可不是个体户的出租车,他想扣就能扣。"

金冶虽然不觉得他说的有道理,但目前也没有什么好办法。"尽量协调解决。在这个过程中如果有什么问题,要向区委、区政府汇报。"

金冶回到办公室,秘书就告诉他:"曾可凡先生已经三次来电话找了。"

他要通了曾可凡的移动电话。

"我的事情怎么样了?"曾可凡开口就问。

"我们计划局专门去了解过,因为你们已经把京韩宾馆的底层单独买了下来,所以必须按照新成立的合资企业来审批。"金冶从心里就不赞成曾可凡的做法,赌博从古以来都是坏事情。

"共产党的事情我明白,你批了就一切都结了。"

"领导不是一个人,而是一个集体。办什么事都有固定的程序。而这些程序是多少人、多少年来宝贵工作经验的总结。"

"在商业上能提前一天,就是一天的利润。"曾可凡还是坚持自己的看法。

"政府办事和商业不同,但和种庄稼有点像:什么节气该干什么,一点错不得。如果错了,就会受到无情的报复。"

曾可凡还是固执地让他批。

"老兄你读书不少。明朝的徐阶说是三条经验:以威福还主上,以政务还诸司,以刑赏用人还公论。"

"你到底什么时候能批?"曾可凡不想和他讨论玄学。

"等你们验资合格了,计划部门也同意了你们的项目后,我一分钟也不耽误。"金冶也有些不高兴了,你尽管是某个大人物的儿子,尽管在各个重要部门里有许多关系,但我毕竟是一级政府的代表。

曾可凡什么也没说,就关了电话。

在薄薄的暮色中,金冶信步走着。

北京城实在是太大了。他边走边想,大到已经没有一个人能确实地把握它。或者说它从根本上来说,就是无意识创造出来的。自从明代把这里选为都城,后来的人也选中了这里,就这么一代代地把它建成了今天的模样。换句话说,即使是相当高级的官员,参与感也不那么明确。我虽然也无法从总体上把握,但我确实参与了。既然参与,那我就一定像当年在班组干活一样,把我打扫能到的地方扫干净。

吃完饭后,他独自一个人在书房的桌子上玩一种个人牌局。他是一个很少参加娱乐活动的人。因为一般意义上的娱乐,起码要有两个以上的参加者。而有人就有麻烦。他曾经是一个集邮爱好者,在中学时,他的"专题集邮"就获得过市

317

一级的奖励。所以当城区集邮协会成立时,他去参加了。可这一参加不要紧,许许多多人就以此为途径,试图接近他。其中有一个合资企业的负责人,甚至要把一套建国以来的纪念邮票以面值卖给他。"你知道不知道这套邮票的现行价格是面值的几十倍?"他问此人。此人很坦然地告诉他:"不知道。"他平静地把邮票退还给他:"那你最好到邮票市场去问一问再来。"

他也很喜欢围棋,一次在全区工业会议上,他以围棋中"一块棋与另一块棋之间的关系发展"为例,讲解工业布局。这一来,围棋爱好者立刻包围了他。一次他应邀参加一场比赛,这一路杀砍,好不顺利。就连许多有着业余五段证书的人都败在他的手下,其中还有一个专业二段。而他知道业余五段在围棋界里,就是很高的棋手。要说专业二段,那就更不得了:让他三个子一点点问题也没有。赛事结束之后,组织者发给他一份特别奖:一副高质量的"云子"。这样的一副"云子",起码也要几百元。在他表示受之有愧后,区围棋协会的负责人就上来让他批些活动经费,并说:"体委的领导都批了,就差您的字了。希望您为咱们,"协会负责人特别强调"咱们"两个字"协会谋些福利。"他二话没说,就给他们批了。按说如果没有那么多高手故意让他、没有最后那个特别奖,他就会心安理得的给他们批。可在如此安排之下被动地批,他总有上当的感觉。他从此再也不参加围棋方面的活动了。

当然他也不是再不摸棋。一次会议上,一个相当级别的负责同志听说他会下棋,就让秘书把他请了来。在赴负责同志房间的途中,秘书告诉他:"如果你的棋有力量,就尽管使,老爷子最讨厌别人让他棋。"他表示明白。但话虽这么说,下起来他到底感到一种巨大的心理压力,放不开手,最后以"微输"告终。

中国的事就是这么怪。他把桌子上的牌洗了一下,重新分发。工作是玩,开会变成游山玩水。正式宴会变成酒量比赛。可玩又是工作,用麻将送钱,从而希望获得某个建筑合同……甚至连最高雅的围棋也不能免俗。

想到这他记起前几天他遇到的一个纽姓的中学同学。此人是满族人,号称是"正黄旗",但他家却住在海淀的蓝旗营。他的父亲是蓝旗一带有名的"玩主",养鸽子满天,养鱼数十缸。粘鸟更是好手,他的几只"油子"——经过训练会学若干种鸟叫、专门用来作诱饵的鸟——简直是大师级的歌唱家,见什么鸟学什么鸟叫。弄得很多粘鸟的一见他就躲得远远的。就是有粘网的也不例外。有其父必有其子,不过儿子相对父亲要"儒雅"一些,会拉几下京胡,画几笔画。

当他见到这同学时,见他开着一辆"蓝鸟",穿着一身"名牌",就问:"纽公在什么地方发财?"他认为他很可能是画家,如今没什么比艺术家更容易成名、发财的了。只要你能把你所谓的作品弄得谁也看不懂就行。"无业。"纽公坦然回答。"那是不是你家里的院子里又发现了什么宝贝?"他笑问。纽公在学校时喜欢吹牛,如果见了别人有什么好东西,他就说他们家也有。可当同学们去他家看不见时,他就说在院子里的地窖中。后来越吹越玄,一次居然说有一本上图下文的宋朝《三国演义》和一个唐朝的元宝。宋人写不出《三国》,而元宝是"元朝之宝"的简称。纽公先是定性地说:"说是靠祖上,也不是靠祖上。"然后就给他讲起"发家史"来。"本人手不能提,肩不能挑。出力气是不行,要论动脑子,那可就没得说了。"纽公制止急于反对的他,"我指的不是搞计算机、原子能之类的小脑子,而是指大学问。"

纽公所谓的"大学问"其实就是钓鱼。一开始扛着根鱼竿,先在近郊的池塘钓。但后来鱼越来越小,池塘也渐渐地夷为平地,再变成高楼。于是他除去骑车上远处外,就在公园的池塘里动脑筋。在公园里钓鱼是要买鱼票的,他先是发明伸缩杆,不买票往里混。但这不是长久之计,只好在鱼饵上做文章,如何在有限的时间内,钓更多的鱼。任何事情都怕研究。久而久之,他的鱼钓得越来越多。到后来,各个能钓鱼的公园都认识他,不管他买多少钱的鱼票也不让他进。一时间,他的生计都成了问题。

但"山重水复疑无路,柳暗花明又一村",钓鱼的风渐渐兴起了。

开始,钓鱼还是一种娱乐,但渐渐地变成一种交际的手段。就和围棋协会的那些人,为了讨好金冶而故意输他棋一样。某些有目的的人,把要巴结的主,请来钓鱼,让他钓得多多的,好高兴。在这种"大气候"下,纽公的鱼饵就起了作用。

"在我的印象中,请贵宾钓鱼都是在鱼塘。"金冶在纽公的话中寻找漏洞。

"开始时是在鱼塘,但人们钓着钓着就觉得没意思了,这和在市场买鱼有什么差别?于是要真正地钓。但鱼不是麻将牌,你想打那张就打那张。它看的是饵。而我的饵那简直神了,它是在祖传的秘方基础上,再加一些新的高科技配合而成。我每天光是卖鱼饵,就是一笔大收入。"

金冶不太相信纽公的话,"那别人把你的鱼饵分析一下再仿制不就行了?"

"能仿制的就不算什么秘方。你看北京烤鸭,不管他日本人用什么科学手段,都作不出那个味来。再说茅台酒,你就是知道配方也没用,关键不是茅台水,而是茅台酒厂上空的那片空气中的酒分子;北京'月盛斋'牛肉的老汤也是这个道理。"纽公俨然在进行科学讲座。

对他的话,金冶一般来说是不相信的。但后来他和别人说起纽公的事时,好多人都听说过。但他们不管他叫"纽公",而叫"鱼鹰"。并告诉他:"如果想请'鱼鹰'现场指导,没个一两千块钱,他是绝对不会去的。"

鉴于以上的原因,金冶娱乐活动的天地就渐渐地缩减。最后就成了用个人牌戏来换脑筋了。

政府财政的钱,就像这牌,发出去又收回来,然后再重新发。除去中央政府外,每一级的发牌人,同时又是授牌人。可是很多时候,牌是越发越少。论其中的原因,就是几乎所有的下一级政府都想留下几张牌来让自己玩。

金冶即使在玩的时候也没把脑筋真的"换"了。

第六章

半夜里电话突然响了。依照一般惯例,这类电话大都是要妻子出急诊的。所以久而久之,金冶就充耳不闻,依旧沉浸在"准睡眠"状态中。

"你的电话。"妻子从客厅接电话回来后,伏在他的耳朵边说。

"哪个?"他还没有完全醒过来。

"区委刘书记。"

金冶立刻向客厅奔去。某次刘书记来电话时,妻子说他已经睡了。于是刘书记说:"那就算了。"他知道后,正色对妻子说:"以后书记、区长来电话,不管什么时间也要把我叫起来。"当时妻子正在北京医院实习,地贵人也贵,反驳道:"不就是书记、区长吗?比他们大十倍的官我见过多了。"他看妻子误会了,就解释道:"不管多大的官到你那里是去看病,也就是说,你们是平等的。可我的书记、区长却是我的上级。如果我不遵守规矩,'牌'也就没办法玩了。"

刘书记开宗明义地说:"曾可凡找到了我。他那个事情你是不是抓紧给办一下?"

金冶给刘书记解释了一下这事的性质和难度,但他感觉到刘书记似听非听。

"曾可凡托了一个人来找我,我也是不好推脱。你抓紧处理一下。"

金冶知道刘书记所谓的"不好推脱"的人,一定是相当有力的人。所以他准备再试探一下水的深浅:"中央对合资企业的外资能否到位抓得很紧。目前如果出了问题,就会被抓典型。"

"曾可凡说合资方的外国人已经在北京,你先和他接触一下。"刘书记不把话说完,就把电话放了。

接触完了之后如何办?金冶在放电话的时候想,既然刘书记没有说明白,那就让我相机处理。

次日,水利部门对电力部门正式行文,通知水的价格上升,并说如果到指定日期不把款全部付清,就要停止供水。这文是由市水利局签发的。

电力方面没有任何反应。

刘书记交办的事就是大事,所以一上班,金冶在电话里要出了曾可凡。

曾可凡确定英国BC公司的总裁汉密尔顿就在北京。

"抽一个时间和他见一见。"金冶说。

"现在就可以。"曾可凡也知道是刘书记的电话起了作用。

"今天我不一定有空。"虽然金冶上午没有明确的安排,但总不能曾可凡说让去就去,这样就会给他一个错误的印象,把期望值升高。

"但他明天就要回英国去了。"曾可凡着急了。

金冶让他稍等了片刻之后说:"下午还能挤出一个小时来。"

"那下午三点,咱们到凯莱大酒店去找他。"

金冶不同意去凯莱大酒店,没有地方官去拜访一个商人的道理。

商量来商量去,最后曾可凡提出在中间地带商务宾馆会见。

金冶这才表示同意。

下午五点,金冶和曾可凡一起从商务宾馆出来后,曾可凡坚持要让金冶坐他的车。

金冶知道在不重要的地方应该妥协一下,就让他的车跟在后面。

"你还怕我送不回去你?把车打发了吧?"

金冶没有回答他的问题,自己有车就容易掌握主动权。

"你的专车?"上了三环后,曾可凡问。

"我这一级干部,能保证公务用车就很不错了。"金冶把一直板着的脸放松。

"你对汉密尔顿的印象如何?"

"一时还说不清楚。"金冶拍拍手中的文件袋,"等回去让他们研究一下这里面的东西之后再说。"袋子里有 BC 公司的全套资信文件。

"你们这些官,"曾可凡把车速提到一百二十公里。"当然,这其中包括我家老爷子,总喜欢把不大的事情当成个事情办。"

金冶不接他的话茬。

"前些日子,在中秋节的晚会上,一个大官见了他问:曾老,你近来还喝酒吗?你猜怎么着?"

金冶摇头表示猜不着。

"把个老头高兴了好几天。"曾可凡再次提高车速。"以前他可不是这样的,毛主席、周总理都见过,可对我们也不说。"

金冶从后视镜里看看自己的车跟踪上来了没有。

"在前些时候,办公室通知某某要来我们院看望老同志。老头一夜都没睡好,早早就起来在院子里遛。后来我说他,你犯得着这样吗?他瞪了我一眼,没理我。可汽车一响,老头赶紧就回房子里去了。你知道为什么吗?"

金冶表示不知道。

"我家和贸易部的王部长住同一个院。他和老头的资历和级别都差不多。所以老头要看某某先到谁家。"

"先到了谁家?"金冶的兴趣被激发起来了。

"先到了王部长家。然后就走了。"曾可凡把车速又降了下来。"这下子把老头气坏了。偏偏还没法向人倾诉,一整天见谁骂谁,从厨师骂到我家老太太。"

金冶也觉得这个某某办事不周。

"谁知第二天下午,某某又来了。他见面就致歉,'我昨天不知道曾老也住在这里,要不然一起都看了,也省得再跑冤枉路。'"

金冶已经体会到某某的高明之处。

"你说他能不知道吗？就算他不知道，秘书一大堆，哪个不会提醒他？他实在是摆不平。"

金冶也体会到曾可凡说这一切的深意：就是老头这杆旗还在，势力也还在。

"咱们一起去吃饭？"

"自己弟兄们吃的什么饭？再说我还有一个约会。"

"既然你不吃饭，那我就把饭钱留给你。"曾可凡递过来一个信封。

信封很薄。金冶捏了捏后问："这里面有多少钱？"他不想打开信封。

"要多少有多少。"

如此说来，他就不得不打开了：里面是一张美国"捷运"信用卡。他拿在手里，来回摆弄，这种卡他没见过但听说过，要一万美金才能开户。

"本来想给你一张'长城卡'之类的，但那东西钱来来往往的都在国人的眼皮底下，不方便。所以就给了你这个。这就叫'境外体现利润'。"

"这上面有多少钱？"

曾可凡认为金冶已经接受了，说话就变得没有遮拦起来："你只要不办实业、不做买卖，任你怎么消费也消费不了。你知道开赌场有多大利润吗？"

金冶简短地回答不知道。在香港考察时，接待方面的负责人，在晚宴后提议让他们去赌场参观一下。这个提议立刻被他给否决，这是一个原则问题。

"这么跟你说吧。我们花两百万在外地装修了一个地方，又花了将近一百万打通关节，也说是专门对外国人的。最后这个赌场在开了两个月后，被当地公安局给查封了。就这样，我们也赚了将近本钱的利。"

这两个月几乎相当于一个中等企业一年的利润。金冶想。

"所以您就可着劲儿的花就对了。"

"我的岳父和你一样，也是商界人物。解放前他在上海也有些名气。一次他对我说：人不管是作官还是做生意，都要在'吃得好、睡得着'两者中选一个最佳点。"

曾可凡问是什么意思？

金冶觉得自己显然是过高地估计了他的"听力",只好再解释:"所谓'吃得好'是没有穷尽的,世界上多的是你要享受的东西。而'睡得着'是指你的休闲程度和心境的轻松程度。如果一个人没吃的,每天光是觉够睡,确实也不行。可吃得再好,睡不着那就更不行。"他示意曾可凡停车。

曾可凡下意识地把车停了下来。

"为了让我睡个踏实觉,这个你还是留下。"金冶把信封平放在车窗台上后,就下了车。"当然,你的事归事,和这个没关系。"

曾可凡在后视镜里呆呆地看着金冶上了自己的"桑塔纳"。

大约在六点差十分的样子,金冶给潘向宁打了个电话。"我能不能在今天晚上请你吃顿饭?"

"这句型那句型的,最美丽的句型就是您刚才使用的那句。"潘向宁的声音有些沙哑。"至于是谁,在什么地方我都无所谓。

潘向宁是金冶读中学时的高中同学,插队大潮来的时候,他没有随大流去陕西,而是和一些有哲学、历史研究同好的人,一起去了山西。在那里,他们形成了一个"思想集体户"——这无疑是一个即将载入史册的现象:不是知识分子的他们,担当起知识分子担当的任务——恢复高考后,他因为外语成绩不成,只考上了师范学院。毕业后他被留在学校任教。不久,他就发表了若干篇经济方面的文章,并据此进入经济研究所。

金冶很佩服他的思维深度和广度,所以有空总喜欢和他聚谈。

"快说,到什么地方吃去?我的胃液就和进行差额选举前的候选人一样,早就紧锣密鼓地活动了。"潘向宁催促道。

"吃什么、到什么地方去吃,都由你来定。"金冶大方地说。

"我一顿饭能让你破了产。"潘向宁笑了起来。

"如果咱们讲吃不讲派的话,问题还不大。"

"我吃遍九城,讲吃不讲派的东西只有两样:烤鸭和涮羊肉。烤鸭我昨天晚上刚吃了,咱们还是去吃涮羊肉吧。"

"涮羊肉好像是该下雪天吃的东西。"金冶说。

"例由人开。再说现如今哪还有场正经雪!跟我走,保证不让你后悔。"潘向宁说完就放下了电话。

"真是'士别三日,当刮目相看'啊!"金冶欣赏着他的驾驶技术,他非常想学开车,但一来没有时间,二来没有车。

"如果像蒲福给风力分级一样,给北京的车流分级的话,此刻就是十级。"潘向宁熟练地把握着方向盘。

"我在上大学前,就是山西雁北地区运输公司的驾驶员。雁北地区你知道吗?"

"太知道了。'雁门关外野人家,不养桑蚕不种麻',那里有煤炭还有云冈石窟。"

"那时我开着一辆带拖挂的解放车,最辉煌的就是雪夜过雁门关十八盘。我们到关下时,已经大雪封山三天,底下的客栈里住满了司机,但没一个敢过。可我买了几条长草绳,绑在轱辘上就过去了。"

"我叔叔是清华大学建筑系的一个教授,他说他在江西鲤鱼洲干校时,曾经背着一百八十斤重的麻袋,上四十五度的跳板。我不相信,但找人对证后发现是真的。不过他是把两件事情放在一起说了:背过一百八十斤重的麻袋,也上过四十五度的跳板。但并没有同时做。你是不是也用的是这种手法?"

"对你这种降低我信用级别的话,我表示极大的愤怒。"潘向宁把车拐了一个很小的弯,进一个小胡同。

"我才不管你愤怒不愤怒呢!"金冶半躺在车后座上,把身体和思想统统放开。"那会儿开辆大卡车特别牛×吧?"凡是遇到不太文明的字时,他总是用"×"来代替,这还是他在大学时养成的习惯。"据说,"他刚说到这,就立刻打住。

他这时想起的是这样一个故事:一个老太太带着女儿,在山区公路旁边等搭车。好久之后,才有一辆解放卡车开过来。司机打量了她们一眼,没说什么就让她们上了车。等车开到一个僻静处,司机把车停下说是坏了。随之,他爬到车底摆弄了几下,然后对老太太说:"你给我扳住这方向盘,千万不能撒手。一撒手车就会开走。"老太太对机械毫无所知,把着方向盘不敢动一下。而那个司机就在车底盘下,把那个给他递扳手的姑娘给"办"了。

当然,这个故事金冶不会讲:一来有伤忠厚,二来也不合身份。

"比现在开'劳斯莱斯'还牛×。"潘向宁指指停在他前面的一辆白色的车。他并不能洞察金冶的心理活动。

金冶下了车仔细地观察了一番后说:"这就是'劳斯莱斯'?我看和一般的车没什么区别!"

"我看我和你也没有什么区别,可你就是局级,而我只是在研究所内部,在不牵扯到分房等待遇问题的话,相当于是处级而已。车和车的区别还能有多大?有一点点就了不起了。"潘向宁开始给他讲解此车的电脑折叠车棚、真皮的沙发、高保真的音响。"它要二十五个工人,用八个月才能做出。所以它值三百多万港币。别的不说,光说这小牛皮,讲究就不小,要自己养殖的小牛,而且从来不许用鞭子抽,因为那样会影响牛皮的质量。"

"如果这些钱不是放在享受上,而是投入再生产,那能创造出多少价值啊!"金冶抚摸着车头那个小天使。

"别瞎动!"劳斯莱斯的司机从旁边窜了出来厉声喝道。

"摸一下有什么了不起?"金冶也不高兴了,已经有许多年没人吆喝他了。

"上次我们这车停在王府饭店,一个擦玻璃的工人够不着,就在上面踩了一脚。你们知道这一脚花了多少钱吗?"司机打量着面前这两个衣着普通的人和那辆小夏利——它停在劳斯莱斯的旁边,还不够它的一半长。"一脚就是一万多块!"

"不就一万多块嘛!我还以为是多少呢?"潘向宁不屑地说。

司机不再理他们,从一个小黑箱子里取出一块麂皮:"我们这车有八种擦车

327

剂。半个月要上一次蜡。上了蜡之后,别说灰尘,就是苍蝇也站不住。可它就怕手印:一个手印上去,三条手巾也擦不下来。尤其是脏手。这毛巾也都是专用的。"他晃晃手里的毛巾。"什么部位用什么都有专门的规定。这东西是全棉花的,比你们洗脸的要高级得多。"

如果没有司机最后这一句话,潘向宁和金冶就走了。

"我倒要看看你这毛巾有多高级。"潘向宁首先发难。"去,把你们的老板给叫来。"

"我们老板是你想见就能见的?"这司机长得仪表堂堂,衣服也很讲究。"上次一个交通警察想看看我的车,就给了我一个红灯,然后用喇叭叫我'劳斯停到路边。'交警惹不起,但有人不怕他。只见我们老板不慌不忙地下了车,对那个家伙说'小同志,我还要到钓鱼台去开会,是不是让我开完会再来接受你的检查?'那个交警不干,非要让我跟他走。我们老板就用我们车上能抢线的电话,给交警总队的队长打了个电话。不到十分钟,分队长就来把那个警察狠狠地训了一顿'你什么车就想看看。这车也是你看的?!'"

潘向宁听了气更大了,说:"快给我叫去。"

"我要是不去呢?"司机晃动着手里的镀金钥匙。

"你要是不去,我就拿这个,"金冶也来了气,"把你的车划上十条道儿。"

司机这才害了怕,赶紧向院子里走去,可走了不几步,就又返回。用车载电话和院里通话:"老板,我碰着几个硬茬。您出来一下吧!"然后他警惕地瞪着面前这两个人,生怕他们真的划车。

不到一分钟,一个身穿休闲服的中年人走了出来。他一见金冶就双手抱拳:"原来是父母官驾到,得罪、得罪。您一向可好?"

"好?我哪里有你靳老板好?"金冶指指司机。"我差点让你这个司机给吃了。"

"你是怎么搞的?"靳老板训斥司机;"连咱们的金区长都不认识?"

司机张了张嘴,但没有出声。

328

"刚才蹭了一下你的车,你这师傅就要让我们出一万块钱。"金冶说。

"甭说您蹭了蹭车,就是把我这辆车开着往电线杆子上撞,我也没意见!"

靳老板显然是一个很会说话的人。"您是我们的父母官,肯定不会和我们这些草民一般见识!"

金冶觉得再闹下去没什么意思了:"咱们填肚子去吧?"

潘向宁也点点头。

靳老板赶紧说由他来会账。

"我们虽然没有'劳斯',但一顿饭还是吃得起的。"潘向宁看也不看司机,就往院子里走。

潘向宁进了一个门脸很不起眼的院子后问金冶:"这个靳老板是干什么的?"

金冶大概地讲了讲靳老板的历史,作机械生意起家,目前作药品生意。

"我还以为他是邵逸夫、李嘉诚呢?"潘向宁把挡住路的柳枝拂开。"不过卖药也是挺来钱的。不是有句话,'除了劫道,就是卖药。'"

"我看他现在也不一定有多少钱。"

"那他坐那么好的车?"

"越没钱就越得摆派。"金冶说。

说话间他们已经进到里面。这院子的门脸虽不起眼,但里面却阔大。有若干破旧的鱼缸,里面栽种着石榴树,院子上面还有天棚的架子。

"这是哪个大官的房子?"金冶虽然到城区工作经年,但因主管不同,对大小胡同的历史不是很了解。

潘向宁找到一个炫耀学问的机会,得意地说:"这不是什么官的院子,而是六部胥吏的住所。"

因为酒好、肉好,环境也好,这顿饭吃得特别顺。在快结束时,潘向宁讲起一个很现实的经济问题:"如今老百姓、单位都比以前富了很多,但真正掌握在国家手里的财富的增长与国民生产总值却不成比例。你说这是为什么?"

金冶以前也对这个问题思考过,但不深入,所以他只是静静地在听。

"一个在财政部工作的朋友对我说,以前的老虎是在咱们的笼子里的,你想割那块就割那块。如今改革开放,各地纷纷向中央要权,中央也舍得给。这就等于把老虎给放回到山里去了。你再和它商量借皮用用,它肯定不肯给你。"因为喝了酒,潘向宁的思路非常的活跃。"当然,把老虎关在笼子里,不让它去打食,不行也不对。但把老虎给放走后,它也应该做些贡献才对。不能让他们变成一个独立的利益集团,把所有到手的东西分光吃净。"

金冶抓住这个问题和他展开了讨论。

他们的讨论主要集中在理论方面。在这方面,金冶要比潘弱得多。

等酒干兴尽时,金冶把汉密尔顿的名片拿出来给潘向宁。"你的英文比我好,给咱们看看。"

"你的英文还值得在桌子上提?"潘向宁掏出眼镜,看了一会儿后说:"这小子是BC公司的副总裁,还是一个贵族。"

金冶问是什么爵位?

"伯爵。"潘向宁把名片还给金冶。"如果他说他是男爵,也就是通常说的勋爵的话,也许能蒙得过去。伯爵?!英属西印度群岛哪来的什么伯爵?"

金冶问原因:如果要否决曾可凡的"提案",尤其还要交代刘书记,像样的理由越多越好。

潘向宁是这样解释的:英国的贵族一共才一千出点头,其中还有三百多人是终身贵族,也就是说不能世袭。当然,这不算女王授予的"勋爵"。这些贵族大都在英格兰,爱尔兰也有一些。但通常不会在殖民地。

"听说你的计算机在'INNTERNET'上,能不能帮我查查BC公司的实质?"金冶说的"INNTERNET",也就是信息高速公路。它在中国目前只有七个接口,潘的计算机是在中科院和"INNTERNET"相连的"校园"网下的。

潘向宁把名片折起来放进口袋。"你这顿饭请的真算值了!"

"我另外还有一个请求。"

"一刀也是挨,两刀也是挨。你说吧。"

金冶又把曾可凡的资料给他,同时说:"我奇怪一个有着亿万身家的人,干吗还要牵涉到这种事情当中。"

"钱这东西从本质上讲,就是流动的,今天在我这,明天在你那。有的人好不容易聚了一辈子,死的时候埋下去。可用不了几年,就被盗墓贼挖出来,摆在市场上叫卖。"潘向宁不顾金冶的酒兴,坚持不喝最后这一杯。

第七章

政府机关一旦开动起来,就像一台庞大的机器,有着自己的运行规律。当到了指定的期限,水利部门就下命令停水——当然,他们不会也不敢把京城所有电厂的水给停了,他们停的只是京东火力发电厂——这是一个不影响大局的二十万千瓦的小电厂——超计划用水。

但超计划用水一停,这个电厂的生活用水自然也得停。火力发电厂的大型机组产生电能的两大要素就是煤和水——没了煤就没能源,没了水传热就没有介质。两者的关系就像汽车的发动机和传动机构一样——缺一不可。如果水发生困难,他们宁可停止全部的生活用水,也不愿停机组。发电机组一停一开,几十万块钱没了不说,整个电力网就会吃紧,从而发生限电现象。如果停一下,就会受到严厉的谴责。

但这个哑巴亏,电力部门是不会吃的:电厂的厂长在和水利部门几次交涉不通后,请示市电力局长。

市电力局长经研究后再命令城区电力调度所停止给水利部门供电。

当然他这个"停止给水利部门供电"的命令,是有一定限度的,他不会停止给国家水利部供电——且不说给中央国家机关停电,不是闹着玩的事。水利电力原来是一家,两边的干部都很熟悉,上面怪罪下来交代不了,出于个人关系也不能这么干——而是选择了此事的"发源地"城区水利局的宿舍。

电力和铁路非常相像,是个准军事化的部门。调度命令下达到城区电力局后,由城区电力局长签署,再下达到城区电力调度所。

上午十点拉闸限电时,城区电力局长和一位市电力局的副局长都出席了。

"你们把系统情况摸清了没有?"城区电力局长知道这事干系重大,万一拉到一个重要人物那儿,就得吃不了兜着走。

总调度没有说话,把系统图拿给局长看。

这是一张非常清晰的系统图,上面已经用红笔标出了欲停电的地区。

城区电力局长又把图递给市局的副局长看。

副局长就是当调度出身,很仔细地审查了图之后,又把"限电序列图"要过去看。

副局长把两张图对比之后说:"十点钟准时拉闸"。

下午三点,金冶被区委书记用电话从环境保护会议上叫出来。

"你快到调度所去一下,问问他们为什么给东方街一带停电。"

"是不是正常停电?"金冶问这话时,心里已经明白了一半。

"正常停电也不行。让他们务必在晚上八点前恢复供电。"区委刘书记的语气是不容置辩的。

"能告诉我一些背景材料吗?"金冶问。

"张老就在他们停电的区域里,而他老人家每天都要靠呼吸机维持。而呼吸机配置的不间断电源,工作不了多长时间。你赶紧去吧!有什么情况向我汇报。"刘书记说完就放下了电话。

刘书记这么一说,金冶立刻就明白了,张老就是那个"寿星",他是从一个比曾可凡父亲还要高级的位置上退下来的,今年已经快九十岁了。两年前瘫在了床上。去年拜年时,头脑还算清醒,但已经需要非常多的医疗器械维持。而这些医疗器械的动力就是电。当然张老不会简单到只靠电,而是有一个庞大的不间断电源组备用。去年春节他去张老家慰问时,曾经见过这套不间断电源组,从外形上估计,它工作一昼夜是没问题的。刘书记没在工业上干过,不懂得这些。

但不懂归不懂,命令就是命令。再说万一那些不间断电源出点问题,谁也负不起这个责任。金冶快步向楼下走去。

金冶赶到调度所时,城区的经委主任、"三电办"主任都已经在那了。

他非常客气地和市电力局副局长、城区电力局长打过招呼后问:"为啥停电？"

市局副局长看了一下城区电力局长,每当遇到不好解决的问题时,下级代替上级回答,是官场不易的铁律。

城区电力局长想了想后说:"因为负荷太紧张。"

金冶的嘴角动了动,心想:如果你们要编也得编一个像样的理由来搪塞。负荷紧张根本说服不了人。"我看过'三电办'的报表,上面说你们京东、京西两个一百二十万千瓦的大电厂都在正常运转,专门向北京供电的大同二电厂的三号、四号机组也于前天检修完毕,投了进来。再说现在和夏天不一样,正是全年用电的低峰期,按说可以调度得过来。"

城区电力局长没想到金冶如此内行,一下子回答不上来。

"电力部门的工作有它自己的特点。"市局副局长觉得该他"露一手"了。"比方线路检修、变压器扩容等。"

"城区不是一般地界,希望你们能尽快恢复供电。"金冶知道必须给他们施加一些压力。

"我还要强调一下我刚才的观点,电力部门的工作有它自己的特点。"市局副局长也打出"官腔"。

金冶很明白这话翻译过来的意思就是:我们并不归你们城区政府管辖,所以你没权力命令我们。鉴于他们的这种态度,他继续施加压力:"我也要强调一下,城区不是等闲之地,不敢说全部中国的神经中枢,起码有一些就在这里。"

"中央再三强调,办电可以多家,但只许一家管电。中央为什么这样说呢？就是为了防止来自地方上的干扰。"市局副局长的话变有些不好听了。

金冶本来想说:只许一家管电,并不是说允许你们为所欲为。但转念一想,这不是解决问题的好方法,打官司就是打官司,不要打气。于是说:"咱们不要务虚了,讲点实际的吧,你们什么时候能恢复送电?"

"该恢复的时候,自然就恢复了。"城区电力局长说。

"这个'该'到底是什么时间?"金冶追问。

"这我说不好。"城区电力局长说。

"那把你们的调度命令拿来给我看看。"金冶在市经委工作时,与电力部门没少打交道,非常了解他们的规矩:任何计划内的停电,就有"从几点停到几点"这样很明确的调度命令。而没有正当理由,只是因为和水利部门闹气而停电,他们是不会停很长时间的。如果在书记要求的最后时限前恢复了,就省得和他们啰唆。

城区电力局长又看了一下市局副局长。

"我认为没有这个必要。"市局副局长居高临下地说,"如果所有被限电的用户都来要调度命令看,我们就无法工作了。"

"我不是作为一个用户来的,而是作为地方的行政首长来的。"金冶也拉起架子。

城区电力局长怕把事情闹僵,以后不好共事,就把调度命令拿给金冶看。为此,他遭到市局副局长狠狠的一眼。

你不满意我也没办法,因为我和你不一样,你处理完这事,一拍屁股就走人了。而我和城区政府的人是抬头不见低头见,可能要相处很长时间。城区电力局长想。

金冶看着调度命令上只写着二十六日十时起停电。并没写从几时停到几时。

他把调度命令还给了城区电力局长。"苏联的切尔诺贝利核电站就是因为四号机组停电时,只制定了一个草率的计划,所以才出了那么大的事故。"他摆摆手制止急于插话的市局副局长,"所以我建议你们还是慎重一些的好。"

"我们的停电计划是非常严密的。"市局副局长坦然地说。

为什么停电,大家都是心照不宣的。可一个人口是心非也应该有一个限度。"我告诉你们一个消息,张老就在你们的停电区域里。"

"哪个张老?"城区电力局长问。

"你一共认识几个张老?"金冶报出了张老的名号。

市局副局长和城区电力局长都愣了,这是个四十岁以上的人都知道的名字。

"按说他的住宅不在这个区域里。"城区电力局长对自己区域里所有的重要用户都是很熟悉的——这就和《红楼梦》里的"护官符"一样,不通晓它就没法当这个官。

城区电力局长一伸手,总调度就把"重要用户一览表"递了过去。

城区电力局长看了一下后如释重负地说:"你们有没有搞错?张老不在这个区域内。"

"图上也许不在,但现在他家里的电是没了。"金冶虽然在车上就用电话了解到张老是因为今年夏天更换大功率空调,原来街道的变压器的容量不够,而从水利局宿舍拉的临时线。但没必要对他们说,信息就是资源,而资源是应该合理利用的。

"我们研究一下再通知城区政府。"市局的副局长也松了一口气,既然张老在图上不属于停电区域,那即便出了问题,也是城区电力局的责任。

"那好。我下午五点再来。"金冶说。

金冶当然知道如果某种纠纷在机关之间发生时的复杂性和连续性。他从调度所出来之后,就立刻去了张老家。

张老的家里几乎就是一个小型的医院,他宽阔的卧室里,各种各样的医疗器械闪闪发光。

金冶边和张老说话——他其实已经不能说话,生命的迹象只存在一双眼睛当中。信息的传达得由他的妻子负责——边想:现在的许多医疗技术,其实是"非技术"。也就是说,我们并不了解这些疾病——比方癌症和像张老这样的"衰老"——的真正病理原因,我们也不能用这些"非技术"来真正改变这些疾病的结果。但这些"非技术"确实是有效地支持了生命。另外还有一些,可以被称为"半拉子技术",像心脏移植、换肾等,我们虽然不了解这些病的成因,但却很大程度地改变了这些疾病所产生的后果。除去这些外,那就是真正的医疗技术了,我们真正地了解白喉、脊髓灰质炎等病的成因和进程,我们能有效地控制住它们。

但前两类却构成了医疗费用的大部分。任何需要很多钱、很多设备的医疗技术,一般来说,不是真正的医疗。而真正的医疗却嗷嗷待哺。金冶不由地想起去年和市慰问团一起到山西边远老区,看到缺医少药,地方病、常见病蔓延的情况。

张老的太太把金冶让到客厅。她是张老的第三任妻子,原来是他的保健医生。年龄要比张老小很多。目前脸部依然残留着当年美丽的痕迹。

金冶动员她把张老搬到北京医院去。

"我不太相信电力方面会不给我们供电。"多年的高层生活,使得她说话有了分量。

"当然不会。"金冶知道该如何对付这些太太们。"但工业上的事情,和人事不一样。有的时候说不清楚。"

"搬动一回张老就有一回的危险。"

"我已经和北京医院联系过了,他们将派出最好的救护车。上面有所有的生命维持设备。"

"但危险依然存在。"张太太也不是一个能轻易改变主意的人。

"如果我们把危险降低到百分之一的程度。那么它实际上等于不存在。"金冶接着给她讲,"上次因为一台变压器故障停电,科学院生物研究所有要靠电维持的、培养了很多年、繁衍了很多代,但离开电不能超过二十四小时的癌症细胞株,就在停电的范围之内。当时科学院和市委都很重视,要求电力部门得在指定的时间内恢复供电。可谁知新的变压器往上一换,绝缘不够,立刻就烧毁了。于是再换、再架临时线,最后那株细胞还是经不起折腾死了。"

金冶故意使用的术语可能起了作用,张太太勉强同意搬到北京医院去。"其实我们家里的设备和北京医院也差不多。"

你们家里不好说和北京医院比如何,但起码在生命维持方面比城区医院要强。金冶想。

车绕过漆黑一团的水利局宿舍时,他发现一辆标有"电力工程抢险"的面包车停在那里。车下有若干工人在忙乎。

他下车问了问,得到的回答是:我们是城区电力局的,来给首长架线。

从这一刻起,金冶就知道他面临着一场旷日持久的价格战争。

第八章

金冶一进办公室,就看见电传机上有潘向宁传过来的文件。

潘向宁的字俗在骨,还潦草得出奇。他极费力地辨认着:INNTERNET 告诉我们,您的汉密尔顿和他的 BC 公司是一个以宾馆、饭店、赌场为主的公司。在这三项当中固定资产最大的是宾馆,利润最大的是赌博业。

金冶一下子就把这话的含义给看懂了:BC 公司的主业是赌博业,之所以宾馆的营业额大,是因为赌博业的营业额无法计算,而且来赌的客人都住在宾馆里的缘故。

再往下是打字数据,指示 BC 公司在全世界的分公司。

这是一张庞大的表。表的最后一行是俄罗斯的彼得堡。

潘向宁接着写道,汉密尔顿这小子已经把列宁格勒都占领了,现在企图在咱们这里登陆。我建议:咱们这块地方没这些家伙,麻烦事也足够多了。

金冶自言自语道,曾可凡和汉密尔顿虽然已经把京韩宾馆的底层买下了,也就是说已经"登了陆",但这就和当年美军在仁川登陆一样,作为战役它是成功的,但美国人最后也不得不承认他们是在"错误的时间,错误的地点,打了一场错误的战争。"

关于曾可凡和他的公司,潘向宁提供的资料不多,他们在通过东南亚中转向台湾卖煤炭的过程中损失了一部分,在国际商业银行倒闭的过程中也损失了一部分。

潘向宁最后不无歉意地写道：INNTERNET拒绝提供曾氏材料，这是我通过各种途径得来的。未必确切，仅供参考。

关于大陆的煤炭出售给台湾，是被有关部门禁止的。但如果变通一下，通过第三方中转，在商业上是可行的。可如此作，就有一定的风险，被大陆发现是一个问题，被中介公司欺骗也是一个问题。关于国际商业银行，金冶了解的就更多了，这是一个从事毒品、武器等几乎所有非法买卖的银行，前些年遭到全球查封。

曾可凡有那么多的钱，为什么还要干这些勾当呢？金冶把传真纸从机器上撕下来。看来资本这东西就是闲不住，哪有利就往哪里跑。利足够大的时候，它甚至不怕"绞首"。

金冶用电话把区计划局分管非生产经营项目的马副局长叫来，"曾可凡的项目你们审查的如何？"

"从项目本身来说，不宜批准。"马副局长今年已经五十八岁，盘踞这个位置已经十年，许多他以前的下级、同级，现在都成了他的上级。用他自己的话形容，我是醒得早，起得迟，走得慢。

"除去项目本身以外，难道还有别的因素？"金冶盯着对方。马副局长精通这个盘根错节的机关里所有的门槛。

马副局长直视着副区长，一点信息也没有透露。这事的来龙去脉他完全清楚，曾可凡去他家拜访时，在打"旗号"的同时，还送了一份不薄的礼。他只收取了信息，把礼物退了回去。这也是他的老道之处：给领导办事，本身就极有效益。可你如果收了礼，而领导又不真的打算办的话，你就将置于"两难"境地。

"如果你没有什么补充意见的话，就写个报告来。"金冶知道问不出什么来，也不打算真的问出什么来。

马副局长虽然知道这事的后面有刘书记，但领导们之间的事，最好由领导们自己去解决。土罐子应该离铁锅远一些。

电是现代化社会的公因子。没有了电,别的不说,光冻就冻得人受不了。因此水利局的职工再三向领导反映。

区水利局长又向区政府领导反映。

"你们是不是做出一些让步?把水价降一降?"金冶对水利局长说。

"我是想降,但,"水利局长本来想说,但我们系统的主要领导不让降——他向市水利局长汇报时,这位大局长说:我们是从不在压力下低头的,压力越大,咱们就越要挺住。如若不然,咱们的今后还能有什么威信——但在任何时间、地点说领导的不是,均为坏事情。他只好含糊地说:"我是一仆二主啊!"

"电力方面的停电命令来自他们市局,所以你们最好由市水利局出面,让市政府来解决这个问题。"金冶这样说,倒不是推卸责任,而是实际情况,现在的问题已经不在他的权力范围之内了,做官的第一要事,就是把自己的权力范围搞清楚。

"也只能如此了。"水利局长临走时垂头丧气地说:"如果在以前,没了暖气还能生个火炉,而现在不光炉子没了,就算有,也没烟囱啊!壮年人还好办,老人和孩子就惨了。"

金冶关上办公室的门,准备仔细想一想有关曾可凡和"水电官司"。但凡遇到麻烦事,他总是要想好之后再行动。很多人都喜欢用思想来代替行动,这其实是最要不得的。可方才"入巷",潘向宁就领着一个满脸胡子的人进来,并给金冶介绍说:"这是大型晚会《我们是共和国的儿女》的向总指挥。"

金冶不无敷衍地和向总指挥握手,然后就问他有什么事?

向总指挥简单地说明《我们是共和国儿女》的晚会,是为了纪念上山下乡运动的。目前虽已经募集到一些资金,但还有缺口。希望金冶能支持一下。

金冶看了潘向宁一眼,可潘向宁的目光根本就不和他对接。他曾经不止一次和潘向宁讨论过有关"插队"的问题。他认为"插队"对他们这一代人来说,无疑是一场灾难。其做法从现代法学的观点看,是"韦宪"的。因为它剥夺了一代青少年受教育的权力——受教育是天赋之权力,就像生病应当得到医治一样——

当然,有人会说:并没有人强迫你去啊!确实,没有人像押解犯人一样,拿枪逼着你。但学校的老师动员你、军宣队给你施加压力、街道上的老太太们敲锣打鼓地一次次的给你送喜报。最后他们看你还不走,就到你家长的单位,对你的父母说:送不送子女去农村,是革命和反革命的分水岭!那个年头,没人的肩膀能抗得住这个称号。

他和潘谈着、谈着,甚至谈出一个统计学上的规律来:从二十年代起,到六十年代止,凡是年代初出生的人,运气都不好。三十年代初生的人,在长身体、求学的时候,遇到抗日战争。四十年代初生的人,在长身体、求学的时候,会遇到抗日、解放战争。至于他们这五十年代初生的人,那更是什么都要赶上:大跃进、三年自然灾害、"文化大革命"、计划生育……

综上所述,在一些由有成就的"老插"们组织发动的一些回忆书籍征稿时,他都拒绝给他们写。表面的理由是"太忙",但实际的理由是不想写。因为他如果写了就会给人以"艰难困苦,玉汝于成"的感觉。而他认为艰难困苦,对于任何人,都不是好事情。至于有一些人成材,是以千百万人的沦落为代价的。在他的区里的清洁工,百分之十都是从外地回来的知青。换句话说,成材的只是例外,而有例外就是因为有正例在。再往深里说,所谓的成材者,不是在文艺界,就是在体育界,科学界大概一个也没有。这恰恰说明,正规的教育,是没什么可以替代的。

向总指挥大大咧咧地坐在他的对面抽起烟来。

"如果你能给我们三万块钱,就皆大欢喜了。"

"区财政的钱,都是走计划渠道的。"

"总有计划外的钱嘛!"

"财政一支笔。就算有,也只有大区长能批。"

"并不一定要从区财政出钱。你和底下任何一个公司打个招呼,也能变成钱。"向总指挥把烟灰弹在干净的地板上。他是一个集资的老手,运动会、电视剧都干过。"我们可以按照集资的惯例,给你百分之十的回扣。"他打出这张屡试不爽的牌。

回扣在商业上的本意是一种优惠。假设某物值十块钱，它不能因为你是我的老客户，就降价成九块钱。它仍然价格十块，不同的是我可以在收到钱后，回给你一块钱。但现在它却变成了贿赂的代名词。金冶打开窗户，把浓重的烟雾释放出去。插队一代人，在艰难困苦中，确实有些人还是读了一些书的，但他们更学会在社会的缝隙中讨生活。这种当年谋生的本能，如今变成了技巧，使他们远远地高过他们的前一辈和后一辈。

"我目前确实没有办法好想。"金冶本来想说，就是有办法，也不会把钱投放到这类事情上。但又觉得没必要，毕竟是"插兄"嘛，"我让我的车送你一下。"

向总指挥说声"不用"后就走了。走时并没有表现出太大的不高兴。

"你还说拿你的车送他呢，他的车要比你的高级得多。"潘向宁说。

"都是搞赞助弄来的吧？"

"从哪里来的我不知道。反正拉屎撒尿，各走一道。"

金冶又问潘向宁是如何认识向总指挥的？

潘向宁淡淡地说："他就是我常常对你说的那个我们集体户的思想领袖，也是我生平最尊敬的人之一。"

这回轮到金冶惊讶了。他真的想不到潘向宁说的那个有着睿智思想、会背诵全部《唐诗三百首》《古文观止》，能讲解《法国革命史》和黑格尔哲学的人，现在会变成这个样子。

"这个样子怎么了？！"潘向宁不明原因地愤怒起来。"有一个人还拿《插队分析》为题，作博士论文，最后拿到了一个滑稽的学位呢！"

"别生气，我的思想家。"金冶比较能洞察别人的内心，潘向宁看见自己当年心目中的"神"，变成一个俗得不能再俗的人，心里也不好受。

"别思想家、思想家的。我告诉你：中国的思想家从来都是短命的。他们在年轻的时候，确实有自己的思想。但当生活的担子一压过来，他们几乎全部垮了。这是谁的错？就是你们这帮官僚们的错！"

343

金冶笑了。他非常理解,同时也喜欢潘向宁这种"书生意气"。"也没全垮,我的眼前还存在着一个。"

潘向宁也笑了:"你穿的西装是不是名牌?"

"官场不是艺术界、学术界,很少行径古怪、奇装异服的人。"金冶整整衣服,"我这是在减价处理时买的。"

潘向宁不相信,上前翻开金冶的西装领子看了看,确实是一个他不知名的牌子:"可你穿着还挺精神的。"

"作为你上次给我提供 BC 公司情报的回报,我也告诉你一个秘密,要想西装穿着精神,最重要的是你不要希望拥有一件春夏秋冬都能穿、涵盖一切的西装。西装不是长袍,它是工业社会的产物,讲究的就是一个精确。另外,衬衫和领带等配件和零部件也不能忽视。"

两个人又聊了一会儿名牌。

"名牌为什么就那么贵?我看它的作工也扯淡。"金冶说。

"构成名牌产品成本的很大一部分是广告,要把一件事搞得家喻户晓,是要花钱的。也就说,它的知识成本并不低。什么叫成本,你知道吗?"

"我最恨的就是你这种自以为在智力上高人一等的做派。"金冶给潘向宁讲了他对成本的理解。

"购买资源的费用、货款的利息、税收等,确实是成本。"潘向宁顿了一下,"但这只是一孔之见。"

"我管了多少年的工业、财贸,经手的钱以亿万计,没想到对成本的理解倒成了一孔之见了。"金冶使劲地摇头。

"首先我得告诉你什么叫价值:一个事物,如果能减少人在获得同等幸福时所做的努力,它就有了价值。比方刚才你如果允诺向总指挥,赞助给他三万块钱,他就节约了在别的地方获得三万块钱所付出的努力。所以你的允诺对他是有价值的。但没有选择就谈不上价值,假设是你的上级命令你给他三万块钱,那么你只是个出纳。也就是说,你没有不给他钱的机会,于是你允诺与否,全然没有价值。"

金冶费了些劲,才把潘向宁说的"价值"和"选择"搞清楚。

"没选择就谈不上价值,没选择的余地就谈不上机会,没机会也就谈不上成本。换句话说,成本就是你必须舍弃的东西。"

"你给我举例说明。"金冶来了兴趣。

"我喜欢你的就是这点。作一个中级官僚,还残留着一些求知的精神。"潘向宁拿起金冶的杯子喝了口水,"我现在很渴,但除去你的杯子外,没别的水。这样我就有了选择:喝你的水,我能解渴,但我必须冒得肝炎、艾滋病的险。也就是说,解渴是目的,可能得病是解渴必须付出的成本。"

"你就不能传染上一些容易治的病?"

"比方监狱里的犯人的劳动是没有价值的,因为他必须劳动,没有选择的余地。出身也是没有价值的,还是因为不能选择。现在的学生中,有很多宁愿放弃文凭,而去经商。其原因就是因为文凭太多、毕业后的待遇太低,大学生的价值降低所致。一个人如果自杀,他的成本就是他的生命,他的收益就是免除了痛苦。"

"你说了半天,意思不就是'舍不得孩子就套不住狼'吗?简单得很,根本没什么了不起。"

"伟大的学问都是很简单的,用不着很多的辅助定理和假设。"潘向宁把包收拾好,准备动身了。

"和你废了半天话,成本就是我宝贵的时间和送你走的汽油钱、汽车的折旧费。收益就是我的精神多少愉快了一些。"金冶打电话给秘书,让他派车。

"但你可以一开始就要我走,也就是说你有选择的余地。"在等车的时候,潘向宁继续宣讲他的理论,"前些时候,我有一个机会到一个著名的机关去作一个和你这位置差不多大小的官,我没去。虽然我知道中国最好的职业就是做官,但去的成本太大了,我不能继续我的理论探索,也不能随便说话。"

"一个差劲的理论家和一个差劲的官僚之间,对社会来说没多少区别。"金冶来回走着。"官场上也允许理论探索,也允许说话。"

"中国的官僚从来就是经验主义的。至于说话允许与否,你比我清楚。"潘向宁说完就出了门。

潘向宁刚一出门,苏副局长的电话就来了。

稍事客套后,苏副局长说:"我只有一个消息告诉你:刘书记的工作变动了。"说完他停了下来,显然再等金冶问刘的去向和继任的问题。

但金冶没问。"感谢你把这个消息告诉我。"

苏副局长只好放下电话。

他对我说这个消息的目的,显然是说曾可凡的事情如果我办的话,他会在大区长挪动到书记的位置上后,帮助登上区长这个宝座。金冶很快做出了分析。

没有任何一个官员,不想把"官"做大的。只有做大官,才能办大事。一只木桶能装多少水,就装多少水,如果你想多装一些,必须扩大桶的容积。但我有选择的余地。金冶破天荒地点燃一支烟。我的成本就是不当那个大区长,收益就是维护了我的做人准则。

想到这,他就叫马副局长把报告送来。

然后他在报告上批:

拟不予批准。请刘书记定夺。

第九章

经过一天在电力部门和水利部门之间的协调会议之后，回家时金冶已经是筋疲力尽。

"有没有结果？"妻子平常是很少打听他工作上的事的，这次是因为她科里的一个大夫的家住在水利局宿舍。

他摇摇头说："两个部门都坚持要对方让步。"

"现在扯皮的事情太多，所以你在必要的时候，就应该以政府官员的面貌出现，给他们施加一些压力。"

金冶给自己沏了杯浓茶，没有回答。如果加压能起作用的话，事情早就解决了。但这些内部的矛盾，没有必要向家里人透露。

"其实电力部门也好，水利部门也好，多收下的钱，还不是全是国家的？"妻子给他盛上饭。

"你这是计划经济时代的老想法。如今各个部门的收入，大部分被他们自己给消耗了。有时甚至连税收都收不上来。各个部门如今都争相上路设卡，其原因就是因为收上来的钱，可以由他们自己来支配。财源的流失，也就是导致中央财政、地方财政吃紧的原因。"

"国家就没能力强迫他们把该交的钱交上来？"

"这个问题提得好。"金冶把碗放下来，"这正是我常想的问题，国家能力，也就是指国家——中央政府将自己的意志、目标转化成现实的能力。它基本上包括四种:汲取财政的能力、宏观调控的能力、合法化的能力、强制能力。其中汲取财政的能力是最主要的国家能力。没它就全吹了,可现在这能力却弱得出奇。"

"把一件小事说大,可能就是你们这帮子官僚最主要的能力。"妻子对他说的话,不完全能听懂。

"你总是能把问题点到关键上。"金冶三下五除二把饭吃完,就坐在电脑前。

他很快把自己的思想凝聚起来。改革开放以来,国民收入——也就是西方人常说的GNP——成倍地增长,但国家汲取财政的能力却没像预料的那样,出现正的增长,反而下降了。这有严格的数字统计说明。

金冶把一大堆数据调了出来,没有统计数字的理论是空洞的理论,不能用数字管理的单位是"无政府"单位。

这其中的原因是什么呢?他继续往下写道:

——工业增长对财政贡献作用的下降。工业部门是财政收入的主要来源,它的财政贡献又大于产值贡献。但近年来,它产值增长幅度不低,可利润增长却减少。从而导致对中央财政的贡献减少。

——非国有经济发展迅速,而国有经济发展却相对衰弱,统计数字说明:非国有经济创造了二分之一的产值和三分之二的国民收入。但它的经济贡献却远远低于国有经济的贡献。这其中的原因是因为国家对不同性质的企业采取了五花八门的税种和税率。特别是对"三资"企业的减免税和对国有企业实行的"歧视性"税率。

——各地方擅自竞相减免税。中央政府在改革之初,为了吸引外资,采取了一系列"优惠政策",从而给人们造成了这样一个印象:改革=放权让利=优惠政策=减免税收。所谓的优惠政策,有着很大的含金量,它是以牺牲中央财政收入为代价的。在中央和地方讨价还价的谈判中,往往是地方得多失少。

——普遍地偷税、漏税,使国税白白流失。中国各类企业的偷漏税相当惊人。据调查解剖,国有企业偷漏税率在五成,集体企业偷漏税率在六成,个体及私人企业偷漏税率在八成,而个人所得税的偷漏税率则在九成以上。这个偷漏税水平在世界上也算是高的。

他接着往下写:中国是一个政党——中国共产党——高度统一集中控制的国家,但国家机器不是铁板一块,经济决策权极其分散,中央政府控制地方政府的能力也很有限。地方政府控制行业的能力也极其有限。

这种有限的控制力就造成了各级政府、各个行业的自我利益、自我意识、自治权力的高度膨胀。

这种高度膨胀加速了经济权力的分散化和多元化,势必成为今后发展的重要隐患。

他写完在关电脑时,想起了一个掌故。张之洞在作翰林的时候,就制定了好多计划。在他准备给皇帝上奏折之前,给他的老兄张之万看。张之万看完后说:"老弟的主意好是好,但等待封疆之后再发不迟。"后来张之洞果然到了山西当上巡抚,有些东西也就用上了。

我能用上吗? 金冶自己问自己。

主管经济的副市长把金冶叫到他的办公室:"我委托你处理水利电力两家的问题。目的只有一个:恢复供电。"

"是不是全权委托我处理?"金冶问。

"是的。"副市长看着他说,"但我不能答应你别的任何条件,也不就水电的价格问题作仲裁。"

"只要给我全权就行。"金冶很有信心地说完就走了。

"如果咱们的干部都像他这样就好了。"金冶走后副市长对参加旁听的市经委主任说。

"看一个人,不光要看他如何说,更重要的是看他如何作。"经委主任在很早以前就听说金冶有可能是他这个位置的接班人。虽然这只是一句传闻,但已经足以使他对金冶产生敌意和警惕。

"你不要怕他来弄你的位置。"副市长是经委主任的老上级了,所以很多话都可以说。"他的目的根本不在你这个位置上,起码也是我这个位置。再说他真想谋你这个位置,不就会把你顶到一个更好的位置上去?"

经委主任被副市长猜中了心事,脸都有些红了。

"一个干部,尤其是一个负责干部,要记住一点:永远不要压制年轻人。年轻人是未来不说,而且是压制不住的,有谁能阻止太阳的升起?"

一回到办公室,金冶就让秘书通知水电两家和市里有关部门的负责人来区政府会议室开会。

这时马副局长把刘书记批过的文件送了回来。

果然不出他所料:刘书记只在"拟不予批准。请刘书记定夺"一行字的"刘书记"三字上画了一个圈。

"你通知曾可凡吧。"金冶虽然知道没必要,但还是补充道:"圈阅就是没有不同意见。"

马副局长莫明其妙地笑笑。

"你笑什么?"

"我想起了一件事。"

金冶有些奇怪地看着马副局长。虽然他们在一起共事已经好几年了,但从来没正式聊过天。

"某省有一个地区的副专员,接到省委一个领导给他写的条子,让他给某人安排一个工程。这个领导就在这张条子上批道:请柴县长在排水工程内安排。柴县长在这张条子上批:请胡指挥解决。胡指挥自认为责无旁贷,就给了此人三十万的工程。这项排水工程,是为了改造一片盐碱地开设的。是县里的大项目,也是县里几代人民的心愿。但此人根本没拿这当回事,把三十万块钱胡乱花了。最后一位新华社记者知道了这事,就写了一份《内参》。《内参》被北京的一位高级领导看到了,就批:严肃查处并上报我。这下子来了一个很庞大的调查组。调查组没费什么事,就见到了那张条子。于是副专员被通报、县长受处分、胡指挥被撤职。"

"这个故事是不是你编辑的？"金冶也笑了。

"我就是那个调查组中的一员。"马副局长站了起来，"这是很多年前的事，现在已经没人那么傻了。有些不好把握的事、容易惹麻烦的事，从来就不会见诸文字，而是打电话。电话一放，就'春去无踪迹了'。"

金冶猜想有关方面一定也和马副局长打过招呼，但他知道问也问不出结果来。

金冶把参加会议的市长助理往首座上让。市长助理自然不会去坐——官员们个个知道自己应该坐在什么位置上。

金冶坐定之后，就宣布道："今天是周末，所以我们要开一个短会。现在我宣读市里，"他向市长助理点点头，市长助理也点头致意。"和区里关于电力部门和水利部门关于停电和水价之争的决定。"金冶清清嗓子，拿起面前的文件夹。"此决定一共三条：第一，恢复送电。第二，恢复向京东电厂送水。第三关于水的价格问题，今后再谈。"他环顾电力局长和水利局长。"这是市里、区里的最后决定，如果你们谁有不同意见，可以向国务院反映。但目前必须执行这个决定。"

没有人说话。

"你们当事人有什么意见？"他再问。

电力局长和水利局长都说："就这样办吧。"

金冶知道他们两家都被旷日持久的"战争"拖得差不多了。"既然大家没意见，咱们就散会？"他问市长助理。

市长助理正式宣布散会。

"坐我的车？"出门后电力局长问正在等车的水利局长。

"不。我的车一会儿就来。"水利局长说。

"这个金区长挺会办事的。一个文件弄得咱没话说。"

"你是没话说。因为你们是赢家。"水利局长了望着自己的车。

"我倒看不出输赢来。"电力局长递给水利局长一支烟。"一桩好的生意中，应该是没有亏家的。"

"管他谁赢谁输呢！反正不是咱们个人的钱。"水利局长也想开了，"不过金区长处理问题的方法，使我想起我的一个朋友的故事。他是个老饕，一年几乎要参加上百个饭局。一次我和他一起吃饭，一个客人点了蛇之后，我赶紧反对。于是就没要。事后他对我说：'一个好的主人或客人，不应该否定别人的意见，你只要点你自己喜欢吃的就行了，不要去管别人要什么。反正总盘子几乎是无限的。也就是说要用加法，不要用减法。后来我想想也对，从此在任何饭局中，都不干涉别人点菜了。"

"如果把他的这个决定抽象出来，是这样的：一，先按你的意见办。第二，再按他的意见办。第三，然后按你们两个的意见办。"电力局长说。

"抽象得好。"水利局长终于等来了自己的车。"不愧是电力学院的高才生。"两个人上车之前，握了一下手。

"他们早知如此，又何必当初呢？"经委主任陪着金冶在等事情的结果。

"事物发展都有个规律。目前解决的顺利，只是故事中的一吃就饱的'第五个馒头'。"金冶再次询问水利局的电恢复了没有。因为已经一个小时过去了。

答曰：没有。

他再问京东电厂的水恢复了没有？

回答也是没有。

"我看就不要等了。反正他们既然说没意见，总是要恢复的。"经委主任因为年龄关系，腰已经很酸了。

金冶没有直接回答，而是讲了一个故事。"我的一个老领导经常给我们讲雷英夫的事，签订中苏友好条约时，雷英夫作为周总理的军事顾问一起去了莫斯科。在条约就要正式签署的头一天深夜，雷英夫找到周总理，说：'条约的法文本少了一条。'周总理一看，果然少了一条。于是他问雷英夫'你什么时候学的法文？'雷英夫说'我不会法文。'周问'那是如何看出法文本少了一条的？'雷说'中文本上有一条,法文本上应该也有一条。一条一条的就对出来了。'周以后不止一次在各种会议上表扬雷英夫这种'细'的工作作风。"其实这个故事没人讲给他听,而是他从书上看来的。之所以冠以"老首长",是为了加重它的分量。"做事就要做到底,要细,要今日事今日毕。"

经委主任琢磨了好一会儿,才体会了这个故事的含义:现在我才知道眼前这个人,为什么能在以复杂著称的国家机关里,一步步地上来。

大约在十二点左右,水利局宿舍的电恢复了。过了半个小时,京东电厂的水也恢复了。

金冶这才回家。

尾　声

春节前,刘书记调到核工业部提任政治部主任,成了准部级干部。依照惯例,城区的大区长当了书记。

金冶没能升为正职。

潘向宁打电话来问,金冶告诉他:"从来也没有人答应过我什么。也就是说我没机会。用你的理论来说,没机会就没选择,当然也就没成本了。"

《芙蓉》　一九九六年第四期
《中篇小说选刊》　一九九六年第五期
《猎取和勾引》《太原日报》　一九九六年二月七日
《官场故事》　湖南文艺出版社　一九九八年五月
《仕途悟道·仕途论道》　中国戏剧出版社　二〇〇二年五月